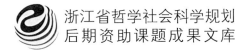
浙江省哲学社会科学规划
后期资助课题成果文库

明代小说中的词作研究

The Ci in the Novels of Ming Dynasty

龚 霞 著

ZHEJIANG UNIVERSITY PRESS
浙江大学出版社
·杭州·

图书在版编目(CIP)数据

明代小说中的词作研究 / 龚霞著. —杭州:浙江
大学出版社,2023.6
ISBN 978-7-308-24200-4

Ⅰ.明… Ⅱ.①龚… Ⅲ.①古典小说－小说研究－
中国－明代 Ⅳ.①I207.41

中国国家版本馆 CIP 数据核字(2023)第 174543 号

明代小说中的词作研究

龚　霞　著

策划编辑	徐　婵
责任编辑	吴　庆
责任校对	蔡　帆
封面设计	项梦怡
出版发行	浙江大学出版社
	(杭州市天目山路 148 号　邮政编码 310007)
	(网址:http://www.zjupress.com)
排　　版	浙江大千时代文化传媒有限公司
印　　刷	广东虎彩云印刷有限公司绍兴分公司
开　　本	710mm×1000mm　1/16
印　　张	22
字　　数	372 千
版 印 次	2023 年 6 月第 1 版　2023 年 6 月第 1 次印刷
书　　号	ISBN 978-7-308-24200-4
定　　价	98.00 元

序

周明初

人们通常认为中国文学的自觉是在魏晋时期，不过，文体的自觉（或称独立）却要早得多。先秦时期，诗与文作为文学体裁已经相分离了；在文学自觉的起始期，曹丕的《典论·论文》中已经明确地将文体划分为四科八体了。但从创作实际来看，魏晋以来兼有着两种及以上文体的文学作品，又不时出现。如大家熟悉的陶渊明的《桃花源记并诗》、庾信的《哀江南赋》、王勃的《滕王阁序》等。只是这些作品中的诗与文或骈文与赋，可以单独成篇，以至于《桃花源记》与《桃花源诗》在后世往往相分离，《哀江南赋》的序可以独立为《哀江南赋序》，《滕王阁序》进入各种选本时也常常将结尾的诗歌去除。由汉代的记述死者经历与功德的铭诔，在魏晋以来逐渐演变为包含了散文的志和韵文的铭两种文体的墓志铭（也有些墓志铭只有志没有铭），而在明代则出现了写在彩幛上，贺人考绩、升迁、赴任以及祝寿的幛诗、幛词（也称帐诗、帐词），由序与诗或词组成，而序往往用骈文写成，这种幛诗或幛词也是包含了两种文体的。

如果说上面所列举的作品或文体中所包含的两种文体可以轻易地相分离，比如对于墓志铭，我们可以只管它的志文部分而不管它的铭文部分，对于幛诗或幛词，可以只录它的诗或词部分，而不管它的序文。但魏晋以来的文学作品中，还有一种现象是，一种文学体裁中又吸纳了两种以上的文体，在同一篇文学作品中，不同的文体起着不同的作用，彼此之间难以分离。比如小说中同时存在着诗词曲赋、戏曲中存在着诗词、说唱文学中存在着韵文和散文。以小说为例，汉魏时期的小说，如《穆天子传》《燕丹子》等，已经有着少量的诗歌，而唐人小说，如志怪、传奇等类别中，已经普遍地吸纳了较多的诗歌，有的甚至用诗歌作为敷衍全篇的手段,如《游仙窟》《东阳夜怪录》等。发展到了明清,无论是白话小说中还是文言小说中,诗词曲赋骈文及其他文体往往随处可见,甚至出现了像《钟情丽集》《怀春雅集》这样的全篇由诗与文连缀而成的被称为"诗文小说"的中篇文言小说。

这种文学现象引起了不少学者的注意,同时也带来了认识上的不一致。有人称之为"文体兼容",有人称之为"文体互渗",也有人提出"寄生"说,如称小说中的词曲为"寄生词曲"。如果是文体互渗,则同一作品中所存在的几种文体,他们之间是对等的并且又是相互渗透的。这显然并不符合创作的实际,如唐代的传奇或志怪,即使吸纳了再多的诗歌成分,也没有改变它们是小说这一性质的认定,明代被称为"诗文小说"的那一类小说,也仍然是小说而不是诗文。所以一种或几种文体渗入到某种文体中去,并没有改变某种文体作为主体的地位,几种文体的渗入是单向性的,而不是相互的。

而目前较为流行的"寄生"说,同样也值得推敲。"寄生"本是一个生物学上的概念,是指一种生物寄居于另一种生物的体内或表面,并依赖于后者提供营养从而维持生命。因此对于这两种共生的生物来说,一方是受益者,而另一方则是受害者。如寄生于人或其他动物肠道中的蛔虫,会造成宿主营养不良,并产生各种病痛;而寄生于树木等植物上的寄生草,不仅会从树木身上吸取养分,而且还会造成树木因失去营养而枯死。小说中的诗词曲赋,对于小说来说显然不存在这种情况。从诗词曲赋这一方来说,并不会因为它们出现在小说中,从而在文学审美价值上有所增加,反而因为它们出现在小说中,更可能为人们所忽视,至少不会比单独出现的诗词曲赋更受人重视;从小说这一方来说,也实在说不上加入的诗词曲赋,对它有什么损害。它们至少是无害的,有时候反而是有益的,比如能够在小说中起到营造故事环境、塑造人物形象、推动情节发展、增加文学色彩等方面的作用。试想一下,如果《游仙窟》一类的作品,将其中用作对话的诗歌抽去了,这些小说还能成为小说么?如果《钟情丽集》一类的作品,将连缀故事情节的诗词曲删除了,这些小说的故事情节也就不完整甚至支离破碎了。因此,小说中的诗词曲赋,不是寄生性的,而是共生性的,在小说文本中是交融在一起的,是不能分离出来的。这种在小说中诗词曲赋多种文体共生的现象,应当是中国古典小说所特有的一种存在形式吧,就像古代长篇白话小说采用章回体一样。

古代小说中多种文体共生的现象,实在是值得好好研究的。目前虽然已经有了赵义山教授等的《明代小说寄生词曲研究》著作以及他这一团队研究者所发表的一系列关于明代寄生词曲的论文,但对于小说中这一现象的研究,其实还是不够的。现在呈现在读者面前的龚霞博士的《明代小说中的词作研究》,是专门研究明代小说与词的关系的一部著作。它从文体、文本、叙事等多个角度,对明代小说中的词作进行了较为系统和深入的研究。之所以将范围限定为明代小说和词,而不是其他朝代的小说和词,或者明代小说与诗或曲赋,这与我本人当初所设定的目标有关。我从 2004 年开始辑补《全明词》,在辑补的过程中渐渐产生了重编《全明词》的想法,并以"《全明词》重编及文献研究"为题,在2012 年申报获得了国家社科基金重大招标项目。按照计划,明代小说、戏曲中的词作也将作为附编,收入到《全明词》中去,因为唐圭璋先生所编纂的《全宋词》已经将小说中的词收入其中。龚霞是 2010 年跟随我攻读博士学位的,我就指定了"明代小说中的词作研究"作为她的博士论文,同时也指定了 2011 年跟随我攻读硕士学位的龚宗杰以"明代戏曲中的词作研究"作为他的硕士论文。当时这样做的目的有二,一是基于明代小说、戏曲中的词作,当时还没有人进行过全面系统的研究,有着较高的研究价值(赵义山先生等的《明代寄生词曲研究》出版于 2013 年底);二是在此过程中全面搜集、整理小说和戏曲中的词作,为《全明词》的编纂服务。经过二至四年的辛勤努力,他们都圆满地完成了既定的目标,在完成论文写作的同时,对小说或戏曲中的词作进行了全面的辑录,并且对其中的词作是原创的还是引用他人的,作了初步的考辨。龚宗杰在 2013年、龚霞在 2014 年均已顺利地通过了学位论文答辩。

　　龚宗杰的硕士学位论文,已在 2019 年以相同的书名在香港中华书局出版。现在龚霞的博士学位论文,也将以相同的书名由浙江大学出版社出版,这是值得高兴的事。龚霞在论文出版之际,索序于我,我觉得正好有一些话需要交待,因此写下了以上这些赘言。

2023 年伏后第十天于积跬室

目　录

绪　论

一、研究意义

明代文学研究长期以来以小说、戏曲等通俗文学为重点,传统诗文领域的研究相对滞后。不过近年来,明词的研究也取得了不少成果。《明词史》《明代词学通论》《明代词学构建》等著作的相继问世,为明词的研究开创了良好的局面。明词的文献整理工作,《全明词》的编撰有筚路蓝缕之功,《全明词补编》亦为研究明词提供了丰富的原始文本资料。

由于明词的研究本身起步较晚,加之有关明词研究的文献资料整理未将小说中的词作纳入编撰范围,因此,对明代小说中词作的研究可以说尚处于初期阶段,诸多问题与现象有待探讨。笔者力图从如下几个方面,对小说用词现象予以研究:

一是小说中词作的数量统计。对小说中词作的数量统计、不同题材与体系的创作中用词现象的分类考察,以及对同源小说中词作的增删现象的考察,有助于全面把握小说中词作的生态状况、流变轨迹。

二是小说中词作的定性分析。小说中词作在雅与俗的风格上呈现怎样的面貌,小说中词作在承担具体功能时,其作为词体的审美性又是如何?诸如此类问题是定性分析所意欲解决的问题。

三是小说中词作的功能考察。明代小说中词作在功能上与宋元小说有哪些发展和新变;不同的叙事体系中,词作的文体意义是否一致;词体的引入对小说的叙事而言,到底能起到怎样的艺术效果。对上述诸多问题的回答,亦是本选题的研究任务之一。而且,明代白话小说中的词作,除了在叙事过程中承担具体功能之外,尚有小说文本体制层面的运用,即篇首词和回前词,对这一部分词作的考察,有助于梳理明代白话小说开场体制的演变过程。

四是小说中词作的文本界定。小说作者在创作中羼入词体时,既可以引用前人成篇,也可以为叙事原创。小说中的引用词与原创词有不同的文本归属,也必然带来不同的研究视角。对小说中词作引用现象的考察,有助于全面了解唐宋元人词在明代民间的传播与接受状况。对小说中原创词作的考察,则应纳入明词研究的范畴。

五是小说中词作的体式研究。明代小说中的词作于长调、中调与小令均有涉及,而且不同的体式在小说中的运用呈现出不同的风貌。不同体系的小说创作对词调体式的选择亦呈现出不同的倾向。小说作者对部分词调显现出明显的偏好,造成这一偏好的原因有待深入研究。而明代小说作者对词调的选择与词坛创作之间,是呈现出一致性,还是各有所好,对上述现象或问题的考察,有助于全面深入地了解明人的填词习惯,以及词体发展至明代,所呈现出的文体生命力。

除此之外,明代小说的用词现象,直接导致词体附加值的增加;而且小说的兴盛,也造成明人对词体欣赏口味的变化。这两个方面对明代词选均有一定的影响,因此,以小说用词现象为切入点,也有助于考察明代词选所呈现出的特有的适俗性。

综上所述,本选题的研究意义可以归纳为如下三点:第一,通过小说中词作的文本辑录与界定,为《全明词》的辑补提供文献材料。第二,以明代小说创作与发展为视野,考察词体在叙事文学中的功能与意义,以及用词现象与叙事体系、叙事理论之间的关系。第三,以词史流变与明词创作为视野,考察小说中词作的文本风格与价值,以及与明代词学、词风之间的关系。

二、研究范围

本选题所考察的明代小说,包括白话小说与文言小说两类。具体目录范围以石昌渝主编《中国古代小说总目》所录为主,参考朱一玄主编《中国古代小说总目提要》、张兵主编《五百种明清小说博览》、宁稼雨撰《中国文言小说总目提要》、孙楷第编《中国通俗小说书目》。小说文献则主要依据《古本小说集成》《古本小说丛刊》《明代小说辑刊》《思无邪汇宝》等。

白话小说的考察对象较为明确。数种目录书所收,除已佚作品外,均纳入考察范围。需要说明的是明清易代小说的考察问题。除已有明显证据为清代之作品外，一律视为明末清初作品予以考察。其中众小说目录参考书断代不一的情况，笔者视具体创作情况予以甄别。但有一些作品，只是汇辑明人小说或明人作品略加改异而成，前者如《觉世雅言》，全选自"三言""二拍"；后者如《隋唐演义》，为《唐书志传》与《隋唐两朝志传》之合编润色而成，为避免重复，这类作品不计入考察之列。

相对白话小说而言，文言小说的情况要略为复杂，受明人"小说"概念宽泛的影响，大量并不具有叙事性的作品被纳入文言小说的范畴，如杂俎、笔记类文言小说。这些小说虽然也存有词作，但却仅出于品鉴的考虑，而非运用于小说中。

如郎瑛所编撰《七修类稿》中的词作大凡如此，仅取一例以管窥。其"芙蓉词"条录：

> 有《菩萨蛮》咏苏堤芙蓉云："红云半压秋波急，艳汝泣露娇啼色。佳梦入仙城，风流石曼卿。 宫袍呼醉醒，休卷西风景。明月粉香残，六桥烟水寒。"世谓高季迪之词也，不知季迪乃是《行香子》，其词云："如此红妆，不见春光，向菊前、莲后才芳。雁来时节，寒沁罗裳。正一番风，一番雨，一番霜。 兰舟不采，寂寞横塘。强相依、暮柳成行。湘江路远，吴苑池荒。奈月朦胧，人杳杳，水茫茫。"以优劣论之，前则不如后也。昨偶得杂录一册，前词乃宋人高竹屋者也，岂非因姓同而讹之耶？季迪名启，姑苏人，国初编修《元史》，擢户部侍郎，与杨基、张羽、徐贲为吴下诗宗。竹屋名观国，字宾王，有《竹屋词》一卷行世。①

很显然，这样的用词现象，带有词作品鉴的意味，是笔记小说对词话的搜集，与《剪灯新话》《剪灯余话》等短篇小说集，以及中篇传奇小说，在叙事过程中对词体的主观运用并非同质。甚至与《青泥莲花记》《才鬼记》《艳异编》《情史类略》等汇辑式的文言短篇小说集的用词现象也有所区别。如果不加区分而一并考察，反而不利于我们厘清明代作为叙事文学的小说对词体运用的现象及其演变。因此，本选题主要依参考目录书中的分类，以传奇、志人、志怪小说为文言

---

① 郎瑛：《七修类稿》，上海：上海书店出版社2001年版，第216页。

小说的考察对象。

三、词作辑录原则

对明代小说中词作的研究，离不开词作的收集与整理。但小说中的词作，尤其是白话小说中，其文本状态比较复杂，对于是否为词的判断或是否予以辑录的问题，笔者主要遵循如下几个原则。

（一）能确定词调者

小说作者在引入时注明词调，且词作格律与所注词调一致者，予以辑录。小说作者未注明词调，或所注词调有误，但据词作格律，依词谱可确定其词调者，予以辑录。明代小说，尤其是白话小说，不注明词调而引入词作的现象相当普遍，如《大唐秦王词话》第十五回中一首词：

> 盛彦古不知情，吃了一惊，只要挣走，又被建德夹攻，一剑过去，把盛彦古砍为两段。
> 李密怀奸造反，开刀擅杀唐臣。民间少壮虏为军。仓库尽皆搬运。劫掠黎民钱钞，强搜客旅金银。杀人放火夺乾坤。搅乱潼关界分。①

依律，此处所引内容为一首《西江月》词，故作为词体辑录。

衬字的羼入或诗词混刻且同韵而导致引入内容在体式上与词律不合，但如果剔除衬字及诗句部分后，可确定其词调者，予以辑录。如《西游记》第七回的开场词：

> 富贵功名，前缘分定，为人切莫欺心。正大光明，忠良善果弥深。些些狂妄天加谴，眼前不遇待时临。问东君因甚，如今祸害相侵。只为心高图罔极，不分上下乱规箴。②

这首词在句式格律上与诸词调均不合，但如果去除末二句，"问东君"句断为"问

---

① 《大唐秦王词话》，《古本小说集成》，上海：上海古籍出版社1991年版，第311页。
② 吴承恩：《西游记》，北京：人民文学出版社2010年版，第74页。

东君、因甚如今,祸害相侵",则是一首合律的《高阳台》调的上阕。因此,析出词作计入《高阳台》调下。这三种情况占小说用词现象的大多数。

(二)不能确定词调者

这种情况虽然不是用词现象的主流,但情况却较为复杂,主要又可分为两类。一类是作者交代词调,但所引不仅与词调格律不符,且与词体相去甚远者,不予以辑录。如《南海观世音菩萨出身修行传》篇首《鹧鸪天》后所录为:

> 国主妙庄王,幼女妙善娘。父欲招女婿,修行不嫁郎。发去园中禁,容貌越非常。白雀寺中使,天神相助忙。遣兵去烧殿,精诚感上苍。逍遥楼上劝,苦苦不相降。押赴法场绞,虎背密山藏。灵魂归地府,十殿放毫光。究囚蒙解脱,香山得返阳。九载修行满,功成道德强。父炙舍手眼,医疾得如常。文武八山谢,方知骨肉伤。一家登佛国,快乐在西方。①

此调下所引内容显然不属于词体,因此不予辑录。

一类是作者未注明词调,但明确交代所引为词者。如果词作在内容或体式上与词体相近,只是暂时无法确定词调的现象,作为"文本俟考"现象予以辑录。如果词作在内容或体式上与词体相去甚远,如有明显的曲体特征或骈偶的韵文特征,则不予辑录。

也有一部分作品,小说作者虽未明确交代所引为词,但所引内容在体式格律上与词体相近,只是具体词调难以确定的现象,亦作为"文本俟考"的现象予以辑录。

---

① 《南海观世音菩萨出身修行传》,《古本小说集成》本,第1页。

第一章　明代小说中词作的统计分析

小说中的词作,就文本辑录而言,与词人作品相比,有一定难度。作者引入词作,常常不注明词调,或消解对词作的征引痕迹,又或多有错讹,因此,笔者尽力而为,在词作辑录的基础上,对明代小说中的词作予以系统的考察。本章即以小说用词量的数据统计为基础,力图全面展现小说中词作的整体风貌。

第一节　明代小说中词作的数量统计

对明代小说中词作的辑录与统计,乃是小说中词作研究的基础。本节即在数据统计的基础上,对白话小说与文言小说中的用词量予以分类考察。

一、白话小说用词量统计分析

（一）白话小说用词总量统计

据笔者对各类小说目录书的参考,明代白话小说存目共计 188 部,其中存本 153 部,笔者共辑得词作 1400 余首,详见表 1-1。

表 1-1　明代白话小说用词量统计

存目数量	存本数量	重出数量	有词作品	用词数量	文本俟考
188 部	153 部	35 部	111 部	1491 首	63 首

关于上表所示辑录词作数量,有如下几点需予以说明:

1.小说佚失/未见的情况。指小说整体亡佚的情况,若有残本留存,则作为存本予以考察,如《别有香》残本等。

2.关于重复的问题。数种目录书中对于小说的收录,既有成书也有单篇,且其中多有重出者,为避免词作数量的重复统计,笔者对小说重出的现象做如下处理:

其一,同一小说之翻刻本,只计其中一种,如《古今小说》与《喻世明言》,目录书都有收录,现只计《古今小说》。

其二,数种小说之选刊本,只计原小说。如《二刻增补警世通言》,或题《别本古今小说》,为《古今小说》与《警世通言》拼凑而成,只计《古今小说》与《警世通言》。

其三,同部小说改题、翻刻等现象中涉及词作增删的情况,按去除重复之后的用词总量计入统计数据,并在具体论述时予以说明。

3.关于明代小说中掺杂的宋元旧本,其中成篇辑录者,不计入总数,如"三言"中所录宋元话本,但在对旧本改写过程中新羼入的词作,则计入统计总数;仅作为素材予以利用者,如《隋炀帝艳史》中托名隋炀帝所作8首《望江南》及相关情节,即源自宋人文言小说《海山记》,但由于《隋炀帝艳史》并非宋人小说的简单辑录,而是一种对已有素材的有机利用,因此计入总数,在具体考察时予以区别对待。

4.白话小说集中所录文言小说,如《清平山堂话本》中所录《风月相思》一篇,其中用词量计入文言小说的统计之中。另如白话小说目录中所录无名氏撰《轮回醒世》,实为文言小说,因此其中词作计入文言小说的统计之中。

（二）白话小说用词量的分类考察

白话小说按体式可分为长篇章回小说类与短篇拟话本类。其中章回小说又可按题材分为历史演义、神魔、世情及明末新兴的创作流派时事小说等。在具体的分类考察之前,有一点需要注意的是,长篇巨制《水浒传》,就题材而言,属于英雄传奇类,但是明代小说中可严格视为英雄传奇类的小说并不多,或与神魔相关,从而可视为神魔小说;或对史实有所依傍,从而归入历史演义类。而且《水浒传》对明代章回小说的影响,就用词现象而言,并不囿于哪一个流派的创作,因此,不妨在此对《水浒传》中的用词,予以单独统计考察。

《水浒传》版本众多,情况复杂,既有繁本又有简本,笔者以"容与堂百回本"为主要辑录对象,补以一百二十回本,共录得词作89首。其中篇首开场词1首（另有1首词调待考）,回前开场词8首。文中词79首大凡用于描人写景。《水浒传》在用词现象上,不仅数量众多,而且功能多样,在回目的分布上也较为均匀,可视为明代小说在用词现象上的典范之作。

其一历史演义类。历史演义小说是有明一代小说发展史上最具生机的一类,不仅是白话小说中最先接武明初《三国演义》与《水浒传》的创作题材,而且从明初至明末代不乏作。就其用词情况而言,在是否羼入词作的现象上,历史演义类是白话小说中较有规律可循的一类。即叙"宋"以前事的历史演义,如《盘古至唐虞传》《开辟衍绎通俗志传》《有夏志传》《有商志传》《两汉志传》《东西晋演义》等,基本上无词作羼入。而叙"宋"及以后历史的小说,如《大宋中兴通俗演义》《杨家府演义》《皇明中兴英武传》等,则或多或少有词作羼入。关于此一现象,在第四章第二节中还将详述。

表 1-2　历史演义小说用词量前五位作品简表

作品	作者	成书年代	用词数量/首
《大唐秦王词话》八卷六十四回	詹圃主人	万历	59
《隋炀帝艳史》八卷四十回	齐东野人	崇祯	45
《孙庞斗志演义》二十卷二十回	吴门啸客	崇祯	14
《七十二朝人物演义》四十卷	佚名	崇祯间刊本	30
《隋史遗文》十二卷六十回	袁于令	明末清初	41

从表 1-2 可以看出,历史演义小说在用词数量上差别较大,且除《大唐秦王词话》可能成书于万历年间之外,其余四部均为明末创作。词作羼入数量最多的亦是成书最早的《大唐秦王词话》,这虽然是一部鼓词,但其情节叙述主要由散文承担,且对研究隋唐讲史故事的演变历史有重要价值,因此学界往往将其视为历史演义小说。受鼓词体式的影响,其中词作除 4 首用于篇首,1 首用于开场之外,余则全部用于文中,散见于第四回至第六十回中。但又有一定的集中性,如第三十回就运用了 24 首词作用以刻画两位主要人物,这在明代小说中可谓特例;第二十五回与第四十四回,分别用到了 6 首和 5 首词作。

除具有特殊文体性质的《大唐秦王词话》之外,历史演义小说中羼入词作最多的实则是《隋炀帝艳史》,高达 45 首。该书作者虽云:"今《艳史》一书,虽云小说,然引用故实,悉遵正史。"但另一方面,作者亦言:"隋朝事迹甚多,今单录炀帝奇艳之事;炀帝为千古风流天子,一举一动,无非娱耳悦目,为人艳羡之事,故名其篇曰'艳史'."①正是这种写艳的创作宗旨,为小说羼入词作提供了机会。45 首词作,除 15 首用于开场之外,其余 30 首,或是炀帝与众妃子之间的吟咏唱和之作,或为描摹众妃子美艳,与传统历史演义小说不事渲染、用语简洁有所不同。

其次是《隋史遗文》,羼入词作的数量虽然与《隋炀帝艳史》只差了几首,但其中差别又较为明显。《隋史遗文》共用词 41 首,其中有 19 首用于开场,剩下 22 首中又有 16 首是炀帝与众妃之间以《望江南》为调的咏物之作的集中引录。因此,分散的文中词仅 6 首,所涉回目不多,不同于《隋炀帝艳史》。

《七十二朝人物演义》与《孙庞斗志演义》,这两部作品创作年代较晚,均在崇祯年间,其创作手法对于传统历史演义小说"以史按鉴"的创作模式多有突破,而表现出注重虚构的传奇性质。这两部小说在用词的回目分布上亦较为均匀,所不同的是,《七十二朝人物演义》中有 8 回用到开场词,而《孙庞斗志演义》中 14 首词全部用于文中。

由此可以看出,虽然同为历史演义小说,不同的创作主旨与叙事背景,对词作的具体运用均有不同程度的影响。也正因为如此,明代小说中的用词现象才呈现出不拘一格的面貌。

其二公案类。"公案"是明代白话小说中较为特殊的一类创作题材,其特殊性主要体现在编创方式上。明代公案小说的编撰大体上还停留在对案卷的简单加工连缀上,作为小说创作的虚构成分较少,较之书坊主对史料的加工整理更为简单原始,因此限制了词作羼入的空间。故有明一代的公案小说,唯最早的一部《包龙图判百家公案》,羼入词作相对较多,共计 8 首。程毅中曾指出:"《百家公案》标志着从话本向拟话本发展的一个转折点。"②笔者认为这部小说也可视为话本小说向公案小说转变期的产物,公案小说的编撰尚未形成自己的套路,还处于对话本小说的直接借用和模仿中,故在用词上体现出与宋元话本相近的风格。如其中关于张幼谦的故事,即为宋人话本小说,凌濛初收入《拍案惊奇》卷二十九,题为:"通闺闼坚心灯火 闹囹圄捷报旗铃"。《包龙图判百家公案》则在其中加入包公断案的情节,使之成为一则公案小说。其中两首主人翁之间唱和的《卜算子》,风趣幽默,展现了年轻人之间爱情的甜蜜,是话本小说常

---

① 《隋炀帝艳史·凡例》,《古本小说集成》本。
② 程毅中:《明代小说丛稿》,北京:人民文学出版社,2006 年版,第 180 页。

9

表现的内容,与明代公案小说的整体表现风格大异其趣。

另一部《廉明奇判公案传》,因收入托名为苏轼断案的故事,故引入其创作的一首判词《踏莎行》(这个秃奴),其余如《龙图公案》《详情公案》《神明公案》《海刚峰先生居官公案》等,均无词作羼入。

其三神魔类。神魔类小说是明代万历年间涌现出的一个创作类型,其中以《西游记》最具代表性,创作成就也最高。用词数量在前五位的作品见表 1-3。

表 1-3　神魔小说用词量前五位作品简表

作品	作者	创作年代	用词数量/首
《西游记》二十卷一百回	吴承恩	万历	66
《三宝太监西洋记通俗演义》二十卷一百回	罗懋登	万历	29
《韩湘子全传》三十回	杨尔曾	天启	28
《禅真逸史》八卷四十回	方汝浩	天启间刊本	34
《扫魅敦伦东度记》二十卷一百回	方汝浩	崇祯刊本	51

五部小说共用词 208 首,较之历史演义小说排在前五位的用词总量 189 首略多。虽然神魔小说是万历年间兴起的一个创作类型,但就用词现象而言,排在前五位的小说中有三部倒是明末作品。其中《西游记》成书最早,用词也最多,高达 66 首,而且用词风格多样,与《水浒传》一样,是后来小说在用词上直接抄袭和模仿的对象。《西游记》一百回,44 回运用词作,单回的用词量,除第九回中以"渔樵唱和"的方式集中引入 10 首词作外,其余均在 5 首以下。就用词现象而言,《西游记》中的词作功能多样,与《水浒传》相当,除描人、写景、咏物、议论之外,尚较《水浒传》多出"代言"一途。就风格而言,则既有严肃的词体创作,如第九回羼入的"渔樵唱和"之词,也有大量的游戏之笔,是明代小说中词作风格差距较大的一部作品。

另一部用词量较高的小说是《扫魅敦伦东度记》,也达到了 51 首。全书共一百回,用词回目有 37 回。这部小说在用词数量及用词风格上均与《西游记》相近,所不同的是《西游记》中的开场词有 13 首,而它只有 2 首篇首开场词,无回前开场词。其余 49 首词作,均作为文中词,穿插于叙事中。

《三宝太监西洋记》虽然亦有一百回,但有词的回目数量相对较少,仅 15 回用到了词作。主要集中分布在第二十回到第四十回之间。除第一回有 1 首可统领全书的开场词之外,其余 28 首词作均用于文中。不过在用词风格上,它与

《西游记》最为相近。

《禅真逸史》在用词数量上虽然与《三宝太监西洋记》相当,但在用词风格上却与之相去甚远,更倾向于宋元话本的用词风格,对唐宋词的引用也较多。不过,在开场词的运用上,《禅真逸史》与《扫魅敦伦东度记》《三宝太监西洋记》相似,均没有采用回前开场词的形式。其中34首词作,全用于叙事之中。

神魔小说用词量排在前五位的小说中,除了《西游记》以外,只有《韩湘子全传》在回目中运用了开场词。《韩湘子全传》全书共三十回,除篇首有1首开场词之外,另有5回用到了开场词。文中词的运用则主要在第十回及以后。

总体而言,神魔小说的用词现象较历史演义普遍,没有出现如历史演义小说用词与否参半的现象。据笔者考察的二十余部神魔小说中,仅《玄天上帝出身志传》一部无词羼入,是书由书坊主余象斗编撰,无词现象或与他一贯的编书风格有关。

其四世情/艳情类。明代的世情小说,以《金瓶梅词话》为开端与代表,但其后的小说创作,却往往更倾向于艳情一途。用词量在前五位的作品见表1-4。

表 1-4　世情小说用词量前五位作品简表

作品	作者	创作年代	用词数量/首
《金瓶梅词话》一百回	兰陵笑笑生	嘉靖、万历间	34
《绣榻野史》二卷	吕天成	万历	108
《昭阳趣史》二卷六十五则	古杭艳艳生	天启之前	15
《醋葫芦》四卷二十回	西湖伏雌教主	崇祯十二年之前	21
崇祯本《金瓶梅》一百回	改定者不详	崇祯	50

五部世情小说共计词作228首,高出历史演义与神魔小说,数量上的优势主要源于《绣榻野史》,用词量高达108首,在明代小说中可谓首屈一指;在用词方式上也甚为特殊。其中词作,仅4首羼入小说正文之中,其他104首均在每则文尾附录。大凡用于写艳,与文言艳情小说《素娥篇》中的用词方式相似。

由于崇祯本《金瓶梅》对万历本《金瓶梅词话》中的词作删改较多,所以分别予以统计。除《绣榻野史》之外,世情小说用词量最多的就是崇祯本《金瓶梅》。与万历本《金瓶梅词话》相比,崇祯本《金瓶梅》的用词现象也较具特色。《金瓶梅词话》共用词34首,其中8首用于开篇,就篇首词数量而言,居明代小说之冠。此外又有8首回前开场词,其余18首羼入叙事之中。崇祯本《金瓶梅》新增词作 42 首,共用词 50 首。其中 40 首用于回前开场,则是明代小说回前开场词运用最多的作品。文中词基本袭自万历本,且集中在前二十回。余下八十回中只有开场词,叙事过程中并未羼入词作。

总体而言,世情小说在用词量上较有特色,《绣榻野史》是明代白话小说中用词最多的小说、万历本《金瓶梅词话》是篇首词数量最多的小说、崇祯本《金瓶梅》则是回前词运用最多的小说。

其五时事类。这是明代小说的一种特殊现象,即因当朝时事而创作的作品。明末社会动荡,矛盾尖锐,一些时事往往对民众触动较大,因而也进入小说家的视野,成为创作的动机与素材。明代时事小说中用词数量在前五位的作品见表 1-5。

表 1-5 时事小说用词量前五位作品简表

作品	作者	创作年代	用词数量/首
《征播奏捷传》六卷一百回	名衢逸狂	万历	10
《七曜平妖传》六卷七十二回	沈会极	天启	19
《梼杌闲评》五十回	佚名	崇祯	56
《辽海丹忠录》八卷四十回	陆人龙	崇祯	13
《镇海春秋》二十回(残)	吴门啸客	崇祯	8

五部作品共用词 106 首,明显少于其他三类传统题材的小说。由于时事小说不仅写当朝的重要历史事件,而且属于有所依傍的创作方式,因此,与历史演义小说相比,对词作的运用更为有限。用词数量最多的是《梼杌闲评》,是书共五十回,不题撰人。小说叙写魏忠贤的罪恶一生,因此,按内容它可以视为时事小说。但这部小说在创作风格上却倾向于世情类小说,故有研究者将其定位为"徘徊于时事与世情之间"①。也正因为如此,它在用词现象上也异于其他时事类小说,不仅用词数量较多,而且在用词风格上也与世情类小说相近。如以词作展现人物所见之亭台楼阁、古玩器具,这样细腻铺叙的笔调,近于世情小说。

除《梼杌闲评》之外,较为严格的时事小说中,用词数量最多的是《七曜平妖传》,共 19 首,其中 17 首作者以"云窝先生"的名义羼入,用以描摹人事。《辽海丹忠录》中 13 首词作,有 10 首用于回前开场,仅 3 首用于叙事之中。《镇海春

---

① 张平仁:《徘徊于时事与世情之间——〈梼杌闲评〉论略》,《宝鸡文理学院学报》,2003 年第 3 期。

秋》存第十至第二十回,所写内容与《辽海丹忠录》相近,用词现象与词作风格也相近。其中 7 首词作,有 5 首用于回前开场,文中词仅 2 首。《征播奏捷传》虽为时事小说,但对主人翁情事多有涉及,且写艳手法模仿《金瓶梅》,其中词作、韵文则间采《水浒传》《西游记》《金瓶梅词话》《三宝太监西洋记》等书,故用词现象较为混杂,与其他时事小说不同。

其六拟话本类。最著名莫过于“三言”“二拍”,还有《西湖二集》《型世言》等。这类作品用词较多,且时有情节重复者。其中“三言”中宋元旧本的收录较多,故用词现象需区别对待。除去宋元旧本,明代拟话本小说集用词数量排在前五位的作品见表 1-6。

表 1-6　拟话本小说用词量前五位作品简表

小说	作者	成书年代	用词数量/首
《古今小说》四十卷	冯梦龙辑	天启	28
《醒世恒言》四十卷	冯梦龙辑	天启	30
《二刻拍案惊奇》四十卷	凌濛初	崇祯	22
《型世言》十卷四十回	陆人龙	崇祯	32
《西湖二集》三十四卷	周清源	崇祯	52

五部拟话本小说集,除去宋元旧本,共用词 164 首。其中以《西湖二集》用词量最多,高达 52 首,且较具特色。《西湖二集》中不少篇目就内容而言,带有词人逸事编撰的成分,故其中词作多引自前人。其他几部小说集所收篇目数量相同,用词总量也相当。就单篇话本而言,或无词,或用词量在 3 首以下。

总体而言,白话小说中有词作品与无词作品,数量参半。而且用词数量以及运用方式,受小说题材类型以及编创方式、作者才情等诸多因素的影响。这里在数据统计的基础上,呈现了白话小说用词现象的大体风貌,对于其总体特征及演变趋式,在第四章中还将论述。

二、文言小说用词量统计分析

（一）文言小说用词总量统计

笔者所考察的文言小说可分为传奇、志人与志怪三类，包括小说集与单篇小说。其中单篇小说，除以单行本流传的作品之外，尚包括一些杂俎、笔记小说中所含传奇小说，且未被传奇小说集辑录者，主要参考《明清传奇小说集》等予以辑录考察。共辑得词作近 800 首，去除重复之后，有 600 余首，详见表1-7。

表1-7　文言小说用词总量统计

考察类别	作品数量	有词作品	用词数量	不计重复	文本俟考
集	35 部	16 部	577 首	347 首	4 首
篇	103 篇	30 篇	432 首	432 首	11 首

关于这一统计数据，有如下几点需要说明：

1.重复辑录现象。与白话小说一样，明代文言小说中亦时有重复现象，所不同的是，这种重复并不在于一部小说的数度翻刻、改写、合刊等，而主要集中于同一篇小说的重复辑录。就用词情况而言，则又有两种现象：

其一是用词量增减明显者。这一现象在明代中篇文言传奇中较为显著。如《钟情丽集》除了单行本之外，又被《国色天香》《万锦情林》等娱乐类书所收录。而各书在收录时常互有增删，对于此类现象，笔者根据各本所录去除重复后的用词总量计入统计数据。

其二是用词量基本不变者。这一现象主要体现在短篇小说的重复辑录中。如文言传奇集《奇女子传》《清泥莲花记》《艳异编》《情史类略》等，其中故事多有重复，但单篇用词量基本不变。故笔者在"用词总量"项下一并统计，以呈现文言小说用词量全貌，在"不计重复"项下，则是去除此类重复现象之后的用词量。

2.部分传奇小说选，其中单篇若已全部析出者，不再计入小说集的统计数据。如《风流十传》中所录中篇传奇小说，均已作为单篇统计，故小说集中不再统计《风流十传》。

3.白话小说集中所录文言小说，已从白话小说的统计数据中析出，计入单篇的统计数量；文言小说中集中所载白话小说，如《艳异编》所录《张于湖误宿女贞观记》），则析出计入白话小说用词量的统计之中。

（二）文言小说用词量的分类考察

文言小说的用词现象主要体现在传奇小说中，志人、志怪小说则由于叙事简洁，不事铺排，且在创作风格上偏重六朝小说的质朴，故基本无词羼入。如祝允明《前闻记》中的《义虎传》，《语怪》中的《桃园女鬼》《常熟女遇鬼》等算是较有小说意味的作品，还有如陆粲的《庚巳编》等，均未引入词体。另如贺钦《医闾漫记》、朱长祚《玉镜新谭》、杨士聪《玉堂荟记》等志人小说集，亦无词作羼入。如果说白话小说中公案类小说整体无词羼入的现象，主要是受其编创方式的影响，在文言小说中，志人、志怪小说所呈现出的整体无词现象，则主要是受这两类题材所特有的创作风格的影响。

因此，就用词现象而言，主要针对文言传奇。对传奇小说用词量影响较为显著的因素，则是小说篇幅的长短。因此，笔者将明代文言传奇小说分为短篇与中篇，分别予以考察。

其一，短篇文言传奇受篇幅及叙事风格的限制，用词数量都很有限。用词数量超过 3 首的作品已为少数，仅《玄妙洞天记》有词 18 首、《紫汀小传》9 首、《郑吴情诗》7 首、《王秋英传》8 首、《四块玉传》5 首、《张红桥传》4 首、《大士诛邪记》4 首。

这几篇小说视其中词作的具体运用情况，又可分为两类。其中一类是所有词作由作者以记录的方式一次性引入，如其中用词数量最多的《玄妙洞天记》，叙事十分简洁，但于文末，作者以"至所歌之词，聊藉于此，以示好事"为由，录入 18 首词作。在这类现象中，词作并不直接参与小说的叙事，而是作为人物活动或事件的一种补叙，与叙事构成一个有机的整体。如《大士诛邪记》《杨太真外传》等，其用词方式亦属于此一种。另一类则是作为小说人物之间传情达意的媒介，伴随人物的活动，在事件的讲述过程中直接引入，这是文言传奇中运用词作的主要方式。如《张红桥传》《王秋英传》等，其中词作均融入小说的叙事之中，承担具体的功能。

其二，中篇文言传奇在明代小说史上，有其自身的独特性，此类小说往往羼入诗词数量巨大，且用词量也较为参差。如其中《刘生觅莲记》用词 47 首，而《花神三妙传》则只有 7 首，另如《痴婆子传》等则无词羼入。不过《痴婆子传》较为特殊，不仅无词作羼入，诗歌亦仅用 1 首。但总体而言，均存在诗多词少的现象。就诗词的比例而言，唯《娇红记》与《刘生觅莲记》中诗词数量相当，其他各篇中词作数量明显少于诗作数量。其中反映出明代小说作者在创作过程中，对诗词运用的一种差别态度。关于这一点,在第四章还将详论。

除此之外,自撰性的短篇小说集,如《剪灯新话》《剪灯馀话》《花影集》《效颦集》等,用词总量均不多,分别为7首、19首、5首、3首。其中《剪灯馀话》因附有中篇文言传奇《贾云华还魂记》用词13首,至使整部小说的用词量高于其他三部,若将此篇析出,则自撰性的短篇小说集用词量均在10首以下,另有《觅灯因话》等,则无词羼入。而汇辑性的短篇文言小说集,如《西湖游览志馀》《青泥莲花记》《艳异编》与《情史类略》等,则用词量多寡不一,如所举四部小说集用词量分别为132首、57首、81首、155首,数量差距较大,而且各部小说辑录多有重复的现象,如《艳异编》中见于其他小说集中的词作有52首,而《情史类略》中的重复词作则高达83首。另如《虞初志》《续虞初志》等,则无词羼入。

总体而言,文言小说中的用词现象,主要集中在传奇小说一类。用词量受小说篇幅长短的影响较大,而且用词现象较为单一,与白话小说呈现出的丰富多样性有一定的区别。对于文言小说用词现象的整体特征以及演变趋式,同样在第四章还将论述。

三、同源小说用词量的变化考察

这里所讲的同源小说,主要指一部小说问世之后,经由后人改写、翻刻,以新的"面目"出现,这些新面目,或仍用原名,成为一部小说的不同版本;或改换原题,成为一部小说的若干系列,也包括单篇小说中明人对旧本的改写现象。对同源作品用词量的考察,不仅可以窥见明人对小说运用词体现象的认识,也有助于全面把握明代小说用词现象的流变趋势。下文即以明代较有代表性的同源小说为例,分析其中用词量的增减变化及原因。

(一)增加词作的现象

一是纯粹增加词作。即词作的增加与情节无关,而且词作的引入也并不是原小说中相应诗歌或韵文的代替。如余象斗在重刊《列国志传》时,从文言小说《娇红记》中引入一首《摸鱼儿》(锦城西),用以描景。另如《京本通俗小说》中宋人旧本《冯玉梅团圆》篇首,新增一首《南乡子》(帘卷水西楼),为明人瞿佑所作,应为重刊时所增。

一是以词易诗。以词易诗的现象,最为集中也最为显著的例子,莫过于崇祯本《金瓶梅》对万历本《金瓶梅词话》的改写。崇祯本将万历本的35首开场诗改易成了开场词。另如冯梦龙在收集整理宋元话本时,亦有以词易诗的现象。

一是伴随情节的丰富而增加。与情节相关的增词现象,在同源小说的改写过程中并不多见。如冯梦龙对宋元话本《柳耆卿诗酒玩江楼记》的改写,原话本载于《清平山堂话本》,用词 2 首。第一首《西江月》(师师媚容艳质)未见于柳永词集。第二首《浪淘沙》(帘外雨潺潺)则为南唐后主李煜名作。冯梦龙除了对小说主旨及故事情节的改变之外,其中词作的引用也较旧本有很大区别。新编《众名姬春风吊柳七》共引柳永词作 7 首。除第一首《西江月》(师师媚容艳质)沿用旧本稍有改动外,删除了文不对题的李煜《浪淘沙》词,安插了另外 6 首柳永词作。

(二)删减词作的现象

在改写过程中对词作的删减相对便利,一般情况是随情节一起删减。如《平妖传》小说,有二十回本与冯梦龙补的四十回本两个系统。徐朔方先生在《〈平妖传〉的版本以及〈水浒传〉原本七十回说辨正》一文中曾指出:"历来认为二十回本早于四十回本,后者是前者的增补和发展。"徐先生则认为罗贯中的原本已佚,二十回本乃是据原本删节而成,四十回本虽然经过明末冯梦龙的修改润色,但却较二十回本更接近原本,而不是据二十回本增衍而来。① 的确如此,在四十回本的《平妖传》中,词作运用较多,共 13 首,散见于全书各回中,或用以描人,或用以写景。而二十回本的《平妖传》仅用词 1 首,即四十回本中一首描写长凳所化白虎的《西江月》(项短身圆耳小)。从小说叙事手法的整体性而言,这首词作在二十回本中甚显突兀。纵观明代小说,用词仅 1 首的现象,词作或用于开场或因人物创作而引入。如果小说运用词作予以刻画人物或描写场景,则不会只对小说中一个极小的细节采取以词作刻画的方式。因此,更为合理的解释是,二十回本中的这首《西江月》,是在对四十回的原本进行删减时所遗留下来的;而不是四十回本多出的 12 首,是在二十回本的基础上增加的。

对词作的删减在文言小说的同源作品中表现明显,如中篇传奇小说在被各种通俗类书收录时,收录者均对小说内容做了一定的修改处理。其中词作也多有删减,如《国色天香》所录《花神三妙传》有词 7 首,《龙会兰池录》有词 14 首,这两篇小说在《绣谷春容》中,均仅有词 1 首;另如《国色天香》所录《古杭红梅记》有词 10 首,《绣谷春容》收录时亦只剩 2 首。且这些词作乃是随相关情节一

① 徐朔方:《小说考信编》,上海:上海古籍出版社 1997 年版,第 142—150 页。

并删减，而非仅仅删减词作。

除此之外，词作删减的现象也有与情节关系不大的情况，如《水浒传》在刊刻过程中，书坊主为了节省篇幅，以追求利润，往往对其中诗词径直删去。胡应麟在《少室山房笔丛》中就说：

> 此书所载四六语甚厌观，盖主为俗人说，不得不尔。余二十年前所见《水浒传》本尚极足寻味，十数载来为闽中坊贾刊落，止录事实，中间游词馀韵、神情寄寓处一概删之，遂几不堪覆瓿，复数十年无原本印证，此书将永废矣。①

不过，对于《水浒传》词作的删减，亦有出于小说艺术追求的情况，如经金圣叹批改过的《水浒传》，题为《第五才子书》，即将原作中的词作基本删除。金氏显然对原本中的"游词馀韵"持否定态度，故将其中词作，不论功能与优劣，悉数删除。不过此类大手笔，在明代同源小说中对词作的处理上，并不多见。

（三）词作数量不变的现象

这种现象主要是针对单篇小说而言，尤其是文言短篇小说在重复收录的过程中，或者经由白话小说作者改写的过程中，词作数量基本不变。这些小说最大的共同点，即其中词作大凡为历史人物所创作，可视为"以词系事"类的小说创作，即词作就是小说重点展现的对象，如营妓严蕊的故事，文言小说集《奇女子传》《青泥莲花记》《情史类略》等均有收录，用词 3 首，凌濛初在《二刻拍案惊奇》卷十二中，将其改写成白话小说时，虽对具体情节有所增溢，但其中用词量与用词方式均没有改变。因为此类小说，其中词作往往为人物所作，且构成小说的核心或高潮，故即使不同编者在收录时，有叙事的详略之分，但对词作的引用则大体不变。

以上简要介绍了明代同源小说，在流传、改写的过程中，其中词作增删以及不变的现象，究其原因，主要有以下几点：

一是书坊主的权宜之计，与小说的艺术追求无关。如书坊主在刊刻《水浒传》时，往往删削原作中的诗词，在《水浒志传评林》中，双峰堂主人余氏虽然不满其他坊刻删削诗词的行为："惟三槐堂一副，省诗去词，不便观诵，今双峰堂余

---

① 胡应麟：《少室山房笔丛》卷四十一，上海：上海书店出版社 2009 年版，第 437 页。

子改正增评。有不便览者芟之,有漏者删之,内有失韵诗词欲削去,恐观者言其省漏,皆记上层。"[1]但他自己的做法也依然是芟之、删之,或将诗词移入上层。删削的不可避免,归根结蒂是书商为节缩纸版、求其易售。类似的情况则如通俗类书对中篇文言传奇收录时的删减,也是出于节省篇幅的考虑,而与艺术追求无关。

一是对词体作为小说关目的宏观把握。如上文提及的拟话本《众名姬春风吊柳七》小说中词作的增入与运用,与原作相比,更能显示出词作在小说情节构建中的作用。小说中两首《西江月》(调笑师师最惯)(凤额绣帘高卷)和一首《如梦令》(郊外绿阴千里),作者在展现柳永与几位行首之间的感情时羼入,突出的是一种亲情关系,因此这几首词作在情感诉求上均有泛写的一面。随着情节的转变,当叙及柳永与玉英之间的情感时,作者羼入的词作在情感的展现方面则是另一种境界了。一首《玉女摇仙佩》(飞琼伴侣)与一首《击梧桐》(香靥深深),在用情的深广及细腻方面,较之前引入的三首令词有很大的提升。而在情节的进一步发展中,作者又以柳永错封词作为转捩点,引出他郁郁不得志以及以白衣卿相终老的因由,为他死后众名姬相吊作了情节上的铺垫。

改作以词作为结构全篇的关目,既突显了柳永在现实生活中著名词人的身份,又使情节的发展"因词显名、因词获罪",更为完整。词作已不再是小说的点缀与"蒜酪",而成为情节发展的血脉。在小说的整体构架下,对词作的合理选择和有效运用,既显示出冯梦龙对词体运用的驾驭能力,也显示出他对叙事的掌控力度。

一是对词体抒情性的重视。从以词易诗的现象可以看出,新增词作较之原诗,往往更具抒情性及可读性。如冯梦龙编《古今小说》卷十六《范巨卿鸡黍死生交》,为宋元话本,《清平山堂话本》有录,文末乃为一诗:

> 至今山阳古迹犹存,题咏极多,聊陈二诗曰(按:实为一首五律):
> 义重张元伯,恩深范巨卿。不辞迢递路,千里赴鸡羹。既报身倾
> 没,辞亲即告行。山间□□□,万古仰高情。[2]

---

① 《水浒志传评林·序》(上层),《古本小说集成》本。
② 洪楩编:《清平山堂话本》,长沙:岳麓书社 2019 年版,第 164 页。

冯氏改写为：

> 至今山阳古迹犹存，题咏极多。惟有无名氏《踏莎行》一词最好，
> 词云：
>> 千里途遥，隔年期远，片言相许心无变。宁将信义托游魂，堂中鸡
>> 黍空劳劝。　　　月暗灯昏，泪痕如线，死生虽隔情何限。灵輀若候故
>> 人来，黄泉一笑重相见。①

冯氏以词易诗，对原文的结尾进行了改写。两相对比，冯氏改增的这首词作，抒情意味浓厚，较之原诗更具感染力。而且冯梦龙将原作中的"聊陈二诗"，改为"惟有无名氏《踏莎行》一词最好"，亦是对词体抒情性的强调。

一是对小说中词作的核心价值的认可。这是以词系事类小说在流传过程中，词作保持不变的重要原因。无论是书坊主、还是改写者，对此类小说中词作的核心价值均持认同态度，因此，无论所录叙事内容详略与否，其中词作的引入在数量与内容上均保持不变。

一是对小说叙事凝练的艺术追求。金圣叹对《水浒传》中诗词的删减，则可视为此一追求的结果。

第二节　小说用词择调的倾向性

小说的创作与传统诗词有所不同，它所面向的不仅仅是文人群体，更多的是市井百姓，即使是文言小说，亦有通俗化的趋式。因此，对其中词作词调的考察，有助于我们全面了解词体在民间的生存状态。

一、小说用词词调的统计

对小说中用词词调的统计，以第一节中统计的词作为考察对象，可以确定的词调情况为：白话小说共涉及 187 调，文言小说共涉及 156 调。二者相加，去其重复者，共计 246 调，约占唐宋词调总量的四分之一。据笔者对《全明词》《全

---

① 冯梦龙编：《古今小说》卷十六，《古本小说集成》本，第 630 页。

明词补编》所录词调的初步统计,前者共收词一万九千余首,后者收词五千余首,共有词调781调。则明代小说的用调量占明词的三分之一左右。现将明代白话小说与文言小说中的词调,按作品数量统计如下:

表 1-8　明代白话小说用词词调统计一览表

序号	词调	作品数量	词调体式	序号	词调	作品数量	词调体式
1	西江月	408	小令	17	念奴娇	15	长调
2	鹧鸪天	112	小令	18	天仙子	13	中调
3	临江仙	74	中调	19	渔家傲	13	中调
4	望江南	52	小令	20	南柯子	11	小令
5	满江红	44	长调	21	水调歌头	10	长调
6	满庭芳	27	长调	22	玉楼春	10	小令
7	蝶恋花	26	中调	23	行香子	9	中调
8	浪淘沙	24	小令	24	沁园春	9	长调
9	如梦令	23	小令	25	生查子	9	小令
10	浣溪沙①	21	小令	26	眼儿媚	9	小令
11	菩萨蛮	21	小令	27	柳梢青	8	小令
12	踏莎行	19	小令	28	风入松	7	中调
13	南乡子	18	小令	29	减字木兰花	7	小令
14	卜算子	18	小令	30	千秋岁	7	中调
15	点绛唇	17	小令	31	清平乐	7	小令
16	长相思	15	小令	32	水龙吟	7	长调

---

①　按:该调词作数量的统计,与《明代小说寄生词曲研究》中的统计有较大出入。该书指出:"《浣溪沙》词调300首左右(包括部分无词调名者,但从句式上分析应属该调)"(第58页脚注1)。由于明代小说中有大量七言六句的韵文,虽然句式上与《浣溪沙》一致,但属于"七七。七七。七七。"结构,与《浣溪沙》词调的基本格律形式"七,七。七。　　七,七。七。"之间有本质区别,如罗懋登《三宝太监西洋记》中连引4首之一:"一称元帅二华光,眉生三眼照天堂。头戴叉叉攒顶帽,五金砖在袖儿藏。火车脚下团团转,马元帅速赴坛场。"(《古本小说集成》本,第340页。)此类现象笔者未计入《浣溪沙》调下。

续表

序号	词调	作品数量	词调体式	序号	词调	作品数量	词调体式
33	忆秦娥	7	小令	39	谒金门	6	小令
34	捣练子	6	小令	40	画堂春	5	小令
35	阮郎归	6	小令	41	鹊桥仙	5	小令
36	苏幕遮	6	中调	42	桃源忆故人	5	小令
37	阳春曲	6	小令	43	小重山	5	小令
38	虞美人	6	小令	44	一剪梅	5	中调

表 1-9　明代文言小说用词词调统计一览表

序号	词调	作品数量	词调体式	序号	词调	作品数量	词调体式
1	望江南	29	小令	16	如梦令	12	小令
2	西江月	28	小令	17	点绛唇	10	小令
2	满庭芳	25	长调	18	玉楼春	10	小令
4	菩萨蛮	21	小令	19	南乡子	8	小令
5	临江仙	20	中调	20	好事近	7	小令
6	长相思	18	小令	21	浪淘沙	7	小令
7	踏莎行	16	小令	22	木兰花慢	7	长调
8	卜算子	15	小令	23	天仙子	7	中调
9	减字木兰花	15	小令	24	小重山	7	小令
10	念奴娇	15	长调	25	捣练子	6	小令
11	一剪梅	15	中调	26	柳梢青	6	小令
12	鹧鸪天	15	小令	27	虞美人	6	小令
13	浣溪沙	14	小令	28	清平乐	6	小令
14	蝶恋花	13	中调	29	千秋岁	5	中调
15	忆秦娥	13	小令	30	阮郎归	5	小令

序号	词调	作品数量	词调体式	序号	词调	作品数量	词调体式
31	惜分飞	5	小令	33	眼儿媚	5	小令
32	喜迁莺	5	长调	/	/	/	/

注:

1.表格据词作数量多少降序排列,其中作品数量相同的情况,按词调名拼音升序排列。

2.表 1-8 与表 1-9,均只统计作品数量在 5 首及以上者。除此以外,白话小说另有词作 4 首的词调 6 种、词作 3 首的词调 19 种、词作 2 首的词调 20 种,及词作 1 首的词调 98 种。文言小说另有词作 4 首的词调 10 种、词作 3 首的词调 12 种、词作 2 首的词调 27 种,及词作 1 首的词调 74 种。

3.对于唐宋元词作的引用,已按本章第一节用词数量的统计原则除去了重复的情况。但另有一种小说层面的重复,即数部小说同时引用某一词的现象,视为小说作者独立的用词行为,计入该词调的统计数据中。如宋无名氏的《青玉案》(人生南北如歧路),在《韩湘子传》《初刻拍案惊奇》与崇祯本《金瓶梅》中均被引用,但于小说而言,并不存在情节的抄袭或模仿,是小说作者独立的用词行为,因此按 3 首作品计入《青玉案》调下。

4.异名词调均计入正体,不单独计算,如《大江东去》《酹江月》与《念奴娇》数调,以《念奴娇》为正名予以统计。

5.小说作者仅引入半阕,或单调的情况,按 1 首计入相关词调下。

6.未注及误注词调的现象,比对词谱可以确定及更正其词调者,按相应词调,计入统计数据。如《山水情》第二回的开场词《青玉案》(金屋娇娃),实为《满江红》调。虽有一二失律现象,但显然不属于《青玉案》调,应计入《满江红》调下。

7.词作羼入衬字及诗词混刻,导致词作与词调不符的现象,若剔除衬字及诗句后,词作部分符合相应词调者,计入该词调名下。

据笔者统计,《全明词》《全明词补编》及数篇辑补文章所录明词中排在前十位的词调为:《蝶恋花》《浣溪沙》《菩萨蛮》《念奴娇》《满江红》《临江仙》《西江月》《满庭芳》《鹧鸪天》《如梦令》。而明代小说中,将白话小说与文言小说统一起来考察,词作数量排在前十位的词调则是:《西江月》《鹧鸪天》《临江仙》《望江南》《满庭芳》《满江红》《蝶恋花》《菩萨蛮》《浣溪沙》《如梦令》。而据王兆鹏统计,《全宋词》共用词调 881 个,使用频率最高的词调前十位为:《浣溪沙》《水调歌头》《鹧鸪天》《菩萨蛮》《满江红》《念奴娇》《西江月》《临江仙》《减字木兰花》《沁园春》。

通过比较可以发现,《西江月》《临江仙》《鹧鸪天》《浣溪沙》《满江红》等数调,在宋代与明代均为流行的词调,这一现象同样反映在明代小说对词调的择取中。而如《满庭芳》《蝶恋花》《如梦令》等调,则未出现在宋词词调的前十位,而是明词与明代小说中最常见的词调。而且明代小说中排名前十位的词调,除《望江南》1 调外,其余 9 调均出现在明词排名前十位的词调中。而明词中排在前十位的另一词调《念奴娇》，在小说词调的排名中位居第十五位，在长调的运用中，除《满江红》与《满庭芳》外，明代小说中运用最多的即为《念奴娇》调。因而，从此粗略的对比亦可看出，小说作者对词调的选择，与有明一代词坛的创作面貌息息相关。关于这一点，在第六章中还将详述。

二、白话小说在词调运用上的特征

若将词调按长调、中调与小令加以区分来考察，可以发现，白话小说在长调的具体运用上，受唐宋词相关作品的影响较大，即直接引用、改写或模仿唐宋词的现象较为明显。而小令的选择，则对《西江月》《临江仙》与《鹧鸪天》三调显示出明显的喜好，且令词的原创成分较大，与长调运用时的"有迹可循"不同。

（一）白话小说中长调运用的特点

就词体的填制而言，长调显然较小令更难驾驭，不仅难出佳作，即使是敷演成篇亦有较大的难度。白话小说作者群就整体而言，文学修养普遍较低，但其中长调的运用也并不罕见。据表1-8统计，用词在5首以上的词调中有长调《满江红》《满庭芳》《念奴娇》《水调歌头》《沁园春》《水龙吟》共6调，词作共100余首，其中又以《满江红》最受欢迎。若进一步考察这些长调作品，则可以发现，白话小说中数种长调的运用，呈现出如下的特色。

1.引用前人词。白话小说的长调共计51调，词作167首，其中多数词作是小说作者引用的前人作品。这里所谓的"引用"，包括直接引用、改写和化用前人词三种情况，其中以前两种较为普遍。直接引用不难理解，改写与化用需稍作说明。改写是指在原词的基础上，小说作者为契合叙事情节对原词进行修改，但改动幅度不大，如《禅真逸史》中引用一首周邦彦《瑞鹤仙》（悄郊原带郭）描景，为契合小说的具体情景，将原词下片前四句："不记归时早暮，上马谁扶，醒眠朱阁。惊飙动幕。"改成："不计程途迢递，遇酒逢花，高歌缓颊。君臣共乐。"①化用则指在原词的框架下，改动幅度较大，但对原词的借用痕迹依然明显的情况，如《巢闯小说》第六回中以一首《水调歌头》赞吴西平：

腥鬼啸燕北，玉帐夜分弓。令公鹊起幕府，遏力矢孤忠。千里风飞雷厉，四校星流电扫，剑气吐长虹。谈笑摧骄掳，智略冠群雄。

① 方汝浩：《禅真逸史》，《古本小说集成》本，第1696页。

排云阵，飞镞雨，水舰挟芙蓉。民安未邦，启圣不邀功。闻道玺书频
下，看踏沙堤归路，帷幄且从容。中兴建神武，一举朔庭空。①

化用自宋张孝祥同调作品："猩鬼啸篁竹，玉帐夜分弓。少年荆楚剑客，突骑锦
襜红。千里风飞雷厉，四校星流彗扫，萧斧剒春葱。谈笑青油幕，日奏捷书同。

　　诗书帅，黄阁老，黑头公。家传鸿宝秘略，小试不言功。闻道玺书频下，看
即沙堤归去，帷幄且从容。君王自神武，一举朔庭空。"②不过，白话小说中词作
以直接引用、局部改写的情况为多，此类化用的情况并不多见。现将白话小说
中长调引用的前人词作列为简表（见表1-10）。

表 1-10　白话小说中长调引用前人词作简表

词调（引用数/用词数）	词作作者	首句	引用小说
《满江红》（17首/42首）	岳飞	怒发冲冠	《大宋中兴通俗演义》
	僧晦庵	胶扰劳生	《大唐秦王传》《拍案惊奇》《二刻拍案惊奇》《欢喜冤家》《古今小说》《三宝太监西洋记》③
	周邦彦	昼日移阴	崇祯本《金瓶梅》
	赵鼎	惨结秋阴	《南北两宋志传》《杨家府演义》
	张安国	斗帐高眠	《贪欣误》
	王清惠	太液芙蓉	《西湖二集》
	文天祥	试问琵琶	《西湖二集》
	文天祥	燕子楼中	《西湖二集》
	《西游记》	这回因果	《梼杌闲评》
	《剪灯馀话》	嫩日舒晴	《拍案惊奇》
	《素梅玉蟾》	木落庭皋	《二刻拍案惊奇》

---

① 《巢阖小说》，《古本小说集成》本，第207页。
② 唐圭璋编：《全宋词》第三册，北京：中华书局1965年版，第1686页。
③ 同一首词，小说引用一次计为1首，故此处按6首计入《满江红》调下，下同。

续表

词调（引用数/用词数）	词作作者	首句	引用小说
《满庭芳》 （7首/27首）	胡浩然	潇洒佳人	崇祯本《金瓶梅》
	苏轼	蜗角虚名	《拍案惊奇》《醒世恒言》
	苏轼	香靉雕盘	《清平山堂话本》
	秦观	山抹微云	《贪欣误》
	徐君宝妻	汉上繁华	《西湖二集》
	还魂记	天下雄藩	《西湖二集》
《念奴娇》 （10首/15首）	苏轼	凭高眺远	《禅真逸史》《南北两宋志传》
	宇文虚中	疏眉秀盼	《二刻拍案惊奇》
	苏轼	大江东去	《水浒传》
	葛长庚	汉江北泻	《西湖二集》
	林鸿	钟情太甚	崇祯本《金瓶梅》
	仲殊	水枫叶下	《西湖二集》
	完颜亮	天丁震怒	《水浒传》
	宋江	天南地北	《水浒传》
	吴琚	玉虹遥挂	《西湖二集》
《水调歌头》 （6首/10首）	张孝祥	猩鬼啸篁竹	《剿闯小说》
	朱熹	富贵有余乐	《三宝太监西洋记》
	苏轼	明月几时有	《南北两宋志传》《水浒传》 《铁树记》
	陆游	江左占形胜	《三国志演义》
《沁园春》 （5首/9首）	文天祥	为子死孝	《西湖二集》
	无名氏	道过江南	《古今小说》
	萧某	士蘱令行	《古今小说》
	《疗妒羹》	吏部夫人	《醋葫芦》
	李道纯	不识不知	《禅真后史》

续表

词调(引用数/用词数)	词作作者	首句	引用小说
《水龙吟》 (4首/7首)	苏轼	似花还似非花	《醋葫芦》
	陈以庄	晚来江阔潮平	《西湖二集》
	苏轼	楚山修竹如云	《西湖二集》
	吴琚	紫皇高宴仙台	《西湖二集》
《瑞鹤仙》 (4首/4首)	周邦彦	悄郊原带郭	《禅真逸史》
	康与之	瑞烟浮禁苑	《清平山堂话本》《二刻拍案惊奇》《古今小说》
《望海潮》 (3首/4首)	柳永	东南形胜	《南北两宋志传》《三宝太监西洋记》
	吕渭老	侧寒斜雨	《西湖二集》
《天香》(1首/4首)	王观	霜瓦鸳鸯	《初刻拍案惊奇》
《意难忘》(1首/4首)	周邦彦	衣染莺黄	崇祯本《金瓶梅》
《金菊对芙蓉》 (3首/3首)	僧仲殊	花则一名	《禅真逸史》《西湖二集》《鼓掌绝尘》
《绮罗香》(1首/3首)	黄澄	绡帕藏春	《梼杌闲评》
《女冠子》(1首/3首)	无名氏	彤云密布	《大宋中兴通俗演义》
《声声慢》(3首/3首)	李清照	寻寻觅觅	《梼杌闲评》《醒世恒言》《女翰林》
《喜迁莺》(2首/3首)	康与之	腊残春早	崇祯本《金瓶梅》
	黄裳	梅霖初歇	《贪欣误》
《东风齐着力》(1首/2首)	胡浩然	残腊收寒	《梼杌闲评》
《桂枝香》(2首/2首)	王安石	登临送目	《醉醒石》
	李祯	溶溶皓月	《西湖二集》①
《贺新郎》(2首/2首)	辛弃疾	瑞气笼清晓	《二刻拍案惊奇》(引用两次)
《木兰花慢》(1首/2首)	柳永	拆桐花烂熳	《西湖二集》
《八声甘州》(1首/1首)	陆叡	满清平世界庆秋成	《古今小说》
《春从天上来》(1首/1首)	吴激	海角飘零	《梼杌闲评》

---

① 按:此首因《西湖二集》辑录李祯《贾云华还魂记》而引入。

续表

词调(引用数/用词数)	词作作者	首句	引用小说
《薄幸》(1首/1首)	贺铸	淡妆多态	崇祯本《金瓶梅》
《翠楼吟》(1首/1首)	丘濬	佳人命薄	崇祯本《金瓶梅》
《帝台春》(1首/1首)	李甲	芳草碧色	崇祯本《金瓶梅》
《多丽》(1首/1首)	张翥	晚山青	《西湖二集》
《击梧桐》(1首/1首)	柳永	香靥深深	《古今小说》
《绛都春》(1首/1首)	丁仙现	融和又报	《水浒传》
《解语花》(1首/1首)	周邦彦	风销焰烛	《梼杌闲评》
《摸鱼儿》(1首/1首)	《娇红记》	锦城西	《片璧列国志》
《倾杯乐》(1首/1首)	柳永	禁漏花深	《二刻拍案惊奇》
《苏武慢》(1首/1首)	冯尊师	试问禅关	《西游记》
《西河》(1首/1首)	周邦彦	佳丽地	《皇明中兴英武传》
《西平乐》(1首/1首)	周邦彦	稚柳苏晴	《大宋中兴通俗演义》
《燕山亭》(1首/1首)	赵佶	裁剪冰绡	《西湖二集》
《永遇乐》(1首/1首)	《娇红记》	倾国名姝	《西湖二集》
《玉蝴蝶》(1首/1首)	柳永	渐觉芳郊明媚	崇祯本《金瓶梅》
《玉女摇仙佩》(1首/1首)	柳永	飞琼伴侣	《古今小说》
《烛影摇红》(1首/1首)	周邦彦	芳脸匀红	《鼓掌绝尘》
《醉蓬莱》(1首/1首)	柳永	渐亭皋叶下	《贪欣误》

注:表中所列词,按在小说中的作品数量,降序排列。词作数量相同的词调,则按词调名拼音升序排列。"首句"依《全宋词》等引录,小说所引多有改异者。

从表 1-10 的统计可知,白话小说中的长调共有 167 首,引用前人词 91 首,占一半有余。如《声声慢》《瑞鹤仙》《金菊对芙蓉》《桂枝香》《贺新郎》《春从天上来》《八声甘州》《薄幸》《翠楼吟》《帝台春》《多丽》《击梧桐》《绛都春》《解语花》《摸鱼儿》《倾杯乐》《苏武慢》《西河》《西平乐》《燕山亭》《永遇乐》《玉蝴蝶》《玉女摇仙佩》《烛影摇红》《醉蓬莱》等 25 调,小说作者均没有填制,而是选择了借用前人作品。

白话小说 51 个长调中,有 39 调出现在表 1-10 中,余下 12 调没有出现引用前人词的现象。这 12 调分别为:《戚氏》1 首、《碧芙蓉》1 首、《潇湘逢故人慢》1 首、《六幺令》1 首、《凤凰台上忆吹箫》1 首,出《宜春香质》;《凤凰台上忆吹箫》1 首、《玉烛新》1 首,出《镇海春秋》;《汉宫春》1 首,出《七十二朝人物演义》;《庆清朝慢》1 首,出《魏忠贤小说诉奸书》;《塞垣春》1 首,出《辽海丹忠录》;《塞翁吟》1 首,出《天凑巧》;《玉漏迟》1 首,出《别有香》。另有《高阳台》调下录有 3 首,均为半阕。

2. 模仿前人词。除引用前人词之外,白话小说中的长调还表现出模仿前人词的特点。如岳飞《满江红》(怒发冲冠)一词,慷慨激越,在明代广为流传。白话小说中的《满江红》词多有模仿者,如《大宋中兴通俗演义》中以人物创作方式引入的一首《满江红》:

> 万里尤荒,尘土染,坚持旌节。凭仗着,忠肝义胆,枪唇剑舌。满体遍伤稽绍箭,一腔盛积长弘血。莫等馁了浩然心,存贞烈。　　戴天恨,终未雪。吴越怨,何时绝。奋笔锋戳破,燕然山缺。鼙鼓敲残塞上霜,雁声叫落关河月。待他时,回去觐天颜,重欢悦。[①]

下片四个三字句"戴天恨,终未雪。吴越怨,何时绝"及末句"待他时,回去觐天颜,重欢悦",对岳飞同调作品的模仿痕迹甚为明显。另如《隋史遗文》第三十三回中的一首开场《满江红》(天福英雄)、《型世言》第二回中一首开场《满江红》(长铗频弹)、《古今小说》第二十五回中一首《满江红》(齐景雄风)、《醋葫芦》篇首词《满江红》(须发男儿)、《梼杌闲评》篇首《满江红》(且复何言)等,均为岳飞《满江红》的同韵之作,且在内容、风格上也倾向于岳词的豪迈与激越。

其他词调亦有模仿前人词的现象。如在《梼杌闲评》第二十二回中,写魏忠贤在宫中观看众宫娥玩耍,作者引入一首《绮罗香》词为证:

> 绡帕藏春,罗裙点露,相约莺花队里。翠袖拈芳,香沁笋芽纤指。

---

① 熊大木:《大宋中兴通俗演义》卷三,《古本小说集成》本,第 245 页。

偷摘下绿径烟霏,悄扳下画阑红紫。扫花阶褥展芙蓉,瑶台十二降仙子。　　芳园清昼乍永,亭上吟吟笑语。妒秾夸艳,夺取筹多,赢得玉珰瑜珥。凝素靥香粉添娇,映黛眉淡黄生喜。绾腰带穿佩宜男,皇恩新至矣。

进忠看了一会,笑语生香,香风满面。又走过假山前,忽听得一簇莺声燕语。回过头来看时,见几个女子手执白纱团扇,在海棠花下扑蝴蝶顽耍。也有《绮罗香》词为证:

罗袖香浓,玉容粉腻,妆斗画阑红紫。浪蝶游蜂,故故飞亲罗绮。窃指香绕遍钗头,爱艳色偷戏燕尾。猛回身团扇轻招,隔花阴盈盈笑语。　　春昼风和[日]丽,双翅低徊旖旎。拍入襟怀,漏归衫袖,扇入海棠花底。蹴莲钩踏碎芳丛,露玉笋分残嫩蕊。更妒他依旧双双,过粉墙东去。①

这里两首《绮罗香》,第一首为元黄澄词,原词下片前五句为:"芳园清昼乍永,亭上吟吟笑语。妒秾夸丽。夺取筹多,赢得玉珰瑜珥。"②是"六,六,四。四,六。"的句式结构,韵字为"丽"与"珥"。按《词林正韵》,黄词用韵属第三部(仄)。小说引入时将韵字"丽"误为了"艳",加上首句前又增衍字,断句变成了"□芳园清昼乍永,亭上吟吟笑语。妒秾夸艳,夺取筹多,赢得玉当瑜珥。"去掉可能的衍字,则是"六,六。四,四,六。"结构。这样一来,"语"也成为韵字之一了。但"语"在《词林正韵》中属第四部(仄),与原词其他韵字并不同部。

再来看第二首《绮罗香》。这首词有一些地方明显引用第一首的字词,如"吟吟笑语",在第二首词中成了"盈盈笑语"。更值得注意的是,由于作者在引入第一首时断句有误,而将"语"视为韵字之一,因此,在这一首中,作者同样将"语"作为了上片末句的韵字。且下片首句虽未有衍字,但断句方式与小说作者的引词相同,即将两个六字句之后的四字句归入下一句,故"双翅低徊旖旎"一句用了韵,而"拍入襟怀,漏归衫袖,扇入海棠花底"则在句意上也浑然一体。这样的句式结构与用韵方式,不仅与原词不合,也与词谱不合,作者当是据其引用的第一首《绮罗香》,仿填了第二首。

----

① 金心点校:《梼杌闲评》第二十二回,北京:中华书局 2005 年版,第 210 页。
② 唐圭璋编:《全金元词》,北京:中华书局 1979 年版,第 924 页。

3. 运用半首。即以只引入半阕的形式消解原创长调的压力。如《西游记》第七回的开场词《高阳台》(富贵功名),《扫魅敦伦东度记》第二回中的一首《沁园春》(世道堪嗟)、第二十二回中的两首《念奴娇》(今夕何夕)(烟村静息),《龙阳逸史》第一回开场词《满庭芳》(白眼看他)、第十六回开场词《高阳台》(世道难回),《鼓掌绝尘》第二十一回中一首《满庭芳》(绿树垂阴)、第二十九回中一首《高阳台》(烟水千层)、第三十六回一首《满庭芳》(世事纷纭)等,均只有半首。在词乐失传之后,填词所依为词律,因此,字数上的差异成为长调与令词之间的显著差别之一。只填制半首的情况,消解了长调在字数上的压力,与令词相差无几了。

(二)白话小说中中调、小令运用的特征

与长调引用或模仿前人的现象较多相区别,白话小说中中调、小令,尤其是小令的运用,显示出如下几方面的特点。

1. 用调调式的丰富多样。白话小说中词作的用调,中调与小令占绝大多数,有130余调。而且在填制数量上也远胜于长调。可见,令词是小说作者所普遍喜爱且善于驾驭的词体。因此,中调与小令在调式的选择上也显得灵活多样,其中既有单调,如《南柯子》《如梦令》等小令;也有双调,如《过涧歇》《金人捧露盘》等接近长调的中调。既有唐教坊曲目,如《蝶恋花》《谒金门》等;也有文人自创调,如《惜红衣》,为姜夔自度曲。

而且,大部分白话小说中的词作,都是以中调、小令为主,只有极少数的几部小说中长调的运用占据多数,如《辽海丹忠录》《镇海春秋》等。

2. 中调、小令功能的灵活。长调在小说中的具体运用,以开场词的运用较为常见。而中调、小令的运用则不拘于此,在小说中或用于开场,或用于文中,起到各种具体的功能,如描人、写景、抒情、代言、议论等,均是中调和小令的用武之地。而且文中词的比重总体上超过开场词。

写景之词由于与小说具体叙事之间的关联度较小,为引入前人词提供了机会。而且前人词作,大凡情景交融,这也为写景之词引用前人词提供了方便,故小说中的写景之词,尚可时见引用前人的长调之作。其他功能中的词作运用,则基本上以中调和小令占绝大多数。如描人之词,就以令词为主,小说中以长调来专一刻画人物的现象并不多见。如《水浒传》共用词89首,其中39首为人物赞词,其间仅吴用、卢俊义、燕青、扈三娘、张青等几个人物的赞词用到了长调,如第六十一回中,以一首《满庭芳》(通天彻地)描写吴用,并作为该回的开场词;同回还引入一首《满庭芳》(目炯双瞳)描写卢俊义,一首《沁园春》(唇若涂朱)描写燕青。以长调刻画人物,在白话小说的整体用词现象中,是非常特别的现象,绝大部分的描人词,小说作者会选择小令或中调。至于议论、代言等功能,则更以中调和令词为主了。

3. 对《西江月》等调的明显偏好。白话小说中的中调、小令的运用,有一个看似矛盾的现象,即一方面,小说作者对中调与小令的选择,在调式上呈现丰富多样性;但另一方面,在词作数量上又呈现出明显的集中性。从表1-8中可以看出,《西江月》一调的词作数量就有408首,排在第二的词调《鹧鸪天》的词作数量也高达112首,第三位的《临江仙》也有74首。白话小说中排在前三位的词调的词作数量高达594首,占表1-8全部统计数量一半左右。这种大量词作集中于个别词调的现象是文言小说所不具备的。

从中可以看出,一方面,中调、小令是小说作者群普遍善于驾驭的词调,故可以多方尝试;另一方面,对个别小令的运用,又显示出普遍的喜好。《全明词》及《全明词补编》中辑录《西江月》的填制量为571首。小说中《西江月》一调的词作量,与明代词坛该调填词量相比,相去并不多。关于导致这一现象的原因,将在下一节中专门探讨。

除此之外,白话小说中中调词作引用前人的现象与作者原创的现象,数量参半,而小令则原创数量远远大于引用前人的数量。

三、文言小说词调运用的特征

从表1-8与表1-9的对比中可以发现,与白话小说相比,文言小说作者在择调上较为分散。这种分散性还体现在单一词调的用词数量上。如上文所言,白话小说中《西江月》一调的作品数量就有408首,而文言小说同样排在前三的《西江月》调,作品只有28首。

除此之外,受编创方式的影响,文言小说在用词方式上总体可分为两类:一类是小说中的人物与词作均为作者虚构;一类是小说中的人物与词作均为历史真实。因此,文言小说中的引用前人词的现象,与白话小说中纯粹运用前人词作的现象有所不同,文言小说中的引用前人词往往是词人本身即是故事中的人物。纯粹借用前人词作羼入小说叙事的情况,在文言小说中并不多见,在这一点上与白话小说存在很大的差别。因此,文言小说在长调与令词的运用上,也呈现出与白话小说不同的特点,具体如下。

（一）文言小说中长调运用的特点

与白话小说中长调的运用受前人相关作品的影响较大不同,文言小说总体上借用前人词的现象并不多。因此,其中长调的运用受到另一因素的制约更为明显,即作者文学修养的高低。

其一是文学素养较高的作者,长调运用较为普遍;而无名氏之作,更倾向于小令的运用。如明代文言小说中有词作羼入的四部自撰小说集:《剪灯新话》《剪灯馀话》《效颦集》《花影集》。它们的作者分别是瞿佑、李祯、赵弼与陶辅。这四位都是有较高文学修养的文人学者,故其小说集中,长调的运用率较高:《剪灯新话》用词7首,其中长调5首;《剪灯馀话》用词19首,其中长调9首;《效颦集》用词3首,其中长调2首;《花影集》用词5首,全为长调。

与此相比,出自无名氏之手的数篇中篇文言传奇,用词数量虽然较多,但长调运用的比重却较小。中篇文言传奇体制的确立作品,接续明初《还魂记》的《钟情丽集》,题玉峰主人撰,共用词32首,其中尚有长调9首。而之后涌现出的大量无名氏之作,长调的运用则愈趋减少,如《刘生觅莲记》,共用词47首,其中长调5首;《怀春雅集》共用词39首,其中长调4首;《天缘奇遇》共用词26首,其中长调1首。余如《寻芳雅集》用词24首、《五金鱼传》用词17首、《传奇雅集》用词8首、《花神三妙传》用词7首、《双卿笔记》用词7首,均无长调。

从以上的对比可以发现,就文言小说创作而言,无名氏的作品中对长调的运用较为谨慎,虽然用词总量上远超文人之作,但更倾向于小令的运用,显示出作者避难就易的择调倾向。这一倾向,当是作者自身文学水平的局限所致。

其二是长调的运用更倾向于作者的原创。在这一点上,亦与白话小说中长调运用的"拿来主义"不同。就具体运用而言,以《剪灯新话》为例,作者瞿佑具备小说作家与词人的双重身份,《全明词》及《全明词补编》收其词作近两百首。因此,在《秋香亭记》中,作者于故事结束之后,设置了这样一个情节:

> 生之友山阳瞿佑备知其详,既以理论之,复制《满庭芳》一阕,以著其事。词曰:(词略)①

---

① 瞿佑:《新灯新话》,周楞伽校注:《剪灯新话》(外二种),上海:上海古籍出版社1981年版,第110页。

瞿氏以故事主人公友人的身份直接出场,引入一首自己创作的《满庭芳》词。在其他故事中,瞿佑也常常为引入自己的词作而制造理由。在《滕穆醉游聚景园记》中,作者以"对新人不宜歌旧曲"为由,引入一首自己创作的《木兰花慢》(记前朝旧事)。本来,以"词唱"的方式直接引入前人词作,是小说作者,尤其是白话小说作者在相关情节中惯有的用词方式。如《水浒传》第三十回中:"那张都监指着玉兰道:'这里别无外人,只有我心腹之人武都头在此。你可唱个中秋对月时景的曲儿,教我们听则个。'玉兰执着象板,向前各道个万福,顿开喉咙,唱一只东坡学士中秋水调歌。"[①]同样是主要人物以命令的方式让次要人物歌以侑酒,但在《水浒传》中,作者直接引入了苏轼名作《水调歌头》(明月几时有),而在《剪灯新话》中,瞿氏在此处却舍弃了柳永的佳构《望海潮》,而引入了自己的词作。

同样,李祯作为明初的上层文人,亦具备相当的填词能力,《西圃词说》曾指出:"明初作手,若杨孟载、高季迪、刘伯温辈,皆温雅芊丽,咀宫含商。李昌祺、王达善、瞿宗吉之流,亦能接武。"[②]对李祯在明代词史中的地位评价颇高。因此,李祯在小说中亦有不少自己创作的长调作品。如《还魂记》中就有一首《满庭芳》(天下雄蕃)、一首《声声慢》(太华峰头)、一首《摸鱼儿》(记当年)、一首《桂枝香》(西湖皓月)、一首《永遇乐》(倾国名姝),这几首词作均无迹可考,应是李祯为小说而创作。

(二)文言小说中中调、小令运用的特色

与白话小说中的中调、小令多为原创的现象正好相反,文言小说中的中调与小令往往出自前人。文言小说中有一种创作方式属于整理汇辑型,这类小说往往取词人逸事汇辑而成,其中词人既是词作的填制者,也是小说中的人物。而且此类文言小说集用词数量较大,如《青泥莲花记》《艳异编》《广艳异编》《情史类略》等。以成书较早的万历年间梅鼎祚所编《青泥莲花记》[③]为例,这部小说集共有词57首,均非梅氏原创,而是出自前人。

① 施耐庵、罗贯中:《水浒传》,北京:人民文学出版社1997年版,第389页。
② 田同之:《西圃词说》,《词话丛编》第二册,北京:中华书局1986年,第1454页。
③ 梅鼎祚:《青泥莲花记》,《中国近代小说史料汇编》,台北:广文书局1980年版。

表 1-11　《青泥莲花记》中词调统计表

序号	词调	作品数量	词调体式	序号	词调	作品数量	词调体式
1	卜算子	3	小令	21	市桥柳	1	小令
2	朝中措	1	小令	22	踏莎行	1	小令
3	蝶恋花	1	中调	23	太常引	1	小令
4	风光好	2	小令	24	调笑令	4	小令
5	汉宫春	1	长调	25	望海潮	1	长调
6	贺新郎	1	长调	26	望江南	2	小令
7	浣溪沙	2	小令	27	西江月	2	小令
8	击梧桐	1	长调	28	惜分飞	1	小令
9	减字木兰花	5	小令	29	小重山	2	小令
10	江城子	1	小令	30	眼儿媚	1	小令
11	满庭芳	1	长调	31	燕归梁	1	小令
12	南歌子	1	小令	32	一落索	1	小令
13	南乡子	2	小令	33	永遇乐	1	长调
14	念奴娇	1	长调	34	雨中花慢	1	长调
15	齐天乐	1	长调	35	玉楼春	1	小令
16	千秋岁	1	中调	36	长相思	3	小令
17	沁园春	1	长调	37	鹧鸪天	2	小令
18	青门饮	1	长调	38	祝英台近	1	中调
19	鹊桥仙	1	小令	39	醉高楼	1	中调
20	如梦令	1	小令	/	/	/	/

　　《青泥莲花记》中的词作虽均出自前人,但从表 1-11 可以看出,长调所占比重较少,仅 11 调计 11 首,而以小令居多,共 28 调 46 首。这一格局的形成,与小说的编撰方式有关。《青泥莲花记》以前代妓士之间的故事为辑录对象,其中有不少故事在民间流传较广,这也是它的许多篇目被后来的文言小说集收录的原因。其中所存之词,或出于士人,或出于青楼女子,但无论填制者的身份如何,从词作流传的角度而言,令词显然比长调更易在民间得以流播与传唱。所以汇辑式的文言小说集中的词作,一方面往往有出处可查,另一方面,小令数量较多。其他如用词较多的《西湖游览志馀》《艳异编》《广艳异编》与《情史类略》等

汇辑型的小说集均呈现出中调、小令居多的格局。

不过,就词调的整体运用而言,文言小说中亦有与白话小说相一致的地方,即中调与小令无论在文言小说还是白话小说中,均是作者较为喜欢和善于驾驭的词调体式。小令字数少、易于成篇,因此,才高者可于此出佳作,而学浅者亦可借此存体段。就小说的运用而言,小令显然更具适应性。这一点从表1-8与1-9的统计中即可看出,白话小说中用词5首及以上词作的词调共44种,其中长调仅6种;文言小说中用词5首及以上词作的词调共33种,其中长调仅4种。词作数量排前十位的词调中,白话小说中只有两种长调,即《满江红》与《满庭芳》;文言小说中亦只有两种长调,为《满庭芳》与《念奴娇》。而明代词坛中填制数量居前三位的长调,也正是此三调,即《念奴娇》(约664首)、《满江红》(约631首)、《满庭芳》(约559首)。可见,此三种长调乃是明人广泛喜爱的词调,因而在明代小说所涉词调中,占据较为重要的位置。

第三节　《西江月》等调绝对优势的原因探析

关于《西江月》调在明代小说中运用的普遍性现象,已有学者予以关注,如《"三言二拍"多用〈西江月〉词原因探析》①一文,即以"三言""二拍"为对象,从三个方面考察了话本小说喜用《西江月》调的原因。其一是《西江月》声情体式特征适应了"三言""二拍"的创作风格。其二是《西江月》创作批评上的警世传统符合"三言""二拍"的创作主题。其三是明代流行的词学选本推动了《西江月》与"三言""二拍"的结合。《明代话本小说中的词作考论》②一文,对《西江月》一调在明代话本中的运用现象也略有提及。

但如上文所述,《西江月》一调不仅在拟话本小说中受到欢迎,而且在明代小说的整体用词现象中,也是首屈一指。因此,一方面,仅以"三言""二拍"为考察对象,还不足以说明该调在明代小说中如此受欢迎的原因。另一方面也可以看出,"三言""二拍"中《西江月》运用普遍的原因,恐怕也是小说作者用词惯例的表现,而不仅仅是《西江月》的某些特色与"三言""二拍"有特殊的契合性。而

---

① 祝东:《"三言二拍"多用〈西江月〉词原因探析》,《内蒙古大学学报》,2009年第2期。以下简称"祝文"。

② 张仲谋:《明代话本小说中的词作考论》,《明清小说研究》,2008年第1期。以下简称"张文"。

且除《西江月》外,《鹧鸪天》与《临江仙》二调的作品数量也甚为集中,因此,下文将以明代小说用词的整体面貌为基础,全面分析此三调词作数量巨大的原因。

《西江月》调在文言小说中的运用虽然也排在前三位,但由于数量较少,仅28首,所以可以说,明代小说中《西江月》一调词作数量巨大,主要是源自白话小说对该调的大量运用。《临江仙》与《鹧鸪天》的情况与此同。笔者通过对小说中此三调的功能及内容的考察,认为此三调运用频繁的原因主要有三点。

一、《西江月》等调声情句式上的特殊性

《西江月》在体式上的特殊性,体现在两个方面:

其一是体式上的偕俗性。《西江月》的基本句式结构为:"六,六。七。六。六,六。七。六。"双调五十字,前后段各四句,或为"两平韵、一叶韵",或为"两平韵、两叶韵"。据《钦定词谱》所录,此调下另有二体。其一为"双调五十一字,前后段各四句两平韵、两仄韵"。其二为"双调五十六字,前后段各四句三平韵"。但此体《钦定词谱》注云:"宋、元人无填此者,采之以备一体"。①

《西江月》一调,在体式上具备偶句与奇句相间、平韵与仄韵互叶等整齐中有变化的特点。《西江月》上、下片句式相同,两个六字句不拘对偶,并接之以七字句起到变化,然后又接以一个六字句,但换叶仄韵。仄韵相比平韵,要低沉短促,故而使词作在意韵与音韵上均形成一种顿结。整首词作句式以齐言为主,与律诗相近,这是它易于驾驭的一面;但另一方面,与那些在句式上与律诗无异的词牌,如《玉楼春》《生查子》等相比,它又有抑扬顿挫的一面。词论中常将《西江月》与《一剪梅》并举,视为俗调,如"词有俗调,如《西江月》《一剪梅》之类,最难得佳。"②但很显然,就明代民间而言,即从白话小说与日用类书来看,《一剪梅》的运用不可与《西江月》相提并论。《一剪梅》的基本句式为"七。四,四。七。四,四。　七。四,四。七。四,四。"上、下片均以两个四字句作结,容易在句意上形成顿阻,因此不及《西江月》的六字句流畅;而在用韵上,《一剪梅》词调没有平仄韵换叶的形式,在音韵上又不及《西江月》有顿挫感。可见,于词人视之,二者虽均为俗调,但于民间而言,对《西江月》一调的偏好则远胜过《一剪梅》。

---

① 陈廷敬、王奕清等纂,蔡国强考正:《钦定词谱考正》,上海:华东师范大学出版社 2017 年版,第245 页。

② 吴照衡:《莲子居词话》卷三,《词话丛编》第三册,第 2454 页。

《西江月》在体式上的偕俗性,使它成为明代日用类书中运用最多的词调,在这一点上,与明代小说正相吻合,可见此调在民间受欢迎的程度。这些民间填制的《西江月》,内容涉及歌诀、劝世、律例、面相、谜语等,如《万用正宗不求人》卷十五"八谱门类"下一首《西江月》:

> 么六把门已定,二四三五成梁。须知四六作烟梁。五六单行为障。　　掷得么三采出,填垓此处高强。到家先起妙无双。陆曰全赢取赏。①

为使打双陆的起例便于人们记忆,故有此歌诀。另如《三台万用正宗》卷三十一有 64 首《西江月》,敷演课卦结果,预言吉凶。《西江月》一调具备的偕俗性,于此可见一斑。也正因为如此,小说中常常于《西江月》一调中显示出纯粹的游戏之笔,如《西游记》第二十八回中以一首《西江月》描写行者剿灭猎户的场面:

> 石打乌头粉碎,沙飞海马俱伤。人参官桂岭前忙。血染朱砂地上。　　附子难归故里,槟榔怎得还乡。尸骸轻粉卧山场。红娘子家中盼望。②

这是一首药名词。此类文字游戏在明代民间亦运用广泛,甚至在《花草粹编》中亦收录一首陈亚的《生查子·药名寄章得象陈情》(朝廷数擢贤)。在同题材的《三宝太监西洋记》中,类似的创作被"发扬光大"。《三宝太监西洋记》中运用 24 首《西江月》描写人物或打斗场面,其中便有十余首的"花赋"或"药名词",寄《西江月》调。除此之外,还有所谓的集曲牌名词、笑字谜词等,亦运用《西江月》调,如《欢喜冤家》第十七回中一首笑字谜《西江月》:"说价千金可买,能开两道愁眉。或时扯破口唇皮。一会欢天喜地。　　见者哄堂绝倒,佳人捧腹揉脐。儿童拍手乐嘻嘻。老小一团和气。"③

除《西江月》外,《鹧鸪天》一调在民间也颇受欢迎,日用类书中亦有以《鹧鸪天》词记录"延寿汤方"者:

---

① 《万用正宗不求人》卷十五,明刊本,第 14 页。
② 吴承恩:《西游记》,北京:人民文学出版社 2010 年版,第 342 页。
③ 《欢喜冤家》,《思无邪汇宝》第十一册,台北:台湾大英百科股份公司 1995 年版,第 591 页。

四两白盐四椒姜。十斤炒面四回香。一斤杏仁和麸炒，四两耳草蜜炙黄。枸杞子，核桃穰。芝麻山药最为良。注颜和血能延寿，此药汤中第一方。①

《鹧鸪天》的句式为"七。七。七，七。　三，三。七。七，七。"这种与律诗相近，但又有所变换的结构，一方面使它们琅琅上口，另一方面，对于民间艺人而言，也容易驾驭。《鹧鸪天》一调的适俗性在文言小说中亦有反映，如秣陵也闲居士所著《轮回醒世》中，作者以 10 首《鹧鸪天》祭奠十位亡夫，如其一："一奠亡夫龚裁缝，鲛绡记得拭新红。曾裁锦上穿花凤，剪碎机中戏浪龙。天孙手，织女工。剪破工夫俱断送。多因裁断丝头也，结发姻缘遂落空。"②其他如木匠、皮匠、西宾、农夫等，实则是通过词作，展现了十种不同类型从业者的特征。这些人物均为市井百姓，从中亦可见出《鹧鸪天》一调在民间的生命力。

除《西江月》《鹧鸪天》之外，《临江仙》亦具备体式上的偕俗性，既与齐言诗相近而又有别。《临江仙》最为常用的句式为"六，六。七。五，五。　六，六。七。五，五。"或"七，六。七。五，五。　七，六。七。五，五。"亦是齐言中有变化，而且在"六六七"或"七六七"的奇数句之后，结之以对偶性的一组五字句，对上面奇数句的流畅，起到一种收煞的效果。尤其是下片的两个五字句，往往成为全词的重心所在，《水浒传》中数量众多的《临江仙》赞词写人物，均在末句展现人物最为个性化的特征，并嵌入人物姓名或诨号。如第十三回中一首描写朱仝的赞词：

义胆忠肝豪杰，胸中武艺精通。超群出众果英雄。弯弓能射虎，提剑可诛龙。一表堂堂神鬼怕，形容凛凛威风。面如重枣色通红。云长重出世，人号美髯公。③

词作在末句以两个五字句作结，对人物予以盖棺定论的总评，有如艺人在讲述故事的过程中"一拍惊堂木"的收煞效果。另如同回描写雷横的《临江仙》下片

---

① 《三台万用正宗》卷六，明刊本，第 13 页。
② 程毅中点校：《轮回醒世》，北京：中华书局 2008 年版，第 112 页。
③ 《水浒传》，第 172 页。

末句:"山东插翅虎,寰海尽闻名。"①十四回描写吴用的《临江仙》下片末句:"名称吴学究,人号智多星。"②同样是在末句一组五字句中,营造了一种顿挫感,起到收煞和制造高潮的效果。

　　总体而言,小说中律诗与绝句的运用量远远超过词作,呈现出小说作者群对齐言诗歌的驾驭能力与喜好。但从另一个角度而言,在句式上与齐言律诗并无差别的词调,如上文所言《玉楼春》《生查子》等,在小说中反而运用得并不多,则说明小说作者对于诗词之别,在体式上有所反映。小说作者或者用诗,或者用与诗体有一定差别的词体。但这种差别似又不应过大,否则容易超越小说作者的驾驭能力。如《如梦令》一调,单调三十三字,属于字数较少的小令。而且亦被词学家目为"俗调",如清人谢章铤在《赌棋山庄词话》"词宜典雅"条下对词的俗化现象予以批评时就指出:"后人不究其源,辄复易视,而道录佛偈,巷说街淡,开卷每有《如梦令》《西江月》诸调,此诚风雅之蟊贼,声律之狐鬼也。"③但《如梦令》一调的基本句为"六,六。五,六。二。二。六。"句式参差较大,虽然词论家将它与《西江月》并提,但这一小令在白话小说中运用得并不多,应与它的句式结构有关。

　　其二是《西江月》调在声情上的特点。在"祝文"中,作者从《西江月》词牌在柳永的《乐章集》中列入《中吕宫》为出发点,根据元人《芝庵唱论》在论述宫调声情时有"中吕宫唱,高下闪赚"的论断,又考察出"闪赚"一词来形容唱腔,大抵是言其演唱技艺的腾挪变化,道出了声调抑扬顿挫、飘忽奇巧的特征。然后指出:"尽管话本进入文人案头,其歌唱的可能性不大了,但是它曾经用诗词作入话的这一特征还是保留下来了,并在'三言'、'二拍'中强化,而《西江月》特有的声情腔调正好适于作入话,因而在小说中多有保留。"虽然,"三言""二拍",尤其是"三言"中,除却宋元旧本之后,《西江月》调用于开场的并不在多数,但就小说的整体而言,用《西江月》作为篇首或回前开场词的现象,的确较为普遍,而明代白话小说在体制上受宋元话本的影响本就较为明显,因此,明代白话小说开场多用《西江月》调,应可视为此一影响所及。不过,《西江月》在声情上的特点,还增加了它在小说中的一个特殊功能——为人物代言。如《西游记》第三十六回中作者写道:

---

①　《水浒传》,第173页。

②　《水浒传》,第180页。

③　谢章铤:《赌棋山庄词话》卷三,《词话丛编》第四册,第3346页。

　　三藏道:"有什么不公的事?"僧官道:"你听我说:

　　闲时沿墙抛瓦,闷来壁上扳钉。冷天向火折窗棂,夏日拖门拦径。

　　幡布扯为脚带,牙香偷换蔓菁。常将琉璃把油倾,夺碗夺锅赌胜。"

　　三藏听言,心中暗道:"可怜呵! 我弟子可是那等样没脊骨的和尚?"①

另如《东度记》中,共有《西江月》调41首,其中有21首也用于人物代言,如第五十六回:

　　大神道:我说个明白你听——

　　言语一身章美,莫教惟口启羞。有根实据出心头,正大光明不陋。

　　为甚将无作有,逢人一片虚浮。欺人背理自招尤,暗里神知岂宥。

　　狐妖听了道:真真人生言语,切不可将无作有。……②

　　在小说中承担为人物代言功能的词作,几乎全为《西江月》调,《西江月》一调在这一功能上显现出的优势,是其他词调无法比拟的,这或可视为它独特声情的影响。

二、词坛的推崇和民间的效法

　　关于这一点,"祝文"与"张文"中均有所提及,即宋人的填制赋予了《西江月》一种通俗浅显、劝诫警世的情韵。"祝文"还从更广的范围,即《草堂诗馀》的流行等方面,论述了《西江月》在"三言""二拍"中的运用优势。《草堂诗馀》一编对明代小说,尤其是白话小说用词现象的影响,的确不容忽视,"三言""二拍"自然也包括在内。不过,就明代小说作者群对《西江月》等调的选择而言,除了这一外围的影响之外,似有更为直接的影响来源,即词坛巨擘对《西江月》和《临江仙》等词调特殊风格内容的推崇,以及民间的效法。因此,不妨补充说明如下。

　　就《西江月》一调在小说中的具体运用而言,尤其是运用于开场时,"劝世说

---

① 《西游记》,第444页。
② 方汝浩:《东度记》,《古本小说集成》本,第1028—1029页。

理"的确是该调所表现的重要内容。这一现象与词坛和民间上行下效的综合影响有关。如宋代名儒朱敦儒的二首劝世《西江月》(世事短如春梦)与(日日深杯酒满),本身在小说中就曾数度被引用。词学家杨慎在《词品》中指出:"其《西江月》二首,词浅意深,可以警世之役役于非望之福者。《草堂》入选矣。"①实则不唯《草堂诗馀》入选,明代最具代表性的词选之一,成书于万历年间的《花草粹编》亦选此二词。

　　词坛对类似作品的推崇,在民间也产生了上行下效的影响,民间即常以《西江月》调来表现"劝世"的内容。在明代日用类书中,就收录不少民间的劝世《西江月》词。这一风气所至,不仅具有劝世说教意味的话本小说喜用《西江月》一调作为开场词,来突显故事的教化功能,章回小说亦不例外。纵观白话小说中《西江月》词的内容,劝世说理的确占据很大的比重,尤其是当它们用作开场词时,其内容大凡带有劝世警诫的意味,如《水浒传》第七十九回的开场词:

　　　　软弱安身之本,刚强惹祸之胎。无争无竞是贤才,亏我些儿何碍。

　　　　钝斧锤砖易碎,快刀劈水难开。但看发白齿牙衰,唯有舌根不坏。②

此首《西江月》即与日用类书"律法门"中所录四首《西江月》之一相似,类书中所录为:"鞍弱安身之本,刚强惹祸之胎。无争无竞是贤才,亏我些儿何害。　铊斧敲金易碎,钢刀劈水难开。世人笑道我痴呆。管取前程自在。"③与小说中所录略有不同,但劝世的主旨是一致的。

　　不仅开场词如此,文中词亦往往用《西江月》词发表议论。如《西游记》第二十四回中以一首《西江月》议论女色:

　　　　色乃伤身之剑,贪之必定遭殃。佳人二八好容妆,更比夜叉凶壮。

　　　　只有一个原本,再无微利添囊。好将资本谨收藏,坚守休教放荡。④

①　杨慎:《词品》卷四,《词话丛编》第一册,第488页。
②　《水浒传》,第1017页。
③　《万用正宗不求人》卷十二,第17—18页。
④　《西游记》,第290页。

《东度记》第二十一回中亦以一首《西江月》议论女色："可叹人生在世,遭逢美色无情。火坑明晓要邪行。多少因他成病。　　智者远离保命,寡欲百体康宁。东垣健步药虽灵。怎比这神药性。"①另如《孙庞斗志演义》卷六中的《西江月》(误国权奸莫数)、《七十二朝人物通俗演义》卷三十八中的《西江月》(未遂隐情为己)等,均就小说所叙事件有感而发,起到议论的作用。由此亦可见,对宋人相关词作的推崇,于该调在小说中的广泛运用"功不可没"。从后文表 1-12 可知,《西江月》一调用于开场及议论的词作数量远超出《临江仙》与《鹧鸪天》二调,其原因也正在于此。

《临江仙》一调的创作风格,王世贞在《艺苑卮言》"邢俊臣滑稽词"一条中曾记录:

> 宣政间,戚里子邢俊臣性滑稽,喜嘲咏,常出入禁中,喜作《临江仙》词,末章必用唐律两句为谑,以寓调笑……席间有妓秀美而肌白如玉雪,颇有腋气,丰甫令乞酒。末云："酥胸露出白皑皑,遥知不是雪,为有暗香来。"又有善歌舞而体肥者,末云："只愁歌舞罢,化作彩云飞。"俊臣才亦是滑稽之雄,子瞻如在,当为绝倒。②

在上文中,笔者分析了《临江仙》一调在体式上的偕俗性,尤其是在末二句,制造一种高潮的效果,此亦一证。所不同的是,这里尤其强调了《临江仙》调于末句制造的喜剧性。而且,由此可见,这种戏谑式的创作,不仅存在于民间,亦受到文人学士的认可。这种认可的影响力同样影响到小说中对该调的运用。如《醋葫芦》中,就常常用《临江仙》一调来刻画人物,且与《水浒传》中人物赞词的手法不同,而是与上引之例一样,通过上下片最后两个五字句的对比,达到夸张戏谑的效果,只不过并非引用"唐律"而已。如第三回中以一首《临江仙》展现人物"王婆":

> 这王婆更又不同,总不出三姑之右,颇列在六婆之前。眼睛都会发科,鼻子也会打诨。那时听得扣门之声,即便出来,怎生打扮,《临江

---

① 《东度记》,第 390 页。
② 王世贞:《艺苑卮言》,《词话丛编》第一册,第 392—393 页。

仙》为证：

> 脚踏西湖船二只，髻笼一个乌升。真青衫子两开衿。时兴三不像，六幅水蓝裙。　　修面篦头原祖业，携云握雨专门。赚钱全仗嘴皮能。村郎赛潘岳，丑女胜昭君。①

词作在上下片的结束处，制造出一种喜剧式的夸张效果，以戏谑的笔调对人物进行了"调侃"。这也是该调在小说中描人、描物功能占较大比重的原因。

三、小说之间的相互影响

除《西江月》等调自身在声情体式上的偕俗性，以及词坛与民间对相关题材内容的上行下效之外，小说之间的相互影响，也为此三调在小说中的广泛运用起到了推波助澜的作用。即有影响力的小说对此三调的运用，对后来的小说起到了一定的范式作用，这不仅影响了此三调在白话小说中词作的具体数量，而且也直接影响了它们在小说中的具体功能，见表1-12。

表1-12　《西江月》《鹧鸪天》《临江仙》在白话小说中的功能简表

词调	功能							
	开场	抒情	描人	写景	描物	议论	代言	合计
西江月	61	27	142	83	23	40	32	408
鹧鸪天	25	9	54	12	/	12	/	112
临江仙	8	10	36	7	6	7	/	74
合计	94	46	232	102	29	59	32	594

从表中可以看出，《西江月》一调在小说中运用最多的描写功能，包括描写人、景、物。起到描写功能的《西江月》共计248首，占该调数量的一半有余。《西江月》一调在开场、描景、描物及代言上的优势，是它遥遥领先的主要原因。

而且三个词调均以描人功能最多。这一格局的形成，最为直接的影响就是小说的示范作用，及由此形成的用词现象的惯例和类型化。对此一现象影响较为明显的明代前中期小说主要有三部，即《水浒传》《西游记》及《大唐秦王词话》，此三部小说用词数量较大，且于此三调已显示一定的倾向性。

---

① 《醋葫芦》，《古本小说集成》本，第71—72页。

明初的《水浒传》作为章回小说的开篇巨制,对有明一代的小说创作影响甚广,其中重要的一个方面,就是为后世小说在词体的运用上提供了模仿的对象。而且,这种模仿并不限于同题材的小说创作,而是波及历史演义类、世情类、神魔类、时事类等几乎所有题材。而在《水浒传》的用词中,已显示出对《西江月》等词调的偏好。《水浒传》共有词89首,其中就有32首《西江月》、21首《临江仙》与8首《鹧鸪天》,三个词调已占据61首。就其功能而言,主要用以描写人物及动态的打斗场面。如第三十四回以一首《临江仙》写秦明:

> 盔上红缨飘烈焰,锦袍血染猩猩。狮蛮宝带束金鞓。云根靴抹绿,龟背铠堆银。坐下马如同猰犴,狼牙棒密嵌铜钉。怒时两目便圆睁。性如霹雳火,虎将是秦明。①

第四十八回以一首《西江月》描写林冲:

> 嵌宝头盔稳戴,磨银铠甲重披。素罗袍上绣花枝,狮蛮带琼瑶密砌。丈八蛇矛紧挺,霜花骏马频嘶。满山都唤小张飞,豹子头林冲便是。②

除人物描写之外,也有用以表现自然之景者,如第六十五回以一首《西江月》表现冬景:“嘹唳冻云孤雁,盘旋枯木寒鸦。空中雪下似梨花,片片飘琼乱洒。　玉压桥边酒旆,银铺渡口鱼艖。前村隐隐两三家,江上晚来堪画。”③也有一部分词作表现两军对垒或打斗的场面,如第五十八回写秦明与呼延灼之间的交手:“鞭舞两条龙尾,棍横一串狼牙。三军看得眼睛花,二将纵横交马。　使棍的闻名寰海,使鞭的声播天涯。龙驹虎将乱交加,这厮杀堪描堪画。”④

由上引数例可以看出,《水浒传》中承担描写功能的词作,均直接展现描写的对象,用辞直白浅显,带有很强的民间词的意味。《水浒传》的这一用词特色,不仅影响到《西江月》等调的运用数量,而且也规范了这些词作的功能、内容与

---

① 《水浒传》,第444页。
② 《水浒传》,第468页。
③ 《水浒传》,第859页。
④ 《水浒传》,第769页。

风格。将《水浒传》中的描人之词进一步定型化的小说，就是亦署名罗贯中的《大唐秦王词话》。小说共用词 59 首，其中大量的描人之词，也多取用此三调。但与《水浒传》略有不同的是，这部小说由于鼓词的性质，对人物的描摹更为注重外形及细节的展现，如：

> 玉嵌明盔耀日，银妆锁甲争辉。腰拖锦带绣鸳鱼，弓箭随身可体。人是西方白虎，马骑出水蛟螭。梨花枪舞雪花飞，灌口二郎降世。（《西江月》）①
>
> 韬略深明壮志豪。凭将忠勇佐唐朝。护身铠甲金星灿，嵌顶盔缨烈火飘。骑猛虎，执刚刀。威风纠纠逼云霄。袋中试取弓和箭，曾向围场夺锦袍。（《鹧鸪天》）②
>
> 三叉金冠巧制，护身甲挂唐猊。绛罗袍上绣龙鱼。战靴盘舞凤，束带戏双螭。跨下神媒追电马，轻弓短箭偏宜。点钢枪举雪花飞。英雄唐世子，威武帝王枝。（《临江仙》）③

这些词作与《水浒传》中的描人之词，在内容与风格上并无太多的区别，但总体上更加倾向外表的展现，而且词作一般在上片描写人物的服饰装扮，在下片涉及人物坐骑、兵器，并于末句点出人物的身手本领。这一表现人物的套路，在《水浒传》中尚未定格。究其原因，除两部小说的性质有所区别之外，还有一点是因为《水浒传》中的人物各具特色，而《大唐秦王词话》中所描写的人物则以武将为主，故其描人词更趋于类型化。这些描人之词对明代小说影响也较大，亦不乏直接抄袭者，如《禅真逸史》第三十三回中一首《鹧鸪天》描写冯谦，即抄袭上引"韬略深明壮志豪"一词。

除描人词之外，这两部小说以《西江月》《鹧鸪天》《临江仙》三调展现两军对垒、武将厮杀的经验，为后来的小说在相似功能中的用词提供了资源，也渐成惯例。如《封神演义》共用词 8 首，其中就以 3 首《西江月》描写人物；1 首《西江月》、2 首《鹧鸪天》描写军伍；1 首《西江月》描景；1 首《西江月》议论说理。而《封神演义》中的词作，又成为后来小说模仿的对象，如第七十四回中一首描写两军

---

① 《大唐秦王词话》第一回，第 78 页。
② 《大唐秦王词话》第二十回，第 414 页。
③ 《大唐秦王词话》第二十五回，第 520—521 页。

对阵厮杀的《鹧鸪天》：

> 杀气腾腾万里长，旌旗戈戟透寒光。雄师手仗三环剑，虎将鞍横
> 丈八枪。军浩浩，士忙忙。锣鸣鼓响猛如狼。东征大战三千阵，氾水
> 交兵第一场。①

在《皇明开运英武传》与《征播凑捷》中均有引用，略作改写。《英武传》中将下片
改为："军浩浩，将锵锵。锣鸣鼓响振遐方。安丰对敌三千阵，彭蠡交兵第
一场。"②

　　除此之外，另一部影响较大的小说就是《西游记》。《西游记》中有 33 首《西
江月》，6 首《鹧鸪天》与 5 首《临江仙》，主要用于描写人物或打斗场面，其源头即
为《水浒传》。但《西游记》又以其自身的影响力，影响了后来的小说创作，如明
末小说《梼杌闲评》就对《西游记》中的用词多有引用。《西游记》二十一回中一
首描人《西江月》：

> 身健不扶拐杖，冰髯雪鬓蓬蓬。金花耀眼意朦胧，瘦骨衰筋强硬。
> 屈背低头缓步，庞眉赤脸如童。看他容貌是人称，却似寿星
> 出洞。③

在《梼杌闲评》第六回中被改写为："身弱手持藤杖，冰须雪鬓蓬松。金花闪灼眼
朦胧，骨瘦筋衰龙钟。　曲背低头缓步，庞眉赤脸如童。深衣鹤氅任飘风，好似
寿星出洞。"④第八十三回中的写景《西江月》（依旧双轮日月），则被《封神演义》
与《弁而钗》引用。另如《三宝太监西洋记》，在用词现象上一方面有模仿《西游
记》的痕迹，如其中大量游戏之词，寄《西江月》调，如药名《西江月》，就与《西游
记》中相仿，只不过《三宝太监西洋记》又有所"发挥"。除此之外，它也影响到后
来的小说，如篇首词《鹧鸪天》：

---

①　《封神演义》，《古本小说集成》本，第 1989—1990 页。
②　《皇明开运英武传》卷五，《古本小说集成》本，第 205 页。
③　《西游记》，第 260 页。
④　《梼杌闲评》，第 52 页。

春到人间景异常。无边花柳竞芬芳。香车宝马闲来往,引却东风入醉乡。　醑剩酒,卧斜阳。满拚三万六千场。而今白发三千丈。还记得年来三宝太监下西洋。①

在邓志谟的《铁树记》中被改为:"春到人间景色情,桃红李白柳条青。香车宝马闲来往,引却东风入禁城。　醑剩酒,豁吟情。顿教忘却利和名。豪来试说当年事,犹记得许旌阳收伏孽龙精。"②另如第二十三回中一首描写王良的《西江月》:

生长将门有种,孙吴妙算胸藏。青年武秋实高强,是贼闻风胆丧。
上阵能骑劣马,冲锋惯用长枪。千军万马怎拦当,梓潼帝君模样。③

被《征播凑捷传》的作者改为:"武艺般般惯熟,神机妙算藏胸。驱兵违将实豪强。酋掳闻风胆丧。上阵骑着骏马,冲敌专用长枪。千军万马怎遮拦,揭帝金刚模样。"④原词中通过"能骑劣马"来反衬人物的勇武,《征播凑捷传》改为"骑着骏马",实足的败笔。

正是小说之间的这种互相模仿,使这三调在明代小说中的运用,如涟漪一般晕染开来。不仅影响了此三调在小说中的运用数量,也影响了此三调的运用功能。当小说需要直接的描写与说理时,作者往往喜欢选择此三调。而在表现人物复杂的内心与情感时,则另有选择。小说作者群对这三调的选择,以及在功能与内容上的偏好,也从一个侧面反映出明代民间词的风貌。

---

① 罗懋登:《三宝太监西洋记通俗演义》,《古本小说集成》本,第1页。
② 邓志谟:《铁树记》,《古本小说集成》本,第1页。
③ 《三宝太监西洋记通俗演义》,第614页。
④ 《征播凑捷传》,《古本小说集成》本,第286页。

第二章 明代小说中词作的特性分析

第一章从数量统计的角度,对明代小说中的词作予以了考察。本章则立足于小说中词作的文学性,对小说用词现象进行定性分析,包括小说中词作雅与俗的考察,以及审美性与功能性之间的关系等。

第一节 小说中词作的雅与俗

词作的雅与俗,虽然是一种意义内涵上的界定,无法通过量化的形式予以区分。但是在面对具体词作时,却往往有雅俗立辨之感。也正因为如此,词体的雅俗之辨,是古人论词的一项重要功课。如宋末元初陆辅之在《词旨》中就曾指出:"凡观词须先识古今体制雅俗。"①陈廷焯《白雨斋词话》也认为词"入门之始,先辨雅俗。"②因此,若对小说中词作予以定性分析,其中雅俗之辨自然是其应有之义。本节即从小说中词的雅俗界定入手,考察小说中词作的雅与俗,以及雅词与俗词运用的特点。

一、小说中词作雅与俗的界定

虽然具体词作在典雅与偕俗的判断上并不困难,但要对雅词和俗词予以概念上的明确界定,却并非易事。纵观历代词论家,或从内容层面对雅词予以推

---

① 陆辅之:《词旨》,《词话丛编》第一册,第302页。
② 陈廷焯:《白雨斋词话》卷七,《词话丛编》第四册,第3943页。

崇,如张炎《词源》:"词欲雅而正,志之所之,一为情所役,则失其雅正之音。耆卿、伯可不必论,虽美成亦有所不免。"①或从语言层面对俗词予以规避,如孙麟趾《词迳》曾言:"一句不雅,一字不雅,一韵不雅,皆足以累词,故贵雅。"②或从总体拈出雅俗之别,如王灼《碧鸡漫志》卷一"论雅郑所分"条下谓:"中正则雅,多哇则郑。至论也。"③由于传统理论批评重直觉、重感悟的特征,雅俗之辨的言论不少,但均没有对何为雅词何为俗词作出明确的界定。虽然如此,历史上关于词体雅与俗的讨论,对雅词与俗词的界定,仍然提供了宝贵的参考。如沈义父在《乐府指迷》"论作词之法"条下云:"盖音律欲其协,不协则成长短之诗。下字欲其雅,不雅则近乎缠令之体。用字不可太露,露则直突而无深长之味。发意不可太高,高则狂怪而失柔婉之意。"④将雅俗之辨的范围,从音律到语言再到作品内容等都考虑在内,虽然堪称全方位的崇雅斥俗,但对界定雅词与俗词的途径却不无参考价值。

近年来,学界突破了以文人雅词为研究对象的传统,俗词进入研究者的视野,也促成了对雅词与俗词的更为明确的界定。如曲向红《两宋俗词研究》在借鉴古人词论中的雅俗之辨的基础上,从词作文本、文化环境、文体,以及世俗与方外之分等多个方面对俗词的特征进行了总结,从而也就在雅词与俗词之间划分了界限。如从词本身的角度来看,"风格典雅蕴藉的是雅词,大量运用方言俗语、词风通俗直白或者滑稽诙谐的是俗词。"从文化环境来看,"雅词是表现个人内心世界的独特的精神产品,因而往往不具消费性,而俗词则是属于大众的、市民的日常精神消费品"。就文体而言,"俗词与叙事性的俗文学有切不断的关系,雅词往往从抒情文学诸如诗文中汲取营养"⑤。不仅立足于词作文本,而且从词作的生存、流传的环境,以及与其他文学样式之间的关系,对雅词与俗词做了区分。

《唐宋俗词研究》则在总结古人词论的基础上,认为词之雅俗,可以从审美追求、内容以及风格三个方面予以界定:在审美追求上,"'雅'的审美追求常常与崇高、典雅、深沉、清丽、含蓄、庄重相联系",而"'俗'的审美情趣往往与平俗、

① 张炎:《词源》,《词话丛编》第一册,第266页。
② 孙麟趾:《词迳》,《词话丛编》第三册,第2555—2556页。
③ 王灼:《碧鸡漫志》,《词话丛编》第一册,第80页。
④ 沈义父:《乐府指迷》,《词话丛编》第一册,第277页。
⑤ 曲向红:《两宋俗词研究》,北京:中国戏剧出版社2008年版,第9页。

浅俚、直露、率真、质朴、诙谐相联系。"就内容而言,"'雅'是表现士大夫的家国情怀或身世感慨等一类较为严肃的社会人生主题;'俗'则表现那些为中下层民众所喜闻乐见的富于感官刺激的世俗生活题材。"就风格而言,"'雅'在表达方式上含蓄蕴藉,语言典雅;而'俗'在表达方式上则直白浅露,语言俚俗。"①

学界关于词之雅俗的界定标准,为考察小说中词作的雅与俗,提供了参考。结合小说用词的具体现象,我们不妨从如下几个方面来断定词作的雅与俗。就内容而言,雅词往往有严肃的词旨,是创作主体情感的外化与精神的寄托;俗词则一般表现世俗题材及市民阶层的喜好,因而带有娱乐性与游戏性;就风格而言,雅词注重意境的营造,追求词体的韵味,表达方式含蓄蕴藉;俗词则将明确的表意或外在的功能如娱乐、议论等,凌驾于作品的美感之上,表达方式上一览无余。在语言层面,雅词注重文辞本身的美感,语言庄重优雅;俗词注重意义的直接表达,故用辞直白俚俗。下文即在此规范的基础上,探讨小说中雅词与俗词的具体运用及特点。

二、白话小说中词作的雅俗之别

白话小说中的词作,功能多样,带来词作在内容与风格上的多样性,总体上呈现雅词数量少而且在运用上有一定的局限性;俗词数量众多,而且运用灵活的面貌。

(一)雅词运用的畛域与局限性

就词作在小说中的功能而言,白话小说中的雅词主要涉及如下几个方面:

一是用于开场。白话小说中的开场词由宋元话本的临场性转向了体制性,关于这一点,在第三章中将会详述。概言之,开场词体制性运用的特点之一,就是开场词在内容上不必与小说具体回目的叙事相关,即不再因具体的引入功能而赋予开场词以存在的意义,而是纯粹从文本体制上确立了开场词的存在意义。这一转变,使开场词在内容与风格上较为灵活多样,不必受制于小说的具体叙事,从而为雅词的羼入提供了机会。如明末小说《醋葫芦》的文中词,往往俗味盎然,如描人之词《西江月》(脸似荔枝生就)等,纯是游戏之笔,但其中两首开场词,却引用前人名篇佳构。在第十一回回首,引用苏轼咏物名作《水龙吟》(似花还似非花)作为开场;在第二十回首,则引用陆游写怀名作《钗头凤》(红酥

———————————
① 何春环:《唐宋俗词研究》,北京:中央民族大学出版社 2010 年版,第 11 页。

手），作为开场。

其二是描写自然之景。用以描景是词作在小说中的重要功能之一。描景之词又包括自然之景的泛写，与具体景物的再现两类。就小说的叙事而言，自然之景的泛写与小说的具体叙事关联度较小，为小说作者直接引用前人词提供了机会。如《水浒传》中的词作大凡与小说具体叙事相契合，因而显得直白浅俗，但一二描景之词却呈现雅致的风格。如第九十五回中以一首《浣溪沙》描写西湖景致：

> 湖上朱桥响画轮。溶溶春水浸春云。碧琉璃滑净无尘。　　　　当路游丝迎醉客，隔花黄鸟唤行人。日斜归去奈何春。①

即引欧阳修词，原词本为词人描写"颍州西湖"而作，但小说作者却说"这篇词章言语，单道着杭州西湖景致。"由于欧阳修以泛写之辞形容描写对象，故小说作者借它来展现杭州西湖景致也无妨。另如《贪欣误》，其中词作多引自前人，且以名篇为主，使小说中雅词居多，这些引用之词亦大凡用来描景。如第三回引用黄裳《喜迁莺》描写"杭俗龙船盛发"之景：

> 梅霖初歇，正绛色、葵榴争开佳节。角黍名金，香满切玉，是处玳瑁罗列。斗巧尽皆少年，玉腕五丝双结。舣彩舫，见龙簇簇，波心齐发。　　　　奇绝。难画处，激起浪花，番作湖间雪。画鼓轰雷，龙蛇掣电，夺罢锦标方歇。望中水天，日暮犹自朱帘方揭。归棹晚载，十里荷香，一勾新月。②

第五回中则引秦观《满庭芳》(山抹微云)"单道晚景"，同回中又将柳永《醉蓬莱》(渐亭皋叶下)，首句改为"渐看月明下"，描写"碧天如洗，忽然彩云飞起"之景。《七曜平妖传》第十二回中，亦以一首柳永《过涧歇近》(淮楚)单道"行路炎热"。这些景色的展现往往与小说的具体叙事关系不大，因此，运用的空间较为灵活，为引用名篇佳制提供了机会。

---

① 《水浒传》，第1221—1222页。
② 《贪欣误》，《明清小说辑刊》第二辑之六，成都：巴蜀书社1995年版，第1001页。

　　此外,写自然之景的词作,由于前人佳作丰富,有大量经典的意象可供借鉴,因此,即使不引用前人成篇,小说作者依然可以信手拈来各样素材,组合成一首雅词,如《别有香》(残本)十三回中以一首《眼儿媚》描写壶山冯氏归来亭四围的梅树早春花开之景:

　　　　耐冷凝寒独占先。轻薄万朱颜。陇头驿底,篱边池畔,吐尽娇妍。唯爱芝兰堪作契。相共艳春前。佳致只在,暗香浮动,疏影翩翩。①

其中"朱颜""陇头""池畔""娇妍"等语汇,以及"暗香浮动""疏影翩翩"等意境,均是前人词中的熟语、熟境。

　　其三是词唱。词唱的活动,是词体兴起之初就具有的助兴功能,亦是小说中词作较为本色的运用,因此,在小说中承担此一功能的词作,与两宋文人雅词较为接近,如《金瓶梅词话》第五十五回中,因西门庆欣赏歌童词唱而引入的四首《满江红》其一:

　　　　试裂齐纨,施铅椠,爱图春牧。草浅浅细铺平野,散骑黄犊。一卷残书牛背稳,数声短笛烟光绿。想按图、题咏赋新词,劳心曲。　　文章妙、传芸局。音调促、偕丝竹。倚清歌追和,阳春难续。一代风流夸好事,可堪脍炙人争录。羡先生、想象赋高唐,情词足。②

正如歌童在词唱之前所言:"小的们还学得些小词儿,一发歌与老爹听。"所唱之词,乃是歌童所习之词,故不必与小说叙事密切相关。词作在意象、典故的运用,以及对言外之意的追求上,均显示出雅词的特征。其余三首(昼出耕图)(写就丹青)(四野云垂),与上引之词,属于同一组词,风格、意境较为相近,均属于雅词的范畴,如其中"藜杖""林薮""红蓼""醖醁"等,显示出典雅的用词风格,与《金瓶梅词话》其他语境中引入的词作,不啻天壤之别。故这四首词作在小说整体的用词风格中,也是雅俗立辨。在这一点上,这四首词作,倒可视为篇首四首《行香子》在文中的回应。

---

① 《别有香》(残本),《思无邪汇宝》第八册,第232页。
② 《全本金瓶梅词话》,香港:太平书局1982年影印本,第1503—1504页。

其他小说中的词唱环节所引入的词作,亦因引用前人成篇,故以雅词为主。如《水浒传》中第三十回,张都监让玉兰唱苏轼《水调歌头》(明月几时有)助兴;《南北两宋志传》第十四回赵王在称帝之前于勾栏中,听大雪、小雪所唱两首词作,一为李煜《浪淘沙》(帘外雨潺潺)、一为俞克成《蝶恋花》(梦断池塘惊午晓)。

其四是人物创作,即小说中以人物身份引入的抒情写怀之作。词体在小说中的这一功能,也可视为词体的本色运用,因而为雅词的羼入提供了机会。如《大宋中兴通俗演义》卷一中羼入一首宋徽宗的写怀之作《眼儿媚》:

> 玉京曾忆旧繁华,万里帝王家。琼林玉殿,朝喧弦管,暮列笙琶。
> 花城人去今萧索,春梦绕胡沙。家山何处,忍听羌笛,吹彻梅花。[1]

另如《禅真逸史》第三十二回,琳瑛于帕上所题一首《卜算子》,乃是人物"秋夜闷坐无聊,书以写怀"之词:

> 碧月照幽窗,夜静西风劲。何处虚空跌下秋,梧叶零金井。
> 坐久孰为怜。独对衾儿影。女侍昏沉唤不惺,漏断金猊冷。[2]

两首词作,一写家国之恨、一写儿女之情,对情感的表现哀而不伤、真而不露,均体现出雅词所应有的委婉有致的风格。另如《西湖二集》中,多记录典故逸事,其中词作往往引自前人,因而雅词所占比重也较大。如其中卷十"徐君宝节义双圆"中所录数首词作:陈以庄《水龙吟》(晚来江阔潮平),王昭仪《满江红》(太液芙蓉),文天祥《满江红》(试问琵琶)(燕子楼中),徐君宝妻《满庭芳》(汉上繁华)等,均是笔调凝重、感情充沛的悲恨之词,也是雅词所应表现的"家国情怀或身世感慨等一类较为严肃的社会人生主题"[3]。

以上总结了白话小说中雅词运用的几种主要功能,当然,这些功能并非雅词所包揽,俗词亦多有承担,只是就雅词的整体运用而言,主要集中于以上几种功能的运用。而且,雅词在上述功能的运用中,亦呈现出一定的局限性,表现如下:

---

① 熊大木:《大宋中兴通俗演义》第 65 页。
② 方汝浩:《禅真逸史》,《古本小说集成》本,第 1335 页。
③ 《唐宋俗词研究》,第 11 页。

　　其一是以引用已有词作为主。纵观明代白话小说中的雅词，小说作者所袭用的三百余首唐宋元旧词，成为小说中雅词的主体。而引用这些词作的小说，却并不限于追求叙事高雅的小说，明代的艳情小说，往往也引用雅词来"装点门面"。如对清代艳情小说影响甚巨的《绣榻野史》中，就引用数首名家之作，如秦观《如梦令》（楼外残阳红满）、秦湛《卜算子》（春透水波明）、张元幹《谒金门》（鸳鸯浦）、谢逸《千秋岁》（栋花飘砌）、李清照《醉花阴》（薄雾浓云愁永昼）、黄昇《菩萨蛮》（南山未解松梢雪）、李煜《阮郎归》（东风吹水日衔山）等。这些情境俱佳的雅致之词，却杂于小说不堪入目的淫秽描写中，高雅被迫向低俗屈服，词人若地下有知，都该扼腕了。

　　其二是对创作主体有所要求。即小说作者通过人物之口引入雅词时，往往须交待人物的文学修养以及主观上的填词意识。如《西游记》第九回中以"渔樵唱和"的方式引入的十首词作。作者强调他们是"两个贤人"，是"不登科的进士，能识字的山人"。同时，小说作者也强调了他们二人诗词创作的主观意识。如在插入十首词与二首律诗之后，作者借张梢之口，又道："李定，我两个'真是微吟可相狎，不须檀板共金樽。'但散道词章，不为稀罕；且各联几句，看我们渔樵攀话何如？"又在联句完成之后，写道："他二人既各道词章，又相联诗句，行到那分路去处，躬身作别。"①这里对"词章"的反复强调，即为表明这些诗词并非小说功能化的工具，而是一种"微吟可相狎，不须檀板共金樽"的创作。

　　另如小说《东度记》中的词作，以俗词为主，不过在二十二回中，作者以人物创作的形式引入的两首《念奴娇》（按：小说作者均只引入半阕）其二：

　　　　烟村静息，扶疏桂影满眼，素娥炼就。怎生萧萧环佩远，教人单吹玉管。年少追欢，空思缱绻，纵然满樽前。何处嫦娥，枉作云收，争如雾卷。②

虽有不合律处，但用辞典雅、情绪婉转，可归入雅词的范畴。作者在引入这首词作前，亦对人物主观上的填词行为予以了强调：王阳听了艾多题咏，笑道："阿弟，我虽不知词句，细玩你'丹炉''一点'，明明的发你衷情，难道我的心情，可辜

---

　　① 《西游记》，第 107、110、112 页。

　　② 《东度记》，第 401—402 页。

负这一天皓月？依经傍注，也学你韵一个。"从人物的言语中可以感知，一方面，所吟之词乃是人物的有感而发；另一方面，乃是人物"依经傍注"的唱和之作。而且，词作引入之后，与《西游记》一样，作者亦借人物之口对填词行为予以了补充说明：王阳笑道："我们路逢，到你店中，偶酌两杯。见此明月，歌吟几句小词，赏心乐事，有何勾引伤风败俗之事？况窈窕之句，明月之章，亦是古人寄吟豪兴，我们便歌唱侑酒，有何伤害？"就人物的主观意识而言，这两首《念奴娇》词作均是人物于情景之中的填词述怀、歌以侑酒的行为。

其三是词作内容往往与情节游离。雅词由于以引用已有作品为主，因此，原词的主旨与小说的叙事之间略嫌游离，带有宋元话本随事捏合的特色。如《禅真逸史》第八回中一首中秋咏月之词的引入：

> 澹然微微冷笑道："今夜天清月朗，又是中秋，他必和那淫妇登楼玩赏，做个人月双圆，故此推托不来，我有主意在此了。"分付厨下："蔬食整备完时，来对俺讲。"看看天色渐暮，但见红日西沉，冰轮初涌，宋贤苏东坡有词一首，名《念奴娇》，单道这中秋明月的妙处：
>
> 凭高眺远，见长空万里，云无留迹。桂魄飞来光射处，冷浸一天秋碧。玉宇琼楼，乘鸾来去，人在清凉国。江山如画，望中烟树历历。
>
> 我醉拍手狂歌，举杯邀月，对影成三客。起舞徘徊风露下，今夕不知何夕。便欲乘风，翻然归去，何用骑鹏翼。水晶宫里，一声吹断横笛。
>
> 管厨道人来禀："蔬食果品，俱已齐备。"①

这首苏轼的咏月名作，在明代小说中，可谓是雅词之典范，但就《禅真逸史》在此处的具体叙事而言，词作与情节之间颇显游离。此处的情节重点，乃是林澹然以与钟守净一同赏月为由，劝阻钟守净与赛玉之间的不正当关系。正所谓醉翁之意不在酒，林澹然备办蔬果，往钟守净住处与他一同赏月的主要动机，并不在于月色的优美，而在于他对友人有劝善的责任。因此，作者在此处引入一首长调，"单道这中秋明月的妙处"，与情节之间较为割裂。当然，对已有词作的有效运用本身并不容易，白话小说中相得益彰的运用也不是没有，只是较为少见。

---

① 《禅真逸史》，第313—314页。

（二）俗词运用的全面与灵活

与雅词运用有其特定的畛域而显出一定的局限性相比，白话小说可谓俗词的大本营，其运用的灵活与内容的丰富，雅词难望其项背。

其一是功能上五花八门。开场、描人、写景、咏物、议论、抒情、代言、娱乐等，无所不及。如开场词中的俗词运用：

> 山后辽兵侵境，中原宋帝兴军。水乡取出众天星，奉诏去邪归正。
> 暗地时迁放火，更兼石秀同行。等闲打破永平城，千载功勋可敬。（《西江月》）①
> 世事一场戏剧，利名两目空花。高人到处便为家，看破虚舟飘瓦。
> 不笑贫穷劳碌，偏嘲富贵波楂，贪心无厌逐蝇蛙，谁识尘缘尽假。（《西江月》）②

第一首《西江月》用于《水浒传》第八十五回开场，是对小说回目叙事的直接反映；第二首《西江月》，用于《唐钟馗全传》篇首，则全为直白的劝世之语，二者均无多少词味可言。这两首词作，代表了明代白话小说开场词的两大风格，也是俗词运用的重要领域。

文中俗词的运用，在总体的功能之下，又因具体的叙事环境各有侧重。如以人物创作的方式引入的词作，小说中的雅词往往用于人物抒情，而俗词却不拘泥于此，如下面四首词作：

> 至宝砂中炼出，良工手里熔成。芳姿美色价非轻。付与君家为证。　可惜红颜有限，休教白首无凭。思人睹重重伤情。杜宇流红春病。（《西江月》）③
> 无端一见便关心。何事关心直恁真。将心问口自沉吟。这牵情。三生石上旧精魂。（《忆王孙》）④
> 饥饿贫寒能忍，官刑卑贱难当。老来卧病少茶汤。乐死有何系

---

① 《水浒传》，第1096页。
② 潘镜若：《三教开迷归正演义》，《古本小说集成》本，第1页。
③ 《欢喜冤家》第十回，《思无邪汇宝》第十册，第392页。（按：原文词调名作"西江怨"。）
④ 《弁而钗》"情贞记"第二回，《思无邪汇宝》第六册，第75页。

望。　　那乐的何尝经惯,娇躯怎受灾殃。歌儿美妾守牙床。那件肯
丢心放。(《西江月》)①

彩画雕栏狼狈,宝妆亭阁欹歪。莎汀蓼岸尽尘埋,芍药荼蘼俱败。

茉莉玫瑰香暗,牡丹百合空开。芙蓉木槿草垓垓,异卉奇葩壅坏。

(《西江月》)②

这四首词作在小说中均出自人物之口,或用于人物之间的传情,如第一首《西江
月》,出《欢喜冤家》,是蓉娘与许生私定终生之后,蓉娘赠许生金钗时所填;或用
于人物单方面的述怀,如第二首《忆王孙》,出《弁而钗》,是赵生思念涂生而作;
或用于人物发表议论,如第三首《西江月》,出《扫魅敦伦东度记》,乃是"破惑解
忧的几句言语";或为人物代言,如第四首《西江月》,出《西游记》,乃是行者与八
戒之间的对话。四首词均通过人物之口引入,功能却各有差别。只不过,四词
均表意直白,用语浅显,并无意境可言,俗词的本质是一致的。

如果说雅词在白话小说中描写景物,主要是自然之景的泛写,那么俗词于写
景功能的运用中,则可满足作者对场景描述的各种要求。不仅有远景泛写:"皎洁
如同白日,清辉遍满长空。一轮照彻万方同,倒影星辰摇动。　　莫道寻常三五,
但云今夕佳逢。更楼老子兴无穷,喜与高人赏共。"(《西江月》)③亦有近景刻画:
"东倒西歪殿宇,墙摊壁塌廊厢。有椽没柱少桁梁。风雨淋漓塑像。　　砖石台
阶都坏,木头门扇皆伤。破钟不响鼓存腔。怎住道人和尚。"(《西江月》)④不仅有
静态描写:"依旧双轮日月,照般一望山川。珠渊玉井暖韬烟,更有许多堪
羡。　　叠叠朱楼画阁,巍巍赤壁青田。三春杨柳九秋莲,兀的洞天罕见。"⑤
(《西江月》)更有动态展现:"鞭舞两条龙尾,棍横一串狼牙。三军看得眼睛花。
二将纵横交马。　　使棍的闻名寰海,使鞭的声播天涯。龙驹虎将乱交加。这
厮杀堪描堪画。"⑥(《西江月》)

而大量描人、议论之词,则更是俗词运用的大舞台,如下面两首《鹧鸪天》:

---

① 《东度记》第六十七回,第 1233 页。

② 《西游记》第三十八回,第 470 页。

③ 《东度记》第五十八回,第 329 页。

④ 《东度记》第九十六回,第 1764 页。

⑤ 《西游记》第八十三回,第 1025 页。

⑥ 《水浒传》,第 769 页。

　　　眼大眉粗身矮小,发里珍珠无价宝。头戴一枝九节兰,身穿一件
棉花袄。　　川绢裙,着地扫。未到人前先笑倒。年纪足有□□馀,
指望赚钱还做要。①

　　　色胆如天不自由。情深意密两绸缪。只思当日同欢庆,岂想萧墙
有祸忧。　　贪快乐,恣优游。英雄壮士报冤仇。请看褒姒幽王事,
血染龙泉是尽头。②

　　第一首《鹧鸪天》在《鼓掌绝尘》中用以形容沈七的伴当。第二首《鹧鸪天》则用
以议论女色之害。这些词作在字面上即是作者所要表达的内容,不追求言外之
意,亦鲜有典故的运用和意境的营造,带有极强的民间俗词意味。
　　其二是“创作主体”三教九流。需要指出的是,这里所谓的“创作主体”,并
不是指词作在文本上的归属,而是指小说赋予词作的创作主体,即作者冠以何
人之名而引入词作。如《水浒传》第四十六回中的一首《临江仙》:

　　　破戒沙门情最恶,终朝女色昏迷。头陀做作亦跷蹊。睡来同衾
枕,死去不分离。　　小和尚片时狂性起,大和尚魄丧魂飞。长街上
露出这些儿。只因胡道者,害了海阇黎。③

　　这首为小说而原创的词作,就文本归属而言,它的创作者是小说作者。但在小
说中引入时,小说作者赋予它的创作主体是“书会才人”:“后来蓟州城里书会们
备知了这件事,拿起笔来,又做了这只《临江仙》词”。所以,这首词理所当然地
应该显示出书会才人填词的水平与特色,因此,世俗化与民间性是它的应有之
义。和小说中不同身份的人物,他们的语言理应带有人物特殊身份的印迹一
样,有着不同冠名的词作,在风格上也应显示出“创作主体”不同的身份特征,这
是白话小说叙事艺术成熟的表现之一。正如上文所言,当作者以人物创作的形
式引入雅词时,往往要交代人物所具备的文学修养,也是对人物身份特征的一
种尊重。
　　《唐宋俗词研究》曾指出,俗词“往往背离传统艺术规范,以追求愉悦耳目与

---

　　①　《鼓掌绝尘》第三十三回,《古本小说集成》本,第 974－975 页。
　　②　《水浒传》第二十六回,第 343 页。
　　③　《水浒传》,第 616 页。

自由宣泄情感为特点,其审美主体大多为中下层民众,一般文化层次较低,往往喜欢浅俗明快、不受羁束、富于感官刺激的东西,有时不免显得平庸粗俗,它自然是代表广大中下层民众的审美理想。"①正因为如此,俗词的创作主体无需是学富五车的文人,也不必是吟风咏月的才子,小说作者赋予这些俗词的创作主体,可以说是三教九流,各色人等均包括在内。

除上引书会才人之作外,俗词在小说中的创作主体亦可以是僧人、道士,更有大量市井中的无名之辈,如《海陵逸史》中一首《鹧鸪天》:

> 后人有词叹云:
> 世上谁人不爱色,惟有海陵无止极。未曾立马向吴山,大定改元空叹息。 空叹息,空叹息。国破家亡回不得。孤身客死情人怜,万古传名为逆贼。②

《乐府指迷》中曾论到"坊间歌词之病"云:"如秦楼楚馆所歌之词,多是教坊乐工及市井做赚人所作,只缘音律不差,故多唱之。求其下语用字,全不可读。"③批评坊间之词仅追求音韵上的美听,却无意于词作内容与风格上的审美追求。上引之词,也显示出这样的特色,只不过连美听上的追求也不必了,仅仅成为表意的载体。填制这样的词作,自然也不需多少文学修养,市井无名之辈亦可为之。

当然,俗词的创作主体也不缺失词坛巨匠,如《廉明奇判公案传》"苏院词判奸僧"中一首《踏莎行》判词:

> 这个秃奴,修行忒煞,云山顶上持戒。一从迷恋玉楼人,鹑衣百结浑无奈。毒手伤人,花容粉碎。空空色今何在。壁间刺道苦相思,这回还了相思债。④

这首词与小说中的其他俗词一样,不仅用语直白浅露,而且口语化的运用,以及

---

① 《唐宋俗词研究》,第11页。
② 《海陵逸史》卷下,《思无邪汇宝》第一册,第170页。
③ 《乐府指迷》,第281页。
④ 《廉明奇判公案传》,《古本小说集成》本,第78页。

对世俗趣味的展现,均表现出明显的俗词风格。但在小说中,作者不妨将它托名在苏轼名下,于是这首俗词也成了名家手笔,而且在明代作为苏轼之词广为流传,甚至连明代词选《花草粹编》也录入苏轼名下。可见,雅词的填制需要它的创作者有一定的文学修养,反过来,与俗词对应的创作主体,倒不一定是市井无识之辈,名家巨匠亦无妨。俗人难以填制文雅之词,但雅士却可创作偕俗之作,雅词与俗词在这一点上的区别,在明代小说中也体现得非常明显。

其三是内容包罗万象。白话小说中的俗词,在内容上几乎与小说所反映的社会生活呈现出一致的深广度。仅从其中的描人之词便可见一斑。传统的描人之词,往往以闺阁女子或青楼歌妓作为表现对象。她们在词作中的形象也大凡是温柔多情、美丽动人而又寂寞孤独的。如温庭筠笔下"梳洗罢,独倚望江楼"的寂寞女子,或如晏几道笔下"彩袖殷勤捧玉钟,当年拚却醉颜红"的多情女子。即使是宋人的话本小说,其中的描人词所展现的也多是女性美丽温婉的气质。明代白话小说中词作所描写的人物,则涵盖了现实生活中的各色人等。其中的女性,也不再是传统词作所展现的女性形象。如《一片情》第十回中写"村姑":

> 两鬟黄丝,一团金面。乱将脂粉重涂遍。金莲七寸倒拖跟,白绸衫子如油片。　　未笑牙咨,将言舌卷。宛如再见鸠盘面。纵教云雨有深情,灯前怎得人儿恋。(《踏莎行》)①

《孙庞斗志演义》卷十五中写巾帼,则是:"金冠凤翅坠红缨。蜀锦花袍映日新。点点鱼鳞金甲灿,弯弯玉带宝妆成。　　悬宝剑,大刀擎。凤头靴踏紫龙骥。魏阳公主亲临阵,女将丛中显姓名。"(《鹧鸪天》)②

除描人之词外,其他承担描写功能的词作,亦显示出俗词所具有的无事不可入词的包容性。人物所见所闻,均可以俗词加以描写与展示。如日常生活中所习见的印章、菜肴、古玩器具,甚至春宫图等,均可以成为俗词刻画的对象。

三、文言小说中词作的雅俗之别

文言小说中的词作,绝大部分是以人物创作的方式引入,因此,就其生态环

---

① 《一片情》,《古本小说集成》本,第367页。
② 《孙庞斗志演义》,《古本小说集成》本,第435页。

境而言,可概括为文人创作活动在小说情境中的延续。就词作在小说中的功能而言,则主要是抒情写怀、歌以侑觞等,亦是词体本色的运用,因此,文言小说在叙事的层面,即为雅词的引入提供了大量展现的空间。加上小说作者所普遍具备的文学修养以及文言小说创作本身于语言层面对于文雅的追求,使小说中的雅词占据主导地位。其中雅词的运用又呈现出如下的特色。

(一)雅词填制的主观追求

与白话小说中的雅词以引用前人词作为主不同,文言小说中的雅词,大多数出于小说作者原创,更多地表现出作者的主观追求。试举数例如下:

> 南陌花残,西厢月暗,风雨凄凄。见说君归,顿松金钏,暗减玉肌。
>
> 吁嗟后会难期,将何物、表人别离。万斛离愁,千行情泪,两地相思。(《柳梢青》)①
>
> 夜阔梦难收,宋玉多情我结俦。千点漏声万点泪,悠悠。霜月鸡声几段愁。　　难展皱眉头,怨句哀吟送客秋。蟋蟀床头调夜曲,啾啾。又听惊人雁别楼。(《南乡子》)②
>
> 天涯寥落,等闲间、又近端阳时节。竹箪微凉无限好,争奈骚人偏怯。绿树阴移,水晶帘卷,此境尘寰别。暗中挥泪,万千心绪难说。
>
> 谁信藕断丝连,泪干痕在,夜夜窗前月。旧恨眉峰舒不起,怎禁新愁又叠。默想归期,悠悠似水,空把肝肠折。不思岁月无情,白添华发。(《念奴娇》)③

词作所写内容,虽然不离儿女之情,但与白话小说中同题材的俗词相比,显然属于雅的范畴。这些词作在小说的叙事中均承担人物传情写意的功能,乃是人物情发自内而形于外的产物,具有较为严肃的词旨,也显示出雅词所具有的追求意境与韵味的风格特征。

除人物传情写意之外,歌以侑觞是文言小说引入词作的另一重要情境。而歌以侑觞之词,小说作者往往选择长调,使词作更适宜铺叙与渲染。这一现象主要出现在短篇文言小说中。由于篇幅有限,此类小说羼入词作的机会较少,

---

① 《钟情丽集》,李梦生校点:《风流十传》,天津:百花文艺出版社 2002 年版,第 52 页。

② 《刘生觅莲记》,《风流十传》本,第 376 页。

③ 《怀春雅集》,《风流十传》本,第 299 页。

因此,为尽量使词作起到渲染的效果,长调成为首选。如《剪灯新话》卷三《爱卿传》一篇所记:

> 酒三行,爱卿请赵子捧觞为太夫人寿,自制《齐天乐》一阕,歌以侑之。其词曰:
>
> 恩情不把功名误,离筵又歌金缕。白发慈亲,红颜幼妇,君去有谁为主?流年几许?况闷闷愁愁,风风雨雨。凤拆鸾分,未知何日更相聚!　蒙君再三吩咐:向堂前侍奉,休辞辛苦。官诰蟠花,宫袍制锦,待要封妻拜母。君须听取:怕日薄西山,易生愁阻。早促归程,彩衣相对舞。①

另如《剪灯馀话》卷二《秋夕访琵琶亭记》中所记:

> (丽人)使钿蝉归取酒肴,饮于亭上,自歌其词曰:"郎忆之乎?即昨日所讴之《念奴娇》也。"词曰:
>
> 离离禾黍,叹江山似旧,英雄尘土。石马铜驼荆棘里,阅遍几番寒暑!剑戟灰飞,旌旗鸟散,底处寻楼橹?暗呜叱咤,只今犹说西楚。
>
> 憔悴玉帐虞兮,灯前掩面,泪交飞红雨!凤辇羊车行不返,九曲愁肠慢苦。梅瓣凝妆,杨花飞雪,回首成终古!翠螺青黛,绛仙慵画眉妩!②

这两首人物歌以侑觞时所唱之词,前者情真意切、一唱三叹;后者情意婉转、余韵缭绕,均具雅词风范。即使是以人物之外的第三者口吻引入的感慨之作,同样显示出作者对雅词的追求。如《情史类略》卷十一"情化类"所录"并蒂莲"一篇中,作者在小说主体叙事之后,引入一首《摸鱼儿》:

> 又:民家有男女以私情不遂,赴水死。三日,二尸相携出水滨。是岁,此陂荷花无不并蒂者。李仁卿《摸鱼儿》纪其事云:
>
> 为多情、和天也老,不应情遍如许。请君试听双渠怨,方见此情真

---

① 《剪灯新话》,第70页。
② 李桢:《剪灯馀话》,周楞伽校注:《剪灯新话》(外二种),第186页。

处。谁点注。香潋滟、银塘对抹胭脂露。藕丝几缕。绊玉骨春心,金
河晓泪,漠漠瑞红吐。连理树,一样骊山怀古。古今朝暮云雨。六郎
夫妇三生梦,断幽恨徒前沮。须会取。共鸳鸯、翡翠照影长相聚。风
不住。怅寂寞芳魂,轻烟北渚,凉月又南浦。①

李词虽针对具体事件有感而发,却并不拘泥于事件与议论,而是意境凄美、情辞
悲切,深具雅词风味。小说作者在故事的讲述之后,意犹未尽地引入此词,置于
作者以"情史氏曰"发表议论之前,显示出作者的主观偏好。

（二）雅词显示出文言小说重情尚义的叙事风格

文言小说中的雅词,虽不乏小说作者呈才斗艺的一面,但从其总体运用来
看,则与小说重情尚义的叙事风格相一致。文言小说中的用词作品主要以传奇
小说为主,志人、志怪罕有词作窜入者。而传奇小说,无论短篇长短,均显示出
重情尚义的叙事风格。这一"情义"不拘于男女欢爱,而是指小说注重在叙事中
营造一种重情尚义的意境,尤其是短篇文言传奇。如《剪灯新话》卷二中的《爱
卿传》,以罗爱爱与赵子之间的悲欢离合为情节发展的主线,因此,就叙事题材
而言,这篇传奇属于言情小说,但作者对于人物之间的情感着墨甚少,与中篇传
奇对人物的内心情感大肆渲染不同,这篇小说中,人物之间的爱情是叙事的框
架或背景,作者渲染或彩绘的部分则是人物爱爱对赵子的至死不渝的恩情与节
义。如其中一首《沁园春》:

一别三年,一日三秋,君何不归? 记尊嫜抱病,亲供药饵,高茔埋
葬,亲曳麻衣。夜卜灯花,晨占鹊喜,雨打梨花昼掩扉。谁知道,把恩
情永隔,书信全稀。   干戈满目交挥,奈命薄时乖履祸机。向销金
帐里,猿惊鹤怨,香罗巾下,玉碎花飞。要学三贞,须拼一死,免被旁人
话是非。君相念,算除非画里,重见崔徽。②

此词是爱爱被逼身死之后,其魂魄与赵子再会时所歌之词。词作所突显的感情
并不止于男女之间的相思之情,而是爱爱作为妻子,对丈夫及家庭的责任;以及

---

① 冯梦龙编:《情史类略》,《古本小说集成》本,第890—891页。
② 《剪灯新话》,第72页。

战乱之时,为守贞洁,宁愿赴死的节义。而且词作并非以空洞的说教与直接的表白来展现人物情义,而是以大量凄美的意象,在渲染人物感情的同时,为读者提供了丰富的想象空间,使人物、读者在情感上达到共鸣。在小说简练的叙事语言中,雅词,尤其是长调的羼入,为叙事风格的营造大有裨益。另如仿《剪灯新话》而作的《剪灯馀话》中的一篇——《琼奴传》。小说在叙事风格上与上引《爱卿传》甚为相似。如小说所写虽为琼奴与苕郎之间的爱情悲剧,作者突出的同样是人物琼奴对苕郎的至死不渝的忠贞与节义。而其中一首《满庭芳》,亦是小说叙事情感的集中体现:

> 彩凤群分,文鸳侣散,红云路隔天台。旧时院落,画栋积尘埃。谩有玉京离燕,向东风似诉悲哀。主人去,卷帘恩重,空屋亦归来。
> 泾阳憔悴女,不逢柳毅,书信难裁。叹金钗脱股,宝镜离台。万里辽阳郎去也,甚日重回。丁香树,含花到死,肯傍别人开。①

词作典雅庄重、含蓄婉转,以及意在言外、意味深长的雅化风格,于小说在叙事中所意欲营造的情感氛围而言,相得益彰。即使是描写男女欢爱之事的词作,如《怀春雅集》中两首《苏幕遮》其一:

> 漏声沉,人影绝。素手相携,转过花阴月。莲步轻移娇又怯。怕人瞧见,欲进羞还怯。　　口脂香,罗带结。誓海盟山,尽向枕前没。可恨灵鹊催晓别。临时犹自低低说。②

此词虽作于枕席之间,却不出之以艳,与白话小说中类似词作在内容上侧重感官刺激不啻天壤之别。

(三)文言小说中的俗词特征

文言小说以雅词为主,间有一二俗词的引入,也与白话小说呈现相反的局面。如白话小说中的雅词往往引用前人已有作品,俗词则出于作者原创;文言小说正相反,其中雅词往往出于作者原创,而俗词则更多的是引用前人词作。

---

① 《剪灯馀话》,第215页。
② 《怀春雅集》,第310页。

如《青泥莲花记》《情史类略》等小说集中,由于收录较多的词人逸事,因而其中既有词人的典雅之作,也有许多具有民歌风味的俗词。如:

> 说盟说誓,说情说意。动便春愁满纸。多应念得脱空经,是那个、先生教底。　　不茶不饭,不言不语。一味供他憔悴。相思已是不曾闲,又那得、工夫咒你。①

> 宿酒醺醺犹自醉。回顾头来三十里。马儿只管去如飞,骑一会。行一会。断送杀人山共水。是则青衫深可喜。不道恩情拆得未。雪迷前路小桥横,住底是。去底是。思量我了思量你。②

第一首《踏莎行》出自《青泥莲花记》卷十二"翁客妓"篇,乃歌妓所填之作,词中"是那个、先生教底""又那得、工夫咒你",直白的表达与俗字的运用,使整首词作俗趣盎然。第二首《天仙子》出自《艳异编》"刘改之"篇,为刘改之别妾时所作,全词写情直接浅俗,尤其是末三句:"住底是。去底是。思量我了思量你。"与日常口语相差无几。

另如《青泥莲花记》"涪翁妓"一则中的《浣溪沙》:

> 脚上鞋儿四寸罗。唇边朱麝一樱多。见人无语但回波。料得有心怜宋玉,只因无奈楚襄何。今生有分向伊么。③

引秦观词以传统男性视角展现女性人物,就词的具体表现而言,不妨视为俗题俗意,但于词作之外,却又表现出一种词人对女性人物欣赏式的雅趣,与白话小说中的俗词对社会生活中的俗人俗事、俗题俗意直接再现有所不同。

总体而言,明代小说中的词作,因白话小说与文言小说在叙事风格上的差异,显示出明显的雅俗分化。即白话小说中的词作以俗词为主,俗词在内容风格与运用方式上的丰富多样,与小说作者叙事上的生动活泼一致;而文言小说则以雅词为主,雅词在内容风格与运用方式上,则与文言小说重情尚义的叙事风格一致。又因为两大群体文化修养的差异,使小说中词作的雅俗之别呈现出

---

① 《青泥莲花记》卷十二,《中国近代小说资料汇编》,台北:广文书局1980年版,第14页。
② 《艳异编》卷三十五,《古本小说集成》本,第1224页。
③ 《青泥莲花记》卷五,第11—12页。

不同的风貌。白话小说中的雅词以引用为多,有特定的功能;文言小说中的雅词则以原创居多,且所有功能均有涉及。

第二节　小说中词作功能性与审美性的统一与背离

关于白话小说与文言小说用词量上的差异,以及用词现象的各自特点,前文已有具体的统计分析。本节即在数量统计的基础之上,主要立足于小说中的词作本文,考察文言小说与白话小说中的词作功能性与审美性之间的关系。

小说中的词作与词坛创作有相同之处,亦有相异之处。相同之处在于,小说中的词作与现实中的创作一样,都有抒情性的一面与功能性的一面。所不同者在于,现实创作层面的抒情性可以是自由的、私人的、完全脱离功能性的。词人或触景生情,或睹物思人,或咏史缅怀,各种感情均可以托于词体,形于笔端。而功能性层面的创作,无论是迎来送往、歌功颂德、诗友唱和或联络感情,词人填词之时,往往体现出词人一定的美感追求。总的来说,词坛创作中,词体的审美性可以独立于功能性之外,而功能性往往附着一定的审美性。小说中的词作,则恰恰相反,即词作的功能性可以独立于审美性之外,而审美性往往附着一定的功能性。小说中的词作,无论是人物创作,还是作者引入,归根结蒂要服务于小说的叙事,因此,功能性是它的根本使命。至于在功能性得以满足的同时,如何兼顾词体作为独立文体所应蕴含的审美性,则在不同的小说中,呈现出不同的面貌。就白话小说与文言小说两大体系而言,虽然均有统一与背离的现象,但也各有倾向,即白话小说中词作的功能性与审美性之间,背离的现象较为普遍;而文言小说中,则整体上倾向于统一。

一、白话小说:词作功能性与审美性倾向背离

白话小说中的词作,审美性与功能性之间,既有统一也有背离,而且背离的现象更为普遍。甚至有互为消长的状况,即越强调功能性的词作,越丧失词体的审美性;越具备词体审美性的词作,越弱化词作的功能性。这种背离或消长不仅体现在某类词作的局部运用中,也体现在某部小说的整体用词现象中。

（一）功能性与审美性的背离

首先,考察局部运用中词作的功能性与审美性之间的背离。白话小说中的

词作,按其词作本身的审美性而言,自然是引用自前人的词作,尤其是名家名作,要更具美感与艺术价值。但这些佳作的引入,固然极具词体的审美性,但是于小说叙事中的功能性而言,则往往又有不尽如人意之处。试以《二刻拍案惊奇》中两首描人之词进行比较:

> 却是棋声传播,慕他才色的,咽干了涎唾,只是不能胜他,也没人敢启齿求配。空传下个美名,受下许多门徒,晚间师父娘只是独宿而已。有一首词,单道着妙观好处:
>
> 丽质本来无偶,神机早已通玄。枰中举国莫争先。女将驰名善战。玉手无惭国手,秋波合唤秋仙。高居师席把棋传。石作门生也眩。——右词寄《西江月》①

> 新月之下,只见一个素衣的女子,走入庵中。翰林急忙尾在背后,在黑影中闪着身子,看那女子。只见妙通师父出来接着,女子未叙寒温,且把一炷香在佛前烧起。那女子生得如何?
>
> 闻道双衔凤带,不妨单着鲛绡。夜香知与阿谁烧。怅望水沉烟袅。　　云鬓风前丝卷,玉颜醉里红潮。莫教空度可怜宵。月与佳人共僚。——词寄《西江月》②

这两首《西江月》均在小说中承担描写女性人物的功能。以闺阁中的女子,作为刻画对象,是词作的传统题材。从词体产生之初,即不乏佳作,唐五代的《花间集》中,大量的词作即以女性为描写对象,如温庭筠的《菩萨蛮》:"小山重叠金明灭,鬓云欲度香腮雪。懒起画蛾眉,弄妆梳洗迟。　　照花前后镜,花面交相映。新帖绣罗襦,双双金鹧鸪。"③这首词对女性的容貌、服饰、体态与心境都作了展现。从具体的文字意象中,我们可以感到她是一个容颜美丽、衣着华丽但内心孤独的年轻女性;从她的"懒起""弄妆"与对镜顾盼中可以感受到女性所特有的气息。这样一幅动静结合的画面,既有鲜明的形象展现,又有无尽的想象空间,加上词作在体式上所具备的长短句交错,平仄与句韵交替的动态感,使整

---

① 凌濛初:《二刻拍案惊奇》卷二,《古本小说集成》本,第63页。

② 《二刻拍案惊奇》卷三,第127页。

③ 张璋、黄畲编:《全唐五代词》,上海:上海古籍出版社1986年版,第194页。

首作品充满声情上的美感。

但另一方面，又可以发现，词作虽然具体而微地展现了一位女性的容颜与服饰，但读者除了能感受到她外在的美丽与内心的孤独之外，对她作为一个具体人物的个性把握是很模糊的。即人物的真实存在是经词人审美观照之后，以艺术虚构的形式呈现在读者面前的，这位女性既真实清晰，又虚幻朦胧。这是审美展现所必须营造的空间，只有在这个空间里，读者才可以驰骋想象，去捕捉与领悟词作在字里行间所蕴藏的美感。

由此反观上引两首小说中的描人之词。仅从词作文本考察，第二首《西江月》引用苏轼的作品，即使我们排除词人身份的影响力，它也显然比第一首要具有美感。在第二首词中，词人注入了自身的审美能力与表现能力，使词作更具感染力与张力，让读者有更多想象与感受的空间。与之相比，第一首词作因为过于写实而缺乏美感，作者显然没有着力营造审美空间，而是倾向于具体的呈现。

现在换一个角度，来看这两首词作在小说叙事中所要刻画的具体对象：第一首《西江月》描写的是虽年轻美貌、"棋声传播"，却依然孤身一人的妙观。即使不看相关的情节交待，从词作内容中，读者即可把握到如下几点：她容颜美丽，她棋艺精湛，她顾盼多情，她独身一人。词作本身所透露出的信息，均指向它要表现的这位小说人物，人物的身份特征在词作中得到了具体的体现。因此，这首用以描写妙观的词作，较为成功地完成了它的使命，也由于带有人物的个性，使它无法复制到其他人物身上。

第二首《西江月》描写的是权翰林眼中的一位素衣女子——桂娘，与第一首不同的是，我们无法从词作内容中捕捉到"桂娘"这一人物的清晰影像。在读者眼里，经过词作的描写，她依然只是一个来寺庙烧夜香的美丽女子，除此并无更多专属于这一人物的信息。因此，词作虽然对人物进行了刻画，但当桂娘再次出现时，读者并不能因着词作赋予的信息，而对她有熟悉及亲切的印象。凌濛初在这里引用了苏轼的作品用以刻画人物，词作本身虽然较前一首《西江月》更具审美意味，但就对描写对象的展现而言，后者则又明显不如前者。这一首带有审美共性的词作，却无法很好地完成它刻画"桂娘"这一人物的使命。

类似可兹比对的例子，出现在同一部小说中的情况并不罕见，另如《弁而钗》中，亦可举例如下：

陈氏走上堂来,不认得文韵,道:"在哪里?"禁子道:"这不是?"陈氏赶近前,一把抱定,大叫一声:"娇儿!"便昏死于地。果然文生不像旧时容颜矣:

鹄面鸡形少色,蓬头垢脸无光。鹑衣百结裙青黄。行步葳蕤模样。病恹恹只欠一死,昏昏不辨两厢。可怜风流饱文章。倒与囚徒相傍。①

云生差人送玉凤与太守。太守大喜,收了玉凤,就央二府、三府做媒来说亲。择吉日良时过门。是好一位新人也,有《一斛珠》以咏其美:

晓雾轻笼,晴山淡扫新妆巧。一片闲情寄花鸟。朱颜正妙,哪识闲烦恼。　海棠梦里醉魂消。柳叶簪前体态娇。桃花扇底窥春笑。试听藏喉,北苑莺声校。②

第一首《西江月》描写文生容颜,文生因受丈人万矅设计诬陷,被收押在监。幸得狱中禁子施以援手,以一计救出:"禁子又替他脸上涂些黄栀水,妆得蓬头垢面,似非人形。"知县"见病得如此狼狈,便道:'着陈氏带回去。'"词中所言"鹄面鸡形少色",乃是黄栀水所为;"蓬头垢脸无光",乃是妆得如此。至于"行步葳蕤模样""病恹恹"等形态,更是文生为谋得救而演的戏了。文生也的确演得真切,连自己的母亲看到之后,也心疼得昏死过去。而且满堂吏役"无不堕泪",知县也"将扇掩面道:'他是病中,你好扶他去吧。'"于是禁子将文生扶出县衙,就这样将他救出了监牢。于小说的叙事而言,这首《西江月》可谓句句落实到具体的叙事之中,但也因此使它作为词体乏善可陈。

第二首《一斛珠》描写太守所娶新娘玉凤。此词有化用元乔吉散曲《卖花声》"太平吴氏楼会集"的痕迹,原作为:"桃花扇底窥春笑。杨柳帘前按舞娇。海棠梦里醉魂销。香团娇小。歌头水调。断肠也五陵年少。"③与第一首《西江月》相比,这首《一斛珠》意态鲜活灵动、情辞风流婉转,更具审美性。但于它在小说中的功能而言,虽然是作为描写人物玉凤而引入,但从词作中我们同样看

---

① 《弁而钗》"情烈记"第一回,《思无邪汇宝》第六册,第198页。
② 《弁而钗》"情烈记"第五回,第253页。
③ 隋树森编:《全元散曲》,北京:中华书局1964年版,第632页。

不出人物玉凤的任何特色,以及它与小说叙事的其他关联。玉凤在小说中作者本身着墨不多,读者除了从作者的交代中,知道这首词是描写玉凤之外,无法从词作中获得关于人物的更多信息。与第一首《西江月》句句坐实相比,这首《一斛珠》以泛写笔法,展现传统的佳人,她不仅美丽活泼,而且歌声动人。此词通过各种意象的运用,如"海棠梦里""柳叶簪前""桃花扇底",既有所形容,又不拘泥,给读者留下较多的想象与审美空间。但读者在词作文本欣赏的同时,却看不出此词对玉凤这一人物个性特征的展现。

通过以上对比可以看出,白话小说中的词作,于功能性与审美性之间的一种消长关系。另如《水浒传》中数量众多的人物赞词,对于人物给读者的鲜明印象而言,这些词作功不可没。众所周知,《水浒传》所述主要人物多达一百多人,如何使这些人物展现在读者面前时,均具有各自的身形与性格特征,是小说作者需要费心的地方,而其中的赞词正承担了此一功能。如第三十七回中:

> 宋江看那张横时,但见:
> 七尺身躯三角眼,黄髯赤发红睛。浔阳江上有声名。冲波如水怪,跃浪似飞鲸。恶水狂风都不惧,蛟龙见处魂惊。天差列宿害生灵。小孤山下住,船火号张横。①

第三十八回:

> 因此人都称做神行太保戴宗。更看他生的如何? 但见:
> 面阔唇方神眼突,瘦长清秀身材。皂纱巾畔翠花开。黄旗书令字,红串映宣牌。两只脚行千里路,罗衫常惹尘埃。程途八百去还来。神行真太保,院长戴宗才。②

作者在这里虽未明确以词描人,亦未注明词调,但所引为两首《临江仙》。两首词中均出现了所描写人物的姓名,因此不必作者介绍,所写对象读者于词中一

---

① 《水浒传》,第487页。
② 《水浒传》,第495页。

望而知。张横在小说中的营生就是浔阳江上的"江盗",所以词作重点突出了他的水上功夫"冲波如水怪,跃浪似飞鲸";而小说中戴宗的过人之处,就是他的"神行法",所以词作说他"程途八百去还来",正是人物特征的反映。无论是"船长"张横,还是"太保"戴宗,经由词作的刻画,均烙印在读者的脑海中,当人物再次出现时,读者即可凭着对他们的熟悉印象,将他们一一分辨出来。这是描人词所应具备的功能。但另一方面,我们也不得不承认,这些词作在实现功能性的同时,于词体本身所应具备的审美性,却所剩无几了。

　　这种审美性让位于功能性的现象,还表现在对前人词的改写中,如《梼杌闲评》第十七回引用一首李清照的《声声慢》,表现魏进忠凄惨的景况:

　　　　此时正是晚秋天气,但见一帘细雨,四壁蛩声,好生凄惨的景况。
　　正是:
　　　　寻寻觅觅,冷冷清清,凄凄惨惨戚戚。正直授衣时节,归期未必。排闷全凭一醉,酒醒后愁来更急,雁过也,正伤心,却是旧时相识。
　　　　满地黄花堆积,憔悴损,如今有谁共摘。拥着衾儿,独自怎生将息。梧桐更兼细雨,到黄昏点点滴滴。这次第,怎一个愁儿了得。①

这首《声声慢》对李清照的原词进行了改写,将原词中的"乍暖还寒时候,最难将息。三杯两盏淡酒,怎敌它、晚来风急",改成了"正直授衣时节,归期未必。排闷全凭一醉,酒醒后、愁来更急"。原词是词人南渡之后所作,表现了词人于国破家亡之后凄凉苦闷的心绪。但这种心绪的流露,是通过词人对外在环境的感受,间接表现的。如被改写的这两句,词作以女性特有的细腻敏感,通过对天气的感受映射出词人心绪上的凄冷。而小说作者为使词作更加契合人物的身份与处境,对原词进行了改写。改写部分句句坐实,毫无余味。另如《二刻拍案惊奇》第九回,一首《桃源忆故人》:

　　　　(素梅)闷坐不过,做下一首词云:
　　　　幽房深锁多情种。清夜悠悠谁共。羞见枕衾鸳凤。闷则和衣拥。
　　　　无端猛烈阴风动。惊破一番新梦。窗外月华霜重。寂寞桃源

---

　　① 《梼杌闲评》,第165页。

洞。——词寄《桃源忆故人》。①

此词改写自秦观词,原词上片首句为"玉楼深锁多情种",下片首末句分别为"无端画角严城动""听彻梅花弄"。② 小说中的改写虽比原词要更契合小说的叙事,但所改之处,尤其是末句使词作雅兴顿失。白话小说对前人词作的改写,往往以降低原词的审美性为代价,来提升词作的功能性。

其次,考察小说整体运用中,词作功能性与审美性之间的背离。以上是小说局部用词现象中功能性与审美性之间的背离与消长。在同一部小说中,也呈现这种消长的态势。如《金瓶梅词话》四首篇首词《行香子》,其中两首为:

阆苑瀛洲。金谷陵楼。算不如茅舍清幽。野花绣地,莫也风流。也宜春,也宜夏,也宜秋。酒熟堪酌。客至须留。更无荣无辱无忧。退闲一步,着甚来由。但倦时眠,渴时饮,醉时讴。(其一)
短短横墙。矮矮疏窗。忔憎儿、小小池塘。高低叠峰,绿水边傍。却有些风,有些月,有些凉。日用家常。竹几藤床。靠眼前水色山光。客来无酒,清话何妨。但细烹茶,热烘盏,浅浇汤。(其二)③

这四首《行香子》,均引自前人作品,但此四词本身即各有出处,并非为分咏春夏秋冬四季的组词,只不过在小说中以组词的形式冠于篇首。这四首词之所以可以形成组词,最主要的原因就在于它们内容与风格相近,均表现出对淡漠名利、随遇而安、知足常乐的朴素生活的追求。就词作本身而言,不乏审美性。作为篇首词,它本应起到开宗明义、提纲挈领的作用,如《东度记》篇首的两首《西江月》其二:"为善申明旌奖,作恶法纪无私。天堂地狱岂差除。总在前因今是。

幸逢太平盛世,四方人乐唐虞。消闲解闷这编书。缚魅驱邪闹处。"④词作就明确点出了作者创作小说的动机"消闲解闷这编书",与主要内容"缚魅驱邪闹处"。但《金瓶梅词话》篇首的这四首《行香子》,在内容上不仅没有总领与提示全篇,反而与小说的主旨多有矛盾之处。

① 《二刻拍案惊奇》,第 452－453 页。
② 《全宋词》第一册,第 464 页。
③ 《全本金瓶梅词话》,第 21－22 页。
④ 《东度记》,第 1 页。

就《金瓶梅词话》所构筑的小说世界而言，即便站在主人公西门庆的对立面，充分吸取他中年横死的教训，我们所能超出的只能说是色欲世界，似并不足以使我们放弃滚滚红尘，而对清贫自足的闲散生活发自内心的向往。且看第一百回中对西门庆来生的规划：

> 言未已，又一人素体荣身，口称是清河县富户西门庆，不幸溺血而死。今蒙师荐拔，今往东京城内，托生富户沈通为次子沈钺去也。①

西门庆虽然在现世恶贯满盈以至身死，但来生毕竟还是托生到"富户"家里去了。至于原本就算善良的月娘与玳安，在现世里就已享受着富足安逸的生活："后月娘归家，开了门户，家产器物，都不曾疏失。后就把玳安改名做西门安，承受家业，人称呼为西门小员外，养活月娘到老，寿年七十岁，善终而亡。"②我们回过头来再看月娘一行人避兵时的境况：

> 却说大金人马，抢过东昌府来，看看到清河县地界。只见官吏逃亡，城门昼闭，人民逃窜，父子流亡。但见：烟生四野，日蔽黄沙，封豕长蛇，互相吞并。龙争虎斗，各自争强。皂帜红旗，布满郊野。男啼女哭，万户惊惶。番军房将，一似蚁聚蜂屯；短剑长枪，好似森林密竹。一处处死尸骸，横三竖四；一攒攒折刀断剑，七断八截。个个携男抱女，家家闭户关门。十室九空，不显乡村城郭；獐奔鼠窜，那存礼乐衣冠。③

像西门庆这样"树倒猢狲散"的大家庭，在经历兵火战乱的如此洗劫之后，尚能"家产器物，都不曾疏失"，只能说是小说作者对富贵一厢情愿的"执着"了。而玳安也是承受家业，做着西门小员外，并无半点篇首词中的"茅舍""野花""竹几藤床"的安贫乐道。分明是身在富贵中，哪里是"知他富贵几时来"④？

由此可见，《东度记》中的篇首词虽然不具备词体独立的审美性，但却实现

---

① 《全本金瓶梅词话》，第 2963 页。
② 《全本金瓶梅词话》，第 2972 页。
③ 《全本金瓶梅词话》，第 2957—2958 页。
④ 第四首《行香子》(净扫尘埃) 下片第四句。

了篇首词的功能。《金瓶梅词话》篇首的四首《行香子》，虽然具备词体的审美性，但却并没有起到篇首词所应具备的开宗明义、统领全文的作用。而《金瓶梅词话》中与小说的叙事相吻合的词作，则往往是这样的作品：

第十六回以一首《临江仙》描写缅铃：

> 原是番兵出产，逢人荐转在京。身躯瘦小内玲珑。得人轻借力，展转作蝉鸣。解使佳人心胆，惯能助肾威风。号称金面勇先锋。战降功第一，扬名勉子铃。①

第三十一回以一首《西江月》开场：

> 家富自然身贵，逢人必让居先。贫寒敢仰上官怜。彼此都看钱面。　　婚嫁专寻势要，通财邀结豪英。不知兴废在心田。只靠眼前知见。②

所引二词在小说的叙事中，可谓具体功能忠诚的实践者。第一首描写之词自不必说，第二首开场词，于第三十一回的叙事而言，也相当契合。在第三十回文末，小说作者写道："官禄临门，平地做了千户之职，谁人不来趋附，送礼庆贺人来人去，一日不断头。"承接此回叙事，第三十一回的回目便是"琴童藏壶觑玉箫　西门庆开宴吃喜酒"。而这官是因何而得，乃是"来保押送生辰担"，给京师蔡太师送礼而得。岂不是"贫寒敢仰上官怜，彼此都看钱面"？西门庆生子得官，可谓是人生最为得意辉煌之时，以前只是"家富"，如今加之"身贵"，更可一味任性胡为了。如若与他的最终结局相比，亦正是："不知兴废在心田。只靠眼前知见。"

而这两首词作于词体独立的审美性而言，则又与篇首四首《行香子》之间有着天壤之别。由此可见，在《金瓶梅词话》一部小说中，词作的运用也存在着审美性与功能性之间的消长现象。

（二）功能性与审美性的统一

上文介绍了白话小说中词作功能性与审美性相背离，甚至互为消长的情

---

① 《全本金瓶梅词话》，第414页。
② 《全本金瓶梅词话》，第791页。

况,这是白话小说词作运用中较为普遍的现象。当然,白话小说中也有一些词作的运用,显示出功能性与审美性相统一的特点,只是相对少见。如《禅真逸史》第三十二回中一首《卜算子》的引入:

> 张善相暗喜道:"此必是小姐之物,失下在此。我张生有缘,且将来束腰,就如与小姐并肩一般。"提起来抖去尘土,正要束腰,只见那手帕头儿上影影有些字迹,急看时,却是一首词,写道:
> 碧月照幽窗,夜静西风劲。何处虚空跌下秋,梧叶零金井。
> 坐久孰为怜,独对衾儿影。女侍昏沉唤不惺,漏断金猊冷。
> 右调《卜算子》。秋夜闷坐无聊,书以写怀。琳瑛题。①

从引文可知,这是女主人翁琳瑛日常生活的一首写怀之词,小说作者在此处引入这首词的目的,就是通过它向男主人翁张善相传递琳瑛内心的情愫。词作并没有停留在直接的功能层面,而是通过一系列具体的意象,使深闺女子的芳华寂寞跃然纸上。也正因为如此,张善相虽然与琳瑛仅一面之缘,却有如探知了她的隐情一般。于是就有了下文中,张善相口念此词以调笑琳瑛的情节。在第三十三回,小说依然叙写张善相与琳瑛之间的恋情故事,张同样以一首《卜算子》向琳瑛呈明心迹:"小姐举目观看,也是一首《卜算子》词儿,和着前韵。词道:闺怨写幽窗,笔笔银钩劲。词调清新泣素秋,客况思乡井。　　恭荷美人怜,不只离鸿影。惺惺从古惜惺惺,休怯鸳帏冷。仲秋月夕,广宁张善相题和。"②这两首唱和的《卜算子》,即成功地实现了它们在小说中为人物传情达意的功能,也颇具韵味,显示出词作功能性与审美性的统一。

　　人物的传情写怀之词,是白话小说中在实现功能性时,较能兼具审美性的一类词作,除此之外,描景之词也有一二能达到二者的统一。如《醋葫芦》十四回中一首描景之词《南乡子》:

> 都飙不胜之喜,随张煊来到个去处。有《南乡子》为证:
> 小径隔红尘。寂寂湘帘昼掩门。歌笑声来香雾里,氤氲。酷似当

---

① 《禅真逸史》,第1335—1336页。
② 《禅真逸史》,第1379页。

年旧避秦。　　朱紫满檐楹。一滴秋波溜杀人。风漾柳丝丝万缕，牵情。燕子楼头日日春。①

词作首句"小径隔红尘"就将读者引入一处浮世喧嚣之外的清静之地，又以"酷似当年旧避秦"来进一步强调了此处世外桃源的乐土之感。下片则以檐楹间的朱紫、眉目间的秋波，以及空气中流淌着的柳丝与情丝，营造出一种令人浑然忘我的浓丽情愫。整首词作彰显出描写对象所具有的一种让人怦然心动、流连忘返的魅力。而这，正道出了小说作者欲让人物"身陷其中"的所在——妓馆的特点。

二、文言小说：词作功能性与审美性趋于统一

文言小说的用词现象较为集中，一方面，用词小说主要集中于言情一类，这是文言小说中词作生态的外在环境；另一方面，词作在小说中的功能集中于抒情一途，则是文言小说中词作生态的内部环境。词作外部环境与内部环境的统一，使文言小说中的词作往往能兼顾功能性和审美性，虽然也偶有背离的现象，但在整体上呈现出统一的局面。

（一）词作功能性与审美性的统一

首先，以短篇文言传奇为考察对象。

就具体运用而言，短篇文言小说用词一般在 3 首以内，引入方式基本为人物创作，因此，各篇小说虽然在具体的叙事内容上有所差异，但就其中词作的运用而言，引入方式与功能相差无几。短篇小说中词作的具体功能，大体上可分为人物传情、歌以侑觞、唱和品题及题外补录四种。

其一，人物传情。这是词体在文言小说运用中的一大功能。因本为传情而引入，故词作在内容上与功能性上较为合一，如《紫竹小传》中，乔与紫竹"以诗词往来，互致欣慕"：

> 自此音问两绝，而想象难真。紫竹因觅银光，继序其悲愁眷恋之
> 意，复缀以《卜算子》词，曰：
> 绣阁锁重门，携手终非易。墙外凭他花影摇，那得疑郎至。

①　《醋葫芦》，第 524—525 页。

> 合眼想郎君,别久难相似。昨夜如何绣枕边,梦见分明是。
>
> 遂约于望云门暂会。①

就词作在小说中的功能而言,是为了表现紫竹对乔的思念之情。词中既有"携手终非易"的愁思,也有"那得疑郎至"的心酸;既有"别久难相似"的悲叹,也有"梦见分明是"的盼望。词作在内容上将紫竹对乔的眷恋之意表现得非常到位,而正是这种充盈其中的"斩不断、理还乱"的情丝,使这首词作于小说中的功能性之外,亦具备作为独立文体所应有的审美价值。即使脱离小说的具体语境,它也是有生命力的。它以词体独立的文本出现在词选中也未为不可,所不同的不过是传情的主体在小说中是显明的,在词选中则是隐藏的。

另如《剪灯馀话》卷四《秋千会记》中一首拜住所作《满江红》:

> 嫩日舒情,韶光艳,碧天新霁。正桃腮半吐,莺声初试。孤枕乍闻弦索悄,曲屏时听笙簧细。爱绵蛮、柔舌韵东风,愈娇媚。　　幽梦醒,闲愁泥。残杏褪,重门闭。巧音荒韵,十分流丽。入柳穿花来又去,欲求好友真无计。望上林、何日得双栖,心迢递。②

这是人物领命而作的"咏莺"之词。从小说的叙事层面而言,它有着特定的叙事功能,它是拜住为求婚在宣宗席上受命而赋,即小说所赋予词作的生存环境,就蕴含了它的主人对女子的渴慕,与一般意义上的咏物之作有所不同。所以词作虽然题为咏莺,但却时时萦绕着一种对心仪女子的爱慕之情,如上片末句:"爱绵蛮、柔舌韵东风,愈娇媚。"以"莺"为描写对象,但意蕴所在却是心中的女子。下片末句则云:"望上林、何日得双栖,心迢递。"更是直接道出了欲与之携手人生的心愿。词作不仅在功能上很好地履行了它的职责,而且全词用语典雅,情意蕴藉,不失为一首借物抒情的佳作。

其二,歌以侑觞。这是词体产生之初就已具备的一项娱乐功能,许多文人词,也往往传唱于酒栏歌榭,用以娱宾遣兴。但就词作的审美性而言,这些词作却并非都是戏谑调笑的随意之作,而是依然秉持了词体作为抒情文体的本质属

---

① 薛洪勣,王汝梅主编:《明清传奇小说集》,长春:吉林文史出版社 2007 年版,第 89 页。
② 《剪灯馀话》,第 253—254 页。

性。这些词作往往具有音乐层面与文本层面的双重美感,听众可欣赏、读者亦可欣赏。文言短篇小说中出现的数首侑觞之词,也均显现出对词体美感的追求。如《剪灯新话》卷二《滕穆醉游聚景园记》中的一首《木兰花慢》:

> 须史,携紫甐觥,设白玉碾花樽,碧琉璃盏,醽醁馨香,非世所有。与生谈谑笑咏,词旨清婉。复命翘翘歌以侑酒。翘翘请歌柳耆卿《望海潮》词,美人曰:"对新人不宜歌旧曲。"即于席上自制《木兰花慢》一阕,命翘翘歌之曰:
>
> > 记前朝旧事,曾此地,会神仙。向月地云阶,重携翠袖,来拾花钿。繁华总随流水,叹一场春梦杳难圆。废港芙渠滴露,断堤杨柳垂烟。
> >
> > 两峰南北只依然,辇路草芊芊。恨别馆离宫,烟销凤盖,波浸龙船。平时玉屏金屋,对漆灯无焰夜如年。落日牛羊垅上,西风燕雀林边。
>
> 歌竟,美人潸然垂泪。①

先来看这首词作在小说叙事中的功能。这是一首侑酒词,小说交待它的引入原因,乃是主人翁卫芳华认为对"新人不宜歌旧曲",所以用这一首即席所赋的《木兰花慢》,代替了婢女翘翘意欲歌唱的柳永名篇《望海潮》。如果抛开小说为词作的引入所设的具体环境,纯粹出于用词的考虑,直接引入柳词未为不可,这在白话小说中词作的类似运用中不乏其例。何况柳永词作在宋代本身就是歌妓争相传唱的重要作品。但若结合词作在小说中的具体环境而言,新词《木兰花慢》显然要比旧曲《望海潮》更符合人物的身份与心境。柳永《望海潮》虽不失为名篇佳作,但词作在内容与情感上难以与人物卫芳华的身份与心境相合,而这首《木兰花慢》,则更能道出她作为前朝宫人的魂魄在经历易代之后,所体验的那种黍离之悲。尤其是词作上、下片末句:"废港芙渠滴露,断堤杨柳垂烟"与"落日牛羊垅上,西风燕雀林边",与词中所记昔日的繁华,形成鲜明的对比,更映衬出人物内心的沧桑之感。也正因为如此,"美人潸然垂泪"的行为,才有了理所当然的因由。而又因此引出生"以言慰解""微词挑之"的举动。而这首词作本身,置之明词之中,亦是不可多得的佳作。从小说用词的角度来看,词作在

---

① 《剪灯新话》,第45页。

小说中具体功能的实现,于审美性与功能性之间的统一,达到了白话小说难以企及的高度。

其三,唱和品题。如果说歌以侑酒乃是宋词"应歌"的表现,那么文人之间的唱和品题,则是词作"应社"功能的表现,所以词作的功能性与审美性之间,更易契合。如《四块玉传》中的唱和之词:

> 一带青山,半林黄叶,三秋佳景宜怜。苍苔翠老,庭树带霜捐。碧汉露华初重,澄空月魄霞牵。共赏芳筵清夜永,亭子蓼花边。　　契合三生,醉谈千古,不须红袖樽前。青山倒影,清鉴净涵天。喜煞吾师好士,竟赓险韵分钿。问道别来重会日,约在二三年。①

这是贾生所续一首《满庭芳》,据小说的描写,当时是:"四人围坐而饮,少间,东山月上,水天一碧,河汉介空,万籁俱寂。"因此人物和光提议:"作诗故佳,但短章促句不能畅幽述景。今者宜为古词,以先吟者为韵,众续而和之。"可见,此处词作的引入,在功能上是展现人物"畅幽述景"的行为,这一点在词作中得到了完满的实现。词作上片所写,即点出人物所处的幽美妙境,下片则道出佳友之间填词唱和的雅趣。但词作在实现功能的同时,又不沦为纯粹功能展现的载体,而是以诗意的笔调,描写出一幅良辰美景、赏心乐事的风情。尤其是末句"问道别来重会日,约在二三年",让人无限向往。

其四,题外补录。除人物创作之外,在文言小说中,即使是以作者身份引入的词作,虽然数量不多,但是亦显示出功能性与审美性的统一。如《剪灯新话》附录《秋香亭记》一篇文末所引《满庭芳》词:

> 月老难凭,星期易阻,御沟红叶堪烧。辛勤种玉,拟弄凤凰箫。可惜国香无主,零落尽露蕊烟条。寻春晚,绿阴青子,鹈鴂已无聊。　　蓝桥虽不远,世无磨勒,谁盗红绡。怅欢踪永隔,离恨难消。回首秋香亭上,双桂老,落叶飘摇。相思债,还他未了,肠断可怜宵。②

---

① 陶辅:《花影集》卷三,中华书局 2008 年版,第 91 页。
② 《剪灯新话》,第 111 页。

故事所叙为商生与采采之间的一段悲剧恋情。二人两小无猜、情投意和,这段感情也得到了双方父母的认可,本来可以成就一段好姻缘,但由于张士诚在江南起兵,两家为避兵乱,音耗不通十载。等到国朝统一,终于得再会时,采采已嫁他人,且为人母。虽然二人旧情不忘却亦无可奈何,尤其是商生:"并其书藏巾笥中,每一览之,辄寝食俱废者累日,盖终不能忘情焉耳。"这本是故事的结尾,但作者显然意犹未尽,于是填词一阕"以著其事"。就功能而言,词作的确委婉地展现了人物的心路历程。如上片表现了主人翁从"佳期可盼"时的"辛勤种玉",到"流落天涯"后的"鹧鸠已无聊"。下片则重点刻画了商生落寞的心境,"世无磨勒"的现实,与"秋香亭上"的追忆,终于化成"肠断可怜宵"的惆怅。但作者却并非停留在直接的功能层面,而是通过一系列的典故,运用直接点题与间接呼应的方式,使词作在内容上既不脱离小说的叙事,在审美性上又超越了功能性的层面。

除此之外,还有一类用词量较多的小说集,具有汇编辑录的性质,其中所录的故事,在明代民间流传较广,因此彼此之间的辑录多有重复。这类小说,故事情节相对简单,本身即以词体创作为小说的核心内容或高潮,且其中词作大凡为现实人物因情因境而作,因此,审美性与功能性也得到了很好的统一。不妨以天台营妓严蕊的故事为例,事见宋人《夷坚支志》庚集卷十,记事较简,经由民间流传日渐丰富,成为明代小说中的"明星故事",不仅数种文言小说集有收录,如《奇女子传》《青泥莲花记》《情史类略》等,数种娱乐类书如《国色天香》《万锦情林》等亦有收录,而且白话小说《二刻拍案惊奇》亦将其事迹敷演成一篇话本。数种文言小说所录,篇幅并不长,今录《情史类略》所载如下:

> 天台营妓严蕊,字幼芳,善琴奕歌舞丝竹书画。唐与正仲友守台日,酒边尝命幼芳赋红白桃花。即调《如梦令》云:
>
> 道是梨花不是,道是杏花不是。白白与红红,别是东风情味。曾记。曾记。人在武陵微醉。
>
> 仲友赏之双缣。其后,朱晦庵以使节行部,至台,欲摭仲友罪,遂指其与蕊为滥,系狱月馀。蕊虽备受箠楚,而一语不及唐。狱吏诱使早认,蕊答云:"身为贱伎,纵与太守有滥,罪亦不至死。然是非真伪,岂可妄言以污士大夫!虽死,不可诬也。"于是再痛杖之,仍系于狱。两月间,一再受杖,委顿几死。然声价愈腾,至彻阜陵之听。未几,朱

改除,而岳霖商卿为宪,怜之,命作词自陈。蕊口占《卜算子》云:

不是爱风尘,似被前缘误。花落花开自有时,总赖东君主。去也终须去,住也如何住。若得山花插满头,莫问奴归处。

岳喜,即日判令从良。而宗室纳为小妇,以终身焉。

严幼芳尝七夕宴集,坐有谢元卿者,豪士也,固命之赋词,以己姓为韵。酒方行,而已成《鹊桥仙》云:

碧梧初出,桂花才吐,池上水花微谢。穿针人在合欢楼,正月露玉盘高泻。蛛忙鹊懒,耕慵织倦,空做古今佳话。人间刚道隔年期,想天上方才隔夜。

元卿为之心醉,留其家半载,倾囊赠之而归。[①]

小说开篇以一首应制《如梦令》(道是梨花不是),展现了主人翁严蕊的文学修为。中间又以严蕊虽被诬受箠,而不以妄言污士大夫的行为,突出了她人格的高尚。正当她生命垂危之际,命运出现了转机,新上任的官员出于怜悯之心,给了她一个作词自陈的机会。而严蕊所口占的这首《卜算子》(不是爱风尘),也是整篇小说的核心所在。词作上片叙写词人虽然美丽如花,却不得已委身风尘,只能承受命运安排的无奈;下片则表露出词人对自由人生的美好向往。词人虽然身处险境,"一再受杖,委顿几死",但整首词作并没有因词人的处境而流露出乞求与自怜之情,也没有对世人与命运的抱怨与愤恨之感,而是一种对现状的泰然与对未来的向往。尤其是末句"若得山花插满头,莫问奴归处",我们仿佛在野花灿然的山头,看到一个自由的身影渐行渐远,这个身影因为摆脱了现实中一切的缠累,而显得轻快活泼。词作所具备的感染力,不仅感动了读者,更感动了在场的官员,于是有了"岳喜,即日判令从良"的结局,也成就了全篇的高潮。

在文末,小说又以一首限韵的行酒词《鹊桥仙》(碧梧初出),再现了严蕊的填词能力,与开篇相呼应。可以说,整篇小说以词起,以词落,中间又以词支撑起小说的高潮。词作在小说中起着骨干的功能,而词作本身也均具有独立的文本生命,尤其是中间一首《卜算子》,明代词选《花草粹编》《古今词统》等均有选录。

---

① 《情史类略》,第 311—313 页。

其次,以中篇文言传奇为考察对象。

中篇文言传奇虽然篇幅较长,但与短篇传奇相比,并没有因篇幅的扩大,而带来用词方式的多样,这一点和长篇章回与短篇拟话本之间用词的差异性不同。中篇传奇用词数量虽然较短篇为多,但究其词作的具体功能,却不出短篇传奇的整体,只不过是集数种功能于一身。下文不妨以中篇文言小说体制的确立作品《钟情丽集》为例,略举一二例予以说明。先看一首《减字木兰花》的引入:

　　一日,生陪叔婶宴于漱玉亭上,生辞倦先归。至和乐堂侧,闻有讽诵声。生趋视之,见瑜独立蔷薇架下,拂拭落花。生曰:"花已谢落,何故惜之?"女曰:"兄何薄幸之甚耶?宁不念其轻香嫩色时也。"生曰:"轻香嫩色时不能伫赏,及其已落而后拂而惜之,虽有惜花之心而无爱花之实,与薄情何异?"女不答。生曰:"往日图会之言,今何如也?"女曰:"惟兄主之,非妾所能也。"忽觉人声稍近,生遂隐去。生遂作《减字木兰花》,以思其实焉:

　　小亭宴罢,归到蔷薇花下。忽惊兰香,独立花阴纳晚凉。　　手拈落瓣,轻轻整顿频频看。花落花开,厚薄之情何异哉。①

生于叔婶的宴席中辞倦先归,却在蔷薇架下偶遇瑜娘。这无疑是一个难得的独处机会,二人因瑜娘的拂拭落花之举,引出一段关于惜花之情厚与薄、实与虚的辩论。但是在谈话正要进入主题,即生询问图会之事时,忽闻人声,二人不得不各自回避,因而谈话未果。于是作者在这里,以此词表现主人翁辜生彼时彼刻的心情。词作上片以生的口吻表现了偶遇佳人时且惊且喜的心情。下片首二句,一方面描写瑜娘的惜花之态,另一方面又从生的视角展现了意中人如花一般堪怜堪惜的情态。其中的瑜娘既作为"惜花"的主体被呈现,又作为审美的客体被展现。下片末二句,则通过花开花落之间所显示的造物主的厚薄之情,引申出人与人之间情感的厚薄,也回应了男女主人翁先前的对话。可以说,整首词作从内容到情感上均完满地实现了人物创作它"以思其实"的功能,而又不乏独立的审美性。

再来看一首《一剪梅》的引入：

　　将别，女以《一剪梅》词一阕并诗一首授生，曰："妾之情意竭于此矣。兄归展而歌之，即如妾之在左右也。"词曰：

　　红满苔阶绿满枝。杜宇声归，杜宇声悲。交欢未久又分离。彩凤孤飞，彩凤孤栖。　　别后相逢是几时。后会难知，后会难期。此言何以表相思。一首情词，一首情诗。

　　诗曰：

　　万点啼痕纸半张，薄言难尽觉心伤。分明一把离情剑，刺碎心肝割断肠。①

这首词是辜生要离开瑜娘家时，瑜娘的赠别之作。词作上片表达了分别之际的痛苦，与别后的孤独；下片则通过自问自答的形式，既表达了后会难期的无助，也表达了对心爱之人的宽慰。"此情何以表相思。一首情词，一首情诗"，正回应了瑜娘作此词的目的："兄归，展而歌之，即如妾之在左右也。"希望通过诗词的随行，安慰生无瑜娘陪伴左右的寂寞之情。这首在内容与情感上如此契合小说的词作，实则引用自明人唐寅的作品，且无改异。唐寅此词，本身即为纯粹的词体创作，被小说作者运用于人物之口，既充分实现了它在叙事中的功能，又毫无借用他人之作的拿来痕迹，堪称小说借用已有作品的典范。

　　（二）词作功能性与审美性的背离

　　当然，文言小说中的词作，也有一些因为偏重功能性，而使审美性有所缺失。如《钟情丽集》中的一首《西江月》：

　　蜡纸重重包裹，彩毫一一题封。谓言已进大明宫。特取馀甜相奉。　　口嚼槟榔味美，心怀玉友情浓。物虽有尽意无穷，感德海深山重。②

词作是辜生因瑜娘奉送槟榔而填制，作为答谢之辞，词作围绕此一事件而展现。

---

① 《钟情丽集》，第62—63页。
② 《钟情丽集》，第41页。

但由于词作在内容上直接展现了小说的叙事内容,因而在意境与韵味方面,有所局限。于功能而言,不失为契合叙事;于词体而言,则稍嫌拘束。另如《五金鱼传》中的一首《西江月》:

> 燕尔新婚未久,又成离别堪伤。孰云奸可陷贤良,天理昭昭难罔。
>
> 不遇盘根错节,焉知利器锋芒。劝君勉力守建康,塞马从来倚仗。①

词作是玉娇为生送行时所赠。生与玉娇新婚燕尔,但因得罪秦桧,"秦桧奏生出守建康",因此生与玉娇不得不分别,玉娇即口诵此词以送生。词作在内容上契合小说的叙事,但在实现功能性的同时,却并无多少词味。

不过,需要指出的是,文言小说中词作功能性与审美性之间的背离,与白话小说中的背离现象又有所不同。一方面,白话小说中词作于二者间往往呈现出的互为消长的现象,在文言小说中并不存在;另一方面,文言小说中的词作因为大凡通过人物之口引入,因此,即使有具体功能之间的差异,但作为人物内心思想情感之外化的本质并没有改变。如上引体现背离现象的诸词,虽然审美性多有缺失,但依然只是词作艺术水平高低的问题,词作并没有沦为表意的工具。在这一点上,与白话小说中的词作因强调功能性而完全丧失审美性的现象有所不同。如白话小说中大量的描写之词,仅仅成为小说作者实现功能的载体,而不再具备创作主体情感外化的抒情特质。

总体而言,文言小说中的词作,可视为词体的本色运用,即使是因偏重于功能性,而使词作的韵味有所缺失,但词作本身的抒情本质与目的并没有改变,因此,与白话小说相比,文言小说在整体用词风格上,审美性与功能性趋于统一。白话小说中,二者往往趋于背离,甚至互为消长。究其原因,除二者作者群之间存在文学修养的高下之别外,两种小说的创作体系,也带来用词现象的殊途。文言小说中的词作在小说中的创作主体以文人才子为主,词作在叙事中的功能则以抒情写怀为主,这为文言小说中的词作功能性与审美性的统一提供了基础。白话小说中词作的生态环境则显得复杂得多,不同层次的创作主体,以及不同层次的表现客体,均会对相应词作的审美性造成影响。

---

① 《五金鱼传》,《风流十传》本,第483－484页。

第三章　明代小说中词作的文体意义

　　词体流行到明代,被小说作者广泛运用于小说的创作之中,为小说的叙事服务,或用于人物抒情写怀,或用于描人写景,或用于咏物议论。这些词作,是否还具有独立的文体意义,又呈现出怎样的文体特征,即本章的论述重点。本章将从词体进入小说创作的原因入手,考察明代小说中词作的文体意义,以及词体在小说中所扮演的角色。

第一节　词体进入明代小说的原因

　　明代小说创作取用词体,虽然不能说是既定的模式,但至少是较为普遍的现象。词体进入明代小说的原因,受多方面的影响。既有对传统的承续,也有对现实的考虑。

一、传统的继承

　　小说取用词体并非肇始于明代,而是历宋元而下,自有其传统。而小说中对诗歌的征引,则更可追溯到唐传奇及敦煌变文。对传统的继承,是词体进入明代小说最为直接也最为主要的原因。

　　(一)唐传奇与敦煌变文对诗歌的运用

　　全唐五代小说中收录的大约 90 篇唐人单篇小说中,共有 37 篇融入了诗歌,融入诗歌的总量约 200 首。① 这些诗作在小说中大凡以人物创作的方式引入,用以表现人物的内心情感。如《李章武传》中叙写章武与子妇之魂永绝之时:

> (子妇)遂赠诗曰:"河汉已倾斜,神魂欲超越。愿郎更回抱,终天从此诀。"章武取白玉宝簪一以酬之,并答诗曰:"分从幽显隔,岂谓有佳期。宁辞重重别,所叹去何之。"因相持泣,良久。子妇又赠诗曰:"昔辞怀后会,今别便终天。新悲与旧恨,千古闭穷泉。"章武答曰:"后期杳无约,前恨已相寻。别路无行信,何因得寄心。"款曲叙别讫,遂却赴西北隅。行数步,犹回顾拭泪云:"李郎无舍,念此泉下人。"复哽咽伫立,视天欲明,急趋至角,即不复见。②

这里以四首赠答之诗,将男女主人翁生死离别前的无奈与悲痛表现得催人泪下。一方面,诗歌以其凝练而浓烈的语言与意象,为人物心绪的展现奏出了最强音;另一方面,小说的叙事又为诗歌内涵做了充分的注脚。诗歌与叙事的水乳交融,使读者在对诗歌的品味中身临其境地体会人物的心境。

这些作品的诞生,说明唐传奇在诗歌运用方面,已经有较为成熟和成功的经验。当然,唐传奇中也不乏一些以诗歌结撰全篇的作品,如《东阳夜怪录》用诗 14 首,这类小说如果抽掉其中的诗歌,小说的叙事就会显得苍白空洞。也有以羼入诗歌数量巨大而别具一格的作品,如张鷟的《游仙窟》,作者在并不算长的篇幅中制造各种契机,使小说羼入诗歌的数量多达 81 首。尽管这些小说作品的艺术成就良莠不齐,但就诗作的运用而言,均为明代小说提供了可资借鉴的传统,尤其是明代文言小说对诗词的运用,往往有直承唐传奇的一面。

不过,唐传奇对诗歌的运用,在方式上还较为单一,主要通过人物之口引入。而在当时兴起的通俗文学中,诗歌的运用则显得灵活多样。当时属于通俗文学范畴的话本、词文、变文、讲经文、俗赋等,多是韵散相间。如说经话本之一《惠远外传》,它的体制即是有诗有文,在描写景物或人物时,往往用骈俪的语句,而在描写景物或某一事件结束时,往往插入一首律诗或绝句来加强故事的

---

① 参见邱昌员:《诗与唐代文言小说研究》,北京:中国社会科学出版社 2008 年版。
② 鲁迅校录:《唐宋传奇集》,上海:上海北新书局 1927 年版,第 62 页。

气氛。如叙述惠远出庵而望,忽见一寺造成,叹念非常……远公次成偈曰:

> 修竹萧萧四序春,交横流水净无尘。缘情薜荔枝枝绿,铺地莓苔点点新。疏野免交城市闹,清虚不共俗为邻。山神此地修精舍,要请僧人转法轮。

胡士莹指出:"此后偈语屡见,这种偈语,实际就是诗。"①只不过与唐代文言传奇相比,话本中的诗作往往用语浅显、立意平俗,与市民阶层的欣赏水平接近。

(二)宋元话本对词作的征引

词在宋代兴盛之后,渗透到社会生活的方方面面,成为文人士子及市井百姓日常的消费对象。而伴随着说唱伎艺的兴起,词又以其娱宾遣兴的特质,迅速进入说唱艺人的视野,融入话本的叙事之中。说话艺人在词体的运用上也日趋熟练,运用方式的灵活及功能的多样,可与诗比肩。话本除以词作开场之外,在故事的敷演过程中,艺人也往往惯用词体,如描人、写景、议论等等,词体的运用已相当的广泛和熟练。宋元话本小说,可以说是明代白话小说用词现象的直接借鉴对象。试以宋人话本《杨思温燕山逢故人》②为例,展现宋元话本小说中用词的风貌与水平。

这篇话本的故事梗概见《夷坚丁志》与《鬼董》,所述大略为:杨思温因靖康之难,流落北方。元宵在燕山看灯,看见义兄韩思厚的妻子郑意娘,但二人仅及寒暄。杨思温后来回到南方,把此事告知韩思厚,二人又同到燕山,知思温所见乃意娘鬼魂,遂将其骨灰运回南方。在金陵韩思厚负心另娶,被郑意娘的鬼魂摄去。话本在对情节的渲染中,突显了词作的重要性。在入话部分以两首词为中心,描摹了北宋宣和年间的元宵盛景:

> 一夜东风,不见柳梢残雪。御楼烟暖,对鳌山彩结。箫鼓向晚,凤辇初回宫阙。千门灯火,九衢风月。　　绣阁人人,乍嬉游、困又歇。艳妆初试,把珠帘半揭。娇羞向人,手撚玉梅低说。相逢长是,上元时节。

---

① 胡士莹:《话本小说概论》,北京:商务印书馆2017年版,第43—44页。
② 据冯梦龙编《古今小说》卷二十四引录,《古本小说集成》本。

这一首词，名《传言玉女》，乃胡浩然先生所作。……当时御制《夹钟宫·小重山》词道：

罗绮生香娇艳呈。金莲开陆海、绕都城。宝舆四望翠峰青。东风急、吹下半天星。　　万井贺升平。行歌花满路、月随人。纱笼一点御灯明。箫韶远、高宴在蓬瀛。

在第一首词后，艺人以散文的形式，对当时元宵的具体活动作了介绍，后又以第二首词作为入话部分的结束。但这一首一尾的两首词，对于渲染当时元宵盛景，比之艺人的散文介绍更具感染力。如词作中的"千门灯火，九衢风月""行歌花满路，月随人"等描写，文字凝炼、意象鲜活，令人浮想联翩。而且其中的描摹还不仅仅是外在的景色，更有对人情物态的展现，如"娇羞向人，手撚玉梅低说""罗绮生香娇艳呈"，无论是出自词人之手以写百姓之眼，还是出自帝王之手以写天子之眼，两首词作中都表现了一种"娇"态，"娇"意味着一种雍容、呵护的环境，这种环境与金人肆意践踏带给汉人的怆惶与凛冽，形成了鲜明的对比。

北地燕山不是没有元宵盛景，话本接下来也讲到了燕山的元宵：每年燕山市井，如东京制造，到己酉岁方成次第。当年那燕山装那鳌山，也赏元宵，士大夫百姓皆得观看。但是景可以制造，情又何以堪呢？艺人对汴京元宵盛景的渲染，更加衬托出主人翁杨思温身处北地的悲苦心情。正是在这样的心境之下，思温以"看了东京的元宵，如何看得此间元宵"为由，婉拒了姨夫同赏的邀请。但昔日的繁华在心中留下的影子，依然具有吸引力，于是他独自一人信步来到了昊天寺，远望见到一位好似东京人的妇人，却未等到相见，于是：

绕寺寻遍，忽见僧堂壁上，留题小词一首，名《浪淘沙》：

尽日倚危栏。触目凄然。乘高望处是居延。忍听楼头吹画角，雪满长川。　　荏苒又经年。暗想南园。与民同乐午门前。僧院犹存宣政字，不见鳌山。

词中所述流寓北方的凄楚、对故乡的思念、对昔日繁华的追忆，无一不与思温的心境契合。所以"杨思温看罢留题，情绪不乐。"更加急于去"寻昨夜的妇人。"这首词艺人并未点明作者，只以词作为线索，与《夷坚丁志》中明确交代词为何人所作不同，这样的处理方式，既为思温第二天的寻人提供了理由，又留下所寻为何人的悬念。

在得见嫂嫂后,思温在秦楼无意中又看到了另一首留题之作,即思厚的悼亡词《御街行》(合和朱粉千馀两)。"杨思温读罢,骇然魂不附体"。"我正月十五日秦楼亲见,共我说话,道在韩国夫人宅为侍妾,今却没了。这事难明。"于是,"思温还了酒钱下楼,急去本道馆,寻韩思厚。"不唯思温要去急寻,就是听众恐怕也急于弄个明白。于是就有了下文思温与思厚重逢,一起寻找意娘的情节。可见,在话本的叙事中,于情境的浓处、紧处,艺人对词体的取用都起到了很好的效果。

不唯如此,对词体的运用,也渗透到了宋元杂剧、金院本等戏曲创作中。如郑光祖《㑇梅香骗翰林风月》第二折,在樊素与白敏中的对白中,便羼入一首词作:

> (白敏中云)我还有个简帖儿,写下多时了。(白取简念科,云)词寄〔清平乐〕:旅怀萧索,肠断黄昏约。不似相思滋味恶,萦绊骚人瘦却。凄凉夜夜高堂,教人怎不思量。若得那人知道,为他憔悴何妨。薄幸河东白敏中,百拜申意芳卿小娘子妆次。(哭科,云)若今生不遇,愿相见于地下。(正旦接简科,云)万一有成,先生之幸;倘事不谐,妾身不免于箠楚,那时先生争忍乎? 我回老夫人话去也。①

在递简之前,作者安排了人物读简的内容,为词作的引入提供可能。之所以要将此词"读"出来,是为了借词作表现敏中对樊素的情感,并使听众亦能通过词作,理解、体会人物的相思之苦,使人物接下来的行为与言辞:"(哭科,云)若今生不遇,愿相见于地下",立有根基,显得自然合理。另如乔梦符《玉箫女两世姻缘》第二折中,作者也是通过正旦所作一首《长相思》(长相思),表现其愁绪,对词作的运用与此同。这些词作主要作为男女主人翁传情达意的媒介,在人物关系演进的过程中起到关键的作用,是叙事情节发展不可或缺的环节。虽然对词作的运用在宋元杂剧的整体创作中并不占多数,但是这种渗透从一个侧面反映出当时的通俗文学创作中,对词体运用的广泛。

---

① 郑光祖:《㑇梅香骗翰林风月》,王季思主编:《全元戏曲》第四卷,北京:人民文学出版社1990年版,第554—555页。

（三）明代小说作者有意识的继承

从以上的简述中可知,小说中对诗词的运用,在明代之前,早已渊源有之。不过,明代小说对词作的运用,并非被动地承续传统,而是有意识地继承和发扬。如《隋炀帝艳史》中,作者在《凡例》中指出:"《艳史》虽穷极荒淫奢侈之事,而其中微言冷语,与夫诗词之类,皆寓讥讽规谏之意。"①由此可见小说中诗词乃是作者有意为之。另如凌濛初在《拍案惊奇·凡例》中也称:"小说中诗词等类,谓之蒜酪,强半出自新构。间有采用旧者,取一时场景而及之,亦小说家旧例,勿嫌剽窃。"②而且明人对书坊主刊落小说中诗词作品,以节省成本的做法表示不满,如胡应麟在《少室山房笔丛》中就说:"余二十年前所见《水浒传》本,尚极足寻味,十数载来,为闽中坊贾刊落,止录事实,中间游词馀韵,神情寄寓处,一概删之,遂几不堪覆瓿,复数十年无原本印证,此书将永废矣。"③认为其中的游词馀韵有足堪寄寓神情者,如若一概删除,无疑会有损于《水浒传》的整体艺术成就。对小说中诗词价值的肯定是明代小说创作征引诗词的重要原因。

二、创作的需要

除对传统的继承与发扬外,词体在小说中的运用也有出于创作需要的一面。

（一）为作者情感的抒发提供渠道

词作的这一功能在明代中后期小说的个人创作兴起之后,表现得尤为明显。作者往往在小说中借用词作抒发个人情感。如《辽海丹忠录》的创作,本身就带有作者强烈的个人感情,其兄陆云龙为是书所作序中云:"至辽海所恃为长城者,蔑而杀之,至酿逆胡犯阙,不得竟牵掣之功。所为青徐蜃气,犹为吐冤气于天壤;溟渤涛声,犹为泻冤声于昕夕。檀子若在,胡马宁至饮江哉!顾铄金之口,能死豪杰于舌端;而如椽之笔,亦能生忠贞于毫下。此予弟《丹忠》所由录也。"④因此,这部为英雄申冤的小说中的大部分词作,都承载着作者强烈的悲愤之情,如第四十回开场词《惜红衣》:

---

① 《隋炀帝艳史·凡例》,《古本小说集成》本。
② 《拍案惊奇·凡例》,《古本小说集成》本。
③ 《少室山房笔丛》卷四十一,第437页。
④ 陆云龙:《辽海丹忠录·序》,《古本小说集成》本。

巧术笆人,浅谋误国,自夸奇特。冤骨初沉,方剪凌空翼。那堪點虏,逞铁骑,边头相逼。百二重关,难把泥丸塞。　　五年灭贼,一战平胡,只是成空忆。扪心自问,应也多惭色。往事谁为铸错,一死何逃溺职。更东江飞捷,愈起一番凄恻。①

就小说的创作而言,是"议论发抒其经纬,好恶一本于大公",因此,小说中的开场词,就为作者心中的郁勃不平之气提供了宣泄的渠道。另一部时事小说《镇海春秋》,所写之事与《辽海丹忠录》同,但《辽海丹忠录》的作者是带着悲愤的心情着笔,而《镇海春秋》的作者则是以歌颂的心情叙事,因此其中词作没有前者的不平之气,而是充满了对英雄人物的肯定与赞颂,如第十回开场词《玉烛新》:

雄才初展,见十岛苍生,顿开眉皱。暗移赤帜,临霜际、不把荒城倾覆。胡尘复起,掩事业、风狂雨骤。孤踪敛、异域栖迟,机缘暂时迤逗。　　金夫窃露行藏,致少挫锋铓,不堪回首。岂容拂袖。贾馀勇、奋臂一呼还又。轻驰甲胄。看顷刻、魂消群丑,张威武穹海搋谋,奇功谩奏。②

另如《龙阳逸史》的创作内核,乃是作者处"腌臜世界"之中,对其中"大可悲复大可骇"③者的一种感受,因此,其中词作往往带有一种"点醒梦中人"的苦心;而《隋炀帝艳史》则是"使读者一览,知酒色所以丧身,土木所以亡国"④,因此,其中词作往往萦绕着一种历史兴亡的感慨。可见,不同的创作目的与创作感受,会导致不同的用词风格,也从另一个角度反映出,小说中的词作乃是因小说作者的创作需要而存在。

(二)词人逸事成为小说创作的素材

随着词体创作的发展,宋代"词话"也渐趋兴盛。而"有关词的本事的记述,在各类词话中是最早而且最多的。盖词之作,大多因事而起,其间又以风流韵事为主,士大夫公事之馀,好以某词某事为谈资,有好事者辑录成帙,即为本事

---

① 陆人龙:《辽海丹忠录》,《古本小说集成》本,第 699 页。
② 《镇海春秋》(残本),《古本小说集成》本,第 1 页。
③ 《龙阳逸史·序》,《思无雅汇宝》第五册。
④ 《隋炀帝艳史·凡例》,《古本小说集成》本。

词话。"①因此,这些与词人词作有关的风流逸事为小说戏曲的创作提供了很好的素材。宋元话本及杂剧中,即不乏其例。如宋人话本《苏长公章台柳传》,即敷演苏轼与章台柳之间的一段佳话,其中诗词羼入颇多。作者的情节设计甚为简单:苏轼在临安作太守时,与佛印长老在园中赏花,其间有歌妓章台柳陪宴。苏轼因其有文名,故命她作词一首,如果作的好,便可脱籍,甚至娶她。章台柳于是作了一首《沁园春》(弱质娇姿)。因为此词甚佳,东坡与佛印长老分别作诗以赠。在得到苏轼夸赞之后,章台柳便在家专候了一年,也不见苏轼来娶,只得嫁与画家李从善为妻。一年之后,苏轼妹夫秦少游来临安,二人酌饮之时,苏轼猛然记起章台柳之事,于是写了一首诗交仆从去寻人。在得知章已嫁给李从善之后,苏轼让李画了一枝杨柳,并题诗一首在画上,一并交给章台柳,章台柳亦题一首与东坡,表明从良心迹。苏轼很是称赏,于是请了佛印长老、辨才长老、南轩长老并学士秦少游,一同题词以纪。四人分别题了四首《如梦令》,苏轼则题诗一首。"诗罢,众人大笑,尽醉而散。至今风月江湖上,千古渔樵作话传。"②故事本身并无多少情节可言,既无戏剧冲突,也无人物矛盾,更像是词人逸事的联缀。

最早以词话命名的专著《古今词话》,着重词作本事的记述,"在汇编类词话中开创了以半真半假、虚实参半的'传说类本事'特别是'传说中的艳情本事'为主的格局"。③ 此种格局,对明代小说,尤其是文言短篇小说集的面貌颇有影响。词话所载之"艳情本事",经由民间的流传,渐趋丰富,成为小说作者辑录的对象,如文言短篇小说集《奇女子传》《才鬼记》《青泥莲花记》《情史类略》等。这些小说集受词话的影响较大,因而用词均较多。

(三)小说创作雅化的需要

吴自牧《梦粱录》云:"说话者谓之'舌辩'……盖讲得字真不俗,记问渊源甚广耳。"④罗烨《舌耕叙引》也提及说唱艺人必是"论才词有欧、苏、黄、陈佳句;说古诗是李、杜、韩、柳篇章。"⑤可见,即使是以市民百姓为主要听众的说话活动,对艺人的要求也并不低,不仅要字真不俗,也需备足名篇佳句。

---

① 朱崇才:《词话史》,北京:中华书局 2006 年版,第 4 页。
② 《熊龙峰刊小说四种》,《古本小说集成》本,第 105—123 页。
③ 《词话史》,第 59 页。
④ 吴自牧:《梦粱录》,杭州:浙江人民出版社 1980 年版,第 196 页。
⑤ 罗烨:《醉翁谈录》甲集卷一,北京:古典文学出版社 1957 年版,第 3 页。

同样在明代的小说创作中,尤其是文学修养不是很高的作者,如书坊主等,他们在小说创作中往往征引诗词,以装点门面。正如陈大康在论述熊大木的创作模式时所言:"引用诏旨奏章之类是强调作品所述故事的真实性;而插入一些'有诗为证'则是想使通俗小说带上一点'雅'味。"①对于词体的取用而言,亦有出于装点及雅化的需要。如《绣榻野史》《昭阳趣史》《欢喜冤家》等艳情小说,就内容而言极为低俗,亦往往引用名家名作,如李清照《醉花阴》(薄雾浓云愁永昼)、韦庄《小重山》(一闭昭阳春又春)、欧阳修《浪淘沙》(今日北池游)等。欧阳修就不乏摹写男女私情的俗词,如《醉蓬莱》下片云:"更问假如,事还成后,乱了云鬟,被娘猜破。我且归家,你而今休呵。更为娘行,有些针线,诮未曾收啰。却待更阑,庭花影下,重来则个。"②就小说的叙事环境而言,这样的词作更容易契合小说,但却不为小说作者所用。

当然,具体词作的选择,受小说作者"眼界"所限,以及词作流传情况的影响。但从明代小说作者群,对唐宋词的总体选择来看,取"雅"的倾向亦十分明显。在某种程度上甚至可以说,越是内容低俗的作品,越常引用一些格调较高的词作来装点门面。这一现象虽然不是明代小说创作的主流,但于其中亦可看出对小说作者而言,对名家名作的引用,往往有一种求"雅"的意味与需求在里面。

三、现实的反映

明代小说中有不少故事发生的背景即为词体创作特为兴盛的两宋时期,词的创作和消费已渗透到当时社会生活的方方面面,自然也会在此类小说中有所反映。这也是以宋代为叙事背景的小说往往有词的原因之一。此外,一些著名词人本身即容易成为小说描写的对象,这类作品自然也不可避免对词作的征引。明代小说中的拟话本创作《众名姬春风吊柳七》《张于湖误宿女贞观记》等,这些小说以词人为故事人物,不论其中词作是出于词人本身,还是小说作者托名,至少在词体的引用上是极自然的事。

不唯唐宋时期,就是在公认为词体衰蔽的明代,词体的创作依然活跃在人们的日常生活之中。《全明词》及《全明词补编》收明词两万五千余首,我们

---

① 陈大康:《明代小说史》,北京:人民文学出版社 2007 年版,第 251 页。
② 《全宋词》第一册,第 148 页。

所认为的衰微的局面主要体现在艺术成就方面。因此可以说，词体之于明代文人，依然是他们在日常生活中传情达意、写心抒怀、吊古伤今所不可缺少的创作文体之一。尤其是文言小说中，主人公多为才子佳人，故其中多有词作引入，或述怀或传情，或纪事或题咏，或歌以侑酒，或口占唱和。如《天缘奇遇》中写明初"吴中杰士"祁羽狄的传奇故事。当他避祸归来，得知曾经的恋人玉胜已嫁作他人妇之后，"怅然久之。至晚就馆，百念到心，抚枕不寐，乃构一词，名曰《忆秦娥》：（词略）。"①当他功成名就之后，致仕而归，在宅后叠石为山，编篱为径，峻亭广屋，流觞曲水，丹灶石床，不可一一而举。"生行游，必命侍妾捧笔砚，每至一处，必加题咏。然亦不能悉记，而吴中传闻者，止二三词而已：（词略）。"②另如《三奇合传》，写主人公廷璋与鸾、凤二女之间的爱情故事。当生与凤互赠信物，以托盟誓之时，"生感凤意，口占《清夜词》一阕云：（词略）。凤亦以词答生：（词略）"③另如《怀春雅集》中这一情节的设置，生就而视曰："此海棠图，能事固美，可试生赋之，以彰其美，可乎？"玉贞然之。生作《明月棹孤舟》一调：（词略）。玉贞曰："此词曲高雅，善于形容景物，信如落花依草也。只下段句欠着实。"④则又具有现实生活中文人雅士题咏品赏的意味了。小说中所引词作，人物填词的动因，与词人现实中的填词动机如出一辙。后文表 3-1，于此亦可见一斑。

此外，明代词体创作功能化的发展，如日用类书《五车拨锦》《万用正宗》等中多有记载的以词体作为行业歌诀的现象，以及帐词、寿词等的兴起，都是词体在现实生活中的具体运用，这些现象在小说中亦时有反映。

综上所述，羼入词体对小说创作而言虽非既定模式，但由于受传统的影响及现实创作的需要，明代小说中羼入词体成为较普遍的现象。因此，对明代小说中的词作，应以一种全面和综合的视角来考察，而不能仅以用词数量的多寡来衡量小说创作的成熟与否。不应把用词数量较多的作品，视为较为初级的创作，而把用词数量的减少，视为小说创作成熟的标志之一，而应结合具体运用的情境综合考虑。标志小说创作成熟与否的，不是有没有词作羼入，甚至也不是

---

① 《天缘奇遇》，《风流十传》本，第 178 页。

② 《天缘奇遇》，第 201 页。

③ 《三奇合传》，《风流十传》本，第 120 页。

④ 《怀春雅集》，第 284 页。（按：此处生所言，《风流十传》本标点为"此海棠图能事固美可试，生赋之，以彰其美，可乎？"）

有多少,而是如何运用以及运用效果等,关于这一点在第四章中还将详述。

第二节　小说中词作的文体意义

　　小说中的词作,一方面服务于小说的叙事,可视为叙事文学对抒情文学的一种运用手段。但另一方面,这些词作在文本上又具备词体的形式。它们是词,但又必须具备一定的功能性,否则就失去了羼入小说的意义。在第二章的定性分析中,我们探讨了小说中词的功能性与审美性之间的关系。词作在小说中的功能性与它作为词体所应具备的独立审美性之间,往往很难高度的统一,词作在满足服务于小说的功能性时,或多或少会导致自身审美性的缺失。

　　那么,如何看待小说中词作的文体意义? 词作文本是否具有独立的审美性,固然是评判的标准之一,词作审美价值的存在,从客观上显示出独立的词体意义。但词作自身审美价值的多少、艺术水平的高低,却不是判断它是否具有词体意义的根本标准。正如词坛创作的不少词作虽然索然无味,但我们却并不能因此而否定它的词体意义。更重要的是小说作者在主观上是否赋予词体以文体意义。小说作者的主观态度可以从两个方面予以把握:其一,小说作者是否具有彰显词体运用的意识;其二,作者是否希望词作成为审美客体进入读者的视野。对小说中词作文体意义的考察,有助于了解古典小说韵散相间的叙事模式,也可以从小说中词作文体意义的差异之间,窥探所体现出的不同叙事观念。

一、文言小说:词体意义的彰显

　　文言小说中的词作不仅具备功能性与审美性统一的特点,而且也具有独立的文体意义。下文即从上述两个方面予以考察。

　　(一)小说作者有明确的词体运用意识

　　文言小说的作者普遍具有明确的运用词体的意识,这种意识的明确首先体现在小说作者在引入词作时,往往强调词体创作的意味,这是文言小说中的普遍现象。这一点从小说作者为词作的引入所设计的情节或营构的环境中即可看出。非常明显的例证即如《花影集》卷三《四块玉传》一篇,作者为引入五首《满庭芳》所设计的情节如下:

　　少间东山月上,水天一碧,河汉介空,万籁俱寂。和光曰:"吾侪文
土也,不可同俗子之会。须各吟一章,以较胜负。如诗不成,浮以巨
觥,亦足以赏心欤?"众曰:"唯命。"和光又曰:"作诗故佳,但短章促句,
不能畅幽述景。今者宜为古词,以先吟者为韵,众续而和之。"众曰:
"善。"又曰:"主人致酒客致令,以文先生当立题意。"以文沉思久之曰:
"水亭夜宴《满庭芳》。和上人为东,当启也。"①

此处即为词作羼入的具体情境。小说作者通过人物之口,表示诗之"短章促句
不能畅幽述景","宜为古词"。因此,在这里词不仅仅是小说诗词曲等韵文羼入
的表现形式之一,而是带有明确的取词而舍诗的创作选择。于是和光、贾生、邹
生、以文各吟一首。作者在此处为四首《满庭芳》词的羼入所设计的情节,与现
实生活中文人雅集时的诗词唱和行为并没有本质的区别。不仅如此,人物更就
所创之作予以品评:"吟毕,哄然一笑。贾生执二巨觥,斟满于和光、以文前曰:
'二公之诗虽佳,其中似有可论者。和公之作,失水亭夜宴之格。以文之词,失
之淫放。不可不浮之。'"使这一情节设计更接近于现实中文人的诗词唱和与品
赏的活动。最后一首步韵《满庭芳》,经由人物四块玉之口引入:

　　少间,设奇肴异馔,命侍儿红牙歌以侑樽。于是,红牙理喉演拍,
将发停云之声。玉玉笑而目之曰:"对新人不可歌旧曲。"谓予曰;"妾
虽不敏,勉欲足貂,僭用夫子前韵,亦作《满庭芳》以自况。仰承夫子,
幸勿以见嗤耶。"于是,玉玉白,令红牙歌曰:
　　愁锁蛾眉,倦开海眼,丝丝肠断谁怜。春秋空度,珠泪暗中捐。倚
遍乐山玉品,难忘翠结绒牵。渐愧双环尘土蚀,风月玉楼边。　　斜
耽匙头,横偎郎袂,停停每对樽前。梁州一曲,云叶过遥天。彩缕双蟠
金凤,红牙笑拾花钿。薄幸贺郎何在也,孤枕度芳年。"②

与瞿佑在《藤穆醉游聚景园记》中的处理方式一样,作者在这里同样以对"新人
不可歌旧曲"为借口,引入一首人物自创之作。从人物所言,"僭用夫子前韵,亦

_____

① 《花影集》,第 90 页。
② 《花影集》,第 94 页。

作《满庭芳》以自况",乃是人物有感而发的词体创作行为。既然是词体创作,那么词作自然成为欣赏的对象。在《剪灯新话》《剪灯馀话》中,小说作者在以人物之口引入词作时,也往往强调词作乃是人物"自制"。可见,小说作者插入这些词作时,在情节的预设中,就对词作的文本意义予以了强调。

不唯短篇文言小说如此,即使是属入词作数量众多的中篇传奇,亦复如是。现以用词数量最多的《刘生觅莲记》[①]为例,考察其中词作的引入情境设计。

表 3-1 《刘生觅莲记》词作引入前的情节简表

序号	引入事由	词作	词调注明
1	未几,又凭窗而吟曰:	《减字木兰花》(芳心荡漾)	词后
2	因朗赋一词,以作词战之先锋。云:	《撷芳时》(和光艳)	词后
3	作《如梦令》以自幸:	《如梦令》(日暖风和时候)	词前
4	生亦自谓数有可乘,乃私号爱莲子,冀自遇于碧莲。口占一词,名曰《临江仙》:	《临江仙》(一睹娇姿魂已散)	词前
5	因曰:"诸妹俱士女班头,吾欲择其一以缔永好,先唱《忆秦娥》词,能续成者即取之。"生徐曰:	《忆秦娥》(春堤曲)	词前
6	生弄蜂,成《西江月》词:	《西江月》(三月韶光过半)	词前
7	莲故作不知,偷书一歌于窗外:	阙调名(莺声清晓传春语)	未注
8	因作《行香子》词,书于莲扇:	《行香子》(山石之旁)	词前
9	占词二阙,书于手帐:	《临江仙》(爱杀芬芳春一点)	词后
10		《长相思》(花满枝)	词后
11	命取笔,书一《爱花词》于东檐之壁:	《爱花词》(一枝花外漾新晴)	词前
12	后生见之,料莲所作,乃笑曰:"花固可爱,岂知春可惜乎?"对一《惜春词》,并书于后:	《惜花词》(春从天上来)	词前

---

① 据《风流十传》本引录。

续表

序号	引入事由	词作	词调注明
13	莲戏之曰："吾因春无奈耳,尔无知,何作此郁结状也!"乃赋于其上,曰:	《步蟾宫》(万斛新愁眉锁住)	词后
14	又书一词于绿窗之侧,浓淡笔、短长句,以坚生志、写己怨也:	《昼夜乐》(春山愁压慵临镜)	词后
15	作《虞美人》词以送春:	《虞美人》(残花无奈黄昏雨)	词前
16	占《贺圣朝》词:	《贺圣朝》(痴心偷步巫山下)	词前
17	又《春光好》:	《春光好》(春已矣)	词前
18	莲曰："春肯为我留乎?"因取笔轴,书曰:夜雨生愁	《雨中花》(烟雨妒春声不歇)	词后
19	春风积怨	《青玉案》(春风几度)①	词后
20	静里凄惨	《闺怨蟾宫》(闹嚷嚷春景无涯)	词后
21	又因投帕之惠,拍手歌《凤凰阁》词:	《凤凰阁》(记当初花下)	词前
22	作一词名《临江仙》:	《临江仙》(一睹仙郎肠欲断)	词前
23	书一短词于扇面:	《浣溪沙》(寂寂寥寥度此春)	词后
24	生吟曰:	《四字令》(隔池美姬)	词后
25	又词一阕:	《花心动》(风里杨花轻薄性)	词后
26	童出袖中云笺,曰:"此刘相公辞帖也。"拆观之:	《小重山》(万种相思未了偿)	词后
27	莲未知生来期,情不能舍,亦成一词。	《风入松》(二郎神去竟何之)	词后
28	守朴翁亦作一词,名《秋波媚》:	《秋波媚》(碧天夜色浸闲亭)	词前
29	其师与守朴翁命生为觅莲亭词,生承命曰:	《西江月》(向晚新亭共赏)	词后
30	生酒后乘兴占《百字令》:	《百字令》(脂唇粉面)	词前
31	几上有《草堂诗馀》,信手揭之,见《卜算子》词云	《卜算子》(有意送春归)	词前
32	莲笑出一词,云:"昨夜候君子不至,作此记闷者。"生月下观之:	《同心结》(懒上牙床)	词后
33	童曰:"睡醒无聊,偶成《西江月》词,会中无以为乐,敢弄斧班门,以助一笑。"	《西江月》(东舍多情才子)	词前
34	笑成三五七言:	《秋风清》(花之前)	词前

---

① 实为《清平乐》调。

续表

序号	引入事由	词作	词调注明
35	越数日,会同年于公所,作一词:	《鹧鸪天》(圣世崇文网俊英)	词后
36	莲作《再团圆》词,遥为生庆。词曰:	《再团圆》(朱衣点额)	词前
37	路途倦体,离思萦心,占一词:	《捣练子》(辞故里)	词后
38	短词达意,崇焰好好。	《南乡子》(夜阔梦难收)	词后
40		《菩萨蛮》(噫思多处红珠滴)	词后
40	叹曰:"古树鸦成阵,空山叶做堆。如此天气,奈离人何?"偶成二词:	《蝶恋花》(飘荡寒风天色惫)	词后
41		《卖花声》(愁思锁眉峰)	词后
42	更一衣,袖里得碧莲旧词集古一阕:	《忆王孙》(当时书语最堪悲)	词后
43	生因作一词,名《丑儿令》:	《丑儿令》(佳人报道梅花发)	词前
44	又一《玉蝶环》词:	《玉蝶环》(几时慵整乌蝉鬓)	词前
45	生亦不忍舍,小帖书一别词:	《上西楼》(多时旅邸迟留)	词后
46	至晚,香亦以小帖书《桃源忆故人》词,预以送生:	《桃源忆故人》(仰君德望山来重)	词前
47	是晚,共赋一词:	《卜算子》(君有题柱才)	词后

　　小说引词虽多,但每一首词作均显示出词体创作的意识。或口占、或共赋、或题扇、或书简,虽然具体方式不一而足,但词体创作的本质则是一以贯之。有时小说甚至将词体填制完成的过程作为情节来展现,如莲先行填了一首词:

　　又书一词于绿窗之侧,浓淡笔,短长句,以坚生志、写己怨也:

　　春山愁压慵临镜,忆芳菲,嗟薄命。望中烟草连天,座里花阴斜映。空度流年,浪虚美景,谁把佳期来订。对景怨东风,无语垂帘静。

　　狂蜂浪蝶多情兴,争抱一枝红杏。鹧鸪隔树喧声,唤动惜春心性。

　　燕子双双,莺儿对对,花也枝枝交并。

　　莲书未毕,因庆娘使女至,亟入接问。少顷生至,诵之,知其为《昼夜乐》词,而末韵未成,取笔续之,曰:"百物总关情,何事人孤另。"①

――――――――――

　　① 《刘生觅莲记》,第340页。

将生续莲词的行为作为情节直接予以展现,且从中透露出人物对词调等相关词学信息的掌握。

文言小说作者在运用词作时,有明确的词体意识的另一表现,就是对词体文本特征的重视。词作为一种独立的文体,自然有其文体上的格式与规范,包括词调与词律等。文言小说作者普遍重视词作的词调与词律。表现之一就是文言小说中的词作绝大部分都注明词调,或在引入之前交代,或在词作引入之后说明。如上表所示《刘生觅莲记》中词作的引入情节,47 首词作均有提示词调。表现之二就是文言小说中的词作基本合律,至少在句式与用韵方面符合所填词调的格律要求。衬字羼入现象极少,曲化现象远没有白话小说中的词作那么明显。

（二）小说作者希望词作成为审美客体

文言小说,尤其是传奇小说,受唐传奇影响颇深。唐传奇的创作不仅在形式上取用诗体,而且本身带有诗化的倾向。唐传奇中的诗歌与叙事一起,构成了传奇小说的整体审美效果。在这一点上,明传奇与唐传奇一脉相承。即文言小说中的词,与叙事一起参与小说审美性的营构,词作同样是作者笔力及深心所在,是作者在与预想的读者交流时,渴望得到认可,渴望读者欣赏的部分。词与小说一起,作为小说作者的呈现对象。这一追求不仅体现在文言小说中的词作本身的文本欣赏价值中,也体现在小说作者对引入词作的预期上。词作文本的欣赏价值或许受小说作者填词水平的影响较大,因此,作者主观上对词作可欣赏性的预期,及为达到这一预期所做的努力,更能反映出文言小说中词作的词体意识。

如《剪灯新话》中的《爱卿传》①写罗爱爱的故事,其中存有两首词作。在小说开篇,作者就强调了罗爱爱工于诗词的文学修养,由此使读者亦带着一睹其诗词创作的阅读预期。在引入词作时,作者又强调了人物作为创作主体的身份。如第一首《齐天乐》(恩情不把功名误)的引入:"自制《齐天乐》一阕,歌以侑之。"第二首《沁园春》(一别三年)的引入同样如此:"见赵子,施礼毕,泣而歌《沁园春》一阕,其所自制也。"此时罗爱爱以鬼魅的身份出现在赵子的面前,但作者依然不忘强调其所歌之词,乃是其"自制"。对小说引入之词乃人物自制的强调,既是对小说开篇人物"才女"定位的回应,也是对读者阅读预期的回应。

---

① 《剪灯新话》,第 69—73 页。

而且在词作引入之后,作者也不忘交代词作引入所起的效果。如第一首《齐天乐》(恩情不把功名误)引入之后,是罗爱爱"歌罢,坐中皆垂泪。"第二首《沁园春》(一别三年),引入之后作者写道:"每歌一句,则悲啼数声,凄惶怨咽,殆不成腔。"可见此词的展现过程,乃是饱含人物浓烈的感情。而反观词作,也的确催人泪下,如"要学三贞,须拚一死,免被旁人话是非。君相念,算除非画里,重见崔徽"之句。人物的情感借由词作的歌唱而得到宣泄,小说在感情的渲染上也达到了高潮。歌词之后,罗爱爱乃收泪而自叙,于是引入一段情绪较为平和的对话。最后:

> 鸡鸣叙别,下阶数步,复回头拭泪云:"赵郎珍重,从此永别矣!"因哽咽伫立。天色渐明,瞥然而逝,不复有睹。但空室悄然,寒灯半灭而已。

小说在人物情感宣泄的高潮之后,以渐趋平淡的笔调,叙述了人物最后的离别,营造出一种渐行渐远、余音绕梁的艺术效果。可以说,在小说的总体叙事中,词作作为人物情感最为集中也最为强烈的载体,成为小说作者、人物与读者三者之间,产生共鸣的重要媒介。小说作者引入词作的目的,不仅仅是为展现人物的文学造诣,或表现人物心境,而更希望它能打动读者、带来阅读快感。

正因为如此,这些词作往往也深见作者笔力,故成为读者欣赏的对象。如凌云翰在为《剪灯新话》所作的序言中就强调:

> 矧夫造意之奇,措词之妙,粲然自成一家言,读之使人喜而手舞足蹈,悲而掩卷堕泪者,盖亦有之。自非好古博雅,工于文而审于事,曷能臻此哉![1]

凌氏强调了小说或令人手舞足蹈、或令人掩卷堕泪的艺术感染力,而这种感染力的获得,其中诗词作品,功莫大焉。正如桂衡序文中所指出的:"伏而观之,但见其有文、有诗、有歌、有词、有可喜、有可悲、有可骇、有可嗤。"[2]均将小说中的

---

[1] 《剪灯新话·序二》。
[2] 《剪灯新话·序四》。

诗词作品,与小说一并视为欣赏的对象。

至于汇编辑录性质的短篇文言小说集,其中词作本身即为小说叙事的核心或高潮,更是小说作者所意欲展现的对象。如《情史类略》卷十四"陆务观"①一篇所记陆游与唐婉之间的恋情悲剧:

> 陆务观初娶唐氏,于其母夫人为姑侄。伉俪相得,而弗获于姑,因出之。唐改适同郡宗子。尝春日出游,相遇于禹迹寺南之沈氏园。唐以语宗子,遣致酒肴,陆怅然久之。为赋《钗头凤》题园壁云:
>
> 红酥手。黄滕酒。满城春色宫墙柳。东风恶。欢情薄。一怀愁绪,几年离索。错。错。错。春如旧。人空瘦。泪痕红浥鲛鮹透。桃花落。闲池阁。山盟虽在,锦书难托。莫。莫。莫。
>
> 唐见而和之,有"世情薄,人情恶"之句。未几,怏怏而卒。闻者为之怅然。

陆游与唐婉之间的恋情故事,在民间广为流传,其中二人所唱和的《钗头凤》,亦是脍炙人口的名篇。故事引入陆游所作其中一首,即有彰显词作本身魅力的因素。在文末作者又以感伤的笔调,讲述了陆游爱妾被逐之事:

> 又,陆放翁之蜀,宿一驿中,见题壁云:
>
> 玉阶蟋蟀闹清夜,金井梧桐辞故枝。一枕凄凉眠不得,呼灯起作感秋诗。
>
> 放翁询之,则驿卒女也,遂纳为妾。方余半载,夫人逐之,妾赋《生查子》(按:原文误作《卜算子》)云:
>
> 只知眉上愁,不识愁来路。窗外有芭蕉,阵阵黄昏雨。晓起理残妆,整顿教愁去。不合画春山,依旧留愁住。
>
> 夫出一爱妻得一妒妻,母夫人之为放翁计者误矣!然爱妻见逐于母,爱妾复见逐于妻,何放翁之多不幸也!

这里引入陆游之妾所赋《生查子》,语浅情深,有一种看似平淡,却又挥之不去的

---

① 《情史类略》,第1123—1125页。

无奈与感伤。小说叙事简练,于二人分离之际内心的无奈与痛苦,全由此词得以呈现。与上引陆游名作一样,这首词同样也是小说作者意欲向读者展现,并希望读者细细品味的对象。

就中篇传奇而言,其中诗词水平虽然不及上层文人之作,但同样是作者意欲呈现的对象。其中词作不仅是人物之间传递感情的媒介,也是作者与读者之间传递感情的媒介。而且这些小说中动辄以补录的形式引入数首甚至十几首诗词的现象,将作者借诗词呈才的目的,暴露无遗。如《钟情丽集》中,作者叙及瑜娘之父有悔婚之心,"生以守制故不暇理事,因此二人不相闻者二载。"接着作者笔风一转,写道:

> 然而,瑜娘慕生之心曷尝少置! 风景之接于目,人事之感于心,累累形诸诗词,不啻千首,多不尽录,姑记一二,以语知音者:……①

于是引入《鹊桥仙》(征鸿无信)、《瑞鹧鸪》(芭蕉叶上雨难留)、《长相思》(春望归)、《一剪梅》(雨打梨花深闭门)、《满庭芳》(愁锁春山)。以五首词作的阵容,只为说明瑜娘慕生之心"未尝少置"? 显然,是为呈作者自身之词才,这是中篇文言传奇作者惯用的伎俩。通过诗词作品,以炫作者之才,乃是文言小说作者的普遍动机。不过,也正因为这一创作预期,赋予了其中词作以文体意义。

二、白话小说:词体意义的消解与彰显并存

白话小说中的词作,除了在角色上区分为开场词与文中词之外,文中词具体而言又涉及不同的功能,主要包括写景,状物,描人、叙事、议论、代言等。其功能明确而多样,远远溢出词体抒情写意、托物言志的传统。词作在小说中功能性的丰富,一方面导致词作审美性之间的差异,另一方面也显露出小说作者主观用词意识的差异。更为普遍的现象是,从小说作者的主观用词态度而言,小说作者倾向于视词为实现功能的手段,而不是笔力与深心所在。当然,也有一部分词作的运用,与文言小说一致,即词作乃是作者意欲引起读者情感共鸣或阅读快感的主体之一,只不过这种情况在白话小说的整体用词现象中并非主流。

---

① 《钟情丽集》,第 72 页。

（一）词作仅是作者表意的工具

这一现象较为普遍，亦可从上文所述两个方面予以考察：

其一，小说作者是否具有彰显词体运用的意识。与文言小说作者强调词体创作的用词方式相反，白话小说中的作者往往弱化词体创作的意识，即消解词体作为独立文体羼入的痕迹。如《金瓶梅词话》第一回中写武大常受人气时，作者写道：

> 看官听说，世上惟有人心最歹。软的又欺，恶的又怕；太刚则折，太柔则废。古人有几句格言，说的好：
>
> 柔软立身之本，刚强惹祸之胎。无争无竞是贤才。亏我些儿何碍。青史几场春梦，红尘多少奇才。不须计较巧安排。守分而今见在。①

这是一首《西江月》词，上片出自《水浒传》七十九回的开场词，下片则出自朱敦儒《西江月》（日日深怀酒满）。作者于此仅指称为"古人几句格言"，显然无意于突显对词体的运用。在白话小说中引入词作时，将之称为"格言""说话"，甚至称为"诗""曲""歌"等的现象较为普遍，显示出作者无意于彰显词体所应具有的特殊美感与韵味。

小说作者也常常仅以"但见""只见"等提示语引入词作，而且不注明词调，与一般韵语的引入无异，如《西游记》中两处描景之辞：

> 斋罢，方才起身。三藏上马，行者引路。不觉饥餐渴饮，夜宿晓行，又值初冬时候。但见那：
>
> 霜凋红叶千林瘦，岭上几株松柏秀。未开梅蕊散香幽，暖短昼，小春候，菊残荷尽山茶茂。　　寒桥古树争枝斗，曲涧涓涓泉水溜。淡云欲雪满天浮，翔风骤，牵衣袖，向晚寒威人怎受？（第十四回）
>
> 却说孙大圣到空中，把腰儿扭了一扭，早来到黑风山上。住了云头，仔细看，果然是座好山。况正值春光时节，但见：
>
> 万壑争流，千崖竞秀。鸟啼人不见，花落树犹香。雨过天连青壁

---

① 《全本金瓶梅词话》，第63—64页。

润,风来松卷翠屏张。山草发,野花开,悬崖峭嶂;薜萝生,佳木丽,峻岭平岗。不遇幽人,那寻樵子? 涧边双鹤饮,石上野猿狂。矗矗堆螺排黛色,巍巍拥翠弄岚光。(第十七回)①

这里两处描景之辞,均以"但见"的形式引入,第十四回中所引为一首《天仙子》,而第十七回却只是一段韵文。作者并未将词作与骈偶的韵文区别对待,词体也罢,韵文也罢,作者之意始终只是在对人物所处环境的描摹,而不在于彰显它们的文体特征。

由此可知,白话小说作者为词体运用所预设的环境,词体创作的意识较为薄弱。不仅以作者身份孱入的词作如此,即使是以小说人物之口引入的词作,亦存在此一现象。如《扫魅伦敦东度记》第六十七回,老叟与长老谈论苦乐时,有一段对话:

长老道:"苦人犯法,与乐者违律,总是遭刑宪,受苦恼,只恐苦的能受,乐者难当。"老叟道:"均是血肉之躯,刑法之苦,怎么苦的能受,乐者难当?"长老说:"贫僧常在高僧前闻经说法,曾听了几句破惑解忧言语,你听我说来。"乃说道:

"饥饿贫寒能忍,官刑卑贱难当。老来卧病少茶汤。乐死有何系望。   那乐的何尝经惯,妖躯怎受灾殃。歌儿美妾守牙床。那件肯丢心放?"

长老说罢,老叟点头道:"师父虽说得是,我老拙必定要找个根因,一个五行铸造生人,怎便有生来享快乐的,受苦恼的?"长老说:"我小僧曾闻经卷中说得好:

要知前世因,今生受者是。要知后世因,今生作者是。"

老叟又说:"师父,经文大道理,却如何五行生来,那富贵快乐的像貌丰伟,这贫贱苦恼的形貌倾斜?"长老道:"我又曾闻,五行相貌,皆本心生。古语云:

有心无相,相逐心生;有相无心,相随心灭。"②

---

① 《西游记》,第171—172,204页。
② 《东度记》,第1232—1234页。

作者在人物的对话中安插了一首《西江月》（饥饿贫寒能忍），四句佛经中语录与四句古语，但作者对这三处的引用并未作体式上的区分，所引词作仅为"曾听了几句破惑解忧言语"，与文言小说中人物口占词作的行为有本质的区别，后者包含有词体创作的意味，而在这里，词作与语录一样，只是人物宣讲道理的工具。

其二，词作是否作为审美客体进入读者视野。关于这一个问题的回答，在白话小说的用词现象中往往也是否定的。白话小说中的词作在小说叙事中承担具体的功能，小说作者引入词作时更注重具体功能的实现，而非词体自身的审美性，如《禅真后史》第十五回中一首描景之词：

> 话说耿宪因座间瞿天民谈及为母妻择坟情节，离席道："西门外有一片荒土，未知龙脉若何，老师不弃，可亲往一观，或可安葬，随当奉送。"瞿天民父子称谢，择日同至西郊，细观山景，但见：
>
> 数簇尖峰削翠，一湾涧水澄清。沿山夹道树交生。旺气来龙相称。　　前妙明堂九曲，后奇锦嶂千层。堪期积世出公卿。福地果由天定。
>
> 瞿天民看了十分合意，对耿宪道："山之大概，我已悉见，请言价关，方可领赐。"①

作者在这里以一首《西江月》描写山景，但与传统写景之词所不同的是，小说作者引入词作的主观目的并非是想让读者领略词中意境的美感，这是传统写景之词所追求的，而是通过词作中"旺气来龙""福地"等字眼，使读者认同人物"十分合意"的心理反应。可以说，作者在这里引入这首词的目的，就是告诉读者瞿天民眼前的这坐山适宜安葬，词作在内容上也是直接实现这一功能，而并不追求词作本身的美感与韵味。因此作者对这首词的引入，也未对它的文体属性予以特别的交代。

除此之外，小说作者直接引用的词作，也往往有意忽略原词乃是词人内心情感外化的产物，而给词作贴上功能性的标签，如《禅真逸史》第八回引入一首苏轼《念奴娇》"单道这中秋明月的妙处"：

---

① 方汝浩：《禅真后史》，《古本小说集成》本，第333—334页。

凭高眺远,见长空万里,云无留迹。桂魄飞来光射处,冷浸一天秋碧。玉宇琼楼,乘鸾来去,人在清凉国。江山如画,望中烟树历历。

我醉拍手狂歌,举杯邀月,对影成三客。起舞徘徊风露下,今夕不知何夕。便欲乘风,翻然归去,何用骑鹏翼。水晶宫里,一声吹断横笛。[①]

这首词是元丰五年(1082)中秋,苏轼在黄州时所作,当时词人仍在贬谪之中。词作并非单纯的写景之作,而是包含了词人复杂的内心情感,既有对自由、美好生活的向往,也有对现实处境的无奈与自我宽慰。这种心情与人物林澹然的内心可以说毫无瓜葛。小说作者引入这首词的主观目的,并不是要读者在小说阅读的过程中,去细细品味词人倾注于词作中的复杂心情,或者借以展现人物的内心情感,而只是因为人物有"赏月"的活动,于是用它来描写中秋之夜,"红日西沉,冰轮初涌"的景色。

白话小说作者主观上词体创作意识的薄弱,以及词体并非作者所强调或突显的对象,使得其中的词作在文本上也有别于文言小说。表现之一就是存在大量纯粹文字游戏的词作;表现之二是衬字的羼入,或往往与词体格律不合,多字、少字、失韵等现象比比皆是;表现之三则是不标注词调、仅引入半阕的现象较为普遍。

(二)词作是作者意欲展现的审美客体

白话小说中也有部分词作,乃是小说作者所意欲展现的对象。这类词作用于小说篇首或回前的现象较为普遍。如《隋炀帝艳史》的作者在《凡例》中称:"《艳史》虽穷极荒淫奢侈之事,而其中微言冷语,与夫诗词之类,皆寓讥讽规谏之意。"[②]从中可以看出,小说中的诗词也是作者用心之所在。如开篇一首《临江仙》:

试问水归何处,无明彻夜东流。滔滔不管古今愁。浪花如喷雪,新月似银钩。暗想当年富贵,挂锦帆直至扬州。风流人去几千秋。两行金线柳,依旧缆扁舟。[③]

---

① 《禅真逸史》,第313—314页。
② 《隋炀帝艳史·凡例》。
③ 《隋炀帝艳史》,第1页。

虽为引用之词,却既符合小说的主题,又有一种历史兴亡的感慨萦绕其中,是白话小说篇首词中的佳作。这一效果的取得,与小说作者重视诗词的态度有关。此外,《隋炀帝艳史》中的开场词中还有一个较为特别的现象,即连续两回的开场词同用一个词调,而且以长调居多。如第七回、八回的开场词分别为:《满江红》(走兔飞乌)(末世争强);第九回、十回的开场词分别为:《满庭芳》(卓荦神奸)(日食三餐);第十九回、二十回的开场词分别为:《意难忘》(世事浮沤)(人世堪怜);第二十三回、二十四回的开场词分别为:《何满子》(花酒迷魂犹浅)(尽道小人奸狡);第二十七回、二十八回的开场词分别为:《天香》(雨殢云尤)(濯世清襟);第二十九回、三十回的开场词分别为:《水调歌头》(世事不可极)(拭泪问造物);第三十九回、四十回的开场词分别为:《风流子》(兴衰如九转)(天子至尊也)。这些同调连用词作,在内容与风格上较为相近,显示出作者填制词作的努力。因此,这些词作同时也成为小说作者情感的载体,成为审美的对象。

文中词也有部分是作者意欲展现的对象,如《西游记》第九回羼入的 10 首"渔樵唱和"的词作,最后两首《临江仙》:

> 渔翁道:"你山中虽可比过,还不如我水秀的幽雅。有一《临江仙》为证:
>
> 潮落旋移孤艇去,夜深罢棹歌来。蓑衣残月甚幽哉,宿鸥惊不起,天际彩云开。　　困卧芦洲无个事,三竿日上还捱。随心尽意自安排,朝臣寒待漏,争似我宽怀。"
>
> 樵夫道:"你水秀的幽雅,还不如我山青更幽雅。亦有《临江仙》可证:
>
> 苍径秋高拽斧去,晚凉抬担回来。野花插鬓更奇哉,拨云寻路出,待月叫门开。　　稚子山妻欣笑接,草床木枕敲捱。蒸梨炊黍旋铺排,瓮中新酿熟,真个壮幽怀。"①

这两首《临江仙》就其功能而言,乃是描摹山水的写景词,但词作内容并非拘泥于"水秀"与"山青"的具体呈现。所表现的乃是一种对自给自足、无荣无辱,不受名利牵累的自由生活的咏叹与致意。词作超越了具体的功能层面,其中对

---

① 《西游记》,第 109 页。

"襄衣残月""野花插鬓"自我形象的诗化，以及"宿鸥惊不起，天际彩云开""拨云寻路出，待月叫门开"等意境的展现，令人向往。与《西游记》中其他情境中词作的运用相比，此处作者突显词作审美性的主观动机十分明显。《西游记》除此处之外所引入的词作，则往往显示出作者视词体为实现功能载体的主观态度，故这些词作大凡缺乏美感，作者也不以词体和词境为意，而多游戏之笔。甚至时时有诗词不分的现象，如第二十一回以"有诗为证，诗曰"的方式，引入一首《西江月》(扰扰微形利喙)；第二十九回开场亦以"诗曰"的方式引入一首《西江月》(妄想不复强灭)。

除词作文本上的差异之外，作者在此处突显词体创作意识的主观动机也十分明显。如作者在词作引入之前，刻意强调了张青和李定的身份。他们并不是普遍的渔夫与樵夫，而是"不登科的进士，能识字的山人"。这一身份的强调，与文言小说中对词作创作主体文学修养的强调一致，使读者对词作的引入产生阅读欣赏的预期。不仅如此，与文言小说作者引入词作时强调人物的"自制"一致，此处词作的引入，《西游记》的作者也强调了诗词创作的意义。此处羼入的词作均注明词调，且无衬字插入。众所周知，词调与句式是词体最为基本的体式特征，是词之所以为词，而区别于诗与曲的两项界定。因此，对词调的强调及对句式的遵从，说明作者是以词体创作的态度来对待的，与《西游记》中其他地方羼入词作时往往不注调名，且插入口语化的衬字，可以说大异其趣。

不过，需要指出的是，此处词作的羼入，虽然超越了具体的功能层面，而且突显了词体意义，但是就小说的叙事而言，则显得有所阻隔。关于此处的故事情节，平话《魏征梦斩泾河龙》仅一百余字，《西游记》在这里同样是借张梢与李定二人的对话，引出夜叉报与龙王，龙王与算卦先生相斗之事。但在二人的谈话切入正题之前，作者插入了十首词、两首七律及两首联章，数量众多的诗词引入，无疑会阻碍小说情节的推进。另如《梼杌闲评》第二十二回，作者先引一首黄澄《绮罗香》(绡帕藏春)描写宫女们"斗草玩耍"的景象，后又依照所引之词，仿填了一首《绮罗香》(罗袖香浓)，用以描写宫女们"扑蝴蝶玩耍"，小说作者于此处词体创作的意识也十分明显，词作本身也的确可以作为审美对象呈现在读者眼前。但此处以两首长调连用的方式，只是为了表现人物所见的并不重要的内容，于小说的叙事而言，亦形成了一种阻隔。

总体而言，白话小说中的词作，与文言小说整体上突显词体意义有所不同，而是呈现出两种不同的现象。作为服务于小说叙事的手段而存在的词作，一方面,因为作者主观上以实现词作功能性为引入目的,因而这类词作在内容上契合小说的叙事;但另一方面,也由于小说作者的"醉翁之意"不在此,所以此类词作在形式上又往往较为随意,风格上以俗词居多。作为作者意欲展现的审美客体的词作,则与文言小说一致,强调词体创作主体的文学修养,注重词作的审美性、可读性。但于小说的具体叙事而言,此类词作与叙事之间时有游离的现象。究其原因则主要在于白话小说与文言小说在叙事的总体追求上有所差异。即文言小说于叙事之外亦有一种诗化的、意境化的传统审美追求,故其中词作的羼入在整体风格上易与小说叙事相一致;而白话小说作为通俗文学的一种,更多的是通过人物行为、语言等动态的方式,以及情节发展、矛盾冲突等来制造阅读的快感,因而,对词作审美性的突显以及词体意义的强调,容易因与叙事风格的不一致,而形成对阅读的阻碍。

第三节　词体在小说结构中的角色

明代的小说理论对文本结构体制的涉及较少,但就小说创作而言,尤其是白话小说,却又遵循着一定的结构体制。无论是长篇章回小说,还是短篇的拟话本小说,基本上遵循以诗词开场的模式。"开场词"就其本意而言,是指话本小说中用在正话之前,用以待场静场的词作。明代小说创作虽然转向案头,但对开场词的运用依然有所保留,除拟话本小说外,长篇章回小说往往于篇首或回前,运用开场词。开场词与文中词之间最大的区别在于开场词并不参与小说的具体叙事,它虽然是小说用词现象中的一种,但并不承担具体的叙事功能,更多的属于小说体制上的一种用词方式。文中词则是小说叙事过程中对词作的运用,作为一种叙事手段或技巧而存在于小说中,受小说叙事艺术成熟与否,以及小说作者叙事风格的影响较大。因此,从这个意义上讲,开场词与文中词在小说的整体用词现象中分属不同的角色。对二者的分别考察,有助于全面把握明代小说的用词现象。而且在宋元话本中,开场词与文中词之间,除了在小说中所处的位置不同之外,在其他方面尚没有明显的差别。但随着明代小说创作的兴盛和成熟,在词作文本上,开场词与文中词却渐趋分化。对于此种现象的考察,有助于厘清小说发展过程中,用词现象的演变。

一、开场词：体制性的运用

明代小说中开场词的运用，主要沿袭宋元话本以诗词开场的方式，因此，主要出现在白话小说中。文言小说则上承唐传奇而来，因而并没有形成以诗词开场的体例。在论述白话小说的开场词之前，有必要先简单介绍一下宋元话本中开场词的运用及其特点，在此基础上，考察明代白话小说开场体制的演变与确立。

（一）宋元话本开场词的临场性

宋元话本小说的结构，对于明代白话小说的影响甚巨。就结构而言，宋元话本小说可分为"入话"与"正话"两个部分。其中"入话"部分又可分为两类：一类是以故事入话，或叫做"头回"；一类是以诗词入话。话本小说之所以需要"入话"部分，与艺人的现场表演密不可分。

以故事入话的情况，其中词作的运用，与文中词的运用一样，因此，对明代小说体制中开场词的运用直接产生影响的，是宋元话本中以诗词入话的形式。即以诗词联缀的方式，起到开场的作用。话本经明人修改较多，尤其是其中诗词多有删削，但从保留较为完整的话本中，依然可以见出具体风貌。如《西山一窟鬼》①中，开场词的运用如下：

> 杏花过雨，渐残红零落，胭脂颜色。流水飘香人渐远，难托春心脉脉。恨别王孙，墙阴目断，谁把青梅摘。金鞍何处，绿杨依旧南陌。
>
> 消散云雨须臾，多情因甚，有轻离轻拆。燕语千般争解说，些子伊家消息。厚约深盟，除非重见，见了方端的。而今无奈，寸肠千恨堆积。
>
> 这只词名唤做《念奴娇》，是一个赴省士人姓沈名文述所作，元来皆是集古人词章之句。如何见得？从头与各位说开：第一句道："杏花过雨。"陈子高曾有"寒食"词寄《谒金门》：……

于是，艺人以逐一指出篇首《念奴娇》每一句出处为由，串起了 15 首词作。此种联缀待场诗词的方式，于当时应较为流行，另如《史弘肇龙虎君臣会》中诗词联缀的方式即与此相同。

---

① 据冯梦龙编《警世通言》卷十四引录，《古本小说集成》本。

　　还有一种开场词的联缀方式,可以《碾玉观音》[①]为例。艺人先引入一首《鹧鸪天》(山色晴岚景物佳),然后说"这首《鹧鸪天》说孟春景致,原来又不如'仲春词'做得好。"于是又引入一首《鹧鸪天》(每日青楼醉梦中)。又以"这首词说仲春景致,原来又不如黄夫人做着'季春词'又好"的方式引入一首《鹧鸪天》(先自春光似酒浓),最后以"有词为证"的方式,引入一首《蝶恋花》(妾本钱塘江上住)。

　　这些开场词主要起到静场、待场的作用,以便招徕更多的听众。一方面使先来的听众不至于等待得过于无聊;另一方面使后来的听众可以听到完整的故事。因此,这些词作与话本所叙的故事并没有内在的联系,乃是艺人临场表演时用以入话的权宜之计。由上文可知,开场词的"临场性"主要体现在此三个方面:

　　一是开场词数量的不确定。如上引《西山一窟鬼》的开场词高达 15 首,而在《张老种瓜》中则仅 3 首。虽然明代所存宋元话本多经明人修改,但其中开场词的数量应是参差不齐,没有定规,艺人可根据表演时的具体环境,灵活运用。

　　二是词作之间的联系,艺人需捏合。艺人用词虽然有随意的一面,但是却也有捏合的功夫在。如《西山一窟鬼》中是以分析第一首《念奴娇》各句的出处为因由,而《碾玉观音》则是以"咏春"为由,《种瓜张老》中则是以"描雪"为由,赋予了本身毫无关系的词作之间一定的逻辑性。虽然这些连缀方式,可由艺人在具体的演出场合临场选择,如《西山一窟鬼》中的引入方式,未必不能用在《碾玉观音》中,反之亦然。但这种捏合的手段,却是艺人所必需。

　　三是强调词作入话的功能。开场词的运用,虽然就其功能而言,乃是为艺人表演前的静场、待场服务,但艺人在引入词作之后,却不忘交代所引词作"入话"的功能,以显示艺人引入开场词的合理性,使听众将开场词的内容视为话本表演的内在环节之一。如《西山一窟鬼》中,在词作引入之后,艺人接着交代:"话说沈文述是一个士人,自家今日也说一个士人。"而在《碾玉观音》中,艺人则以自问自答的方式,交代所引诗词的入话功能:"说话的,因甚说这'春归词'?绍兴年间,行在有个关西延州延安府人,本身是三镇节度使咸安郡王。当时怕春归去,将带着许多钧眷游春。"如果不作如此交代,开场词与话本故事之间则失去了相关性,于听众而言,也会显得割裂。

───────────────

　　① 据冯梦龙编《警世通言》卷八引录,《古本小说集成》本。

此外,宋元话本的开场词需起到静场待场的功能,故所引用之词往往是当时的名家之作,这些词作在当时传唱于街头巷尾,乃是市井百姓所喜闻的流行歌曲,从中亦可看出宋元话本中开场词的临场性。

(二)明代小说开场词的体制性

明代白话小说开场体制的确立,也经历了一个发展的过程。如较早的《水浒传》尚保留着话本小说以故事入话的形式。明人钱希言在《戏瑕》卷一中提到:"词话每本头上,有请客一段,权做过德胜利市头回……"[①]所谓"头回"即是以故事入话,这是话本的主要形式特征之一。但随着案头创作的兴起,尤其是章回小说创作的成熟,在结构上更趋于连贯,不可能于回目之中,再来穿插若干"头回"小故事,这样反而会割裂叙事。所以"得胜头回"结构被扬弃了,但诗词开场的结构却被保留了下来。不过,在宋元话本中,艺人需要一定的时间来聚集听众,所以开场有一定的时长,需要运用的诗词也多,且多取时人耳熟能详的流行之作。而明代印刷业的发达、小说刊刻的兴盛、纸质传播的广泛与便捷,使小说的传播方式也转向了案头,待场、静场的需求也基本消失。因此,明人小说转为案头创作之后,虽然作者对说书人的口吻多有模仿,但开场词已不再具有临场性,而转为体制性的运用。这种体制性表现在如下几个方面。

1.数量上的定量化

明代白话小说对宋元话本中开场词的运用,作为小说文本结构的体制形式予以了保留。其中最为显著的变化,就是数量的减少,并趋于固定,一般只运用一首词。明代小说由于长篇章回体的形成,开场词出现了两种情况:一是篇首开场,下文简称"篇首词";一是回前开场词,下文简称"回前词"。

篇首词是长篇章回小说所特有的一种词体运用方式,顾名思义,乃是整部小说的"开场",故往往位于第一回回目之前。不过,也有一些小说中的开场词虽然位于第一回回目之后,但就其内容而言,却是统领整部小说,而非针对具体回目,这种情况下的回前词,实则等同于篇首词。如《三宝太监西洋记》中第一回回目之后,引入一首《鹧鸪天》,其末句云:"还记得年来三宝太监下西洋。"直接羼入书名,于整部小说的针对性明显。明代章回小说中篇首词的运用没有回前词普遍,具体情况见表3-2。

---

① 钱希言:《戏瑕》卷一,转引自朱一玄编《〈水浒传〉资料汇编》,天津:南开大学出版社 2012 年版,第 135 页。

表 3-2　明代章回小说篇首词统计表

小说	作者	成书时间	篇首词	数量	位置
水浒传	施耐庵/罗贯中	约在明初	《临江仙》(试看书林隐处)、失调名(见成名无数)	2	篇首
金瓶梅词话	兰陵笑笑生撰	嘉靖至万历间	《行香子》(阆苑瀛洲)(短短横墙)(水竹之居)(净扫尘埃)、《鹧鸪天》(酒损精神破丧家)(休爱绿鬓美朱颜)(钱帛金珠笼内收)(莫使强梁呈技能)	8	篇首
大唐秦王词话	詹圕主人	万历	《玉楼春》(花开禁苑春不早)(紫薇正放红葵吐)(梧桐叶落秋风剪)(长空四野彤云堵)	4	篇首
三宝太监西洋记	罗懋登	万历	《鹧鸪天》(春到人间景异常)	1	回前
绣榻野史	吕天成	万历	《西江月》(论说旧闲常见)	1	回前
铁树记	邓志谟	万历	《鹧鸪天》(春到人间景色新)	1	回前
八仙出处东游记	吴元泰	万历	《点绛唇》(流水行云)	1	篇首
三教开迷	潘镜若	万历	《西江月》(世事一场戏剧)	1	回前
三遂平妖传四十回本	罗贯中撰/冯梦龙补	泰昌	《行香子》(国泰时平)	1	篇首
韩湘子全传	杨尔曾	天启	《西江月》(混沌初分世界)	1	回前
醋葫芦	西湖伏雌教主	崇祯	《满江红》(须发男儿)	1	回前
隋炀帝艳史	齐东野人	崇祯	《临江仙》(试问水归何处)	1	回前
梼杌闲评	佚名	崇祯	《踏莎行》(日月隙驹)、《满江红》(欲界茫茫)(且复何言)(古往今来)	4	篇首
禅真后史	方汝浩	崇祯	《西江月》(真土真铅真汞)	1	篇首
扫魅敦伦东度记	方汝浩	崇祯	《西江月》(传记编成觉世)(为善申明旌奖)	2	篇首
东周列国志	冯梦龙编	崇祯	《西江月》(道德三皇五帝)	1	篇首
海陵佚史	无遮道人	明末	《鹧鸪天》(春城无处不飞花)	1	篇首
五鼠闹东京	佚名	明末	《鹧鸪天》(雨顺风调世界宁)	1	回前

　　由上表可知,章回小说中运用篇首开场词数量参差不齐,其中《金瓶梅词话》运用两组组词共计 8 首作为篇首词,据拙目所见,明代小说中仅此一例。《大唐秦王词话》与《梼杌闲评》则分别用了 4 首篇首词。需要指出的是,徐朔方

在《古本小说集成》影印《大唐秦王词话》的前言中指出:"本书卷首有分咏春夏秋冬的四首《玉楼春》词,再加一首七绝,然后才是正文。《金瓶梅词话》前也有四首《行香子》词,大体分咏四季,然后是酒色财气四贪词(《鹧鸪天》)。"①小说开篇也的确以"词"字引入四首作品,但从其格律而言,又似非《玉楼春》调,如其中第一首:

> 花开禁苑春光早,万紫千红斗新巧。偷香粉蝶艳丛飞,酿蜜黄蜂芳径绕。秋千蹴罢玉钗横,倦倚银屏午睡清。芳草梦成谁唤醒,绿杨枝上一声莺。②

小说作者未注明词调,也未分片。虽然在句式上七言八句与《玉楼春》一调相仿,但按词谱,《玉楼春》一调各体均是五十六字,前后段各四句、三仄韵。虽有一体存在换韵的现象,即牛峤词:

> 春入横塘摇浅浪。花落小园空惆怅。此情谁信为狂夫,恨翠愁红流枕上。　　小玉窗前嗔燕语。红泪滴穿金线缕。雁归不见报郎归,锦字织成封过与。

但上下片均叶仄韵,与小说中下片换叶平韵不同。且词谱注云:"此词见《花间集》,前后段两韵,唐、宋词无照此填者。"③小说中所引之作,若以律诗格律衡之,前四句为:"平平仄仄平平仄。仄仄平平仄仄仄。平平仄仄仄平平,仄仄平平平仄仄。"后四句为:"平平仄仄仄平平。仄仄平平仄仄平。平仄仄平平仄仄,仄平平仄仄平平。"倒是基本符合七律的粘对规律,尤其是叶平韵的四句,是较为严格的律体。小说开篇所引四首作品格律一致,因此笔者认为此处也许并非四首《玉楼春》,而更有可能是八首七绝,被按七律的格式刊刻在一起,姑存疑于此。

　　总体而言,篇首词的运用仍以1首居多。此一现象在白话小说的回前词的运用中得到强化,回前开场词的数量基本固定在1首。明代白话小说中有48部用到了回前开场词,共314首,基本上是每回运用一首。只有极少数的拟话

---

① 徐朔方:《大唐秦王词话·前言》,《古本小说集成》本。
② 《大唐秦王词话》,《古本小说集成》本,第1页。
③ 《钦定词谱考正》,第376页。

本小说因模仿宋元话本的开场形式,而连用几首词作,如《二刻拍案惊奇》卷五,凌濛初引入一首《瑞鹤仙》(瑞烟浮禁苑)之后,写道:"这一首词,乃是宋绍兴年间,词人康伯可所作。……故词人歌咏如此,也是自解自乐而已。怎如得当初柳耆卿,另有一首词云"①。于是又引入一首《倾杯乐》(禁漏花深),然后又以"当时李汉老又有一首词云"引入一首《女冠子》(帝城三五)。这种运用开场词的方式与前文所引宋人话本《辗玉观音》相似。不过,对宋人话本开场词运用的模仿现象,在明代拟话本小说创作中并不多见。文言小说仅《融春集》一篇用到一首开场词《鹧鸪天》(百岁人生草上霜)。可见,宋元话本中动辄数首词作连用作为开场的现象,在明代小说中已较为罕见,而形成运用1首的惯例。

2.内容上的类型化

由上文可知,宋元话本小说中的开场词,多取用时人词作,在内容上较为随意,与小说之间的联系较为松散。明代小说中开场词的运用,带有一定的体制性,故与小说的创作行为之间的关系更为密切,不再是艺人临场的权宜之计。因此,在内容上也趋于类型化。

其一,就篇首开场词而言,内容上普遍具有总括性。如上文所言,篇首开场词具有统领整部小说的意义,因此,在内容上以开宗明义为主。如《五鼠闹东京传》的篇首词《鹧鸪天》:

> 雨顺风调世界宁。仁宗继统政宽仁。万民鼓舞欢明盛,四海笙簫奏太平。　　歌五袴,乐丰盈。谁知五鼠降凡尘。君臣溷乱难分辨,玉面猫来辨假真。②

词作上片交代了小说的叙事背景,下片则点出小说的叙事内容。另如《八仙出处东游记》中的篇首词《点绛唇》:"流水行云,气清奇将谁依附。烟霞石户。留与幽人付。　　犬吠天空,鹤唳乘风去。难凭据。八仙何处。演卷泛君顾。"③末句直接点明小说的主旨。

另如《东度记》的两首篇首词,则反映出了小说作者的创作意图:

---

① 《二刻拍案惊奇》,第237—238页。
② 《五鼠闹东京传》,《古本小说集成》本,第1页。
③ 《八仙出处东游记》,《古本小说集成》本,第1页。

引记《西江月》

传记编成觉世,生人修德南车。古今何必论贤愚。试阅记中佳趣。　　一切旁门外道,离我圣教皆虚。莫言释道事同迁。功德匡扶最著。

为善申明旌奖,作恶法纪无私。天堂地狱岂差除。总在前因今是。　　幸逢太平盛世,四方人乐唐虞。消闲解闷这编书。缚魅驱邪闹处。①

词作中"古今何必论贤愚,试阅记中佳趣""消闲解闷这编书,缚魅驱邪闹处",点出了小说创作的意图,乃是希望读者于书中的佳趣与闹处,消闲解闷。而《绣榻野史》的篇首《西江月》:"论说旧闲常见,不填绮语文谈。奇情活景写来难。此事谁人看惯。　　都是贪嗔夜帐,休称风月机关。防男戒女被淫顽。空色人空皆幻。"②表面上是劝人戒淫,实则是为整部小说的宣淫作预备。故虽然用于第一回回前,却带有开宗明义的意味。

其二,就回前开场词而言,内容上的类型化主要表现在两个方面:

一是与回目叙事相关。这类开场词反映具体回目的叙事内容。如《水浒传》第九回回前《鹧鸪天》:

千古高风聚义亭,英雄豪杰尽堪惊。智深不救林冲死,柴进焉能擅大名。　　人猛烈,马狰狞,相逢较艺论专精。展开缚虎屠龙手,来战移山跨海人。③

这是一首典型的回前开场词,词作在内容上不仅透露出该回叙事的主要内容,即鲁智深林中救了林冲一命、林冲在柴进庄中与洪教头比试武艺,甚至点明了叙事中的主要人物。《山水情》中的词作几乎全用于开场,且大凡与回目叙事相关。如第一回"俏书生春游逢丽质"的开场词:"上巳踏青佳节,红芳着处争妍。行春游子厌喧填。觅静寒山逢艳。　　借意千金淑媛,赚成云雨连连。蜂狂蝶

---

① 《东度记》,第1—2页。
② 吕天成:《绣榻野史》,《思无邪汇宝》第二册,第103页。
③ 《水浒传》,第121页。

闹乐无边。惹得芳心转焰。"①这一回所叙即主人翁卫旭霞游春时,于山中尼庵见佳丽秦小姐,欲与小姐成其好事。不承想尼了凡从中设计,倒成就了她与旭霞的云雨之事。这首开场《西江月》所记正与回目所叙内容一致。

除在开场词中直接表现叙事内容之外,亦有对所叙事件发表议论或感慨者。如《隋史遗文》第四回开场词:

> 天地无心,男儿有意。壮怀欲补乾坤陂。鹰鹯何事奋云霄,鸾凰垂翅荆榛里。情脉脉,恨悠悠,发双指。　　热心肯为艰危止,微躯拚为他人死。横尸何惜咸阳市。解纷岂博世间名,不平聊雪胸中事。愤方休,气方消,心方已。右调《千秋岁引》②

这一回的回目是:"秦叔宝途次救唐公　窦夫人寺中生世子"。唐公李渊被宇文述的东宫护卫追杀,正在寡不敌众、性命堪忧之际,洽遇秦叔宝自长安解押军犯经过此地,故得秦叔宝一臂之力,而转败为胜。秦叔宝拔刀相助,却并不留名。词作上片正表现了唐公身陷险境时的英雄无奈之情,即所谓"鸾凰垂翅荆榛里";下片则歌颂了秦叔宝救人不图名的仗义行为。

此类开场词乃是对回目所叙事件发表议论,这种现象在拟话本小说中更为普遍。如《醒世恒言》第三卷"卖油郎独占花魁"的开场词:

> 年少争夸风月,场中波浪偏多。有钱无貌意难和。有貌无钱不可。　　就是有钱有貌,还须着意揣摩。知情识趣俏哥哥。此道谁人赛我。③

这回拟话本讲的是卖油郎秦重与风月场中的花魁娘子美娘之间的一段佳话。故小说以此首"风月机关中撮要之论"的《西江月》作为开场。而且小说中秦重虽然身微钱少,但却老实本分、知情识趣,因而赢得美娘芳心,正应了开场词中"知情识趣俏哥哥,此道谁人赛我。"另如《古今小说》中的明人拟话本"滕大尹鬼断家私"一篇,话本讲述了一个因弟兄不合反使外人受益的故事。其开场

---

① 《山水情》,《古本小说集成》本,第1页。
② 袁于令:《隋史遗文》,《古本小说集成》本,第87页。
③ 冯梦龙编:《醒世恒言》,《古本小说集成》本,第81页。

词为:"玉树庭前诸谢,紫荆花下三田。箕篑和好弟兄贤。父母心中欢忭。
多少争财竞产,同根苦自相煎。相持鹬蚌枉垂涎。落得渔人取便。"①(《西江
月》)正是对话本的叙事内容所发表的议论

一是与小说主题一致。此类开场词与回目所叙具体内容虽然没有直接的
相关性,但与小说的主题显示出一致性。神魔小说的回前开场词往往以谈佛论
道为主,如《西游记》第二十九回的开场《西江月》:

妄想不复强灭,真如何必希求。本原自性佛前修,迷悟岂居前后?
悟即刹那成正,迷而万劫沉流。若能一念合真修,灭尽恒沙
罪垢。"②

内容纯粹是讲论佛道。另如第四十一回开场《西江月》(善恶一时妄念),第五十
回开场《南歌子》(心地频频扫),第五十六回开场《鹧鸪天》(灵台无物谓之清)
等,亦复如是。同为神魔小说的《韩湘子全传》中开场词不多,其中第八回开场
《西江月》:"牟尼西来佛子,老君东土英贤。算来佛老总陈言。不怕东摇西煽。
神定玉炉凝定,心忙丹灶茫然。总来菩萨且登天。那怕凡人不转。"③内容也是
谈佛论道。

历史演义小说中的开场词,则往往带有对历史事件的感慨。如《隋炀帝艳
史》第十九回的开场词:

世事浮沤,叹年华迅速,逝水东流。荣华能几日,鬓发不禁秋。才
雨过便云收,一霎儿到头。细思量、乾坤傀儡,天地蜉蝣。 问君着
什来由。向矮人场里,攘攘营求。不知身是梦,苦与命为仇。些个事,
不罢休,便欲起戈矛。到五更,钟敲鸡唱,月冷风愁。——调寄《意难
忘》④

这一回的回目是"麻叔谋开河 大金仙改葬",其中所写即回目之事。回前开场

---

① 《古今小说》第十卷,第 373 页。
② 《西游记》,第 351 页。
③ 杨尔曾:《韩湘子全传》,《古本小说集成》本,第 183 页。
④ 《隋炀帝艳史》,第 591 页。

词虽然与回中叙事没有直接的关联,但与小说的主旨一致,表现出对隋炀帝国祚不永、沧桑巨变的历史感叹。

世情小说中的开场词,则往往根据小说的主旨,对世间百态予以揭露或针砭。如《金瓶梅词话》第二十三回"玉箫观风宝月房 金莲窃听藏春楼"的开场词《西江月》:

> 行动不思天理,施为怎却成规。徇情纵意任奸欺。仗势慢人尊己。 出则锦衣骏马,归时越女吴姬。休将金玉作根基。但恐莫逃兴废。①

词作不拘于具体的叙事,而是对社会中类似小说主人公西门庆之辈仗势欺人、荒淫无度的生活,予以了揭露与警诫。另如《龙阳逸史》描写了明代社会男风盛行的现象,其中开场词正是作者面对这一扭曲现象的抨击与劝诫。如第一回开场《满庭芳》(按:小说仅引入上片):"白眼看他,红尘笑咱。千金缔结休夸。你贪我爱,总是眼前花。世上几多俊俏,下场头流落天涯。须信道,年华荏苒,莫悔念头差。"②另如第七回的开场《西江月》:"日日欢容笑口,朝朝肥马轻裘。少年场上逞风流。漫道五陵豪右。何事花迷酒困,不知去夏来秋。红尘满眼叹淹留。怎脱个中机彀。"③这些开场词虽未针对具体回目的叙事内容,却在小说主旨的层面,感慨身陷此一风气之中的各色人等的执迷不悟。

不过,需要指出的是,这里所指的开场词在内容上类型化的现象,并不局限于小说之间,同一部小说之内,开场词的内容也往往可以包含上述诸类,既可以直接再现回目叙事,也可以回应小说主旨。

3."入话"功能的消解

如上文所言,对开场词"入话"功能的强调,乃是宋元话本开场词运用的临场特色所在,即艺人需要交代开场词的引入与话本之间的关联性,以赋予开场词引入的意义。这一现象在明代拟话本小说的创作中时有保留,如《醒世恒言》第八卷"乔太守乱点鸳鸯谱"开场词的引入:

---

① 《全本金瓶梅词话》,第589页。
② 《龙阳逸史》,第79页。
③ 《龙阳逸史》,第189页。

自古姻缘天定，不由人力谋求。有缘千里也相投。对面无缘不偶。　　仙境桃花出水，宫中红叶传沟。三生簿上注风流。何用冰人开口。

这首《西江月》词，大抵说人的婚姻，乃前生注定，非人力可以勉强。今日听在下说一桩意外姻缘的故事，唤做"乔太守乱点鸳鸯谱"。①

小说作者强调了在叙事之前，先引入这首开场词的原因，因为它与作者接下来所讲的故事有关，均是说婚姻的。明代拟话本小说的开场词引入之后，作者往往会交代引用词作的原因。这是对宋元话本小说开场词临场性特征的保留，与话本小说可供艺人现场表演的特性有关。明代早期的章回小说，如《水浒传》，话本小说的痕迹较为明显，因此，对开场词入话功能也时有保留。如第十一回开场，作者在引入一首《百字令》（天丁震怒）之后交代："话说这篇词章名《百字令》，乃是大金完颜亮所作，单题着大雪，壮那胸中杀气。为是自家所说东京那筹好汉，姓林名冲，绰号豹子头，只因天降大雪，险些儿送了性命。"②强调了作者引入这首词作为开场的原因与合理性。

而转入案头的章回小说兴起之后，虽然也在具体的回目中运用开场词，但在开场词的引入之后，不再交代词作与小说叙事之间的关联，即小说作者不必强调开场词与叙事之间的关联性，开场词存在的意义，已由小说的开场体制所赋予。如《山水情》共 22 回，每一回均以词作开场，但小说作者在词作引入之后，均不予以交代，如第四回"美佳人描真并才子"的开场词引入：

春寂寞，芳园绿暗红零落。红零落，佳人成对，平添憎恶。　　倚阑想起情离索，菱花照写双真乐。双真乐，不禁挥洒，俏庞成却。右调寄《忆秦娥》

却说那老夫人与女儿素琼，在支硎挈了了凡归来，住下又将旬余。③

作者在词作引入之后，直接进入小说的叙事，并不交代为何要在这一回的叙事

---

① 《醒世恒言》，第 401 页。
② 《水浒传》，第 143 页。
③ 《山水情》，第 99 页。

之前引入这首词作。另如崇祯本《金瓶梅》40 首开场词的引入,均不再强调词作的开场与引入之意,明末清初小说《后七国乐田演义》用词 9 首,全为开场词,也是在词作引入之后,直接进入叙事。这种引入开场词但不再交代引入原因的现象,在明代小说中渐成主流。从中反映出小说开场词的体制性特征。

二、文中词:结构性的运用

开场词的存在主要针对白话小说,而文中词则是白话小说与文言小说共有的现象。下文主要就小说的叙事体系对文中词的运用予以探讨。不过,文中词在叙事中的具体功能,在第四章中还将着重论述,为避免重复,在此不涉及词作的具体功能,而仅于小说的结构层面,考察文中词的运用。

小说的故事在时间上随情节的推进及人物的活动而展开。在故事展开的过程中,作者对词作的运用,主要有两种方式,一种是叙事过程的纵向注入,一种是叙事过程的横向楔入。下文即从这两个方面,结合小说的创作予以论述。

(一)叙事过程的纵向注入

所谓叙事过程的纵向注入,是指词作的引入乃是叙事过程的内在环节,主要体现在如下几个方面:

其一是人物活动本身。即词体的存在,本身就是人物行为的一种结果。这种活动可以是人物的主动创作,即人物的填词行为,在情节发展中并不受外部环境的左右,乃是一种自发的主动创作,与现实中的抒情写怀之作相同。如《怀春雅集》中生因授业于潘门,得入相国府中,见"四时景物,各逞奇芳。生因赋近体一律,以写其胜,云:……诗后再制《春从天上来》一阕以自遣,云:……"①

也可以是被动创作,类似于现实中的应酬之作,是人物受另一人物的请求或命令,而进行的创作。同样以《怀春雅集》为例:

夫人当寿旦,生以致贺之仪入谒拜夫人……相国遂设酒于崇礼堂,大宴宾客。酒及中席,有张万户者,起捧觞致生前曰:"今日之会,盛事也。幸逢公子在座,光彩倍常。酒中无以为乐,愿闻佳制,以为夫

_____

① 《怀春雅集》,第 266 页。

人寿。"语毕,生不辞。遂赋《千秋岁》词一阕以进。……其词云:……①

无论是主动还是被动的创作,都在小说中表现为一种直接的人物行为。

其二是作为人物对白。即以词作内容直接作为人物之间的对话。如《东度记》第五十六回,写道狐妖与鼠怪遇到中路界的大神,大神与狐妖之间的一段对话:

> 狐妖更有些见识,乃问道:"尊处恶假诈,却是何诈?也说个明白嚼人。"大神道:"我说个明白你听:
>
> 言语一身章美,莫教惟口启羞。有根实据出心头。正大光明不陋。　为甚将无作有,逢人一片虚浮。欺人背理自招尤。暗里神知岂宥。"
>
> 狐妖听了道:"真真人生言语,切不可将无作有。却有一等假借法言,譬喻道理,说古今未有之事,这个可谓调诈。"②

这里大神所言的内容,便是一首《西江月》,但作者没有交代词调,也没有提示词作的引入,而是直接将词作作为大神对狐妖所讲的内容。这类词作虽然也是经由人物之口引入,但与人物之间面对面"口占"词作的行为有较大的区别。后者如《三奇合传》中生与凤私订终身之后:

> 生感凤意,口占《清夜词》一阕云:
> 兰房兮春晓,玉人起兮纤腰小。誓固兮盟牢。黄河长兮泰山老。
> 莺愁兮蝶困,绿阴阴兮红晕。密约兮虽佩铭。沉梦兮难醒。
> 凤亦以词答生:
> 默步庭阑,无端又被狂郎见。排莺狎燕,顿使酥胸现。　订设盟言,半怯桃花面。情洽处,且休留恋,早中金屏箭。——右调《点绛唇》③

---

① 《怀春雅集》,第 272—273 页。
② 《东度记》,第 1028—1029 页。
③ 《三奇合传》,第 120 页。

很显然,这里人物口占的行为,虽然亦发生在人物面对面之时,也属于人物说与听的内容,但却属于词体的创作与唱和,并不构成人物的对话本身。

三是对叙述的代替。即作者对所要描写的对象或叙述的内容不作交代,而是通过词作内容予以展现。如《禅真逸史》第二十五回,作者写杜应元被下到监牢:

> 值日牢子带杜应元、杜伏威二人入监房里来,但见:
>
> 昏惨惨阴霾蔽日,黑沉沉臭恶难闻。牢头一似活阎君。狱卒施威凶狠。无数披枷带锁,几多床押笼墩,四肢紧缚鼠剜睛。兀自皮抽粗棍。
>
> 当日狱内上下人役等,都得了钱财,打点一间洁静房儿与二人安身。此时杜应元心下烦恼,止不住腮边流泪。①

作者对二人将要看到的监牢里的恐怖景象没有直接的刻画,而是以"但见"引入一首《西江月》,让词作内容直接呈现人物所见之景象。另如《梼杌闲评》第四回中写一娘被一帮恶少调戏,对这群人的描写,作者引入一首《西江月》:"忽见桥边转过一簇人来,但见:个个手提淬筒,人人肩着粘竿。飞檐走线棒头拴,臂挽雕弓朱弹。　　架上苍鹰跳跃,索牵黄犬凶顽。寻花问柳过前湾,都是帮闲蠢汉。"②在引入词作之前,对一娘所见之人未作描写,一娘所见的内容,完全依赖词作的展现,与下文所要讲到的"横向楔入"的用词方式不同。

(二)叙事过程的横向楔入

以此一方式引入的词作,本身不在情节的主线之内,而犹如穿插在主线中的楔子。具体有如下三种类型:

其一,作为叙事的一种补充。即已经对对象做了具体的描写,再引入词作予以补充。如《鼓掌绝尘》第二十六回写文荆卿与小姐再见之时:

> 那小姐听这几句,暗自惊疑道:"好奇怪,这两句是我昔日在丽春楼上,对那书生吟的诗句,怎么这先生,竟将我心病看将出来?"便凝眸

---

① 《禅真逸史》,第 1069－1070 页。
② 《梼杌闲评》,第 31 页。

在帐里,仔细胗了两眼,却有几分记得起。心中又想道:"这先生面貌,竟与那生庞儿相似,莫非就是那生,知得我病势沉重,乔作医人,进来探访,也未可知。不免且把昔日回我的诗句挑他几个字儿,便知真假。"遂低低问道:"先生,那胡麻糁可用得些儿么?"文荆卿道:"小姐,这还要问,'东君欲放'就是一贴良药。"小姐听他回答,又是前番诗句上的说话,方才知得,果是那生。一霎时,顿觉十分的病症,就减了三四分。两下里眼睁睁,恰正是:隔河牛女,对面参商。有词为证:

《忆王孙》

玄霜捣尽见云英,对面相看不尽情。借问蓝桥隔几层。恨前生。悔不双双系赤绳。

他两个眉迎目送,且要说几句衷肠话儿,你看那老夫人忒不着趣,突的走进房来。①

作者在引入词作之前,已经交代了人物心境与动机,二人的相思之情,已通过二人内心活动的刻画展现在读者面前。而词作的引入,则在内容以及情感上对人物的处境及心境予以再现,起到渲染的效果。

其二,作为事件的一种余论。即小说作者在讲叙故事之后,再通过词作的引入,对所叙之事发表议论或感慨。如《东度记》第五回中一首《如梦令》的引入:

只剩一个瞎道人在庵哼哩。道童看是砖石打伤腿脚,梯上跌损骨筋,说:"你如何不走?"道人只是哼。道童正要使法救他,梵志道:"且留他防后边旧师遣人赶你。"道童笑道:"小徒已说明,旧师假指笑和尚。"梵志答道:"新令却有真青鸾。"这一句便打动在腹厌氛,却又生出一番枝节。后有笑瞎道人退盗一词《如梦令》说道:

盗贼原无行止,单想金银去使。劝他尽是忠言,反觉揭他廉耻。活死。活死。几乎跌出狗屎。②

----

① 《鼓掌绝尘》,第 779—781。
② 《东度记》,第 84 页。

先是,瞎道人以为凭自己的一番说辞便能让群盗弃恶从善,言语虽然是劝人向善之辞,结果却反惹起众盗的怒火,被砖头石块打得跌下梯子,无法动弹,于是才有了道童的询问,及梵志留他在庵中的安排。作者在此处以"后人"名义引入词作,对瞎道人退盗一事,进行了调侃,也从侧面表现出作者所叙非虚。如《鼓掌绝尘》第三十六回回末,以"后人以词讽云"为由,引入一首《满庭芳》(按:仅为上阕):"世事纷纭,人情反复,几年蒙蔽朝廷。一朝冰鉴,狐鼠尽潜形。可愧当权奸宦,想而今、白骨谁矜。千秋后,共瞻血食,凛凛几忠魂。"①讽刺了魏忠贤服毒身亡,树倒猢狲散的人生结局。

其三,作为人物创作的记录。这种现象在文言小说中较为常现,即作者在叙事之后,集中引入人物平素创作之词。如《玄妙洞天记》在叙事末尾,作者云:

> 自是之后,不数夕一梦,其事之奇,不敢轻泄。至所歌之词,聊籍
> 于此,以示好事。夫其邂逅之详,自有私志。②

于是引入人物所歌之词 18 首。另如《钟情丽集》中,作者亦以"风景之接于目,人事之感于心,累累形诸诗词,不啻千首,多不尽录,姑记一二,以语知音者"③为由,引入人物瑜娘所作词 5 首。这些附录的词作并不作为人物的创作活动,在叙事的过程中引入,而是在叙事告一段落之后,作为附录的形式集中引入。

综上所述,就词体在小说中的角色而言,一方面,开场词属于体制性的运用,并不一定要与具体的叙事相关,因此,在词作内容与风格上,作者有较为自由的选择。而文中词则由于在具体的叙事过程中承担一定的功能,而使作者在用词的选择上有所局限。另一方面,开场词由于用在每回叙事之前,对读者阅读的进程不会造成影响,而文中词则由于羼入叙事之中,无论哪一种羼入形式,都容易对阅读的进程造成阻隔,尤其是长调的羼入。随着明人叙事观的日趋成熟,明末小说于词体的运用中,呈现出开场词与文中词角色分化日渐明显的趋势。即一方面,小说内部,开场词的数量多于文中词;另一方面,开场词的文体意识,远强于文中词,而且长调的运用较为广泛。如明末世情小说《山水情》共

---

① 《鼓掌绝尘》,第 1064 页。
② 王世贞编:《艳异编》(续集卷七),《古本小说集成》本,第 1605 页。
③ 《钟情丽集》,第 72 页。

用词 25 首,其中 22 首用于开场,每回 1 首开场词,文中词仅 3 首;明末时事小说《辽海丹忠录》,共用词 13 首,其中 10 首用于开场;同为明末时事小说的《镇海春秋》(残本),共用词 8 首,其中 6 首用于开场等。

不仅如此,开场词运用尤见作者运用词体的意识,显示出脱离小说具体的叙事层面而填制词作的倾向。因而开场词词调运用丰富,而且长调较多,如《辽海丹忠录》中的 10 首开场词,用到了 9 个不同的词调:《满江红》《金人捧露盘》《锦帐春》《朝中措》《落灯风》《青杏儿》《塞垣春》《踏莎行》《惜红衣》,仅《踏莎行》一调填制两首。而且其中所填《惜红衣》一调,乃是姜夔自度曲,在宋代极少有人填制,陆人龙对此调的选择,也显示出词体创作的主观意识。相比他对开场词的用心与着意,文中词仅三首《西江月》,其中两首均为半阕。且引入时作者并不予以交代所引为词,如其中第十一回中半阕《西江月》的引入:"部下报有奴兵,毛游击登堡一望:遍地飞来铁骑,连空布满旌旗。若教容易出重围,除是身生双翅。"①文中词运用小令,而且对词体的消解,表明小说作者对抒情文体的羼入于叙事进程的影响有所觉悟。从中可以看出,明代叙事理念的成熟,对小说用词现象也颇有影响,而且这种影响并不局限于用词数量的多少,而更多地体现在词作的角色、功能,以及与叙事的契合度等具体运用方面。关于这一点,第四章还将论述。

① 《辽海丹忠录》,第 197 页。

第四章　明代小说中词作的叙事功能

　　小说中的词与词坛创作相较而言，最为根本的区别在于，小说中的词作均带有服务于小说叙事的功能性。在上一章中我们讨论了词体在小说中所扮演的不同角色，其中开场词的运用，带有一定的体制性，并不直接参与小说的叙事；而文中词则属于小说叙事过程中的运用，因而在小说中承担各种具体的功能，这也是明代小说主要的用词现象。本章即以文中词为考察对象，分析小说中词作的具体叙事功能。并在此基础上，纵向考察明代小说理论与叙事观念对用词现象的影响，以及小说中的词作对小说文本的艺术贡献。

第一节　明代小说文中词的叙事功能

　　明代小说中的词，除了开场词的体制性运用之外，文中词散落于小说的叙事之中，并无一定之规。就具体的功能而言，有描人、写景、状物、抒情、议论、娱乐、应酬等等，不一而足。就引入方式而言，则又有以人物之口引入与以作者身份引入之别。于小说的叙事而言，则又可分为纵向注入与横向楔入两种。同样的功能，可以有不同的引入方式；相同的引入方式，又可以有不同的功能。总体而言，散落于明代小说中的文中词，有如一张彼此交错的网，较之开场词的体制性，更显复杂。就小说的叙事而言，人物、环境与情节，被视为小说创作的三大要素，而小说中的词，无论具体功能如何，要之是为这三大要素服务。因此，笔者拟以这三大要素为经，以引入方式为纬，力图系统而立体地呈现词作在小说叙事体系中的功能。

一、人物刻画的多层次

人物刻画,主要包括人物的外在形象、内在性格及心理情感的展现。对于这三个方面,明代小说均有以词作展现者。但由于人物既是读者审视的客体,又是故事中活动的主体,因此对人物的刻画,既有以人物作为描写对象、客观展现的一面;也有以人物作为活动主体、主动展现的一面。尤其是人物的心理情感,既可以通过作者的口吻,予以客观交代;又可以通过人物自述的方式,主动呈现。在这一点上,人物的塑造要比环境的展现显得复杂。因此,小说在运用词作塑造人物的时候,在表现内容上各有侧重,在引入方式上也有多种形式,呈现出与人物塑造本身一致的多重性和复杂性。下文依词作的引入方式,分为两种情况予以论析。

(一)以作者身份引入的客观描写之词

这类客观描写之词,包括外貌服饰、性格特征及心理状态的描写。

首先,外貌服饰的描写,即小说作者通过词作着重表现人物的容貌、服饰等。这可以说是人物展现的基本层面,人物的外形随人物出场即时呈现,是他人不必深入了解、一望便知的内容,因此,属于一种浅层次的人物塑造。不过,也无需讳言,这是白话小说中,为人物塑造服务的词作的主要功能之一。如下面这首描人之词《丑奴儿令》:

> 脸如锅底眉如剑,眼似铜铃。手似钢针。怪肉横铺处处筋。
> 耳带金环头卷发,丑赛幽魂。猛赛天神。叱咤风雷顷刻生。①

这首词作在《禅真逸史》第十七回中,用以描写林澹然所遇见的一个头陀。词作刻画了人物形体的细节,如脸、眉、手、肉、筋、耳、发等。除对五官体形进行细节刻画之外,也有对人物外表予以整体展现者,如《梼杌闲评》第二十六回中,用以描写刘鸿儒所见女道姑的这首《西江月》:

> 玉质梨花映月,芳姿杏蕊生春。凌波点点不生尘,卸却人间脂粉。

---

① 《禅真逸史》,第704页。

素服轻裁白纻,竹冠雅衬乌云。轻烟薄雾拥湘裙,小玉双成堪并。①

词作没有分别刻画人物体形中的细节,而是从整体上展现了人物的服饰、体态。

其次,性格特征的描写。较人物的外表描写,对人物神态性格的刻画要更深入一层。词作在这一功能上的大量运用,是明代小说中词作的描人功能有别于宋元话本的一面,显示出小说刻画人物的深入。如《金瓶梅词话》十八回中描写陈经济这一人物的《西江月》:

自幼乖滑伶俐,风流博浪牢成。爱穿鸭绿出炉银。双陆象棋帮衬。琵琶笙篆箫管,弹丸走马员情。只有一件不堪闻。见了佳人是命。②

这首词作没有停留在陈经济的外表描写上,而是通过典型的意象,写出了他骨子里的性格特性和生命光景,从而将这一人物刻画得入木三分。对人物风神的展现,不仅包括主要人物,对次要人物也时有涉及。如《禅真逸史》十三回中一首描写妓院保人的《西江月》:

头撮低眉尖帽,身绷狭领小衫。酒肴买办捷无边。烧火掇汤最惯。　嫖客呼名高应,指头遮口轻言。夜阑席罢洗残盘。踢缩行中好汉。③

小说写杜子虚和陈阿保一起去妓馆,刚坐下,就见一人从屏风后转出。此处虽然以"怎生打扮?但见"为提示语引入词作,但词作并没有停留在人物服饰装扮的浅层次,而是通过着装与动作上的一系列特征,道出了妓院保人惯于奉迎的职业特征,可谓神形兼备。

以上所述表现人物形神的词作,均以"但见""怎见得"或"有词为证"等为提示语,由作者引入,对人物进行客观的描摹。而且,较之宋元话本,这些客观描

---

① 《梼杌闲评》,第245页。
② 《全本金瓶梅词话》,第465页。
③ 《禅真逸史》,第500页。

人之词在运用上更为灵活,不仅表现在人物外表与内在兼及的丰富性上,还表现在运用手法的多样性上。既有以数首词作集中刻画单一人物者,如《大唐秦王词话》中以 12 首《鹧鸪天》分别描述秦叔宝身上的披挂,从头盔到战袍、再到使用的武器与身下的坐骑。作者以特写镜头的方式,对人物的出场形象进行了充分的细节展现。亦有以一首小词展现众多人物形象者,如《欢喜冤家》十七回中以一首《西江月》,描摹人物所见六位美貌女子:"媚若吴宫西子,美如塞北王嫱。云英借杵捣玄霜。疑是飞琼偷降。 肥似杨妃丰腻,瘦怜飞燕轻扬。群仙何事谪遐方。金谷石园遗像。"① 词作以历史上的四大美女与两位仙女为喻,将六位女子各自的容貌体态浓缩于一首小词中。另如《梼杌闲评》第四回中,作者以一首《西江月》(个个手提淬筒)将一群帮闲蠢汉招摇过市的模样表现得活灵活现。

再次,心境情感的描写。对人物内心活动的展现,也是小说中刻画人物的词作所具备的功能。不过,较之人物神形的刻画,人物心志外现的处理手段要相对复杂。在这里主要讲客观的心理描写,即人物内心情感,作为被描述的对象,与人物的神形一样,由作者客观的呈现在读者的面前。如《水浒传》第十一回,以一首《临江仙》描写林冲前去投奔梁山,受到寨主王伦的刁难、不被接纳时的苦闷心情:

> 林冲回到房中,端的是心内好闷。有《临江仙》词一篇云:
> 闷似蛟龙离海岛,愁如猛虎困荒田,悲秋宋玉泪涟涟。江淹初去笔,霸王恨无船。 高祖荥阳遭困厄,昭关伍相受忧煎,曹公赤壁火连天。李陵台上望,苏武陷居延。②

词作上片首二句以"离海蛟龙""困田猛虎"为喻,表现林冲英雄无用武之地的愁闷。又以八位古人伤心失意之时或蒙灾受难之事作为典故,对林冲此时此刻内心的愁苦之境作了充分的展现。另如《隋史遗文》第十回中一首《西江月》:"窘士获金千两,寒儒连中高魁。洞房花烛喜难持。久别亲人重会。 困虎肋添双翅,蛰龙角奋春雷。农夫苦旱遇淋漓。暮景得生骐骥。"③ 亦是以各样的比喻,

---

① 《欢喜冤家》,第 591 页。
② 《水浒传》,第 152 页。
③ 《隋史遗文》,第 259 页。

表现了樊虎得知可以重见秦叔宝时的喜悦之情。

（二）以人物创作的方式引入的主观呈现之词

人物外在形象的展现，小说往往以作者身份引入词作，予以客观的呈现。这里所论，主要是指通过人物主动创作的方式引入词作，用以刻画人物心理及塑造人物性格。如《杨家府演义》卷六"真宗封征辽功臣"中所叙：

> 是时九月，万里长空，一清如洗。六郎月下散步，仰望云汉，追忆部下昔日患难相从，今日清平，俱皆不在，遂口占□词一阕：
>
> 长空如洗，碧玉盘，碾转寂寂。忽楼头几个征鸿，悲声嘹唳。欲往乡关何处是，水云浩荡南北，只修眉一抹有无中，遥山色。　　天涯路，江上客。此心此情，依依报国。昂藏丈夫，不忘疆场襄革。欲待忘忧除是酒。奈杯传尽何曾消得。挽将江水入樽罍，浇胸膈。①

此词化用自宋赵鼎《满江红》，原作为："惨结秋阴，西风送、丝丝雨湿。凄望眼、征鸿几字，暮投沙碛。试问乡关何处是，水云浩荡迷南北。但修眉一抹有无中，遥山色。　　天涯路，江上客。肠欲断，头应白。空搔首兴叹，暮年离隔。欲待忘忧除是酒，奈酒行有尽情无极。挽将江水入尊罍，浇胸臆。"②改动之处除了契合人物所处环境之外，如将原作首句"惨结秋阴"改为"长空如洗"；更有为展现杨六郎特定的人物气质而作的改动，如将原词中"空搔首兴叹，暮年离隔"的岁月咏叹，改为"昂藏丈夫，不忘疆场襄革"的报国之志。这首为忆部下而口占之词，实则是杨六郎自陈心志之作。词作为抒情文体，述志本是其应有之意，作者在这里以人物口占的方式，表现人物精忠报国之心，亦是为杨六郎"忠臣"的形象添加了重要的一笔。

在文言小说中，以人物创作的方式引入词作，是展现人物内心世界的重要方式。尤其是中篇传奇小说，由于本身即为言情之作，对人物情感的展现乃是小说的重点，甚至超越了故事情节的营构。虽然其中词作几乎均以人物之口引入，但小说作者同样以多种方式，来展现人物丰富细腻的内心世界。

其中之一就是以日记的方式，表现人物在具体环境中的即时感受。如《钟

---

① 《杨家府演义》，《古本小说集成》本，第536—537页。

② 《全宋词》第二册，第944页。

情丽集》中一首《忆秦娥》：

> 自思棠下之遇，不果所怀，遂制平韵《忆秦娥》词以泄悒怏之
> 意，云：
> 忆秦娥。忆秦娥，无意奈渠何。奈渠何，一场好事，从此蹉跎。
> 茫茫日月如梭。悠悠光景逐流波。花天月地，毕竟闲过。[①]

先是，生于碧桃树下，偶遇瑜娘独归。于是二人之间有一段对话：

> 生曰："五姐何归之速耶？"瑜曰："倦矣，故归。"生曰："久怀一事，
> 欲以相闻，不识可乎？"女以他辞拒之曰："昨承佳作，健美，健美。"生
> 曰："不为是也。"女不答而去。生大惭，悒悒而赴宴，半酣而归。

因此，作者以人物主动填词的形式，引入这首《忆秦娥》，表现生因情事未
果，而觉岁月虚度的无奈与苦闷。

此类"日记式"的词作，是词作主人在各种环境中内心的呈现，作者以诗词
的形式，记录主人翁在环境中的点滴感受，对人物内心情感的着墨，远胜过人物
外在形象的描摹，词作是作者塑造人物的重要手段。

其二是以附录的形式引入词作，表现人物在某一时间段内的情感波动。除
第三章所引《钟情丽集》之例外，《怀春雅集》中亦有类似的情节：

> 玉贞得生诗后，亦不与答，乃因时而作佳句以自娱。多不尽录，姑
> 记一二以登于左。[②]

均以附录的形式，通过诗词作品，展现人物在一段特定时期内的情感状态。
这些词作或表现人物用情之深，或表现人物用情之坚，均有助于人物形象的
塑造。

需要注意的是，这里所举用以刻画人物的写怀之词，与下文将要谈到的作

---

① 《钟情丽集》，第41—42页。
② 《怀春雅集》，第288页。

为情节主体的人物传情之词,在词作的引入方式与内容上均较为相近,但实则在小说中的功能却各有侧重,并不能混同。用以刻画人物的写怀之词,无论是人物填制或口占,小说作者以全知的视角,将人物的内心活动由人物主动呈现在读者面前,不与其他人物或情节发生关系,因此,人物填制或口占的行为,可以转换成"有词为证"的形式,由作者引入。如上引《杨家府演义》中《满江红》词的引入,将"遂口占□词一阕"的方式,改为"有《满江红》词为证",既不影响词作刻画人物的功能,也不影响小说接下来的情节发展。

二、情节推进的多样性

在上一章中,我们讲到文中词的引用总体上可分为两类,一类是叙事的纵向注入,一类是叙事的横向楔入。其中情节的推进主要属于叙事的纵向注入,即词作成为小说情节发展的内在环节,可以从以下两个方面予以考察:

（一）作为人物的活动,直接构成情节的主体

这是文言小说,尤其是中篇文言传奇中,词作的主要功能。如人物之间的唱和、歌以侑觞或以诗词为媒介的传情达意等,均可视为人物的活动,构成小说叙事的情节主体。即作者不仅以人物创作的形式引入词作,而且情节的发展本身亦围绕词作而展开。如《贾云华还魂记》中魏生与娉初识时,作者的情节设计:

> 生既得定居,复遇绝色,且惊且喜,睡不能成,因赋《风入松》一阕,乘醉书于粉壁之上。词云:
>
> 碧城十二瞰湖边,山水更清妍。此邦自古繁华地,风光好,终日歌弦。苏小宅边桃李,坡公堤上人烟。　　绮窗罗幕锁婵娟,咫尺远如天。红娘不寄张生信,西厢事,只恐虚传。怎及青铜明镜,铸来便得团圆。
>
> 是夕,娉娉返室,亦厚属生,因呼侍女朱樱曰:"魏兄卧否?"樱曰:"弗知也。"娉语之曰:"汝往厢房诇之。"去良久,反命云:"郎君微吟烛下,若有深思,既而取笔,题数行于壁间,妾谛视之,乃《风入松》词也。"娉曰:"汝记忆乎?"樱曰:"已记之矣。"遂口占一过。娉便濡毫,展双鸳霞笺,次其韵,顷刻而就,封缄付樱曰:"明晨汝奉汤与郎君盥面时,以此授之。"樱收于囊。次日黎明,如教而往。生盥沃竟,樱出缄畀生曰:

"娉小娘致意郎君,有书奉达。"生慌忙取视之,乃和生所赋壁间《风入松》,词云:

玉人家在汉江边,才貌及春妍。天教分付风流态,好才调,会管能弦。文采胸中星斗,词华笔底云烟。　　蓝田新锯璧娟娟,日暖绚晴天。广寒宫阙应须到,霓裳曲,一笑亲传。好向嫦娥借问,冰轮怎不教圆。

生读之数过,不忍释手,知娉之赋情特甚也,遂珍藏于书笈中。方欲细询娉性情,而夫人已遣宜童召生矣。①

生初见娉,即被其美貌所打动,"且惊且喜,睡不能成",于是填了第一首《风入松》。但生之情,娉无从窥知,如何使这首表达生爱慕之情的词作能呈现到娉的眼前呢?于是作者设计了一个情节,由娉遣侍女朱樱去察生动静,由侍女带回这首《风入词》,于是将生的心意传递给了娉。同样,如何将娉"属意于生"的信息传递给生呢?作者又安排娉依韵和了一首《风入松》,并嘱樱在第二天清晨送去给生。生读到娉的和词之后,"知娉之赋情特甚也",于是才有了下文谋婚的情节。

由此可见,此处词作的引入,与上述刻画人物心境的词作,二者虽然均属人物创作,但在叙事情节中的功能与作用却是各司其职。二者之间的殊途表现在:刻画心境的词作,是人物与读者之间的交流,而不是人物之间的互动,因此可以将人物的创作行为,置换成作者的词证行为;而构成情节主体的填词行为,是人物与人物之间的交流,构成人物一系列行为的因与果,因此不能将创作行为置换成词证的行为。如上引之例中,娉与侍女樱的一系活动都围绕生所填第一首《风入松》而展开。

白话小说中亦有其例,如《东度记》第二十二回中,艾多与王阳在店中饮酒:

王阳只是想着煴红倚翠,艾多见他念念不绝于口,乃叫店家沽得一壶酒,说道:"阿兄,客邸无聊,你且收拾起春心,饮一杯解兴。小弟自离关,亏了这缘法,淘得多金,相处些山人墨客,学得几句诗词。你看今夕明月,试题一个小词你下酒。"王阳道:"阿弟,你试题来。"艾多

---

① 《剪灯馀话》,第 272—273 页。

乃题出一个词儿,却是个《念奴娇》牌儿,名"咏月"。他题道:

> 今夕何夕?岂寻常三五,青空辽阔。看那云收星曜敛,何人玉盘推转。照我金樽,清香独满。有药得长生,炼起丹炉,万斛珠玑,黄金一点。(按:原文仅半阕。)①

王阳听后也作了半首《念奴娇》(烟村静息)。此处二人于酒店中酌酒吟词,不仅是人物活动本身,又因此二词引出一段是非:二人正把杯,再欲歌吟,只见店家一个老汉走将出来,说道:"二位哪里来的?吃酒把杯,吟风咏月,人谁管你?只是这一位吟出来,句句都是淫风邪韵,我老汉听着何妨,小男妇女邻坊听了,岂不败坏他心肠?……"于是就有了二人与老汉之间的一番对话。一直到作者"按下王阳、艾多在殿过宿,次日找路前行"②,转叙胆里生之事之前,人物对话一直围绕王阳所吟之词展开。

词作构成情节主体的还有一个表现,就是作为人物的对白,镶嵌于情节之中。即以词作代替人物对话的现象,这一点在前文中已多有提及,在此略举一例如下:

> 龙子,龙孙一拥上前,把大圣拿住。大圣忽作人言,只叫:"饶命!饶命!"老龙道:"你是那里来的野蟹?怎么敢上厅堂,在尊客之前,横行乱走?快早供来,免汝死罪!"好大圣,假捏虚言,对众供道:
>
> "生自湖中为活,傍崖作窟权居。盖因日久得身舒,官受横行介士。　踏草拖泥落索,从来未习行仪。不知法度冒王威,伏望尊慈恕罪。"
>
> 座上众精闻言,都拱身对老龙作礼道:"蟹介士初入瑶宫,不知王礼,望尊公饶他去罢。"③

这是《西游记》第六十回中的一段情节,孙悟空尾随牛魔王,变成螃蟹到了碧波潭,被龙王问罪,其中大圣所言,实为一首《西江月》词,但在小说中,则是作为孙悟空对龙王的回答,构成情节的有机组成部分。

---

① 《东度记》,第400—401页。
② 《东度记》,第406页。
③ 《西游记》,第741页。

（二）作为事件发生的关目，推动情节的发展

这一功能在白话小说中较为多见，如《包龙图判百家公案》第九十二回中，包公以献寿词为诱饵，拘捕恶少的情节：

> 祐君归店，妻具以告之。祐君怒云："此人无理太甚。"便令妻直入府陈告于包拯。拯审状明白，随即差人追唤千郎来证。公吏听罢说要拘千郎，竟徘徊不敢去，复拯云："鲁家原是豪强有势之人，前后应杀人过犯，往年官司亦相让他，只罚其铜，我等怎敢入他门？"拯思之良久，遂令诸吏遍告外人，来日判府生日，最喜人献诗贺寿。来日天晓，官员士子诗词骈集，群然贺寿。有鲁千郎亦献一词，名《千秋岁》：
>
> 寒垣秋草，又报平安好。樽酒上、英雄表。金汤止气象，珠玉霏谈笑。春近也，梅花得似人难老。　　莫惜金樽倒，凤诏看看到。流不住、江东小。从容帷幄里，整顿乾坤了。千百岁，从今尽是中书考。
>
> 拯见词，故褒奖之云："足下文学优馀，诗词清丽。"千郎有昂然自得之意，笑答云："非我之才，亦不过述前人之作而已。"拯遂设筵席待之。饮至半酣，拯以祐君妻所陈状示千郎云："足下的有辱人妻小之事否？"千郎忿然作色云："此事虽有，其如我何？纵杀人亦不过罚铜耳。"拯大怒云："朝廷法度，尔敢故犯乎？罚铜是那款律法？"随唤公吏取长枷押送狱中。[1]

先是鲁千郎见祐君妻貌美，欲见不得，竟示意左右打开客栈房门，"扯出祐君妻，便行殴打。"于是有了上文所引，祐君妻状告千郎之事。但对于如何拘捕鲁千郎，却让公吏犯了难，竟徘徊不敢去，因为此人乃豪强有势之人，先后杀了三人，也只不过花钱了事，公吏都不敢入他家门。面对这样的"劲敌"，包公没有一味给公吏施压，而是"思之良久"，想出了这个以词诱敌的妙计。这里所引之《千秋岁》，本为辛弃疾"为金陵史致道留守寿"所制的寿词，内容上自然契合小说中情节的安排。这首寿词有如戏剧中的一个道具，作者利用它来推动情节的发展。另如《济颠禅师语录》中，写李修元得以入佛门的因由，亦以一首词作作为关目：

---

① 安遇时辑：《包龙图判百家公案》，《明代小说辑刊》第二辑之八，第366－367页。

修元曰："此词在何处？见赐一观。"那官人因见修元人物俊雅，语言洒落，遂令取出与修元。修元接了一看，乃《满江红》也，词云：

卜筑溪山，随问盖、数椽茅屋。共啸傲、明月清风，翠阴笼竹。静坐洗开名利眼，困眠常饱诗书腹。任粗衣淡饭度平生，无拘束。清昼永，寻棋局。深夜静，弹琴曲。算人情却似，雨翻云覆。到底渊明归去也，依然三径存秋菊。笑卞和、未遇楚王时，荆山璞。

修元看毕，遂续二句云：

净眼观来三界，总是一椽茅屋。

官人并长老，一见骇然。便请修元、王全坐定。①

佛门长老因得官员舍财，请道度牒，欲开剃一僧，但因行童多杂，于是"乃成一词，后歇二句，但有续得者便剃为僧。"年仅十二岁的修元见词之后，续了二句歇语，令官人并长老，一见骇然。由此引出后文情节，最终修元得以皈依佛门。

而在《众名姬春风吊柳七》拟话本中，柳永获罪情节的安排：宰相吕夷简生辰，命柳永献寿词，耆卿填完一首贺寿词《千秋岁》(泰阶平了)，还剩下芙蓉笺一纸，馀兴未尽，于是又填了一首《西江月》："腹内胎生异锦，笔端舌喷长江。纵教匹绢字难偿。不屑与人称量。　　我不求人富贵，人须求我文章。风流才子占词场。真是白衣卿相。"②正值谢玉英远道而来，匆忙中，将两幅词笺都封去给了吕夷简。因此得罪了吕丞相，永远填塞了官路。冯梦龙充分发挥词作的关目功能，让柳永因词显名，也因词获罪，突显了他作为词人的历史身份。

三、环境展现的多维度

小说中的词作，除了服务于人物塑造与情节发展之外，服务于叙事环境的现象也十分普遍。这里所指的叙事环境，包括人物所处的自然景物、社会环境，以及由人物行为构成的动态场景。明代小说中通过词作所展现的环境，也呈现出丰富而立体的多维度。不过，用以刻画环境的词作，与展现人物的词作有所不同，大凡以作者身份引入。

（一）自然景物的展现

通过词作来展现人物所处的自然环境，是词作在小说叙事中的重要功能之

---

① 《钱塘湖隐济颠禅师语录》，《古本小说集成》本，第 10 页。
② 《古今小说》，第 473 页。

一,宋元话本中已有对此的灵活运用。既有宏观的景色描写,如《西湖三塔记》中,用一首《眼儿媚》(登楼凝望)表现西湖一年四季的宜人景色;又有微观的景物描写,如《福灵寿三星度世》中,以一首《西江月》(零落不因春雨),描写灯花。这类词作大凡以作者的身份直接引入,艺人于此或先简要说明描写对象,然后引入词作,以证明作者所言非虚;或者不作说明,直接以词作代替描述。

明代小说中用以描写自然环境的词作,对上文所述的宏观与微观两个层面的展现均有继承。不过在表现对象的范围上则大大地扩充了。不仅有自然的风花雪月,如写"好秋色"的《满庭芳》(桂花争馥)、咏月的《水调歌头》(明月几时有)、描雪景的《女冠子》(彤云密布)等;也有人工的亭台楼阁,如《西江月》(矮矮三间殿屋)写庙宇、《西江月》(画栋巧缕人物)写亭台等等。既有静态的山川草木,如描山景的《西江月》(数簇尖峰削翠)、写花园的《金菊对芙蓉》(花则一名)等等;也有动态的飞禽走兽,如《西江月》(下水能擒鱼蟹)写猴、《西江月》(爪似铜钉快利)咏鹰……在某种程度上可以说,人物所处环境中的所有景与物,小说作者均可以通过引入词作的形式予以刻画和描摹,包括人物所见的大量细微的对象,如写印章的《西江月》(长短无过一寸)、写案卷的《西江月》(簿籍陈陈已久)、写刑具的《西江月》(犊子悬车可畏)等等。

除此之外,词作用以描写景物在手法上也有所突破。众所周知,章回小说篇幅巨大,宜于对人物或场影作全方面的细致描画。如《梼杌闲评》第三十回中,就用了 8 首《西江月》,描写魏忠贤在印月府中的所见:

> 忠贤转过回廊,见一座小小园亭甚是精致。但见:
> 香径细攒文石,露台巧簇花砖。前临小沼后幽岩,洞壑玲珑奇险。
> 百卉时摇翠色,群花妖艳栏边。五楼十阁接巫天,绝胜上林池馆。[①]

接下来,作者以人物的视角,通过词作逐一展现了他的所见,《西江月》(画栋巧缕人物)写花楼,《西江月》(眉蹙巫山晓黛)写侍女群相,《西江月》(囊里琴纹蛇腹)写古玩书画,《西江月》(箪密金纹巧织)写闺中摆设,《西江月》(眉压宿醒含翠)形容印月,《西江月》(南国猩唇烧豹)写菜肴,《西江月》(的的眸凝秋水)形容印月情人。作者并不是静态地表现某一景物,而是以动态的方式,让读者跟随

---

① 《梼杌闲评》,第 275 页。

人物的脚步,与他一起游览观摩。这8首《西江月》,在话本小说《型世言》中亦有运用,内容稍异。不过话本小说篇幅有限,并不适宜引入如此数量的描写之词,更不可能为词作的引入制造丰富的人物活动,而只能以"有词为证"的方式静态地引入,词作内容与描写对象虽然相差无几,但于叙事的效果却迥异。

（二）社会环境的展现

人物的活动离不开自然环境,更离不开他所生活的社会环境。小说中亦有一些词作由作者引入,以发表议论的形式,承担起反映人物所处社会风气与世态的功能。如《禅真逸史》第五回中一首叹世之词的引入:

> 后人看到此处,单叹这人心最是不平,"落水要命,上岸要钱",这八个字真道不差。有词为证,词名《重叠金》:
> 昨宵见你炎炎热。今朝倏尔成冰雪。今昔一般情。如何有二心。
> 急里闲人贵。闲处亲人赘。搔首自评论。从来无好人。①

这里所叙是林澹然败退群盗之事。林澹然一方面救了钟守净一行人的性命,另一方面又同情群盗不得已的苦衷,因此将强盗打劫之财物分赏群盗,让他们做些本分营生,不可再生歹心,为害地方,这本是林澹然侠肝义胆之处。但钟守净蒙他相救,嘴上虽说着感谢的话,内心却是如此思量:"林住持好没分晓!盗已擒获,为何不送官诛戮,以警将来,反饶放去了,将这一皮匣银两赏他?自古道:'莫信直中直,须防仁不仁。'莫非自己藏匿过了,假说赏与贼人,未可知也。有心不在忙,慢慢地看他冷破便了。"于是才有了这首叹世《重叠金》的引入。词作并没有就事论事,对钟守净的行为作出评价,而是从世道人心的角度,对人情冷暖、世态炎凉予以针砭,可谓尖刻入骨。这首词与"落水要命,上岸要钱"八字,对社会风气的揭露,一方面使人物钟守净的怀疑行为显得合情合理,另一方面也更加显出林澹然侠义心肠的难能可贵。最后,钟守净"趁林澹然不在时,几次到他房里搜检,并无踪迹",才终于明白澹然乃难得义士,于是"自此后,凡寺里一概钱粮财帛等项,与林澹然互相管辖,有事必先计议,然后施行。"②作者通过词作对社会环境的展现,为人物的一系列活动提供了合理的背景。

① 《禅真逸史》,第154－155页。
② 《禅真逸史》,第158页。

还有一类表现人物所处社会环境的词作,则是以人物词唱的方式引入。词体在兴盛之初,即被歌妓传唱于酒栏歌榭,为时人提供娱乐和消遣。明代小说中对此一现象亦多有表现,尤其是以两宋为叙事背景的小说。如《水浒传》第三十回中,就有唱词助兴的情节安排:

> 那张都监指着玉兰道:"这里别无外人,只有我心腹之人武都头在此。你可唱个中秋对月时景的曲儿,教我们听则个。"玉兰执着象板,向前各道个万福,顿开喉咙,唱一只东坡学士中秋《水调歌》。唱道是:(词略)。①

苏轼这首《水调歌头》传唱之广,自不必说,此处词唱情节的安排,极为真实地再现了人物日常生活中的一幕,使读者有如亲见。另如《南北两宋志传》中,也有赵匡胤称帝之前,在勾栏中听大雪、小雪唱词的情节安排。所听之词,一为《浪淘沙》(帘外雨潺潺),一为《蝶恋花》(梦断池塘惊乍晓),也是当时较为流行的词作。这些人物欣赏词唱的安排,再现出历史上真实的社会环境。另如《金瓶梅词话》第五十五回中,也有歌僮唱四首《满庭芳》供西门庆享乐的情节,不仅映射出社会环境,也展现出人物所处的饱食终日、安逸享受的生活环境。

(三)动态场景的展现

除了自然景物与社会环境的描写之外,明代小说中的词作还用以展现由人物行为构成的动态场景。主要可以分为两类,一类是人物之间的打斗场面,一类是人物之间的交欢场景。二者均是小说作者惯于用词作表现的动态场面。前者如《大唐秦王词话》第五十一回中,描写苏定方与殷开山所率两队人马之间的一场厮杀:"二将阵前发怒,三军乍遇交锋。各施武艺逞英雄。拼命捐躯出众。斧砍刀钐似雪,刀挥斧疾如风。纷纷大杀战场中。空内阴兵又涌。"②后者如《金瓶梅词话》第十回中《西江月》(纱帐轻飘兰麝)之类。

此类由人物活动构成的场面具有一定的双重性:一方面,它是人物行为的过程,处于变化之中;另一方面,它又是作者意欲呈现在读者面前的画面。如何使动态过程,定格于静态的画面中,是此类描写之词所面对的问题。小说作者

---

① 《水浒传》,第389页。
② 《大唐秦王词话》,《古本小说集成》本,第1001页。

往往采用分述的手法,处理二者之间的矛盾。如打斗过程的展现:"两将冲锋夺铳,犹如虎斗龙争。翻江搅海震山林。各逞雄威较胜。　　一个刀旋舞雪,一个枪点星星。往来驰骤势狰狞。彼此输赢未定。"①展现交欢过程则如:"一个想者吹箫风韵,一个想着戒指恩情。相思半载欠安宁,此际相逢侥幸。一个难辞病体,一个敢惜童身。枕边吁喘不停声,还嫌道欢娱俄顷。"②均用到了"一个""一个"的分述手法。另如《封神演义》第三十六回中,写风林与姬叔乾之间的打斗:

> 风林大骂:"反贼,焉敢欺吾。"纵马使两根狼牙棒,飞来直取。姬叔乾摇枪急架相还。二马相交,枪棒并举,一场大战。怎见得:
> 二将阵前心逞,锣鸣鼓响人惊。该因世上动刀兵。不由心头发恨。枪来那分上下,棒去两眼难睁。你拿我,诛身报国辅明君。我捉你,枭首辕门号令。③

其中"枪来""棒去""你拿我""我捉你"等,则代替了"一个""一个"的简单交代,亦是将同时发生的动态过程,分解为有先有后的静态画面。

综上所述,小说中的词作,围绕人物、情节、环境三大要素,各司其职,在小说的叙事中承担具体的功能,为小说的叙事服务。就人物刻画而言,无论是外貌服饰、性格特征还是心境情感,小说作者均有以词作表现者,展示出词作于人物刻画的多层功能。就情节推进而言,词作既可以作为人物创作的内容,直接构成情节的主体;也可以作为事件发生的关目,推动情节的发展。亦说明词作于情节推进的多样功能。就环境展现而言,词作可以用于自然景物的描写,亦可用于社会环境的透视,以及动态场景的描摹,显示出词作于环境展现的多维功能。

---

① 《三国志后传》卷二,《古本小说集成》本,第 277 页。
② 《古今小说》第四卷,第 228 页。
③ 《封神演义》,《古本小说集成》本,第 903 页。

第二节　明人小说观对用词现象的影响

明代小说中的用词现象并非一成不变,也没有在小说创作中形成定规,而是受诸多因素的影响。不仅在用词与否的问题上呈现出复杂性,而且在具体的运用上也显示出丰富多样的特征。不过,纵观明代小说中的用词现象,在某些方面依然可以看出一定的规律性,除小说作者个人才性的影响之外,亦有一些客观的因素,影响了明代小说中的用词现象的整体局面,如小说的编创方式、叙事理论等等。总体而言,诸多影响因素,可归纳为明人的小说观念。本节即以此为切入点,考察明代小说用词现象背后的规律性,以及用词现象演变与小说体制构建之间的关系,和明代小说创作中"诗为体、词为用"的叙事格局。

一、小说创作虚实观对用词现象的影响

创作的虚构与真实之间的辩证关系,是小说文体认识的重要功课。小说创作的虚实观,对白话小说与文言小说的用词现象均有一定的影响,但影响的立足点又各有不同,下文将分别论述。

（一）虚实观对白话小说用词现象的影响

明代的小说理论发展相对滞后。其中较为成熟的理论是基于历史演义小说创作的兴盛而激发的虚实观的探讨。历史演义小说的整体用词现象,在第一章第一节中,已作了量化分析。在这里将结合具体作品,论述其创作中的虚实观对用词现象的影响。

有关历史演义小说创作理论的阐述出现较早,且较为成熟。如嘉靖壬午(1522)年刊刻的《三国志通俗演义》中所载庸愚子序,从多个方面,对历史演义小说的创作进行了总结:

> 文不甚深,言不甚俗,事纪其实,亦庶几乎史,盖欲读诵者,人人得而知之,若《诗》所谓里巷歌谣之义也……则三国之盛衰治乱,人物之出处臧否,一开卷,千百载之事,豁然于心胸矣。①

---

① 《三国志通俗演义·序》,《古本小说集成》本,第5—6页。

"事纪其实",代表的是正统的历史演义小说创作观,包含以史按鉴的创作方式。这一观念,也在很大程度上制约着词体在历史演义小说的运用。如第一章第一节中所提及的无词作羼入的历史演义小说,大凡体现出此种创作观。

尽管这种依傍史实的创作观,在历史演义小说的发展中一直居主导地位,但在白话小说复苏的最初阶段,即熊大木时代,对于历史演义小说创作虚构与史实之间的辩证关系,已经有了些许的改变。《明清小说理论批评史》对熊氏的创作观给予了很高的评价,认为他在《新刊大宋演义中兴英烈传序》中的所述,乃是他从自己丰富的创作经验出发,对正统的历史演义小说观提出的挑战。[①]熊大木在该篇序文中指出:

> 或谓小说,不可紊之以正史,余深服其论。然而稗官野史实记正史之未备,若使的以事迹显然不泯者得录,则是书,竟难以成野史之馀意……质是而论之,则史书小说有不同者,无足怪矣。屡易日月,书已告成,锓梓公诸天下,未知览者而以邪说罪予否。[②]

他将历史演义作为"小说",而区别于史书,实则是肯定了历史演义小说创作中艺术虚构的必要与价值。而"以邪说罪予否"之语,则从侧面反映出,他的主张在当时颇有打破传统,开创风气之意义。在这种观念的影响下,他所创作的历史演义小说,在故事情节、人物性格及环境气氛等方面都做了必要的虚构,而正是这些虚构的成分,为他的小说羼入词体提供了空间。以其《南北两宋志传》为例,正如陈年希所言:"《北宋志传》叙宋初杨家将的故事,其忠于史实的程度已大为降低,更多采用了宋元以来有关杨家将故事的传说、话本和戏剧……就美学价值而言,由于大量的艺术虚构而不拘泥于史实,其生动性和可读性大大超过了《南宋志传》。"[③]正是这种对历史演义创作虚实观的突破,使《南北两宋志传》在用词方面表现出《水浒传》的风格,如运用词体写景、抒情等,都不是历史演义的代表《三国演义》的经验。而"《水浒传》故事从宋元流传到明代,是属于'小说',不是'讲史';它不像'讲史'那样,拘谨于'书史文传',而是充分地发挥

① 王先霈,周伟民:《明清小说理论批评史》,广州:花城出版社1988年版,第59页。
② 熊大木:《大宋中兴通俗演义序》,第2—5页。(按:《大宋中兴通俗演义》刊名颇多,《大宋演义中兴英烈传》即为其一,其序又作"序武穆王演义"。)
③ 陈年希:《南北两宋志传·前言》,《明代小说辑刊》第二辑之一。

作者的艺术想象和虚构,细节描写充分,人物与环境都形容尽致"①。因此,熊大木在历史演义小说中对《水浒传》中用词现象的模仿与借鉴,正是其小说观突破历史演义的苑囿,而立足于小说创作本身的表现。诚然,拼凑与抄袭的确是熊氏编撰的主导方式,但是闪现于其中的进步观念与实践努力不容忽视。而且,更为可贵的是,熊大木在历史演义小说的创作中,对词体的运用依然是有所选择的。在《唐书志传》与《全汉志传》中,没有滥用他从《水浒传》中模仿得来的用词经验,正说明他主张历史演义小说也应重视的虚构,乃是一种基于对历史现实尊重的基础之上的虚构。

与熊大木一致的是,后来的历史演义小说的创作,无论作者的创作观是主张以史按鉴,还是主张虚构创作,在词体的运用方面,基本上遵循着熊大木的取舍原则。即叙宋以前事的历史演义,如《盘古至唐虞》《有夏志传》《有商志传》《开辟衍绎》等,基本上无词作羼入。即使是有词羼入的《片璧列国志》,其用词亦是于叙事之外,在回末以后人"有词为证"的方式引入。

不过,随着明人对小说文体特质的进一步认识,艺术的虚构也逐渐受到小说作者的重视。因此,历史演义的这一用词与否的局面,也时有例外的现象出现。如《三国志后传》《孙庞斗志》等,与传统意义上的历史演义小说,已有较大的区别。正如西阳野史在《三国志引》中所言:

> 夫小说者,乃坊间通俗之说,固非国史正纲,无过消遣于长夜永昼,或解闷于烦剧忧愁,以豁一时之情怀耳。②

认识到历史演义也不过是通俗小说的一个分支,只能视为小说,而不能视为史书。因此,西阳野史提醒读者:"大抵观是书者,宜作小说而览,毋执正史而观"。对历史演义作为小说本质特征的认识,为小说羼入词作提供了可能。对原有用词规律的打破,源自小说作者对《水浒传》的刻意模仿。如《三国志后传》中5首《西江月》(按:有两首仅引半阕),1首《鹧鸪天》,全为描写武将及战斗。从词调的选择与词作的功能上,都可看出《水浒传》的痕迹。从其内容看,也是对《水浒传》的袭用,如"右边队里,主帅一员将官:人似中山黑煞,马如北海乌

---

① 《明清小说理论批评史》,第 61 页。
② 《三国志后传·引》《古本小说集成》本,第 1 页。

龙。冲锋破敌将祁弘,塞北名高威重。"①在词作中羼入人物名,是典型的《水浒传》赞词的手法。另如明末《孙庞斗志演义》卷十一以一首《西江月》描写孙膑:"鱼尾鸡冠束发,袍披素练浑青。黄绒绦系道家情。兽皮靴掩足,巧样更时新。腹隐八门遁法,胸藏六甲灵文。鞭雷策电鬼神惊。呼风能唤雨,撒豆尽成兵。"②上片主要写人物装扮,下片则突出人物手段,亦是《水浒传》描人词的风格。

诚然,在小说创作过程中,作者的小说观念更多地体现在具体的叙事过程中,词体的运用仅仅是小说创作的工具之一,但是词体作为叙事手段之外独立的抒情文体,它在小说中的运用与否,以及如何运用,为我们提供了一种外在于小说叙事的更为显性的分析对象,通过这扇窗口,我们可以窥见,在历史演义小说创作的发展过程中,传统的不紊于史的创作观渐趋土崩瓦解,历史演义小说创作与其他小说创作的边界也日趋模糊。随着作者主观虚构成分的增加,创作的自由也带来用词现象的丰富。虽然在具体的用词现象中有时会显得有违史实,但这种虚实观的突破所代表的积极意义远大于消极意义。

认识到小说创作虚实观对历史演义小说用词现象的影响,也就能厘清明代前期章回小说用词现象较少的原因。明代最先复苏,接武明初《三国演义》与《水浒传》的,基本是历史演义小说。正如笔者在第三章中所述,宋元话本中对词体的运用已较为熟练,而且明初的《水浒传》在用词现象上也堪称章回小说的典范,因此,明代前期历史演义小说普遍用词量少或无词的现象,所能说明的并不是叙事技巧的欠完善,或词体运用的不成熟,而是小说创作虚实观的影响。而据笔者在第一章第一节中的统计数据,历史演义小说用词量较多的作品,都集中在明末,这一现象也并不表明词体运用的成熟,而是反映出小说创作观由"重史实"向"重虚构"的转变。

正如《明清小说理论批评史》中所指出的:熊大木所倡导的历史小说可以吸取民间故事和进行合理的艺术虚构的理论,对后来的历史小说产生了积极的影响,也是后来崇祯年间,袁于令提出历史小说创作可以进行艺术的想像、夸张和虚构的"传奇者贵幻"说的理论先导。③ 艺术的想像与夸张和虚构,使历史演义小说可以运用多种表现手法,其中词体运用的丰富与灵活,正是其表现之一。

---

① 《三国志后传》第五卷,第 920 页。
② 《孙庞斗志演义》,第 309—310 页。
③ 《明清小说理论批评史》,第 61 页。

（二）虚实观对文言小说用词现象的影响

文言小说的用词现实亦受小说创作的虚实观影响，不过，与历史演义小说虚实观的立足点又有所不同。历史演义小说的虚实观主要是指叙事内容上是否符合历史的真实，文言小说的虚实观则主要体现在创作手法上的实录性质。尽管内容上多有妄诞者，但不妨碍作者以实录的形式予以记载。如瞿佑在《剪灯新话》序中就曾指出是编的成书乃是：

> 好事者每以近事相闻，远不出百年，近止在数载，爨积于中，日新月盛，习气所溺，欲罢不能，乃援笔为文以纪之。①

不唯作者如此，读者亦将文言小说的创作视为作者耳闻目见之事的记录。如传奇作家杜衡在《剪灯新话》的序文中指出：

> 盖宗吉以褒善贬恶之学，训导之间，游其耳目于词翰之场，闻见既多，积累益富。恐其久而记忆之或忘也，故取其事之尤可以感发、可以惩创者，汇次成编，藏之箧笥，以自怡悦，此宗吉之志也。②

将瞿佑的小说创造，视为他"闻见既多""恐其久而记忆之或忘"的结果。另如曾棨在《剪灯馀话》的序言中也指出："余友广西布政李君昌祺，于旅寓之次，取近代之事得于见闻者，汇为一帙，名之曰《剪灯馀话》。"③从这些序文中可以看出，当时文人将文言传奇普遍视为闻见的记载，而不是作者的主观虚构。而且作者在故事的讲述过程中，也时时强调其实录的性质，如《剪灯新话》卷三《翠翠传》，作者在文末叙及翠翠与金生魂魄所行之事，却不忘强调其实录性：

> 因抱持其父而大哭。父遂惊觉，乃一梦也。明日，以牲酒奠于坟下，与仆返榇而归。至今过者，指为金、翠墓云。④

---

① 《剪灯新话》序一，第3页。
② 《剪灯新话》序四，第4—5页。
③ 《剪灯馀话》序四，第117页。
④ 《剪灯新话》，第79页。

同样《剪灯馀话》卷二《连理树记》中，作者也于文末强调："使者归报，平章亲往视之，果不谬。乃不敢发，但加修葺，仍设奠祭焉。人呼为连理冢树，闽人至今称之不绝。"①所谓"指为金、翠墓"或"闽人至今称之不绝"，均是为强调小说的实录性。

　　从上引之例可以看出，文言传奇所记之事不妨虚诞，但作者却往往以转述的口吻记录故事，以显示出所记之事的真实性，而读者亦以作者之耳闻目见看待小说的创作。至于志人、志怪小说，作者实录的倾向更为明显。所不同的是，志人志怪小说更多以客观的笔法记录故事，注重叙事的清晰与完整，而不是情感的展现与渲染。加之追摹六朝的质朴之风，文辞简洁、不事渲染，故叙事更趋于简练。因此对诗词韵文的羼入相当的节制，尤其是用词一途，更为少见。

　　文言小说创作的这一尚实的创作观念，对用词现象的影响较大。最为根本的一点，就是引入词作的情节不妨是虚构的，但引入词作的方式却呈现出真实性。这一点可以从如下两个方面予以考察。

　　其一，作者身份的淡化，使词作的引入方式趋于单一。

　　众所周知，明代白话小说的兴起，受说唱文艺的影响甚深。在说唱活动中，故事内容的呈现借助于艺人的"讲述"，因此，在小说情节的展现过程中，艺人与听众之间的互动是实时存在的。尽管在明代小说创作已主要转入案头，说书人身份对叙事的干预有所消解，但小说作者并没有彻底摆脱说书人的口吻，在小说的叙事中，依然随时随地存在作者与读者直接沟通的现象。如白话小说中时时出现的"各位看官""请听下回分解"等字样，即是作者与读者之间直接对话的表现。

　　白话小说的作者在创作过程中，已自然地与读者进行着预想式的交流。就词作的运用而言，其中引入词作中最为常见的导引语"怎见得""但见""有词为证"等等，即显示出作者与读者之间的一种互动。这种创作态度，使白话小说中运用词作的方式亦呈现出多样性。作者既可以以人物创作的形式引入词作，也可以以作者的身份羼入词作。而且在作者觉得需要的时候，均可以羼入词作用以发表议论或强调对象，这使白话小说中的词作在功能上具有丰富性。

　　但文言小说的创作则不同，因作者与读者均抱持"实录"的态度，作者主观干涉小说叙事的现象甚为少见。无论小说在内容上是有所本，如《奇女子传》

---

① 《剪灯新话》，第 168 页。

《青泥莲花记》等短篇小说集所辑诸多故事；还是出于作者虚构，如众多中篇传奇，小说作者往往以客观记录人的身份隐没在叙事的背后。并不直接出现在叙事之中，与读者进行实时的互动与交流。如在白话小说中表现人物心境的词作，可以由作者以"有词为证"的形式引入，但在文言小说中，由于作者以记录者的身份隐匿在叙事背后，力图让事件以真实的面貌展现出来，因此就无法采用白话小说中所惯用的"有词为证"的方式引入词作，而只能由人物填词的形式，让人物主动将内心的情感呈现在读者面前。

由于文言小说的创作，作者秉持记录的方式，不直接参与叙事的展开，因而文言小说的用词机会绝大部分集中在人物即时的创作活动中。文言小说的整体用词现象，给读者的感觉就是其中词作非是作者有意识的羼入，乃是人物彼时彼境的创作需要和创作活动。如中篇传奇中各种作词的场景与事由，与现实中词体创作活动的动机如出一辙，如《钟情丽集》中"生乃制《浣溪沙》以记其事"①，《刘生觅莲记》中"作《虞美人》词以送春"②，《天缘奇遇》中"章台崇酒于樽，作词以送之"③等，所谓"写怀""送春""记事""送别"等等，同样是现实中人们创作词体的动因。以小说人物创作之外的方式引入的词作，在文言小说中寥寥无几。即使作者身份的偶一闪现，也是出于对人物活动真实性的强调，如以实录的方式记录人物平素所创词作，如《天缘奇遇》中所谓："而吴中传闻者，止二三词而已"④，随后引入一首《临江仙》（帘卷华堂名绣谷）、一首《浣溪沙》（香锁篱黄金地棠）、一首《天仙子》（春晓辘轳飞胜概），这些词作未随人物的创作行为即时引入，而是带有作者主观补入的意识，不过，一方面所录呈的仍然是人物的创作，而不是作者的旁征博引；另一方面，仍是强调小说实录的性质。

除此之外，由于开场词不直接参与小说的叙事，只能以作者的身份引入，因此，文言小说也就没有开场词羼入的空间了。虽然在中篇传奇中，的确有小说作者将此类作品视为话本，如《刘生觅莲记》中就将同为中篇传奇小说的《天缘奇遇》等称之为话本。但事实上，就文本而言，体现出话本体制特色的唯何大抢本《燕居笔记》中所录《怀春雅集》引入一首《鹧鸪天》（百岁人生草上霜）作为开场词。不过，《怀春雅集》中开场词的形式，拙目所见仅限于该小说，并未对其他

---

① 《钟情丽集》，第 44 页。
② 《刘生觅莲记》，第 341 页。
③ 《天缘奇遇》，第 198 页。
④ 《天缘奇遇》，第 201 页。

传奇小说造成影响。根据文言小说作者普遍持有的实录性质的创作观,可以推断《怀春雅集》中的这首开场词,很有可能是艺人在具体的讲唱过程中所加。这首开场词就其内容与风格而言,与白话小说开场词特点一致,但与《怀春雅集》小说中的其他词作风格迥异,因此,这首开场词的存在,并不一定是小说作者的有机创作,也没有成为该类小说在体式上模仿话本的定规。

其二,追求实录的性质,使词作功能上趋于单一。

如上文所言,文言小说秉持实录的创作态度,使作者与读者之间预设的沟通方式有别于白话小说,也带来词作具体运用及功能的不同。如在白话小说中,当作者希望加增读者对描写对象的印象时,可以在散体的叙述之后,再引入词作予以具体展现;而当作者对所叙事件发表直接的看法或感慨,希望引起读者共鸣时,则可以让词作承担议论功能。

文言小说则有所不同,文言小说无论是作者,还是读者,均持有实录的观念,因此,无论故事内容是否真实可信,读者并不将其视为作者虚构的产物,而是作为真实的故事,直接与人物进行交流。因此,文言小说中的词作绝大部分只承担一个功能,就是用于人物传情或写怀。词作作为沟通的媒介,或由人物向读者自呈心迹,或由人物向人物表明心迹。

因为作者注重实录,所以只有人物真实的创作才能被记录下来,而诸如白话小说中,词作用以"描人""写景""咏物"等虚拟的运用,均被排斥在叙事之外。词作功能的单一性,乃是受文言小说实录的创作观的影响。有明一代的文言小说,均没有出现如白话小说中描人写景、议论说理等功能性运用。"其多元化的叙事功能也并未得以充分发挥"[1]并不是明初文言小说才有,而是文言小说用词现象与白话小说相比之下的整体特色。

可见,小说创作虚与实的观念在白话小说与文言小说的作者群中有不同的意义。对白话小说而言,主要体现在历史演义小说创作与史实之间的关系中,突破"以史按鉴"的创作模式,追求艺术的虚构的作品,词体羼入的空间较大,但另一方面,历史演义小说毕竟有所依傍,因此,总体而言,又遵循着叙宋以前事的小说,基本无词作羼入,而叙宋及以后事的小说,往往有词。文言传奇作者以近于实录的方式创作小说,因而在故事的讲述中,尽量淡化作者的身份,因此,其中词作大凡以人物创作的方式,植入到具体的情节中去。这种对实录风格的

---

① 郑海涛、赵义山:《寄生词在明代文言小说中的嬗变轨迹》,《晋阳学刊》,2011 年第 2 期。

追求,不仅限制了志人、志怪小说运用词作的空间,也使传奇小说在用词现象上较为局限,显示出单一化的集中倾向。

当然,对具体的小说创作而言,用词与否、如何用以及用在何处等等,受多方面因素的影响。如有的作者注重故事的进展与讲述,有的作者注重情境的渲染与铺排。两相比较,后者无疑比前者更可能羼入词作。上文所述,主要是就明代小说用词与否及如何用的整体现象予以考察。

二、"诗为体、词为用"的叙事格局

通过对明代小说诗词运用的整体考察,笔者发现,小说创作存在着"诗为体、词为用"的特点。对此一现象的探究,有助于我们更为清晰完整地了解明人关于小说体式的观念。即小说意味较浓的作品,往往是韵散相间的。无诗词羼入的小说,反而大多是志人、志怪类偏重记事、不事铺叙的作品。所谓"诗为体、词为用",指对小说作者而言诗更像是内化于小说文体之中的,是创作方式的应有之义。而词则只是一种外在的运用技巧或方式。二者之间的区别主要表现在:

(一)诗的运用在广度上无限制,而词有限制

在上文中我们谈到小说的创作观念及叙事理论的成熟,在小说用词现象中都有体现,换一个角度,即小说用词与否及如何用,受到创作观念与叙事理念的制约。如叙宋以前历史的历史演义小说大凡无词作征引等,或无人物填制词作的情节。除此之外,小说编创方式对用词与否现象也有较为重要的影响。如明代公案类小说,主要以宋代包公的断案故事为主,按叙事背景的影响,适合有词作出现。但事实上,除《包龙图判百家公案》外,基本上未羼入词作。这种现象的产生,则主要是受创作方式的影响。明代公案小说的编撰大体上还停留在对案卷的简单加工连缀上,作为小说创作的虚构成分较少,较之书坊主对史料的加工整理更为简单原始,这无疑限制了词作羼入的可能性。

但诗的运用则似并不受这些因素的制约,不论白话小说与文言小说,不论体裁与题材,也不论创作方式与叙事背景如何,小说均可以羼入诗作。如受编创方式影响而普遍无词羼入的公案小说,于诗体的取用则与其他小说一致。同样,因追求六朝质朴风格的志人、志怪小说,大凡无词作征引,亦同样羼入诗歌。

纵观明代小说,受诸多因素的影响,无词作品占一定的比例,对词体的运用未成为小说创作的定规,但无诗的作品则甚为罕见,除一小部分志人、志怪小说

由于叙事极为简短,不事铺排而纯以散体记录而未引入诗作外,小说意味较浓的作品,则基本上是羼入了诗作的。总体而言,对于词作的运用与否,我们可以看到多种因素的影响。如上文谈到的叙事背景的遵从、对创作手法的模仿,以及受编创方式的影响等等,但对诗的运用则似未曾受任何的限制。

(二)诗的运用在逻辑上无限制,而词有限制

如上文所言,明代小说在词体的运用上较为注重叙事背景,尤其是在历史演义小说中,只有少数的小说突破了这一限制,大部分的作品对词体的运用,尚还是考虑到词体在现实中产生与兴盛的时间范围。因此,即使突破叙事背景的限制,而引入词作的小说,如《三国志后传》《孔圣宗师》《孙庞斗志演义》等,其中词作也是以作者身份引入,而未采用如《大宋中兴通俗演义》《南北两宋志传》等小说中,经人物创作而引入的形式。这说明,在小说作者看来,叙写唐宋或以后历史时期的人物,填制词作是符合逻辑的,因为现实中词体的创作已经产生;而叙写唐宋之前历史时期的人物,填制词作则不符合逻辑,因此,或者不羼入词作,或者以作者的身份引入。但对于诗歌的运用则毫无此类限制。例如《列国志传》八卷本,第五回中,西伯往见子牙而不遇:

> 西伯喟然叹曰:访贤不遇是何孤之不幸也。乃取纸笔书二十八字,置于琴案曰:
>
> 宰割山河布远猷,大贤抱负可充谋。此来不见垂竿老,天下人愁几日休。
>
> (西伯)至绿杨岸口,见其钓竿,徘徊不进,又令取笔书四句,命使者送于石室曰:
>
> 求贤远出到溪头,不见贤人只见钩。一竹青丝垂绿柳,满江红日水空流。[①]

且不论这两首诗的内容如何,是否录自他人,仅从其格律考察:

第一首:仄仄平平仄仄平,仄平仄仄仄平平。仄平仄仄平平仄,平平平平仄仄平。

第二首:平平仄仄仄平平,仄仄平平仄仄平。仄仄平平平仄仄,仄平平仄仄

[①] 《春秋五霸七雄列国志传》,《古本小说集成》本,第65页。

平平。

这两首诗无论从单句来看,还是从整体来看,在格律上均是相当严格的七绝。应取自七律的首联与颈联,故不仅每一句都符合律诗的句式,且在必须合律的第二、四、六字上,均遵从粘、对的规律,无任何失律的情况。所以这两首诗应为成熟的律体创作,而不是古体诗纯属巧合地符合了七绝的格律。因此,这两首绝句出自先秦人物西伯笔下,无论其在内容上有多么符合小说的叙事,在体式上无疑是一种严重的错位。而在第十一回中,作者则有更为明确的交代:"成王与群臣送出镐京,王在马上口言一律以送云:……周公在马上听罢大悦,亦吟一律,自表其忠节云:……"①

这样的现象在无词羼入的历史演义小说中比比皆是。如上引二诗及相关情节,同样出现在《有商志传》中。对于当时人物是否可能创作律诗的问题,小说作者毫不介意。与《列国志传》十二卷本中在叙事回末才羼入词体的谨慎态度迥异。十二卷本在第八十五回回末,先引入数首诗作,如东屏先生咏史诗云:败越夫椒绩用收……宋乖崖张咏先生题庙诗云:生能酬楚怨……在此之后方引入词作:

> 隋王通先生《大江东》词云:
> 吴山万叠,望钱塘注目,寒波清彻。追想当初倾猛楚,此地曾施英烈。破楚奇才,兴吴妙算,分郑重图越。谁知吴王,偏暗难显豪杰。
> 愚迷谁比浮槎,蠢浊怪迹,淫志同辛蹀。顾把贤况绿波,肌肉尽遭鱼鳖。负锥言,终朝暮视,使尽英明烈。空流痛泪,泪珠弹尽清血。②

而且,作者在词作上片出现的吴、楚、越等文字上均用〇标注,以示词作确系对这一历史时期的咏叹,也显示出作者对引入词作是否合理的考虑。诸如《片璧列国志》第五十九回中,将一首引自《娇红记》的《摸鱼儿》(锦城西),植入人物公主之口,赋琼林苑赏花台景致,则纯属改编者的个人行为。

(三)诗的运用在形式上无限制,而词有限制

词的运用就形式而言,有一定的规律可循。其一,作者引入词作时,无论是

---

① 《春秋五霸七雄列国志传》,第145页。
② 《春秋列国志传》,《古本小说集成》本,第1378—1379页。

否突出词体的运用意识,一般都会有"有词为证",或"但见""怎见得"等提示语汇。其二,无论词作是否分片,或者所引是否为一首完整的词作,小说作者在引入时均会以另起一行的形式,将词作与叙述文字区分开来,这也是小说用词现象的常态。其三,词作的引入一般也与其他韵文,如诗、骈文或曲相区分,不附录于其他文体之后。

　　与词作的运用形式遵循一定规律相比,诗作在运用上几乎没有任何的限制。可以与词作一样,由"有诗为证""但见""只见"等提示语引入,也可以在毫无交代的情况下引入诗作。小说作者可以将诗作另起一行,单独引入,也可以混杂在叙述语言中。而且,词作的引入,半阕或摘句的情况毕竟是少数,但诗作引入不完全的情况比比皆是。而且诗句也时时附于其他韵文之后,与词作或韵文混刻,不予区别。如《金瓶梅词话》七十九回作者以一首《行香子》表现"女色坑陷得人有成时必有败":

　　　　古人有几句格言道得好:
　　　　花面金刚,玉体魔王。绮罗妆做豺狼。法场斗帐,狱牢牙床。柳眉刀,星眼剑,绛唇枪。口美舌香,蛇蝎心肠。共他者无不遭殃。纤尘入水,片雪投汤。秦楚强,吴越壮,为他亡。早知色是伤人剑,杀尽世人人不防。①

此处小说作者仅以"几句格言"引入,未分片也未注明词调,但实际为一首《行香子》加一联诗。由于诗句与词作同韵,且无任何交代地混刻于词作中,故一方面使诗句淹没在词体中,另一方面又消解了词的体式,使"词+诗"的模式变成了一段毫无规律的韵文。这种现象在明代小说虽非普遍,但也不是个案,《西游记》中亦有同类现象存在。而将词续于诗尾的现象则未曾出现,词作的引入无论是以摘句的形式,还是以半阕的形式,也无论作者有无明确的交代,一般不与散体韵文和诗作混刻。

　　此外,诗歌的运用形式中,尚有一种定格存在,这也是词作的运用中不曾出现的,即下场诗的运用,尤其是在章回小说中,回末往往以诗歌作结。在小说结构上可以以词开场,而以诗作结;但以词作结的现象十分罕见,尚未成为格式。

---

　　① 《全本金瓶梅词话》,第 2415 页。

（四）诗的运用在数量上无限制，而词有限制

纵观明代小说，虽然有用词较多的具体作品，但总体显得较为节制，尤其是白话小说，在具体的运用环境中，通常只运用一首词作，但诗作的运用则无此数量上的限制。如《隋炀帝艳史》中，以 10 首诗 1 首词的形式开场，在用词的数量上显示出明人小说开场词运用的一致性，即以一首为主，但在用诗的数量上则似乎毫无限制。而且明代绝大部分小说，以诗开场的回目往往多于以词开场的回目。

文中诗的运用，数量往往也多于文中词，如《三宝太监西洋记》第二回，除以 1 首钟诗、1 首鼓诗开场外，又在文中以 8 首诗连用的方式，展现"金员外宅上前后左右的形胜"，紧接着又以 3 首诗刻画岳武穆王的祠堂。仅一回中就羼入诗作 15 首，而词作仅 1 首柳永《望海潮》（东南形胜）。这样"诗多词少"的格局是白话小说中诗、词运用的常态。大量集中连用，于词体的运用而言，白话小说中甚为少见，仅《大唐秦王词话》，由于小说本身的鼓词性质，在词体的运用中出现了十数首连用，集中展现某一人物的现象。

虽然在中篇文言传奇中，词作集中连续引入的现象较白话小说略为普遍，但依然体现出"诗多词少"的格局。如《明代小说史》中所列 16 篇超万字的中篇传奇，除《娇红记》中诗词数量各占一半之外，其他 15 篇小说中，词作数量均不及诗作，而且如《怀春雅集》诗作数量高出词作一百余首，《李生六一天缘》中诗作数量也多出词作近六十首。

总体而言，小说中引入诗作的方式之多样、手法之灵活以及态度之任意，都是词作的运用所不可比拟的，在这一方面显示出诗词运用不同，反映出小说作者群对二者在态度上的差异。即在小说创作中，诗似乎更像是被作为一种内化的体式出现的，而词则是一种外在的运用手段。这是我们在考察明代小说中的诗词运用时必须认清的问题。即对诗的运用可以纳入小说创作的模式之中予以考察，而词则并不具备此一特征，就小说创作的体制或模式而言，词只能视为诗的一种局部替换，并不能单独参与小说体制的构建。诗与词的运用同属小说创作中韵散结合的模式之一，如果仅以词作的有无、多少或运用方式来判断章回小说体制所处的阶段，那么，如何看待有诗而无词的小说，它们在体制上是否比有词的小说更完善？

就明代小说创作而言，用词与否，以及如何用，均受到多种因素的制约，其中既有创作观念的影响，叙事背景的考虑，亦有模仿对象的示范以及风格追求

的导向。小说对词作的运用现象，在有明一代并未呈现单一的发展轨迹，而是受众多因素的影响，呈现多线发展的局面。这是小说在诗、词运用上的巨大差异。如果不能认识到小说创作中"诗为体、词为用"的本质，则势必影响我们宏观上把握明代小说的用词现象，及其背后所体现出的创作规律。明代小说在最初的发展阶段，对于韵散相间模式的采用，诗是韵文的主体，内化于创作体式之中，词则始终是一种外在的运用手段，是对诗的一种局部替换。因此，关于用词现象演变与小说体制构建之间的关系，笔者认为，一方面，词体并不独立参与小说体制的构建；另一方面，具体的用词手法，较之用词数量，更能反映小说文体的成熟与否。如笔者在第三章第二节中所论述的，词体在小说中角色的分化，以及小说作者在叙事中弱化词体羼入的痕迹等现象，较之用词的数量，更能显示出小说文体意识的进步与成熟。而且从本章第三节将要谈到的词作对小说的艺术贡献也可以看出，小说对词体的运用，本身也显示出小说作者对多种叙事手段的驾驭能力，其中对词体的成功运用，往往能起到与小说叙事相得益彰的艺术效果。所以，小说文体意识的成熟以及叙事手段的进步，并不排斥对词体的运用，而是对运用的质量，提出了更高的要求。

第三节 词对小说创作的艺术贡献

在前面两节中，我们谈到了明代小说羼入词体的原因，既有传统模式的承袭，又有现实创作的考虑。词体在小说中也的确承载着诸多的功能，如描人写景、心理刻画、说理议论等等，但是功能的承担并不能代表词体对小说艺术成就的贡献。有些词作在小说中虽然也承担相应的功能，但是对于整体的叙事而言，不仅没有起到相得益彰的效果，反而由于独立文体的羼入影响了叙事的进程及阅读的连贯。这是后人对小说中羼入诗词持批评态度的首要原因。也是在小说叙事理论日益成熟之后，诗词的运用日趋谨慎和精练的缘故。成熟的叙事观及叙事手法必然淘汰这种随意洒落式的诗词羼入方式，有意识地排斥其他文体对叙事的割裂。

但另一方面，我们也必须看到，小说的叙事并非只是单一的人物活动的展示或情节的推进，而是在人物塑造、戏剧冲突、情感渲染、环境烘托等方面，都需要作者的用心经营。因此，小说创作的成功与否，除故事本身的吸引力之外，也有赖于作者对多种表现手段的运用。而词作为独立的抒情文体,作为外在于叙事的一种有效的表现手法,合理的运用正可以丰富小说的叙事。

从这个角度对明代小说用词现象的整体风貌做一静态的考察,可以发现,明代小说作者对词体的运用,实则展现出丰富的叙事手法和技巧。词体相对于散体的叙述而言,语言的精炼与意象的丰富是它与生俱来的特点。小说作者在对这一特点的有效运用中,使词作能于读者的阅读进程中,避开一片相对静止的空间,并在这一空间中充分展现作者想给读者以深刻印象的内容。在这一点上,明代小说作者对词体的运用,与当今影视作品对镜头的处理及音乐的运用极其相似。这或可看作在丰富的创作实践中,明代小说在叙事的手段和技巧方面,已达到相当的高度。下文即结合具体的用词现象,分析小说叙事手法的多样性,以及词体对小说艺术效果的贡献。

一、人物特写

人物塑造是小说创作的一个重要任务,也是小说成功与否的关键。塑造出鲜明、生动的人物形象,从而在读者心目中留下深刻的印象,是小说创作的艺术追求之一。而如何具体地塑造一个人物,除了他的言行举止之外,他的音容笑貌如何展现在读者的面前也至关重要。也正因为如此,即便是在直接付诸视觉的影视作品中,人物的特写镜头也运用得相当普遍。而在小说的文字叙述过程中,怎样使一个人物能以特写镜头的方式,展现并定格在读者的脑海中,词作的引入为小说作者提供了一种有效的解决方法。因此,在故事讲叙过程中,对于刻画人物的词作的引入,作者一般会以"怎见得""但见"等提示语,告诉读者接下来的内容将是描写对象的细致展现,是读者在阅读中需要重点捕捉的信息。非常典型的例子,就是《水浒传》中的人物赞词。

《水浒传》所述一百单八将,人人面目神形各不相同,这些人物如何一一在读者心目中刻下专属印象,赞词的运用功不可没。如在第五十七回写呼延灼与梁山泊的较量中,几位主要人物相继出场,且看鲁智深的亮相:

> 那人是谁?正是:
> 自从落发闹禅林,万里曾将壮士寻。臂负千斤扛鼎力,天生一片
> 杀人心。欺佛祖,喝观音。戒刀禅杖冷森森。不看经卷花和尚,酒肉

沙门鲁智深。①

此处所引为一首《鹧鸪天》,词作在内容上,无一句不是鲁智深性格特征的描摹,词作由外到内,由形及神地对该人物进行了特写。而末句则如点睛之笔,将鲁智深最为典型的形象特征进行了高度的概括。另外出场的还有两位主要人物杨志与武松:

> 来战呼延灼的是谁? 正是:
>
> 曾向京师为制使,花石纲累受艰难。虹霓气逼斗牛寒。刀能安宇宙,弓可定尘寰。虎体狼腰猿臂健,胯龙驹稳坐雕鞍。英雄声价满梁山。人称青面兽,杨志是军班。②
>
> 当先一筹好汉,怎生打扮? 有《西江月》为证:
>
> 直裰冷披黑雾,戒箍光射秋霜。额前剪发拂眉长,脑后护头齐项。顶骨数珠灿白,杂绒条结微黄。钢刀两口迸寒光,行者武松形像。③

比较而言,上引第一首《鹧鸪天》用粗线条勾勒出了鲁智深这一人物的风神特征,第二首《临江仙》主要突出了杨志的能力,第三首《西江月》则强调了武松行者的形象。三首词作各有侧重,从不同角度对三位主要人物做了特写,给读者以鲜明的印象。这些通过词作提炼出的人物性格与特征,贯穿叙事的始终,经过人物动作、语言的不断渲染和强化,深刻地印在读者的脑海中,成为难以磨灭的记忆。

人物形象的鲜活与否,与作者刻画人物的意识与力度相关。有些作者可能更注重故事情节的展现,而疏于人物形象的刻画;而有些小说则在创作之前,对人物形象所要起到的效果,已经有了明确的意识。这里以《醋葫芦》为例。从小说的序文中可知,小说中的几位重要人物,均有作者的精心安排:

> 都氏者,言天下之妇人都如是也。……

---

① 《水浒传》,第761页。
② 《水浒传》,第761页。
③ 《水浒传》,第763页。

　　　　成珪者,乘规也。言天下之男子,未有不怕婆而能为丈夫,如公输不能拙规矩而乘方员。……

　　　　三握之吐,姬旦负戾之周;七擒七纵,诸葛薄代之智。悍妇不殊强虏,非智宁能驭伏……,以巧人甘拙人之事,斯其为周智也。飙者,何犬之类也。以继子而作难,何异风犬? 天下之生乎一体而怀二者,冷着甚矣,故冷姐继都飙而得矣。①

可见,都氏、成珪、周智、都飙等人物塑造,无一不蕴含着作者的深意。而正因为如此,这些人物的出场,作者均运用词作予以特写,如主人翁都氏与成珪的第一次出场。在此之前,小说已经非常紧凑地介绍了二人大半辈子的营生,讲述的速度与跨度都非常大。在对二人的生平浮光掠影地展现之后,至都氏出场,作者突然放慢笔调,将叙事暂时定格在一首词作中:

　　　　不多时,那都氏轻移莲步,缓动湘裙,来见员外。看他怎生打扮。《临江仙》为证:

　　　　杏脸全凭脂共粉,乌云间着银丝。荆钗裙布俭撑持。不为雌石季,也算女陶朱。　　真率由来无笑影,和同时带参差。问渠天性更何如。要知无妒意,溺器也教除。②

主人翁都氏与成珪第一次亮相时,均已是垂老之年。因此,对都氏的展现,作者没有仅停留在容颜的刻画上,这首《临江仙》充分展现了都氏的性格特征。在词作的特写之中,读者可以生动地感受到她心性的独特之处。词作在整体上突出了一个"严"字。上片所写是她的外形,在乌云间着银丝的情况下,她依然是"杏脸全凭脂共粉",即她不是随便出现在丈夫面前的,但她的装扮绝不是为了体现女性的美丽与妖娆,因为她的装束是"荆钗裙布俭撑持"。因此,无论是她脸上的脂粉与身上的裙布,给读者的印象,都透着一种严肃。粉脂遮掩了她的表情,裙布遮掩了她的身形。她对自己的装饰并不是为了展现女性的柔美,而是不轻易以真面目示人的表现,她的严妆就是她的武器。下片则重点表现她的神态,

---

　　① 《醋葫芦·说原》,《古本小说集成》本。
　　② 《醋葫芦》,第12页。

同样可以用一个"严"字来形容,即性严。从中可以感受到她不苟言笑、不随声附和的性格,正所谓"真率由来无笑影"。从外表到内在,一个"严"字构成了她别拘一格的妒性,即她的妒忌并不是一般女性施之于内、施之于己的妒,不是一种内心的醋意与不安,而是像严霜一样,凌之于外的妒,这种妒的外在表现就是严厉与冷峻。与她形成强烈对比的,是另一位女主人翁,周智之妻何氏,且看她的出场又是如何:

> 周智的妻子,何氏院君,踱将出来。这何氏从适周门,一般赤手成家,帮助殷实,全不似都院君性格。有《临江仙》为证:
>
> 淡扫蛾眉排远岫,低垂蝉鬓轻云。星星凤眼碧波清。莺声娇欲溜,燕体步来轻。　　容貌可将秦虢比,贤才不愧曹卿。顺承妇道德如坤。螽斯宜早振,麟趾尽堪征。①

从词作的形容来看,何氏是一位既有贤德又有风情的娇美女子,她的出场较之都氏更应是"轻移莲步,缓动湘裙",而作者却说她是"踱将出来"。在极为女性化的出场提示之后,亮相的却是严肃冷峻,具有男人味的都氏;而在男性化的出场提示之后,亮相的又是美丽温婉,极具女人味的何氏。词作赋予人物的特写镜头与人物的出场方式之间形成强烈的反差,帮助作者在叙事中营造出了喜剧效果。

紧接都氏之后,作者也用一首《临江仙》对成珪进行了刻画:

> 成珪迎接之际,虽不尽摩,而其容貌,亦有《临江仙》词为证:
>
> 年齿虽然当耳顺,襟期尤似充龄。吴霜缕缕鬓边生。不因五斗粟,惯作折腰迎。　　绮思每涎蝴蝶梦,幽期惟恐莺闻。问渠来将是何名。畏妻都总管,惧内老将军。②

第一首《临江仙》表现了都氏身上的一种统一,即妆严与性严,她的外表与内心是一致的,而这首《临江仙》则不同,这首词作充分展现了成珪,由于外在环境的

---

① 《醋葫芦》,第 19—20 页。
② 《醋葫芦》,第 12—13 页。

压抑,而表现出的矛盾与冲突。从上片可看出,他的实际年龄和身份与他的外在形象并不相符。而下片则展现出他的内心与外在之间的反差,这种反差正是他畏妻惧内的结果。都氏的严与妒、成珪的畏与惧,通过两首《临江仙》的静态特写,定格在了读者的脑海中,读者必然带着对这两位人物的鲜明印象进入到整部小说的阅读与感受中去。

二、情感共鸣

抒情性本身即为词体的重要特征,因此,小说在叙事过程中,在需要引起读者的情感共鸣时,对词体的适当征引,无疑会起到事半功倍的效果。如上文所言,词体的羼入诚然容易造成阅读进程的受阻,但另一方面,也正是因为它能于叙事的进程中开辟一片相对静止的空间,从而可以让人物与作者的情感得到充分的展现。人物的言行举止等动态因素也可以流露出人物的内心情感,但是动态的画面由于与叙事的进程同步,因此,往往容易掩没在小说的情节推进之中,削弱人物心境对读者产生影响的力量与时效,从而无法在读者心中引发强烈的共鸣。而词作作为叙述语言之外的独立文体,它给读者的鲜明印象,能让读者放慢阅读的进程,进入到人物的内心世界,在一个相对舒缓的状态下,细细品味人物此时此刻的心境。

如《剪灯馀话》卷三中的《琼奴传》,小说以近于白描的手法,讲述了琼奴与苕郎之间的生离死别。琼奴与苕郎、汉老均为同年,父尊从族长之意,为其择苕郎而舍汉老。因前者虽清贫而本华胄,后者虽暴富而实白屋。却不曾料到汉老之父均玉因此怀恨,从而诬陷二家,以致一役辽阳、一戍岭表,南北不相闻。琼奴因父倾殂,家事零落,与母卖酒路旁。又遇强权吴指挥逼婚,且压以官府。琼奴暂死不从,母女遂遭逐,幸有老驿使收留。不期在驿站重逢苕郎,得续前缘。苕同伴顾苕新婚燕尔,不忍以公事相催,将苕留琼奴处。本为好意,却致祸患。吴指挥将苕捕杀,藏尸窖内。并恐吓琼奴母女,再次逼婚。琼奴在侯夜引决之时,忽遇监察御史,方得雪冤。后琼奴哭送苕郎,自沉于冢侧池中。

小说的情节虽一波三折,悲喜相继时有出人意料者,但作者于叙事却相当简练,节奏紧凑、不事渲染。琼奴一生的遭际,也大都在作者扼要的叙述中一笔带过。在第一次面对吴指挥的逼婚时,其母告之:"汝之身事,终恐荒唐,矧又父遽沦亡,他乡流落,权门侧目,欲强委禽,吾孤儿寡妇,其何术以拒之?"似有规劝之意。琼奴泣曰:"徐门遭祸,本自儿身,脱别从人,背之不义。且人之异于禽兽者,以其有诚信也,弃旧好而结新欢,是忘诚信,苟忘诚信,殆犬彘之不若;儿有死而已,其肯为之乎?"因赋《满庭芳》一阕以自誓云:

> 彩凤群分,文鸳侣散,红云路隔天台。旧时院落,画栋积尘埃。漫有玉京离燕,向东风似诉悲哀。主人去,卷帘恩重,空屋亦归来。泾阳憔悴女,不逢柳毅,书信难裁。叹金钗脱股,宝镜离台。万里辽阳郎去也,甚日重回。丁香树,含花到死,肯傍别人开。
>
> 是夜,自缢于房中,母觉而救解,良久方苏。[①]

就琼奴对苕郎的感情而言,情爱之外,一方面尚有一份亏欠,徐门本因她而遭祸,因此背之不义;另一方面,婚约已定,故弃旧好是忘诚信。但这种理性的诉说只是告诉其母她立志赴死的缘由,却并不能表现她悲苦的心境。青春年华、横祸相侵,不得不面对死亡的决择,这种心境绝不是理性的考虑可以展现的。这首《满庭芳》无疑很好地承担了此一任务。就其精神内核而言,词的上、下片分别表现了对义与信的持守,这与琼奴赴死的理性思考是一致的,但是词作以具体的形象为铺垫,将人物心境外化为可以被读者直接感知的意象。如果删除这首《满庭芳》,则琼奴的言行始终处于理性的支配之下,缺乏人物作为青春女子所应有的丰富情感。词作于情绪的反复渲染,使读者有如在浓烈而哀怨的音乐中,深切体会琼奴内心的痛苦、挣扎与决绝。小说在带给读者如此的阅读体验中,使人物的形象更加鲜活、生动。

另如《贾云华还魂记》中,魏生因母丧而有丁忧之行,与云华的婚事又被其母拒绝。魏生此去很有可能即为永别,故云华偷偷相送时云:

> "平时兄屡命我歌,每每忸怩而止,今死生永诀,岂可复辞?我试讴之,兄其侧耳。政唐人所谓'一声《何满子》,双泪落君前'也。"乃歌《踏莎行》一阕云:
>
> 随水落花,离弦飞箭。今生无处能相见。长江纵使向西流,也应不尽千年怨。　盟誓无凭,情缘无便。愿魂化作衔泥燕。一年一度一归来,孤雌独入郎庭院。

---

① 《剪灯馀话》,第215页。

歌讫，大恸数场，蓦然仆地，左右扶掖，良久乃苏，竟夕不成欢
而罢。①

这首词可以说是人物贾云华内心情感最为激烈的迸发，诚如词中所言："长江纵
使向西流，也应不尽千年怨。"正是在这样无法排解，也无法宣泄的悲恨与无奈
之中，感情的潮水已然超出了身体的承受范围，所以才有她"蓦然仆地""良久乃
苏"的行为。当读者用心聆听"今生无处能相见。长江纵使向西流，也应不尽千
年怨"时，是浓烈激越的悲歌，而到了"愿魂化作衔泥燕。一年一度一归来，孤雌
独入郎庭院"，则又化作悲凄哀婉的绝唱。如果抽去这首词作，我们则无法真切
地感知她内心的情感是如何波涛汹涌的，从而也就无法深刻地理解她的行为。
即便是认同，也是在情节把握之中的一种理性的认同，而不是身临其境的感性
认同。

除了人物作词之外，白话小说亦常借用词体于故事的章回之间，营造一种
氛围，即读者阅读的情感基调。这些回前词往往不再承担具体而微的"开场"功
能，而是在一种精神或情感的层面，引起读者的共鸣。

如明末时事小说《辽海丹忠录》。在第一章中我们提到，这部小说乃是陆人
龙为英雄血冤的发愤之作，记事起于万历十七年(1589)，迄于崇祯三年(1630)
春，叙写一系列重大战役，再现了辽东军民与后金军浴血奋战的场面，反映了明
末军政的腐败和明清之际的风云变幻。小说共用词13首，其中10首用于开
场，3首用于文中描写物事。而且开场词全为中长调，可见作者心中的愤懑之气
已非小令所能承载。且看第二回的开场词：

上策伐谋，中设险、重关百二。凭高望，烽连堠接，岂云难恃。恓
是帷中疏远略，军嚣帅债先披靡。等闲间、送却旧江山，无坚垒。
嗟红粉，随胡骑。盼金缯，归胡地。剩征夫残血，沙场犹渍。泪落深闺
飞怨雨，魂迷远道空成祟。想当年、方召亦何如，无人似。右调《满江
红》②

---

① 《剪灯馀话》，第289页。
② 《辽海丹忠录》，第17页。

词作之后,作者写道:"想国家为边隅计,极其周详,即如辽东、河东以鸭绿江为险,清河、抚顺为要害,设城宿兵,联以各堡,烽火相接。又于辽阳之北,建立开原、铁岭、沈阳三镇。辽阳之东,建立宽奠一镇,滨海有金复海盖四卫,辅车相依,臂指相应,岂曰无险? 又每堡有兵,领以守备,其馀要害处,宿以重兵,领以参游,监以守道巡道。总镇处控制以巡抚总兵,难道无人?"既如此,为何边官将士如此不堪一击呢?"无奈武官常受制文官,只顾得剥军奉承抚按司道,这些抚按养尊,不肯做操切的事,边道一年作一考,只顾得望升,得日过日,哪个实心任事。此所以一有变故,便到不可收拾。"①与作者在第一回中所写后金之处心积虑:"有他部下夷人朵尔入边抢掠,他都斩首来献,要怠缓我中国防他的心。他的心肠何尝一日忘了中国,忘了北关,只是要相时而动。"②不啻天渊之别。由此可见,开篇之词绝非泛泛之言,乃为作者蒿目时艰的有感而发。"岂云难恃"乃是愤懑之问;"等闲间、送却旧江山,无坚垒"则是无奈之叹。

再看第八回开场词:

> 野风惊,胡日惨,阵云愁。听夜深羌管悠悠。孤城缭绕,举头一望满戈矛。为问援师何处也,鼓冷边头。　　怒难平,眉半斗,肠九折,泪双流。拚此身、碎首毡裘。还悲还恨,三韩失陷倩谁收。身亡城覆向九原,犹自贻羞。右调《金人捧露盘》③

在第七回回末,作者讲叙了熊经略因得不到援助,而孤城失守,第八回的此首开场词上片,即是承继第七回之叙事,将第七回孤城难守的现状,在词中以饱含感情的笔调,作了诗意的再现。既有战事的惨烈:"野风惊,胡日惨,阵云愁。"又有孤城难守的悲凉:"听夜深羌管悠悠。孤城缭绕,举头一望满戈矛。"更有援兵不至的愤慨:"为问援师,何处也? 鼓冷边头。"

下片则是领起第八回的叙事,写出了誓死抵抗的将士们的心声。在第八回中作者叙写了周游击、秦邦屏、张神武、吴文杰、戚总兵、张御史、何守道等或战死沙场,或慷慨就义,或不肯独生的众将领。可见词作下片中的"怒难平"乃是这些爱国将士的怒;"拚此身",亦是这些爱国将士的拚;而末句"还悲还恨,三韩

---

① 《辽海丹忠录》,第20页。
② 《辽海丹忠录》,第13—14页。
③ 《辽海丹忠录》,第131页。

失陷,情谁收？身亡城覆,向九原,犹自贻羞。"则是作者为英魂代笔,既是他们的悲恨与羞,也是作者自己的悲恨与羞。

"一腔热血洒何地,不洒于国,为谁洒乎？所可痛者,贺兰山下之侠骨犹蒙诟詈之声,钱塘江上之鸱夷祇快忌嫉之口,此忠臣饮恨九原,旁观者亦为之愤懑也。"面对岳飞的冤屈,千百年之下的旁观者尚为之愤懑不已,何况悲剧重演,即在眼前,"檀子若在,胡马宁至饮江哉!"[1]能不让人更扼腕痛惜吗？正所谓:"悲愤想甘陈,泪落淹青史。"[2]孙楷第在《日本东京所见小说书目》中指出《辽海丹史录》:"记明季辽东之役,于毛文龙事独详,文亦详赡细腻,不为苟作。孤愤生虽不知何人,要为当时之有心人颇能留心时事,决非率尔操觚者比也。"[3]这些词作就是其"有心人"的见证,与一些开场词为契合小说叙事,而不惜以牺牲词作审美内核为代价的用词现象迥异。虽然此类词作主要出现在开场,并非小说叙事的有机组成部分,但作者填词与叙事的情感根基是一致的,这些开场词在以其自身的感染力打动读者的同时,让读者在回目的叙事开始之前,即与作者产生了情感上的共鸣,并带着这种共鸣进入到故事情节的阅读之中。这10首中长调穿插在不同的回目之间,舒缓了叙事的进程,使读者在阅读过程中累积起来的情感有了一个宣泄的空间。在其中,回味前一回的叙事,并糅合作者的情感,进入下一回的阅读。有如影视作品在动态、持续的画面变换之中,有意识地拉长画面的延伸度,并配以相应的背景音乐,让观众暂时陷入叙事之外的纯粹的抒情空间,使情感得到宣泄和升华。

三、环境烘托

除了围绕人物而展现的特写与抒情之外,景物与环境的烘托,也是小说艺术营构中不可或缺的因素。景与境既是人物活动的场所,也是人物内心的衬托,融情于景,或写景寓情的词作,在这方面对小说的叙事自然亦大有裨益。

词作承担描写功能,在章回小说中运用得较为广泛。章回小说篇幅宏大、人物众多、场景开阔,故为写景词的运用提供了较多的用武之地。如《西游记》写唐僧师徒四人西天取经,四季变幻、冷暖交替,一路经历自然风光、异域风情无数。既有荒山野岭,也有繁华都市。对所到之处风光的展现是小说不可或缺

---

[1] 陆云龙:《辽海丹忠录·序》。
[2] 第二十九回开场词《塞垣春》(塞北胡尘起)末二句,第513页。
[3] 孙楷第:《日本东京所见小说书目》,北京:人民文学出版社1958年版,第60页。

的部分。其中写景之词不仅表现出外在的景色,亦映衬出人物内在的心境。如第十三回,写唐僧与二位从者渐渐逼近大唐边界,于法门寺中安歇过后,再度起程:

> 三藏出了山门,辞别众僧。众僧不忍分别,直送有十里之遥,噙泪
> 而返。三藏遂直西前进。正是那季秋天气。但见:
> 　数村木落芦花碎。几树枫杨红叶坠。路途烟雨故人稀,黄菊丽。
> 山骨细。水寒荷破人憔悴。　　白蘋红蓼霜天雪,落霞孤鹜长空坠。
> 依稀黯淡野云飞,玄鸟去。宾鸿至。嘹嘹呖呖声宵碎。[①]

在法门寺,唐僧向众人表明西去决心:"心生,种种魔生;心灭,种种魔灭。我弟子曾在化生寺对佛设下洪誓大愿,不由我不尽此心。这一去,定要到西天,见佛求经,使我们法轮回转,愿圣主皇图永固。"但在现实的路途中,坚定的信心无时无刻不经历着严峻的考验。四季冷暖的变化即已透露出如此的讯息。上文所引描写之辞,作者虽未予交代,按律为一首《天仙子》。词作描摹的不是预示着丰收的浓烈秋景,而是一幅"水寒荷破""野云黯淡"的秋景。作者从人物的具体写照中,拉开时空的距离,展现出一路萧瑟的秋景,正预示着人物即将经历的环境会愈发萧索和严峻。唐僧一行人正是在这样的冷秋中离开了大唐边界——"路途烟雨故人稀"。随后便坠入魔窟,只有唐僧一人得以脱逃,前景更为堪忧。在渐趋严酷的外在环境中,人物的内心能否益愈坚定?词作鲜明的意象,为读者提供了直接的想象空间。通过远景镜头似的展现,让读者在一种更为真实的环境中,去体会与把握其中人物的心境。

与此处所引《天仙子》的萧瑟不同,在第十四回中当唐僧收孙悟空为徒,并对他的神通广大有所了解之后:

> 三藏闻得此言,愈加放怀无虑,策马前行。师徒两个走着路,说着
> 话,不觉得太阳星坠。但见:
> 　焰焰斜辉返照,天涯海角归云。千山鸟雀噪声频。觅宿投林成
> 阵。　　野兽双双对对,回窝族族群群。一勾新月破黄昏。万点明星

光晕。①

这里所引乃是一首《西江月》，词作虽然描写暗夜到来时的景色，但突显的并不是黑暗所包含的恐惧，而是一种"星光万点""鸟兽归宿"的轻松与安详。孙悟空的加入，使取经路上多了许多的保障，正与唐僧收得高徒的心情相呼应。

另如《醋葫芦》第二回中，写成珪与周智两家去进香还愿。小说以简省的笔调写道：

> 忽然金鸡唱晓，将已天明。都氏率众，各各起来梳洗，又着小使去到周宅相邀。那周家却也装束齐备，听得相请，夫妻二人即便上轿，不则一步，已到成家。都氏连忙出迎，来到厅前，福了两福，成珪接着，两下俱各相揖已了。何氏把日常忆念彼此致谢的话头，对都氏叙了一回。丫环捧过茶来，各人吃罢。又吃了早饭，请上香烛等物，带了一行僮仆，俱各出门。四座肩舆，十六只快脚，一溜风出了涌金门外，来到柳洲亭畔，便有无穷光景。《满庭芳》为证：
>
> 日色融和，风光荡漾，红楼烟锁垂杨。画船箫鼓，士女竞芬芳。夹岸绿云红雨，绕长堤、骢马腾骧。碍行云、两峰高插，咫尺刺穹苍。
>
> 莫论村与俏，携壶挈盒，逐队分行。羡逋仙、才调鄂武鹰扬。飘渺五云深处，三百寺、二六桥梁。最堪夸、汪汪千顷，一派碧波光。②

在引入词作之前，小说的叙事是相当紧凑的，人物在作者简洁的文字中，迅速地进行着各样的活动：梳洗、相邀、装束、上轿、出迎、相叙、吃茶、早餐、请香、出门……人物一系列的活动有如快镜头一般，被作者一笔带过。读者也跟着人物"一溜风出了涌金门"，直到转入柳洲亭畔，作者才让读者慢下脚步，濡染在无穷光景之中。成珪前一日晚上蒙都氏网开一面，不仅同意进香还愿之事，并主张邀周智夫妇同往，还免了他晚归的责罚，一切都让成珪的内心无比的舒畅。正是在这样的心境之下，读者与人物一起，带着愉悦的心情，欣赏着湖光山色的美景。作者于叙事之外，宕开一笔的远景展现，让读者与人物在一系列紧张的活

---

① 《西游记》，第169页。
② 《醋葫芦》，第35—37页。

动之后,暂歇片刻。在自然风光的陶冶之中,情节的发展也在这暂缓的片刻中极自然也极微妙地转变着方向。

四、动态定格

慢镜头是影视作品中惯用的表现手法之一,其实质是延长现实中的时间、延长实际运动过程。"这种时间的'放大'与叙事铺垫结合在一起,造成一种独特的视觉效果,展示了影视艺术独特的表达手法。"①慢镜头的运用有助于表达强烈的情感、强调关键的动作等。类似于慢镜头的表现手法,明代小说作者在叙事中也时有用之。尤其是在涉及打斗场面的时候,常常采用词作展现的方式。与叙述语言相比,词作更适宜于静止空间的展现,因此,用词作来反映动态的场面,会延缓叙事的进程,使动态的发展在相对静止的空间中,呈现在读者的脑海中,加深读者对瞬间事态的印象,起到强调关键动作的作用。如《水浒传》中的打斗场面往往借助词作来展现。第七十七回中,写梁山泊诸好汉与童贯的一场厮杀:

> 段鹏举看见马万里被林冲搠死,无心恋战,隔过呼延灼双鞭,霍地拔回马便走。呼延灼奋勇赶将入来,两军混战。童贯只教夺路且回。只听得前军喊声大举,山背后飞出一彪步军,直杀入垓心里来。当先一僧、一行者,领着军兵,大叫道:"休教走了童贯!"那和尚不修经忏,专好杀人,单号花和尚,双名鲁智深;这行者,景阳冈曾打虎,水浒寨最英雄,有名行者武松。鲁智深一条禅杖,武行者两口戒刀,杀入阵来。怎见得? 有《西江月》为证:
>
> 鲁智深一条禅杖,武行者两口钢刀。钢刀飞出火光飘。禅杖来如铁炮。　　禅杖打开脑袋,钢刀截断人腰。两般兵器不相饶。百万军中显耀。②

在词作引入之前,小说对两军混战的描写是较为抽象的。其中只有一处涉及具体的厮杀场面,即马万里"着了一矛,戳在马下"。而关于整个战斗的惨烈画面,

---

① 赵芳:《慢镜头的功用和作用》,《科教导刊》,2011 年 2 月(中)。
② 《水浒传》,第 999—1000 页。

则是由词作静态呈现的。在时间轴的叙事中,词作相当于横向的拓展,将瞬间即逝的一连串动作定格成具体的画面,让读者可以更为清晰地感受到。如"禅杖打开脑袋""钢刀截断人腰",并不是在时间的维度中转瞬即逝,而是作为一种意象停留在读者的脑海中。基于此,读者可以充分发挥想象的力量,拓展想象的空间。在这样的互动之下,这两句话可以渲染出一幅血腥与杀戮的场面。这种类似于慢镜头的定格效果,是之前的叙述性文字所不具备的。词作的羼入为动态场景的表现提供了更为丰富、更为生动的展现空间。

另如神魔小说中往往用词作表现人物自身变幻后的形象,或者人物施展幻术,使对象幻化之后的形象。如《西游记》第三十二回中孙悟空所幻化出的各样小动物,大凡有词作予以特写:

> 行者应诺了。径直赶上山坡,摇身一变,变作个蟭蟟虫儿。其实变得轻巧。但见他:
> 翅薄舞风不用力,腰尖细小如针。穿蒲抹草过花阴,疾似流星还甚。眼睛明映映,声气渺瘖瘖。昆虫之类惟他小,亭亭款款机深。几番闲日歇幽林。一身浑不见,千眼莫能寻。①

另如《新平妖传》第二十八回中则以词作展现人物施展法术变化出的动物:

> 那纸马立起身来,尾摇一摇,头摆一摆,变成通身雪练般一匹白马。有《西江月》为证:
> 眼大头高背稳,昂昂八尺身躯。浑身毛片似银堆。照夜玉狮无比。云锦队中曾赛,每闻伯乐声嘶。登山渡岭去如飞。真个日行千里。②

作者通过词作描摹幻化之后的具体形象,对读者而言,相当于延长了这一幻化的过程,将"遥身一变"的瞬间行为,变成了可供仔细端详的慢镜头。

除此之外,词作对于动态场面的定格,还可以为作者自身情感的抒发创造

---

① 《西游记》,第395页。

② 冯梦龙增补:《新平妖传》,《古本小说集成》本,第797—798页。

空间。如《孙庞斗志演义》第二十回，写到庞英被袁达杀死时，作者引入了一首词作：

　　庞英心慌，回马逃窜。袁达跃马赶上，分顶一斧，把庞英劈死。有《点绛唇》词为证：

　　敢勇当先，素夸袁达威风大。骤马加鞭。到处人惊怕。　　战住庞英，肯教休罢。将伊捺。巨斧轻加。一命归泉下。[①]

在小说的叙述中，庞英为救父庞涓，欲劫法场，却出师不利，在东门外遇到了袁达。在这场搏杀之中，庞英的死无疑是瞬间的。但是作为小说中主要人物的儿子，作者对他的死并没有一笔带过，而是借助这首词作，既延长了庞英殒命的画面，又为他的死奏响了一曲哀歌。

　　总之，小说中的词作为一种独立的抒情文体，它的表现方式以横向的空间展现为主，与叙事文学以时间为轴不同。恰如其分的词作运用，有如珠玉穿插在叙事的主线中。除了词作本身的审美价值及具体的功能之外，它们还能调节叙事的节奏，为人物、作者、读者营造出一个情感酝酿的空间。这些空间有如情节直接发展过程中的一个个驿站，在需要停歇、需要宣泄、需要改变方向的时候，人物、作者与读者可以在此处相聚，彼此浸染。这是词作带给小说的艺术魅力，因此，小说文体的成熟与叙事手段的进步本身，并不排斥小说作者对多种文体的借鉴，正如诗、词、文的综合运用，并未影响清代《红楼梦》成为古典小说史上的巅峰之作。

---

① 《孙庞斗志演义》，第565页。

第五章　明代小说中词作
的文本现象研究

　　受编创手法、叙事观念、作者才情以及具体功能等各种因素的影响,明代小说中的词作,在文本上呈现出一定的复杂性;而且就具体的运用而言,小说作者既可借用已有词作,也可主动填制,这又带来词作文本的归属问题。因此,对小说中词作的文本现象予以研究,也是本书的重要内容之一。在这一章中,笔者以词作文本的界定为切入点,将小说中引用的前人词与作者原创的词作区分开来,并从不同的视角予以考察。如对引用前人词现象的研究,可以窥见唐宋元词在明代民间的流行状况;而对这些词作选源的分析,亦有助于考察明代词选对民间的影响。至于小说中的原创词,理应视为明词创作的一部分,纳入明词的研究范围,而且有助于了解明代民间词的整体风貌。

第一节　小说中词作的文本界定

　　明代小说中用词乃作者的主观行为,运用方式不外乎两种,一种是引用,包括改写或化用前人已有作品;一种是创作,即作者为小说而原创词作。据此可将小说中的词分为两大类,一种是引用词,一种是原创词。就前者而言,可以据以考察明代主流词坛之外,尤其是市民阶层对前代词作的接受状况,以及小说作为词作的载体之一,对前代词作在明代的传播作用。就后者而言,本身即为词坛的创作活动之一,尽管其作者身份非以词人为主,但按理亦应纳入明代词坛予以整体考察。但对于引用词与原创词的界定,又有若干困难。

　　一是数量上难于绝对划分。如本章第一节的介绍,明代白话小说共用词一千四百余首,文言小说用词七百余首。要将这两千余首词作一一区分哪些为引用、哪些为原创,难以实现。一则前人词作典籍浩繁,虽已有前辈学者汇集成《全唐五代词》《全宋词》与《全金元词》等文献,但亦不能保证毫无疏漏。二则古人典籍散佚无算,亦不能肯定今人之未见即是古人之原创。三则小说作者所录词作可能仅为耳闻而未必目睹,故而虽未有典籍载录,亦有可能为引用他人之词,如宋元话本《简帖和尚》中的一首《踏莎行》(足蹑云梯),就出现在宋代文物"鎏金夹层八角杯"①中,可能为当时民间说书艺人所填并流行于民间,并不一定有文献记载,故而《全宋词》只能据小说引录。四则笔者精力有限,以一人之力难于一一比对。若依赖电子文档之检索系统,于词作之略加改头换面者,则又难于识别。因此,如小说作者在文中已标明作者信息,自然可以一一核对,未予说明者,笔者只有尽力而为。

　　二是引用与原创词作的所属年代难于一一精确。一方面,小说中引用词作的目的主要是为小说服务,并不是出于存人与存词的考虑,因此常常是错误百出。如《二刻拍案惊奇》卷二十五中引入的一首辛弃疾《贺新郎》(瑞气笼清晓),这首词作据《〈二刻拍案惊奇〉引辛弃疾〈贺新郎〉一词考辨》②一文考证,并非辛词,乃是顾从敬重编《草堂诗馀》时补入辛弃疾名下。这样误题作者的情况很多。其中一些词作前代词集如已有辑录,尚且只涉及作者的问题,年代仍可确定。但仍有一小部分,如上引之例,则骤难定论这首增补入的辛词是宋已有之,还是明人创作。还有一种情况,即小说所叙写对象是历史的真实人物,但其中人物所作词却不见于其作品集,造成这种现象的原因,可能是该词出于小说作者虚构,也可能是确有其事,而词作亡佚。因此,亦属真假难辨。另一方面,可以确定为原创的词作,仍然存在创作年代模糊的问题。尤其是明代白话小说,其中一部分依据一定的旧本而来,因此,其中词作即便可以确定为原创,在旧本亡佚的情况下,难于确定这些原创词是旧本已有,还是明人改写时增入。

　　三是引用词与原创词作之间,也存在一个模糊地带,难以明确划分。即明人小说引用词作的方式多种多样。除了直接引用前人词作外,又常常自行改写。有虽然只是局部改动,但改作与原作已是面目迥异者;有整体化用,但意境

---

　　①　王振镛、何圣庠:《邵武故县发现一批宋代银器》,《福建文博》,1982 年第 1 期。
　　②　王小英:《〈二刻拍案惊奇〉引辛弃疾〈贺新郎〉一词考辨》,《西南民族大学学报》,2009 年第 6 期。

又不出原作者;有拼凑者,亦有割裂者,不一而足。因此,对于这些有原作可凭,但是又有改异的情况,如何把握改的"度",而依"度"将词作归入引用或原创,亦非易事。因此,笔者试图从以下三个方面予以把握,力求对小说中的词作予以文本定位。

一、引用词的界定

引用词的界定较之原创词作要相对简单。笔者将有出处可查者,即视为引用。不过,由于小说作者在引用词作时,又常常根据小说的具体情境,对原词进行改写,因此引用词又可分为直接引用或改写借用两类。

(一)直接引用

小说作者引用词作的方式多样,主要又包括如下几种情形:

首先,词作为引用的性质明显者。即小说作者在引入词作时明确交代为引用前人词。又可分为两种情况。

其一是小说直接交代词人,且有其他记载可以佐证者。如《醒世恒言》卷十一"苏小妹三难新郎"中引李清照名作《声声慢》(寻寻觅觅)时,作者明言"那李易安有伤秋一篇,词寄《声声慢》"①,此词《漱玉词》有录,属引用无疑。不过,小说作者引用词作时的交代多有疏漏错讹。如《二刻拍案惊奇》卷七,作者引入一首开场词《念奴娇》(疏眉秀盼),指出:"这一首词,名唤《念奴娇》,乃是宋朝使臣张孝纯在粘罕席上有所见之作。"②明代词选如《词林万选》《花草粹编》录入时亦归入张孝纯名下。然而据刘祁《归潜志》卷八,当为宇文虚中作。不过,此种词人署名上的错误,并不影响小说作者引用词作的性质。

其二是小说未交代词人,但于其他记载中可以确定词人者。如《禅真逸史》第五回,"古人有一篇词名《女冠子》,单道这灯的妙处",所引即李珣《女冠子》(帝城三五)。

其次,词作为引用的信息隐晦者。即小说作者在引用词作时并不彰显其为引用的性质。主要体现在如下几种引用方式中:

其一是以人物创作的方式引入。如《西湖二集》卷三:"甄龙友做只词儿,调寄《如梦令》"③,即引用袁介《如梦令》(今夜盛排筵宴),《全金元词》有录。

---

① 冯梦龙编:《醒世恒言》,《古本小说集成》本,第579页。
② 《二刻拍案惊奇》,第333—334页。
③ 周清源:《西湖二集》,《古本小说集成》本,第109页。

其二是引入时不交代词作信息者。这种现象一般出现在开场词的运用上。如崇祯本《金瓶梅》回前词，大多引自前人，作者却并不交代相关信息。例如第十回的开场词《踏莎行》（八月中秋），即引用明人唐寅的作品；二十一回开场词《少年游》（并刀如水），则是周邦彦词等。

（二）改写借用

这一类型的引用亦包括两种情况。

其一是直接引用、局部改写。小说作者在引用前人词时，往往会根据小说的具体情节安排，对词作内容作适当的调整，以契合小说所造之境。如冯梦龙改写之《众名姬春风吊柳七》拟话本中，即以词人柳永为故事主人翁，其中引用柳词数首，但有些词作在引入时，作者做了刻意的改动。在叙写柳永重会云英不遇时，作者插入柳词情节：

> 乃取花笺一幅，制词名《击梧桐》，词云：
> 香靥深深，姿姿媚媚，雅格奇容天与。自识伊来，便好看你，会得妖娆心素。临岐再约同欢，定是都把平生相许。又恐恩情、易破难成，未免千般思虑。　　近日重来，空房而已，苦杀叨叨言语。便认得、听人教当，拟把前言轻负。见说兰台宋玉，多才多艺善词赋。试与问、朝朝暮暮，行云何处去。[1]

此词确为柳永所作，下片首句原词为："近日书来，寒暄而已"，小说作者为了使词作在内容上契合柳永重会云英时，人去楼空的景象，将此二句改为"近日重来，空房而已"。另如《皇明开运英武传》卷一中引用一首《蝶恋花》写景词：

> 欲减罗衣寒未去。不卷珠帘，人在深深处。红杏枝头花几许。啼痕止恨清明雨。　　昼日深沉香一缕。宿酒醒迟，烦破春情绪。江水潺潺清可喜。紫燕黄莺来往语。[2]

此词改自宋赵令畤《蝶恋花》，原词末二句为："飞燕又将归信误。小屏风上西江

---

①　《古今小说》卷十二，第470—471页。
②　《皇明开运英武传》，《古本小说集成》本，第197页。

路。"为在此处描写一路春景,作者将原词末二句作了修改。

这类的改动于原词所占篇幅较少,且改写之后的词作,与原词意境差别不大。因此,此种情形可视为小说作者按具体的叙事情节对引用词略作修写。

其二是整体借用、局部重构。与局部改写不同,这一类型的引用情况,小说作者对原词的改动较大,而且就某种程度而言,作者根据小说创作的需要,对原词所包含的情感诉求及审美意境进行了重新塑造。相当于是借用原有词作的整体框架,作了较大范围的重构。如《大宋中兴通俗演义》中,作者讲道,秦桧令歌童妓女在筵前奉觞旋舞,因制《西平乐》词以劝:

> 川岸晴明,西湖歇雨,笙歌每日在,山光水色边。筵前红袖,轻笼纤细堪夸。叹征人勤王已去,身与鼓笳共晚,争知向此,在途区区,伫立尘沙。追念朱颜翠发,曾到处、故地使人嗟。 干戈满目,蜂屯四野,帝辇依前,临路欹斜。重忆想、中原离黍,多少英雄,惹起壮怀激烈,愤惋无依,何况风流鬓未华。又谢故人,亲驰郑驿,时倒融樽,劝此淹留,共过芳辰,翻令倦客思家。①

这首词实为周邦彦《西平乐》(稚柳苏晴)的改作。原词为:

> 稚柳苏晴,故溪歇雨,川迥未觉春赊。驼褐寒侵,正怜初日,轻阴抵死须遮。叹事逐孤鸿尽去,身与塘蒲共晚,争知向此,征途迢递,伫立尘沙。追念朱颜翠发,曾到处、故地使人嗟。 道连三楚,天低四野,乔木依前,临路欹斜。重慕想、东陵晦迹,彭泽归来,左右琴书自乐,松菊相依,何况风流鬓未华。多谢故人,亲驰郑驿,时倒融尊,劝此淹留,共过芳时,翻令倦客思家。②

两相比较可以发现,小说中的词作较原词改写的幅度较大。如上片前六句,几乎是重写。下片的前八句,也作了重大的修改。不唯如此,原词小序云:"元丰初,予以布衣西上,过天长道中。后四十余年,辛丑正月,避贼复游故地。感叹

---

① 《大宋中兴通俗演义》,第608—609页。
② 《全宋词》第二册,第598页。

岁月,偶成此词。"可见,原词所表现的是乃是作者重游故地时,所引发的一种光阴荏苒、岁月蹉跎的人生感慨。如上片中的"追念朱颜翠发",及下片中所展现的对于"风流鬓未华"时潇洒生活的"重慕想",都与词人创作时,暮年翻成倦客的境遇与心绪形成强烈的对比。原词并没有明确的意象及情感指向,而是在今昔对比中,带有一种普遍的沧桑之感。

但改作由于羼入明确意象化的词语,如"征人勤王""帝辇""中原"等;以及明确的情感化的词语,如"干戈满目""蜂屯四野""壮怀激烈""愤惋无依"等,使词作带有鲜明的战争烙印与激烈的情绪。改作以帝王的生活由"笙歌每日""筵前红袖",到"在途区区""伫立尘沙"的对比,代替了原词中词人境况的今昔对比。而改作中的壮怀与愤惋之情,更是原词所没有的。因此,从小说的叙事背景来看,这些新增的意象与感情因素,可以说是作者根据小说情景而进行的新创,但就改作的整体而言,则又是借用了原词的整体布局与框架。另如《欢喜冤家》第二十四回中以一首《长相思》描写女子体态容貌:

> 那汉子领了女子进来。朝相夫妻抬头一看。见那女子。
>
> 云一緺。玉一梭。淡淡衫儿薄薄罗。轻颦双黛螺。　　挑四颗。
>
> 腰一娜。小小金莲步洛波。教人奈尔何。①

此词改写自李煜同调作品:"云一緺,玉一梭。澹澹衫儿薄薄罗。轻颦双黛螺。　　秋风多,雨相和。帘外芭蕉三两窠。夜长人奈何。"②改动主要集中在词作的下片,小说作者改动的比例将近原词的一半。原词虽然也是以一位女性为描写对象,但整首词作的重心并不在女性的体态上,而是在一种心绪情愫的观照。而小说中的改写之词则将重心全部放在了对女性外在形体的展现中。因此在改写之后,词作的审美意境与原词产生了巨大的差别。

为考察进入明代小说作者群视野的前代词人词作,笔者将此类情况均纳入"引用词"的范畴予以研究,在具体论述时,与直接引用及局部改写的现象区别对待。

---

① 《欢喜冤家》,第 792 页。

② 《全唐五代词》,第 465 页。

二、原创词作的界定

(一)总体原则

原创词作的判定相对复杂,如上文所言,由于存在典籍亡佚,我们无法还原当时小说作者创作原貌等情况,但我们依然须有一个界定的标准,笔者认为其首要的原则当是词作是否有出处可查。如无出处可查,即词作仅见于该小说的情况,视为原创。诚然,不排除小说作者在创作当时援引其他典籍,而援引对象又亡佚的情况;或者亦不排除小说作者引用街头巷尾口耳相传之词的可能。但是,在没有文献上的证据的情况下,只能将词作的创作归于小说作者。如冯梦龙改写的《众名姬春风吊柳七》中的人物柳永所填一首《西江月》(腹内胎生异锦),《全宋词》据小说引录,并注明"仅见该小说"。如果这篇小说的归属权为冯梦龙的话,这首不见于其他记载的词作,似也应归属冯氏。诚如《明代话本小说中的词作考论》一文中所建议的,明代小说中的词,"只要不是从前代词人那里'借来的'或是从宋元小说中'照搬来的',就应该一律视为明词。"①

(二)具体把握

当然,我们在讨论具体的词作是原创还是引用时,不可能每一首词都必须在穷尽所有现存文献之后方能判断是否原创。因此在上述总原则之下,就具体词作而言,又有如下几种判断途径。

1. 词作在内容上是小说故事情节、人物环境等内容的直接再现。如《水浒传》第八十五回开场《西江月》:

> 山后辽兵侵境,中原宋帝兴军。水乡取出众天星,奉诏去邪归正。
> 暗地时迁放火,更兼石秀同行。等闲打破永平城,千载功勋可敬。②

词作上片泛写梁山好汉受招安、破辽军的背景,下片则总述第八十四回末的叙事内容,而且还直接嵌入了人名。此外,《水浒传》叙一百单八将事,其中主要人物均有赞词予以描画,如第四十四回,有一首《临江仙》词,单道着杨雄

---

① 张仲谋:《明代话本小说中的词作考论》,《明清小说研究》,2008 年第 1 期。
② 《水浒传》,第 1096 页。

好处：

> 两臂雕青镌嫩玉，头巾环眼嵌玲珑。鬓边爱插翠芙蓉。背心书剑
> 字，衫串染猩红。　　问事厅前逞手段，行刑处刀利如风。微黄面色
> 细眉浓。人称病关索，好汉是杨雄。①

在小说中，杨雄是蓟州押狱兼行刑的刽子手。从词的内容看，这首词的确起到
了"单道着杨雄好处"的效果。词作中上片着重写杨雄由服装、头饰等表现出的
外在形象，下片则由他的行事风格展现出了他内在的风神。《水浒传》中的人物
赞词，在内容上往往契合具体人物身份、性格或相貌特征，且于末句均嵌入人名
或诨号。因此，这类直接再现小说人物及情节等相关内容的词作，视为原创当
无疑异。

　　2.根据小说作者在序言、凡例等相关信息中的介绍，也可以为小说中词作
的文本归属提供参考。如凌濛初在《拍案惊奇·凡例》中所指出的，其中诗词
"强半出自新构"，②这样的提示至少说明其中无出处的词作原创的可能性极大。
另如《隋炀帝艳史》的作者在《凡例》中亦指出其中诗词，"皆寓讥讽规谏之意"，
也透露出其中词作多出自作者之手的意思。另如明末时事小说《辽海丹忠录》
《镇海春秋》《梼杌闲评》等，小说创作本身或可视为作者目睹时事而"有感而
发"，其中词作往往寄寓作者情感颇深，因而原创的可能性较大。此外，如果小
说作者又具词人身份，如《剪灯新话》《剪灯馀话》的作者瞿佑与李祯等，则小说
中词大凡为作者所自创。

　　要之，小说中词作的文本界定，以是否有出处可查为切入点，将有出处可查
者，视为"引用词"，包括直接引用和改写化用。余则不妨暂作"原创词"予以分
析考察。

第二节　小说中"引用词"研究

　　笔者依据以上分类标准，对明代小说中的词作进行了逐一梳理，除去宋

---

① 《水浒传》，第 590 页。
② 《拍案惊奇·凡例》。

元旧本及重复引用,共析出引用词三百余首,其中白话小说226首,文言小说96首。本节即以此为基础,从选源与唐宋词的传播两个方面,考察明代小说中引用词的整体风貌,以及进入明代小说作者群视野的唐宋元词及词人的整体格局。

一、引用词选源考察

明代小说中引用词的选源较为丰富,既有词作选本,亦有前人小说、戏曲,以及民间传说、词话等。受小说引词方式的影响,可分为两种情况。一种是以词入选,即小说作者纯粹引入具体的词作,在小说的叙事中承担一定的功能。这是明代小说运用词作的主要形式,这类词作的引入,小说作者一般以词选或词集作为选源。一种是以事入选,即小说作者不仅仅只是引入词作,而是将与词作相关的内容作为小说的素材,一并引入。这种现象,小说作者往往以词话、民间传说、前人小说等为择取的对象。下文即从这两个方面,分别予以论述。

(一)以词入选现象考察

单纯词作引入的选源主要涉及词选,偶有见于戏曲、前人小说者。词选是明代小说,尤其是白话小说引用词作的主要选源。明代小说中的引用词,同时见于明代流行的词集选本《草堂诗馀》系列、《天机馀锦》《花草粹编》《词林万选》《古今词统》等。其中《草堂诗馀》系列、《花草粹编》与《古今词统》乃是明代最为重要的三大词选。而从明代小说中引用词与词选互见的数量上来考察,也的确是这三部词选数量最大。其中《草堂诗馀》系列,是明代小说中引用词最重要的一个选源。① 其原因有以下三点。

其一,在数量上的优势。虽然从小说袭用词与词选的互见数量上来看,《花草粹编》的互见量最大,《古今词统》与《草堂诗馀》系列相差无几,似乎不足以看出后者在数量上的优势。但如果进一步地深入考察则可以发现,受三部词选自身编选方式的影响,《花草粹编》与《古今词统》词中的互见词,有很大一部分并不能视为小说作者取用该选本的证据。以《花草粹编》为例,《花草粹编》的编选,与小说的相关性表现在两个方面,首先是以小说为选源。《花草粹编》中有

---

① 关于宋本《草堂诗馀》的成书性质,可参见拙文《〈草堂诗馀〉的性质及明代盛行原因再检讨》,《新疆大学学报》(哲学·人文社会科学版),2017年第3期。

一些词作,其选者陈耀文即已明确交代引用自小说,如《水浒传》中的一首《百字令》(天丁震怒),《花草粹编》在选入时明确注明选自《水浒传》。其次是与小说同源。如《大宋中兴演义》中的一首《眼儿媚》(玉京曾忆旧繁华),亦见于《花草粹编》,而小说与词选均引自宋人小说。类似的情况在文言小说中更为多见。文言小说见于《花草粹编》者有 39 首,其中 31 首见于《青泥莲花记》。作为小说而言,以叙事为主;对词选而言,以用词为主。但详事者必详于词,而详词者则不必详于事。所以《青泥莲花记》中的这 31 首词作不可能从《花草粹编》中借用,但从小说与词选的成书时间来看,《花草粹编》在前,《青泥莲花记》在后,词选又不可能采自小说,因而只能说是共有源头。

因此,明代小说中引用词见于《花草粹编》者虽在数量上最多,但很显然大部分词作只能说是互见,却不能说是小说取自《花草粹编》。《古今词统》的情况与《花草粹编》相同,在此不赘述。且《花草粹编》成书时间较早,引用明代小说中词作的现象相对还较少。《古今词统》编撰于明末崇祯年间,则与小说互见词中出自小说的比重更大。总之,在排除这些引用自小说或与小说同源的互见现象之后,小说中袭用词出自《草堂诗馀》一系的情况,在数量上占绝对优势。因为在《草堂诗馀》系列中,宋本《草堂诗馀》所选词作,始终是这个系列的核心所在。沈际飞《草堂诗馀别集》与《新集》中一些词作也出自小说,不过相对另两部词选,数量要少许多。

其次,具体小说引用词的集中指向。这一现象较为明显地出现在崇祯本《金瓶梅》中。崇祯本《金瓶梅》回前共用词 40 首,其中可考者 35 首,有 30 首又见于沈际飞评点本《草堂诗馀》四集。而另 5 首则散见于其他典籍。与《花草粹编》相比,其中有 10 首见于《草堂诗馀》系列而不见于《花草粹编》。而见于《草堂诗馀新集》中的数首,如唐寅《踏莎行》(八月中秋)、秦公庸《临江仙》(倦睡恹恹生怕起)、祝允明《长相思》(唤多情)、冯琦《望江南》(梅共雪)等,均仅见于《新集》,而不见录于与它同时的另一部大型词选《古今词统》。由此可见,崇祯本《金瓶梅》的改写者在征引回前词时,沈际飞《草堂诗馀》四集无疑是一个重要的参考选本。

再次,词作信息的一致。如小说中不少词作的冠名,就是据顾本《草堂诗馀》而来,试举数例如下:

1. 无名氏《青玉案》(人生南北如歧路),《韩湘子全传》和崇祯本《金瓶梅》中均有引用,说明此词在民间颇受欢迎,但未提及作者。唯《拍案惊奇》卷一中引用数句,作吴彦高词。此词在宋本《草堂诗馀》中未注明作者,列吴彦高《春从天上来》词后,顾氏重编本误作吴词。

2. 晏殊《滴滴金》(梅花漏泄春消息),《京本通俗小说》与《警世通言》引入时,均作周邦彦词。宋本《草堂诗馀》未注作者,列于周词后,《类编草堂诗馀》即误入周邦彦名下。

3. 晁冲之《传言玉女》(一夜东风),《古今小说》第二十四回开场引用,作胡浩然。宋本《草堂诗馀》未注作者,列胡浩然《万年欢》后,《类编草堂诗馀》作胡浩然,且词中异文与《类编草堂诗馀》同。

类似异文一致及作者错误一致的情况并不止于此,限于篇幅,不一一列举。从所举数例即可看出,小说作者在需引用词作时的确参看了《草堂诗馀》系列的选本。

当然,上文所述《草堂诗馀》一系是明代小说作者引用词最重要也最集中的选源,并不代表其他词选不为小说作者所用,如《花草粹编》,在所有互见词的情况之中,亦有不少仅见《花草粹编》的现象。可以说明代流行的词选,均有可能进入小说作者的视野,成为其取用词作的选源,只是相对《草堂诗馀》而言,选用的较为零散与不成规模,因此,也难于一一定论。此种零散的单首词作引入的现象,除词选外,尚涉及明代小说、戏曲作品。如万历本《金瓶梅词话》就从陆采《明珠记》中引入一首《菩萨蛮》(绿杨袅袅垂丝碧);崇祯本《金瓶梅》则从汤显祖《紫箫记》中摘录一首《好事近》(红曙卷窗纱)用于第八回开场,从文言小说丛钞《情史类略》中摘录一首《忆秦娥》(香篆袅)用于第六十九回开场,从小说《娇红记》中摘录一首《渔家傲》(情若连环终不解)用于第八十五回开场。而诸如《片璧列国志》这样的历史演义小说,竟然也从《娇红记》中摘录一首《摸鱼儿》(锦城西)用以描景。

(二)以事入选现象考察

词人逸事、民间传说等作为小说戏曲创作的素材加以利用,在宋元时期亦已不乏其例。如宋人话本小说《章台柳传》,故事情节相当简单,但却包含数首诗词。对文人雅趣以及诗词本身的展现,已然超越了小说情节的铺排。明代小说盛行,更多的人参与到小说创作的行列,而不仅仅是具备小说创作的才能及热情的人。明代小说的作者群与创作动机一样驳杂不纯。而对已有素材进行加工改写无疑为不少作者提供了捷径,由词话到小说,成为被广泛运用的一种创作模式。因此,对这类小说而言,当我们追溯其中词作的来源时,其落脚点往往是词话而不是词选。需要指出的是,这里所说的词话,是指广义的词话,即包含所有与词作相关的传说、逸事、典故等等。据笔者所见,以事入选的现象,所涉最为常见的宋人典籍有《古今词话》《夷坚志》《齐东野语》《醉翁谈录》等。

这类小说由于取材于词话,因而其中所引词作在内容上即是故事的重要组成部分,甚至是高潮所在。在形式上则均为人物所作,且词作与词人的所属关系是固定的,如《青泥莲花记》等汇辑型的文言传奇小说集,其中大部分故事即围绕妓艺经历与词作展开。其中57首词作,均与它们的作者一起,流传于民间。如"蜀容妓"所录《踏莎行》(说盟说誓),《绣谷春容》《续艳异编》《花草粹编》《古今词统》均录有词及故事。还有如妓女聂胜琼的故事及词作《鹧鸪天》(玉惨花愁出凤城)、盼盼的故事及词作《惜春容》(少年看花双鬓绿)等,均见于《燕居笔记》《绣谷春容》等娱乐类书或《花草粹编》《古今词统》等词选。

无论这些词作托名的主人是由传闻虚构而成,还是历史上的真实人物,词作与人物之间的隶属关系是固定的,并非小说作者所杜撰。这与以词人作为叙事的主要人物而构建的小说,在用词方面有所区别。如宋人话本《柳耆卿诗酒玩江楼记》即以柳永为主要人物,但其中一首《虞美人》(春花秋月何时了),则是李煜词。

这类包含词作,甚至在某种程度上以词作为核心的故事,明代小说作者往往敷而演之为短篇小说。因此,此类现象大凡出现在话本或文言短篇小说中。至于长篇章回小说中词作的选源,则除了词选之外,亦有一种类似的现象,即词作与叙事情节一起,取材于前代小说。如熊大木所撰《大宋中兴演义》,宋代小说《宣和遗事》是其重要参考之一。其中一首赵桓作《眼儿媚》(宸传三百旧京华),与一首赵佶作《眼儿媚》(玉京曾忆旧繁华),两首词及其相关情节均一并取材自《宣和遗事》。另如《隋炀帝艳史》中隋炀帝所作8首《望江南》及相关情节即出自宋人小说《海山记》。

二、引用现象与唐宋元词的传播

明代小说作为唐宋元词传播途径的现象,已引起了学界的关注。如《明词史》《明代中后期词坛研究》等著作中,在谈论唐宋词在明代的传播情况时,均提到了小说作为传播途径的现象,不过对具体传播状况的考察,尚不够全面深入。笔者将在下文中从词人、词作两个方面,予以详述。

在具体论述之前,尚有几点需要说明:

一是以故事或小说为选源的现象,其中涉及词人、词作者,一并纳入考察对象。如小说托名隋炀帝的 8 首《望江南》,在明代数部小说中均有出现,虽然词作与相关故事均出自宋人小说。但明代小说作者在辑录时,对其中词作亦有选择与否的权利。明代小说作者对词作的一并采纳,也体现出对词作本身的喜好性,因此,一并纳入考察对象,但托名隋炀帝这一组《望江南》,小说作者的引入均是一次性集中引录,故视为一首计入隋炀帝名下。具体引用情况见附表。

一是可视为原创的檃栝等现象,以及在小说用词的数量统计中未计入的摘句的情况,在此一并纳入考察范围,因从中亦有助于了解哪些词人、词作进入明代小说创作群的视野,从而有助于对唐宋元词在明代的传播与接受状况做全面的分析。

一是有些作者明确以某位词人的作品予以引入,但冠名有误的情况,也反映出小说作者对该词人的喜好,因此计入该词人名下。在具体论述时予以说明。

(一)词人群体的选择

总体而言,明代小说中词作的引用现象涉及的前代词人以两宋居绝大多数,其中北宋词人多于南宋。唐五代、金元均有涉及。关于明人词的引用现象,因与明代词坛创作相关,因此在下文中一并考察。

具体而言,明代小说袭用前代词人词作中,以苏轼的作品引用最多,其次是周邦彦和柳永。这些词作大凡亦入选宋代词选如《草堂诗馀》,及其明代扩编版,《天机馀锦》《花草粹编》与《古今词统》等明人词选中也多有收录。不过这几位词人词作被小说引用的具体情况又各有不同,现根据引用数量的多少,分述如下。

表 5-1　小说引用苏轼、周邦彦、柳永词一览表

词人	词作	小说引用情况
苏轼	《念奴娇》(凭高眺远)	《南北两宋志传》写景/暗引、《禅真逸史》写景/明引
	《水龙吟》(似花还似非花)	《醋葫芦》开场/明引
	《西江月》(闻道双衔凤带)	《二刻拍案惊奇》描人/暗引、崇祯本《金瓶梅》开场/暗引

词人	词作	小说引用情况
苏轼	《蝶恋花》(春事阑珊芳草歇)	《大唐秦王词话》叙事/暗引、崇祯本《金瓶梅》开场/暗引
	《江城子》(凤凰山下雨初晴)	《警世通言》写景/明引
	《踏莎行》(这个秃奴)(托名)	《廉明奇判公案传》故事/明引、《青泥莲花记》故事/明引、《情史类略》故事/明引
	《水调歌头》(明月几时有)	《水浒传》词唱/明引、《南北两宋志传》咏月/明引、《铁树记》咏月/明引
	《满庭芳》(蜗角虚名)	《醒世恒言》说理/暗引、《拍案惊奇》说理(摘句)/明引
	《满庭芳》(香叆雕盘)	《清平山堂话本》描人/暗引
	《念奴娇》(大江东去)	《水浒传》开场/明引
	《洞仙歌》(冰肌玉骨)	《隋炀帝艳史》写景/明引
	《水龙吟》(楚山修竹如云)	《西湖二集》咏笛/明引
	《永遇乐》(明月如霜)	《青泥莲花记》故事/明引、《情史类略》故事/明引
	《江城子》(玉人家在凤凰山)	《青泥莲花记》故事/明引
	《减字木兰花》(郑庄好客)	《青泥莲花记》故事/明引
	《卜算子》(缺月挂疏桐)	《情史类略》故事/明引
	《贺新郎》(乳燕飞华屋)	《情史类略》故事/明引
周邦彦	《瑞鹤仙》(悄郊原带郭)	《禅真逸史》写景/暗引(改写)
	《西平乐》(稚柳苏晴)	《大宋中兴通俗演义》创作/暗引(改写)
	《少年游》(并刀如水)	崇祯本《金瓶梅》开场/暗引、《情史类略》故事/明引
	《意难忘》(衣染莺黄)	崇祯本《金瓶梅》开场/暗引(上片)
	《满江红》(昼日移阴)	崇祯本《金瓶梅》开场/暗引(上片)
	《解语花》(风销焰烛)	《梼杌闲评》写景/暗引
	《浣溪沙》(翠葆参差竹径成)	《南北两宋志传》写景/暗引、《杨家府演义》写景/暗引
	《柳梢青》(有个人人)	《西湖二集》描人/明引、崇祯本《金瓶梅》开场/暗引
	《西河》(佳丽地)	《皇明中兴英武传》写景/暗引
	《兰陵王》(柳阴直)	《情史类略》故事/明引

续表

词人	词作	小说引用情况
周邦彦	《满路花》(帘烘泪雨干)	《情史类略》人物创作/暗引
	《点绛唇》(辽鹤归来)	《情史类略》故事/明引
柳永	《倾杯乐》(禁漏花深)	《二刻拍案惊奇》入话/明引
	《玉蝴蝶》(渐觉芳郊明媚)	崇祯本《金瓶梅》开场/暗引(下片)
	《菊花新》(欲掩香帏论缱绻)	崇祯本《金瓶梅》开场/暗引
	《凤衔杯》(追悔当初孤深愿)	崇祯本《金瓶梅》开场/暗引
	《望海潮》(东南形胜)	《三宝太监西洋记》写景/暗引、《大宋中兴通俗演义》(櫽栝)写景/暗引、《青泥莲花记》故事/明引
	《过涧歇近》(淮楚)	《七曜平妖传》写景/明引
	《醉蓬莱》(渐亭皋叶下)	《贪欣误》写景/暗引
	《木兰花慢》(拆桐花烂熳)	《西湖二集》写景/明引
	《西江月》(师师生得艳冶)	《古今小说》故事/明引
	《西江月》(凤额绣帘高卷)	《古今小说》故事/明引
	《玉女摇仙佩》(飞琼伴侣)	《古今小说》故事/明引
	《击梧桐》(香靥深深)	《古今小说》故事/明引、《青泥莲花记》故事/明引

首先是苏轼词的引用情况。从表 5-1 中可以看出,除文言传奇集《青泥莲花记》《情史类略》之外,其他白话小说作者引用苏词均是基于词作本身,而基本不涉及词人逸事。唯《廉明奇判公案传》是作为故事整体引录,所叙即为苏轼断案的一个故事。据拙目所见,这也是明代公案小说中,除早期带有话本特征的《包龙图判百家公案》之外,唯一的一首词作。可见作为公案小说,此词的引入在很大程度上是因为它本身即为一首判词,乃是案件的有机组成部分。至于所引苏轼具体词作,在小说中的功能,则涉及开场、咏物、描景、写人、说理、词唱等,不拘一格。

就词作内容与具体功能之间,有较为契合者:如千古绝唱《水调歌头》(明月几时有),在所引用的几部小说中,均用于中秋咏月。另如《隋炀帝艳史》第六回中所引《洞仙歌》(冰肌玉骨),这首词乃词人咏后蜀花蕊夫人夏夜纳凉的情态,小说引入的情节设置为:

三人商议已定,趁着晚凉,浴罢兰汤,重陈些瓜果,也不歌,也不

舞，微言谈笑，直饮到斗转参横，银河泻影，方各各还宫安寝。后宋人苏东坡有《洞仙歌》词一首，单道宫中夏夜之妙：……①

词作引入的环境与词作本事较为相关。亦有不甚相关者，如《大唐秦王词话》中所引一首《蝶恋花》，甚觉突兀。词作引入情境为：

> 一壁厢秦王传令起兵，到太原府，安抚地方去不题。军马起营，再说刘文靖行程。
>
> 春事阑珊芳草歇。客里风光，又过清明时节。小院黄昏人忆别。落红处处闻啼鴂。　　咫尺江山分楚越。目断魂销，应是音沉绝。梦破五更心欲折。角声吹落梅花月。
>
> 在路非止一日，回到大国长安，进了城回府歇下。②

据《苏轼词编年校注》分析，此词当作于苏轼离开杭州后不久，为词人离别杭州后的心绪写照。宋本《草堂诗馀》收录在"离别"类下，不过即便词作有离别情绪，细玩词味，用于小说中展现刘文靖的行程，依然让人觉得生硬。还有如《醋葫芦》以一首《水龙吟》(似花还似非花)作为十一回开场，这是一首咏物名作，但小说作者在引入时，却并没有将它安置在相关的情境中，以体现词作本身在展现描写对象时所具备的高超艺术手法。而是将它作为开场，且与小说叙事无多少关联。这类词作的引入更多地是出于小说作者的意识，而不是小说叙事的具体需求，更可看出明代小说作者对苏词的喜爱。

其次是周邦彦词。其中一首《柳梢青》(有个人人)，宋本《草堂诗馀》辑录时未注词人，列周邦彦词后，顾从敬《类编草堂诗馀》误为周词，小说《西湖二集》作周词引入，崇祯本《金瓶梅》用于开场，未提示作者。另一首《西平乐》在《大宋中兴通俗演义》中被改写之后植入人物之口。文言小说集所引前人词，一般而言词人即是小说主人公，此处周邦彦一首《满路花》(帘烘泪雨干)，在《情史类略》所录《朱希真》小说中，为人物朱希真所作，同时被植入的还有苏庠《鹧鸪天》(梅妒晨妆雪妒轻)、朱敦儒《念奴娇》(别离情绪)，此类现象在文言短篇小说中较为

---

① 《隋炀帝艳史》，第 174 页。
② 《大唐秦王词话》，第 707 页。

少见。余下9首中有3首被崇祯本《金瓶梅》用于开场,4首均用于描景,2首出现在《情史类略》中,以故事的形式引入。

再次是柳永词。柳永词的引用又有一种特殊情况,即其中6首均出自以柳永为主人翁的拟话本小说——冯梦龙改写的《众名姬春风吊柳七》。因此,这6首词在小说中均为人物柳永所作,与其他小说引用柳词以写景、描人不同。但这种引用又与文言小说以词话为故事内容的敷演不同,如《青泥莲花记》中所引柳词《击梧桐》(香靥深深)。以柳永为主人翁的拟话本创作,虽然人物是真实的,但故事却虚构性很强,不像词话在一定程度上是出于真实事件的记载,所以《众名姬春风吊柳七》中的两首柳永所作词——《西江月》(调笑师师最惯)与(腹内胎生异锦)仅见该小说,而不见于柳氏作品集。除去话本所引6首外,余下8首词中有3首用于崇祯本《金瓶梅》开场,1首用于《二刻拍案惊奇》卷五的开场,另4首则均用以描景。

就排在前三位的词人而言,其作品在小说作者群中的传播,又各有特色。其一是对苏轼其人其作的偏爱。苏轼词不仅被引用数量最多,而且在小说中的功能也最为多样,引入方式也不拘一格。而且与其他词人相比,苏轼是"明引"最多的词人。"明引"即在小说中明确指出所引为何人词作,与此相对应的是"暗引",即只引词作而不提示词人。苏词被"明引"20次;柳词"明引"8次;周邦彦"明引"4次。而且明代小说在引用苏轼词时,往往冠以"东坡先生"等尊称,从中透露出明代小说作者对苏轼词作及人格的双重肯定。《明代中后期词坛研究》指出:"从评论来看,苏轼虽时被提及,且是公认的宋词大家,所得赞美却不多。但是,从明词的创作来看,苏轼的影响力和传播度极为惊人,堪称走红明代第一人,在所谓香风弥漫、格靡调卑的明代中后期词坛尤其如此。"[①]明代小说之兴盛,正处于词坛的中后期,在对苏轼其人其所的喜好上,与词坛可谓不谋而合。其二是柳永的传奇经历与其词作一起,进入明代小说作者群的视野。其三是周邦彦词在民间传唱广泛,故易成为张冠李戴的对象。而且收录妓士交往较多的《清泥莲花记》,引录苏轼、秦观等词人之作较多,但似未涉及周邦彦其人其词,同时期的《艳异编》《广艳异编》等亦未载其事迹,明末《情史类略》中才收录其逸事与词作。

除上述三位词人之外,还值得一提的是南宋词人辛弃疾,他填词有别于苏

---

① 张若兰:《明代中后期词坛研究》,北京:中国社会科学出版社2010年版,第190页。

词的旷达,而偏于豪放,其中《贺新郎》《水调歌头》诸阕历来为词论家所称道,不过小说作者所偏爱的,却并非词论家眼中的佳作。小说中直接引用辛词的数量并不多,仅《包龙图判百家公案》引入一首《千秋岁》,另有一首《贺新郎》(瑞气笼清晓),乃是依托其名下。辛词《千秋岁》如下:

> 塞垣秋草。又报平安好。尊俎上,英雄表。金汤生气象,珠玉霏谭笑。春近也,梅花得似人难老。　　莫惜金尊倒。凤诏看看到。留不住,江东小。从容帷幄去,整顿乾坤了。千百岁,从今尽是中书考。①

明代白话小说与文言小说中的寿词,几乎均为此词的同韵之作,如《隋史遗文》中《千秋岁》(秋光将老)、《醒世恒言》中《千秋岁》(琼台琪草)等。在《众名姬春风吊柳七》中以柳永名义创作的一首寿词《千秋岁》(泰阶平了),模仿此首的痕迹更为明显,如其中"笑把金樽倒""山河带砺人难老""二十四遍中书考"等句。而在文言小说《花神三妙传》中,作者则直接借人物之口讲道:

> 老夫人曰:"吾幼时尚记辛幼安有'塞垣秋草,又报平安好'之句,即赓此韵,尤见奇才。"生不假思索,拈笔挥毫。其词曰:(词略)。②

除此处生所制"绿荫芳草"之外,另有人物琼所制"玉阶琼草"、人物奇所制"瑶池绿草"等,均为和韵之作。《钟情丽集》中的寿词《千秋岁》(菊迟梅早)亦复如是。可见此词在明代民间的流行程度。

(二)具体词作的选择

以上对明代小说中较受欢迎的词人作品进行了考察,下文将从词作内容入手,分析小说作者群对词作风格、内容方面的喜好。就不涉及背景故事的单首词作而言,被引用次数在三次及以上的词作见表 5-2。

---

① 《全宋词》第三册,第1883页。
② 《花神三妙传》,《风流十传》本,第235页。

表 5-2　明代小说引用三次及以上词作统计

词人	词作	小说引用情况
僧晦庵	《满江红》(胶扰劳生)	《大唐秦王词话》《三宝太监西洋记》《拍案惊奇》(摘句)、《二刻拍案惊奇》(上片)、《欢喜冤家》
康与之	《瑞鹤仙》(瑞烟浮禁苑)	《清平山堂话本》《古今小说》《二刻拍案惊奇》
李清照	《声声慢》(寻寻觅觅)	《梼杌闲评》《醒世恒言》《女翰林记》(话本)
柳永	《望海潮》(东南形胜)	《三宝太监西洋记》《青泥莲花记》《南北两宋志传》
苏轼	《水调歌头》(明月几时有)	《水浒传》《南北两宋志传》《铁树记》
无名氏	《青玉案》(人生南北如歧路)	《韩湘子全传》《拍案惊奇》、崇祯本《金瓶梅》
僧仲殊	《金菊对芙蓉》(花则一名)	《禅真逸史》《西湖二集》《鼓掌绝尘》

说明:

表中所列不包括宋元话本小说中的引用情况。

从表 5-2 可知,就词人及词作而言,既有名家名作,如苏轼《水调歌头》(明月几时有),李清照《声声慢》(寻寻觅觅),以及柳永《望海潮》(东南形胜)等,亦有无名之辈的作品,如《青玉案》(人生南北多歧路),更有被词学家所鄙视的作品,如僧仲殊《金菊对芙蓉》(花则一名),清代词学大家朱彝尊就认为《草堂诗馀》不收姜夔词,而录此类作品,实为"无目":

> 填词最雅无过石帚,《草堂诗馀》不登其只字,见胡浩立春、吉席之作,密殊咏桂之章,亟收卷中,可谓无目者也。①

这里所指"密殊咏桂之章",即此首《金菊对芙蓉》。就引用词整体的内容与功能而言,以写景状物与劝世说理两类为主。前者如上述《金菊对芙蓉》一词:

> 花则一名,种分三色,嫩红妖白娇黄。正清秋佳景,雨霁风凉。郊墟十里飘兰麝,潇洒处、旖旎非常。自然风韵,开时不惹,蝶乱蜂狂。
> 携酒独揖蟾光。问花神何属,离兑中央。引骚人乘兴,广赋诗章。几多才子争攀折,嫦娥道、三种深香。状元红是,黄为榜眼,白探花郎。②

---

① 朱彝尊:《词综·发凡》,上海:上海古籍出版社 1978 年版,第 14 页。

② 《全宋词》,第 3743。

　　此词宋本《草堂诗馀》收入"桂花"条下，但不题撰人，顾本《类编草堂诗馀》作僧仲殊词。杨慎（托名）批点《草堂诗馀》卷四亦云："此等三家村学究话，如何入词选？"①然而因其明确的表意功能性，这首词在小说中却不乏"用武之地"。《禅真逸史》第二十一回中便拿它来咏桂花：

　　　　俱种桂花约一二千株，深浅黄白相间，尽皆开放，园中游赏之人如蚁，俱席地而坐于桂花树下，酣歌畅饮，热闹得紧。昔贤僧仲殊有词为证：(词略)。②

　　《鼓掌绝尘》第二十七回中，亦用于咏桂花，"文荆卿与小姐同到芙蓉轩后，果见桂花盛开，有词为证：(词略)。"③《西湖二集》卷十八则将它作为开场词："这一只词儿，是西湖诗僧仲殊赋桂花之作，调寄《金菊对芙蓉》，将三种桂花比着状元、榜眼、探花三及第。然状元居首，尤为难得，所以将红色桂花为比，独有中三元者更难。其人宋朝却有三个。"④由此引入话本故事。由此可见，这首词作，以词学眼光衡量，的确称不上佳作，但以小说家目之，则不失为趣题。而且，此词俗则俗矣，与白话小说中大量的游戏之词相比，它仍属于文人词的范畴。

　　后者则以僧晦庵《满江红》（胶扰劳生）为代表。此词《大唐秦王词话》用于第六十回开场；《欢喜冤家》中用于第二十回开场，强调"这寡欲二字，有许多受用"；《二刻拍案惊奇》亦用于第十九回开场，引上阕，亦是强调人生富贵荣华总有定数；《三宝太监西洋记》卷十二中，引此词劝人"要知止知足"。原词如下：

　　　　胶扰劳生，待足后、何时是足。据见定、随家丰俭，便堪龟缩。得意浓时休进步，须知世事多翻覆。漫教人、白了少年头，徒碌碌。
　　谁不爱，黄金屋。谁不美，千钟禄。奈五行不是，这般题目。枉费心神空计较，儿孙自有儿孙福。也不须、采药访神仙，惟寡欲。⑤

_____

　　① 顾从敬：《新订类编草堂诗馀》，杨万里，海继恒整理，上海：上海古籍出版社2021年版，第411—412页。
　　② 《禅真逸史》，第888页。
　　③ 《鼓掌绝尘》，第810页。
　　④ 周清原：《西湖二集》，《古本小说集成》本，第755—756页。
　　⑤ 《全宋词》第三册，第1678页

与一般说理劝世的词作以小令为主不同,这首《满江红》,由于篇幅较长,故而可以从多个角度,较为细腻地阐明人生对于功名利禄的追求不过是虚空,倒不如安贫乐道、随时守分。上片从"待足后、何时是足"的质疑出发,引入"便堪龟缩"的处世之道。既有"得意浓时休进步"的劝诫,又有"世事多翻覆"的感慨,与"白了少年头"的无奈。下片则用两个问句先肯定了世人对利禄的追求之心,这与一般的劝世之言不同,词人并没有置身世外,以高人一等的口吻说教,而是将自身也纳入到了利禄的追求者之中。而否定此种追求的原因,亦不是传统视金钱为粪土的高洁,而是出于"奈五行不是这般题目"的无奈。这样的表达,无疑拉近了词人与芸芸众生之间的距离,使词作不再是词人的说教,而是众生的心声。这应是此词在民间广受欢迎的重要原因。

另如无名氏的《青玉案》,全词如下:

> 人生南北如歧路。世事悠悠等风絮。造化小儿无定据。翻来覆去,倒横直竖,眼见都如许。　　伊周功业何须慕。不学渊明便归去。坎止流行随所寓。玉堂金马,竹篱茅舍,总是无心处。①

这首词在三部小说中均有引用,其中《韩湘子全传》用在第十五回开场;《初刻拍案惊奇》卷一作吴彦高词引入数句,用来说明人生功名富贵,总有天数;崇祯本《金瓶梅》用于第七十九回开场。不唯如此,清代小说《儒林外史》中亦有改写,可见此词在民间的流行程度。词作以浅显通俗的语言,表现了对世俗追名逐利的超越。其中如"翻来覆去,倒横直竖,眼见都如许",极其浅白,有如日常口语,使词作在内容上很容易被普通百姓所接受。就引用词的整体风格而言,偏于婉约。如被引用两次以上的苏轼词共有五首,除《水调歌头》(明月几时有)之外,还有《念奴娇》(凭高眺远)、《西江月》(闻道双衔凤带)、《蝶恋花》(春事阑珊芳草歇)、《满庭芳》(蜗角虚名),虽不乏开阔大气之作,但总体上仍偏向于婉约风格。而以豪放词著称的辛弃疾,仅有一首寿词《千秋岁》(塞垣秋草)见引于小说,亦显示出引用词偏婉约的风格。

要之,小说作者引用词作,并非专主名家名作一途,无名之辈、俗题俗意之作,均可为小说作者所用。引用词在小说的功能较为集中于写景状物与劝世说

---

① 《全宋词》第五册,第3742—3743页。

理两类。写景状物之词,亦不拘雅俗,题咏日常生活中之风、花、雪、月之词,尤见青睐。而劝世说理,则要有一种亲切感,要易产生共鸣,而不是词人的幽思隐情。这应是吴文英、姜夔二人之词,未见引用的原因之一。而风格上,则显示出偏重婉约的倾向。

第三节　小说中"原创词"研究

在上一节中,我们考察了小说中的引用词,在这一节里,将立足于小说中的原创词,考察其风格特色,以及对明代词坛的丰富与拓展。

一、小说中原创词的风貌概论

小说中的原创词,在白话小说与文言小说两大创作体系之间,也呈现出明显的分化。要之,白话小说中的原创词,可视为明代民间填词的缩影;文言小说中的原创词,则是明代文人填词的延续。

(一)白话小说:民间填词的缩影

从敦煌曲子词中可以发现,词在民间草创之初,已显示出无事不能入词、无人不可填词的端倪。然词体经两宋的发展,地位渐升,成为一代文学之代表,在文人笔下,其审美内涵已非草创之初的民间创作所能企及。论元、明词,我们也更习惯于研究文人词。一方面固然是文人词文学价值较高,另一方面也因为文人词的存世较为集中,文本的考察有迹可循。而与之相比较,词体在民间填制的状态,一则文学价值难与文人词比肩,二则民间的填制较为随意,作者可能并没有留存于史的意识,因此,容易散佚,为文本的收集带来很大的困难。故而民间填词的全貌,较难系统地予以研究考察。

白话小说不仅阅读的对象是广大的市民阶层,其创作群也溢出文人圈,再加上娱乐性的创作动机,其中词作自然而然带有鲜明的民间特色,可视为明代民间填词活动的缩影。下文将结合日用类书等通俗书籍,来一并考察白话小说中原创词的民间风貌。

表现之一是内容上的俗题。用词体表现世俗题材,是民间词的一大功能。这些题材包括:劝世说理、街谈巷议、道录佛谒、揣摩床笫等与百姓生活息息相关的内容。如日用类书中较为普遍的劝世《西江月》之一:

　　　　可惜都堂曾铣，堪叹阁老夏公。锦衣玉带死生同。官高极品何

　　用。无限王侯宰相，几多富贵英雄。争名夺利尽皆空。惟有江山

　　不动。①

这是"劝世文"《西江月》三首中的第二首，以明代阁老夏言的命运来劝世人安分
守己，顺天应命，知足常乐。类似劝世之作，在白话小说中亦可谓比比皆是。如
《警世通言》中的两首《西江月》：

　　　　富贵五更春梦，功名一片浮云。眼前骨肉亦非真。恩爱翻成仇

　　恨。　　莫把金枷套颈，休将玉锁缠身。清心寡欲脱凡尘。快乐风光

　　本分。（卷二）

　　　　酒是烧身焇焰，色为割肉钢刀。财多招忌损人苗。气是无烟火

　　药。　　四件将来合就，相当不欠分毫。劝君莫恋最为高。才是修身

　　正道。（卷十一）②

这些词作在内容上往往以酒色或名利等为议论的对象，劝人清心寡欲。
　　而街谈巷议，则是指用词作对生活中的谈资予以表现，这也是民间词展现
的舞台。如谢章铤在《赌棋山庄词话》"词宜典雅"条下，对词的俗化现象提出
批评：

　　　　或曰，词者诗之馀，然自有诗即有长短句，特全体未备耳。后人不

　　究其源，辄复易视，而道录佛偈，巷说街谈，开卷每有《如梦令》、《西江

　　月》诸调，此诚风雅之蟊贼，声律之狐鬼也。③

可见，以街谈巷议为内容的词作，也是俗词范畴。这类词作由于针对具体事件，
不像劝世说理型的词作带有普世的说教意味，因此，日用类书中所涉较少，而白
话小说中则有较丰富的展现。如：

---

　　① 《三台万用正宗》卷四十二，第 3 页。
　　② 《警世通言》，第 37、343 页。
　　③ 谢章铤：《赌棋山庄词话》卷二，《词话丛编》第四册，第 3346 页。

临安太守高方便,首奸不把奸情断。当堂几句撮空诗,对面两人供认案。 判为婚,成姻眷。这件奇闻真罕见。悔杀无端二叔公,不做人情反招怨。(《鹧鸪天》)①

破戒沙门情最恶,终朝女色昏迷。头陀做作亦跷蹊。睡来同衾枕,死去不分离。 小和尚片时狂性起,大和尚魄丧魂飞。长街上露出这些儿。只因胡道者,害了海阇黎。(《临江仙》)②

第一首《鹧鸪天》所写,乃是太守不问奸情,反将被告判为夫妇的"一桩异事",这样的异事,自然是百姓所喜闻乐道的内容。第二首《临江仙》所写,是佛门弟子的淫乱之事。"后来蓟州城里书会们备知了这件事,拿起笔来,又做了这只《临江仙》词,教唱道"。僧人淫乱之事,在小说中多有体现,如《禅真逸事》中亦有一首《浪淘沙》(和尚是钟僧),《廉明奇判公案传》中的《踏莎行》(这个秃奴)等,均是写此类恶事。这些词作所写,均是可作街头巷尾谈资的俗事。

至于俗词对道箓佛偈内容的展现,在小说中也不乏其例:

真土真铅真汞,元神元气元精。三元合一药方成。个是全真上品。动静虚灵不昧,混全实道圆明。形神俱妙乐无生。直谓虚皇绝境。(《西江月》)③

此道至简至易,无非一汞一铅。玄机配合在师传。舍此全然不验。黑白虽为夫妇,怃神要识团圆。东西万里伏媒牵。一符火光斯现。(《西江月》)④

不过,也正如《两宋俗词研究》的作者所指出的:"因远离世俗生活,所以宣扬教义的词再俗顶多也只是文学性的削弱与艺术感染力的缺失,变成传道的工具,而不会有世俗的色情淫秽、诙谐滑稽以及庸俗应酬色彩。"⑤的确,以此为表现内容的词作,俗则俗矣,倒不致恶。体现民间词的恶俗的则是"揣摩床第,污秽中

---

① 《鼓掌绝尘》第二十八回,第828页。
② 《水浒传》第四十六回,第616页。
③ 《禅真后史》,《古本小说集成》本,第1页。
④ 《八仙出处东游记》,《古本小说集成》本,第246页。
⑤ 曲向红:《两宋俗词研究》,第10页。

篁"的淫词。如《金瓶梅词话》中的《西江月》(纱帐轻飘兰麝)之类。①

表现之二是形式上的俗体。词中俗体包括回文、集句、隰栝、独木桥体、牌名等。陈廷焯《白雨斋词话》卷五云:"回文集句叠韵之类,皆是词中下乘。有志于古者,断不可以此眩奇。一染其习,终身不可语于大雅矣。"②可见,古人对纯粹的文字游戏,颇为不满。不过,白话小说的作者们,对词之俗体倒是多有尝试,反映出俗体创作在民间的活力。如下面几首《西江月》词:

城郭东南形胜,朱门十万人家。汴京自古最繁华,弦管高歌月夜。市列珠玑锦绣,风流人物豪奢。青葱云树绕堤沙,真个堪描堪画。(隰栝)③

铧锹儿出队子,香罗带皂罗袍。锦缠头上月儿高。菩萨蛮红衲袄。 啄木儿侥侥令,风帖儿步步娇。踏莎行过喜迁乔。斗黑麻霜天晓。(集曲牌名)④

脸不搽钟乳粉,鬓不让何首乌。不披鳖甲不玄胡。赛过常山贝母。 细辛的杜仲女,羌活的何仙姑。金铃琥珀漫相呼。单斗车前子路。(药名)⑤

一丈葱晒红日,十样锦剪春罗。金梅银杏奈他何。凤尾鸡冠笑我。 红芍药红灼灼,佛见笑笑呵呵。菖蒲虎刺念弥陀。夜落金钱散伙。(花赋)⑥

第一首《西江月》,出自《南北两宋志传》,为隰栝柳永《望海潮》(东南形胜);余下三首《西江月》均出自《三宝太监西洋记》。除第一首隰栝的《西江月》,在词意上可以承担小说中用以描景的功能之外,《三宝太监西洋记》中的三首《西江月》,虽然在小说中均用以描写两军厮杀的场面,但就词作的内容而言,并没有很好地完成使命,纯粹是小说作者的游戏之笔,显示对俗趣的刻意追求。

不过,就填词的层面而言,集句、回文与独木桥体,对填制者的文字驾驭能

① 《全本金瓶梅词话》第十回,第272页。
② 陈廷焯:《白雨斋词话》,《词话丛编》本,第3893页。
③ 《南北两宋志传》第二十七回,《明代小说辑刊》第二辑,第468页。
④ 《三宝太监西洋记》第三十三回,第892页。
⑤ 《西洋记》,第四十七回,第1273—1274页。
⑥ 《西洋记》,第二十四回,第651—652页。

力要求较高,所以在白话小说中并未出现,而只存在于文言小说中,从中亦可看出同样的文字游戏,民间的风格与水平,与文人依然有一定的差距。

表现之三是风格上的俗趣。对于俗趣的追求,自然是民间词所不可缺少的风格之一。而明代白话小说作为通俗文学的一种,本身即带有较强的娱众性与适俗性,因此,其中词作亦不乏娱乐诽谑之词。如以下几首:

> 和尚是钟僧,昼夜胡行。怀中搂抱活观音。不惜菩提甘露水,尽底俱倾。　　赛玉是妖精,勾引魂灵。有朝恶贯两盈盈。杀这秃驴来下酒,搭个虾腥。(《浪淘沙》)①
>
> 面黑浑如锅底,眼圆却似铜铃。痘疤密摆泡头钉。黄发蓬松两鬓。　　牙齿真金镀就,身躯顽铁敲成。楂开五指鼓锤能。枉了名呼颜俊。(《西江月》)②
>
> 矮矮三间殿屋,低低两下厢房。周围黄土半摊墙。门扇东歪西放。　　中塑土公土母,旁边鬼判施张。往来过客苦难当。问笺求签混帐。(《西江月》)③

这类词作往往在末句,营造出一种戏谑的效果,如第一首《浪淘沙》的末句"杀这秃驴来下酒,搭个虾腥";第二首《西江月》的末句"枉了名呼颜俊";第三首《西江月》末句"问笺求签混帐"等,均在词尾加上调笑之笔,使整首词作都具有戏谑的意味,类似于杂剧中所谓"打诨"之状。

以上从题材、体式与风格三个方面展现了白话小说中原创词的民间风貌,总体而言,这些词作又带有一个共同的特点,就是词体功能化的运用,这是明代民间词的总体特征。词体功能化的运用,即词体沦为实现某一功能的载体,而不再是对词体艺术性或审美性的追求。小说中的词作,于上引各例,可见一斑。而翻检日用类书,亦可发现词体诸多功能性的创作,试举一二例如下:

> 龙得两而兴旺,求名就得迁除。一朝运至望佳期。专等春雷一气。　　君子官高贵显,常人灾难消除。远近行程有人知。干事诸般

---

① 《禅真逸史》第八回,第308页。
② 《醒世恒言》卷七,第346页。
③ 《韩湘子全传》第二十一回,《古本小说集成》本,第577页。

称意。(《西江月》)①

　　浓厚淹留，薄疏孤独，短促兄弟非宜。骨棱高起，性勇好为非。清秀弯如月样，文章显、折桂荣奇。印堂广，双分入鬓，卿相位何疑。

　　竖毛多主杀，神刚气暴，岂有思维。交头并，印促背禄奔驰。横直妨妻害子，旋螺聚、必执枪旗。低压眼，相连不断，运至必灾危。(《满庭芳》)

第一首《西江月》乃为关于"乾卦"的解说，第二首《满庭芳》则是一首相面的歌诀。不仅有小令俗调，也有长调的运用。这些词作，与小说中的词作一样，服务于表意上的功能，其功能性凌驾于审美性之上。这是民间填词与文人填词最为本质的区别之一。

　　不过需要指出的是，就白话小说中的原创词而言，虽然民间风貌是其主体，但其中亦有一小部分词作，表现出文人创制的风格。如：

　　杨花铺径乱鸦啼。惆怅阻佳期。镇日倚栏凝望，别来几度相思。远山蹙损，罗衾湿透，幽恨谁知。偏恨怨怀难托，芳心远逐天涯。(《朝中措》)②

　　兴衰如九转，光阴速、好景不终留。记北狩英雄、南巡富贵，牙樯锦缆，到处遨游。忽转眼、斜阳鸦噪晚，野岸柳啼秋。暗想当年，追思往事，一场好梦，半是扬州。　　可怜能几日，花与酒、酿成千古闲愁。谩道半生消受，骨脆魂柔。奈欢娱万种，易穷易尽，愁来一日，无了无休。说向君如不信，试看迷楼。　　右调《风流子》③

上引两首词作就文本而言，与上文所引民间创作风貌的词作，显示出迥异的风格，这类词作属于传统文人词的范畴。这两首词代表了白话小说中文人词的两大特征。其一是表现儿女之情。词兴起于酒栏歌榭，"倚红偎绿"本是其应有之义。因此，这类词作还有一个特点，就是或多或少有借鉴前人之处，如上引《朝中措》，化用康与之《卖花声》的痕迹十分明显，康词为："蹙损远山眉。幽怨谁

① 《三台万用正宗》卷三十一"卜筮门"，第309页。
② 《昭阳趣史》，第169页。
③ 《隋炀帝艳史》第三十九回，第1255—1256页。

知。罗衾滴尽泪胭脂。夜过春寒愁未起,门外鸦啼。　　惆怅阻佳期。人在天涯。东风频动小桃枝。正是销魂时候也,撩乱花飞。"①其二是抒发作者的感慨或愤懑,这类词作往往用于小说开场,如上引第二首《风流子》,便是用于开场,抒发作者对隋炀帝一生兴亡的感慨。

此类当行之作稍可用词学衡之。风格大凡以婉约为主,意象与语境偏向于唐五代与北宋。长于铺叙的南宋慢词,或者注重"清空骚雅"的姜吴风格,在白话小说的引用词中都难得一见,小说作者自然不会亲自染指了。至于苏、辛一派,注入词人高远之志、意境恢宏之作,在白话小说中也难得一见。不过在明末小说,尤其是时事小说中,由于作者在小说创作中,本身有一股不平之气,所以其中词作,不乏郁勃之气,如《辽海丹忠录》中数首开场词。这部小说是作者为英雄申冤辩屈而作,因此,不仅在叙事中浸染着一股不平之气,其中十首开场词,更是这股不平之气的升华。另如《隋炀帝艳史》,虽名为"艳史",但"兹编无一字淫哇",全篇反而是在一种"巍焕无非民怨结,辉煌都是血模糊"的历史悲叹中,展示了隋炀帝杨广荒淫骄奢、纵欲无度,终至亡国覆朝、身败名裂的一生。所以其中词作也往往流露出作者对历史史实的咏叹,除上引《风流子》之外,另有一首开场词《水调歌头》:

> 拭泪问造物,造物一何乖。尽道祸淫福善,暗里有安排。请看独夫残暴,为什刀兵水火,只作小民灾。惨血终日沥,劳骨何时埋。
> 歌击壤,游鼓腹,安在哉。无情土木,不知磨碎几多骸。谩道江山将破,楼上清歌妙舞,犹自醉金钗。天意已如此,世事不胜哀。②

词中所注入的个人情感,与文人词坛中的咏史之作,相差无几。

(二)文言小说:文人填词的延续

纵观文言小说中的词作,呈现出以雅词为主的风貌,属于文人填词活动在小说中的延续。因此,其中词作大凡可以传统词学衡之。具体表现如下:

其一是总体风格上的文人化。就其风格而言,则以婉约为主。如《花楼吟咏》中一首《柳梢青》:

---

① 《全宋词》第二册,第1306页。
② 《隋炀帝艳史》第三十回,第937页。

　　莺语声吞,蛾眉黛蹙,总是销魂。银烛光沉,兰闺夜永,月满尊樽。
罗衣空湿啼痕。肠断处秋风暮猿。潞水寒冰,燕山残雪,谁与
温存。①

词作情辞婉转、意境凄切,又有一种"欲说还休"文人气息。另如《怀春雅集》中这首《春从天上来》:

　　淮海逍遥,叹几番风雨,魄散魂消。梦里曾到,月殿云霄,凤凰九
奏箫韶。问当年丰采,有姮娥、百媚千娇。笑相招,把霓裳轻举,仙佩
飘飘。　　满酌,琼浆频劝,醉春风几度,鬓发萧萧。懊恨蟾蜍,截断
长虹,万丈银桥。梦回时酒醒,人何在,烛暗香销。展转无聊,书帏寂
寂,夜漏迢迢。②

　　姑且不论这首词填制水平如何,其中所表现出的对意象的运用及意境的追求与文人填词的风格一致。即便是写情直接的词作,亦表现出文人模仿民间词的特色,而与纯粹的民间词有所区别。试看下面两首:

　　风动花心春早起,亭后空床,一枕鸳鸯睡。归到兰房妆倦洗,几回
又搁相思水。　　但愿风流长到底,莫使人知,都在心儿里。郎至香
闺非远地,幸郎早办通宵计。(《蝶恋花》,《天缘奇遇》)③

　　秋风只拟同衾枕。春归依旧成孤寝。爽约不思量。翻言要打郎。
鸳鸯如共耍。玉手何辞打。若再负佳期。还应我打伊。(《菩萨
蛮》,《紫竹小传》)④

第一首《蝶恋花》感情奔放,有民歌中爱情表白的大胆与直接。第二首《菩萨蛮》虽用词浅白,却将现实生活中的儿女之情展现得活灵活现,亦体现出民间词活

---

① 《花楼吟咏》,《明清传奇小说集》,第220页。
② 《怀春雅集》,《风流十传》本,第266页。
③ 《天缘奇遇》,第167页。
④ 《紫竹小传》,《明清传奇小说集》,第89页。

泼生动的特点。

文言短篇传奇由于篇幅短小,作者叙事简练,而且对词作的运用较为节制,因此,作者往往选择长调来承载人物丰富的内心情感,具有南宋慢词长于铺叙的风格,与文言小说中的中调、小令追摹唐五代、北宋词风有所不同。如下面两首长调:

记前朝旧事,曾此地,会神仙。向月地云阶,重携翠袖,来拾花钿。繁华总随流水,叹一场春梦杳难圆。废港芙蕖滴露,断堤杨柳摇烟。

两峰南北只依然,辇路草芊芊。怅别馆离宫,烟销凤盖,波浸龙船。平时玉屏金屋,对漆灯无焰夜如年。落日牛羊垅上,西风燕雀林边。(《木兰花慢》,《滕穆醉游聚景园记》)①

离离禾黍,叹江山似旧,英雄尘土。石马铜驼荆棘里,阅遍几番寒暑。剑戟灰飞,旌旗鸟散,底处寻楼橹。喑呜叱咤,只今犹说西楚。

憔悴玉帐虞兮,灯前掩面,泪交飞红雨。凤辇羊车行不返,九曲愁肠慢苦。梅瓣凝妆,杨花飞雪,回首成终古。翠螺青黛,绛仙慵画眉妩。(《念奴娇》,《秋夕访琵琶亭记》)②

第一首词作,是瞿佑的得意之作,意境深沉、语境雅致,杂之明词也属上乘之作。《渚山堂词话》卷二云:"瞿词虽多,予所赏爱者此阕惟最。"③此词魅力可见一斑。《剪灯馀话》仿《剪灯新话》而作,就填词造诣而言,瞿佑与李祯在词坛上皆有声名,清代田同之《西圃词说》认为:"明初作手,若杨孟载、高季迪、刘伯温辈,皆温雅芊丽,咀宫含商。李昌祺、王达善、瞿宗吉之流,亦能接武。"④但李祯在词体创作上,似不及瞿佑,尤其是长调的驾驭上。瞿佑《乐府遗音》虽不乏曲化倾向,但其中佳作却有不少长调,如《明词史》所举佳构,均为长调,这在明代词史中是较为特殊的。可以说,瞿氏是明代词坛少数以长调擅名的词人之一,这一点也反映在他的小说创作中。

---

① 《剪灯新话》卷二,第 45 页。
② 《剪灯馀话》卷二,第 186 页
③ 陈霆:《渚山堂词话》卷二,《词话丛编》第一册,第 367 页。
④ 《西圃词说》,第 1454 页。

二人创作之高下,从上引二词中亦可见出端倪,同样是代前朝宫人的感怀之作,瞿词寓情于景,其中景语摇曳多姿,尤其是上、下片末句:"废港芙蕖滴露,断堤杨柳摇烟"与"落日牛羊垅上,西风燕雀林边"的比对,充分显示了女性人物内心的敏感与多情,情境浑然一体,深得南宋雅词的风味。而相比之下,李词《念奴娇》则略显生硬。不过,无论两首词作水平高下如何,其中显露出的文人填词的风格与追求是一致的。另如《王秋英传》中的一首长调《潇湘逢故人慢》:

> 明年寒食,梦云复携鸡黍,过秋英坟上。少顷秋英至,设席藉草,讴唱相和。梦云以巨觥酌秋英曰:"今日之乐,千古一时,可无片词以纪盛事?"于是秋英乃作《潇湘逢故人慢》一阕曰:
> 春光将暮,见嫩柳拖烟,娇花带雾。顷刻间风雨。把堂上深恩,闺中遗事,钻火留饧,都付却、落花飞絮。又何心、挈罍提壶,斗草踏青载路。子规啼,蝴蝶舞,遍南北,山头纸灰绿醑。莫一丘黄土。嗟海角飘零,湘阴凄楚。无主泉扃,也能得、有情鸡黍。画角声、吹落梅花,又带离愁归去。①

小说人物讴唱相和、以词纪事,词作亦无论从功能性还是从审美性而言,均显示出文人化的倾向。

其二是词中俗体的文人化。文言小说也不乏文人的游戏之笔和写艳之词,不过,终归是文人化的,与白话小说中的同类作品,在表现手法上有相当大的区别。如文言小说中的俗体词之一:

> 二郎神去竟何之。重叠山西。亭前柳树空啼鸟,满庭芳草萋萋。我怨王孙薄幸,声声谩诉凄其。 长相思忆旧游时。春锁南枝。而今仲夏初临也,疏帘淡月空辉。试问阮郎归未,念奴娇怙谁知。(十四牌名《风入松》)②

上引之词,是一首"牌名"词,即集词牌或曲牌名而成。词中的"二郎神""满庭

---

① 《广艳异编》卷三十二,《古本小说集成》本,第1342—1343页。
② 《刘生觅莲记》,第355页。

芳""怨王孙""声声慢""长相思""忆旧游""锁南枝""夏初临""疏帘淡月""阮郎归""念奴娇"等,均为词牌名。上引白话小说《三宝太监西洋记》中的《西江月》(铧锹儿出队子),乃是集曲牌名,同属一类。集曲牌名词在《三宝太监西洋记》中还有如:"吹的是齐天乐,摆的是萃地铛。六么七煞贺新郎。水调歌头齐唱。

我爱你销金帐,你爱我桂枝香。看看月上海春棠。恁耍孩儿莽撞。"(《西江月》)其中"齐天乐""贺新郎""水调歌头""销金帐""桂枝香""海春棠""耍孩儿"等均是曲牌名。两首词作虽然都是牌名的集成,但《刘生觅莲记》中的《风入松》词,对词牌名的处理显然要高明许多,全词语意通顺连贯,亦能营造一定意境,如下片末二句"试问阮郎归未。念奴娇怯谁知",词牌名与句意浑然一体。白话小说此类词作几乎就是牌名的直接连缀,并无多少意境可言,甚至连内容的表达也显得苍白乏力,显示出民间词娱乐性高于审美性的一面。

　　另如集句、回文、独木桥体,更是适合文人驾驭的文字游戏,故白话小说中没有出现,文言小说则不乏其例,如《刘生觅莲记》中就有多方展现。集句体如:

> 当时书语最堪悲(田昼)。不用登临怨落晖(牧之)。今在穷荒岂易归(郭勿甫)。酒盈杯(韩无咎)。拨尽寒炉一夜灰(吕蒙正)。(《忆王孙》)①

回文体如:

> 噫思多处红珠滴。秋叶落添愁。寂寂孤身客。通信托归鸿。(逐句回文《菩萨蛮》)②

顶针格如:

> 一睹仙郎肠几断,断肠枉自痴痴。痴心长自拟佳期。期郎还未定,定有害相思。　　思深偏切愁人梦,梦中添下孤凄。凄惶泪滴几

---

① 《刘生觅莲记》,第380页。

② 《刘生觅莲记》,第377页。(按:此处《风流十传》本标点为:噫,思多处,红珠滴,秋叶落添愁。寂寂孤身客,通信托归鸿人。)

多时。时动文君想,想在俏相如。(《临江仙》)①

除此之外,还有大量运用叠词的《浣溪沙》:"寂寂寥寥度此春,朝朝暮暮两眉颦。重重叠叠眼添新。　　句句声声心里事,孤孤孑孑客边身。思思想想意中人。"②这些词作虽然不乏游戏的性质,但与白话小说中的俗体词相比,则又带有明显的文人气息,是文人词坛中的游戏之笔在小说中的延续。

三是俗题俗意的文人化。例如写艳之词,文言小说同样要"雅化"许多,如《怀春雅集》两首描写男女情事的《苏幕遮》其一:

> 洞房幽,平径绝。拂袖出门,踏破花心月。钟鼓楼中声未歇。欢娱佳境,撞入何曾怯。　　拥香衾,情两结。覆雨翻云,暗把春偷设。苦短良宵容易别,试听紫燕深深说。③

与白话小说中直接宣淫的词作相比,此类词作还是抱持了一种诗意的审美再现,立足点依然在情而不在淫。白话小说中也有以精致意象写淫态的词作,如《绣榻野史》中的词作,虽然在用辞上较白话小说中的淫词要文雅,但其宣淫的本质却并没有改变。文言小说中的相关描写,仍可以看出文人词传统的含蓄蕴藉的追求。此二首写艳之词白话小说《欢喜冤家》中有引用,清《坚瓠集》亦有收录,其词体生命力可见一斑。

总体而言,白话小说中的原创词,可视为民间填词的缩影。多追求俗题俗趣,亦不乏纯粹的游戏之笔,功能性凌驾于审美性之上。文言小说中的原创词以中调、小令为主,偏于婉约,且以唐五代与北宋之风为胜。没有"花间"的绮丽,多一层唐五代词的晓畅。"明白晓畅"可以说是白话小说与文言小说中词作的共同风格取向。只不过,与白话小说不同的是,文言小说中的词作,总体上可视为文人词,虽然不乏游戏之笔与写艳之笔,但终归是文人化的,只是笔力高下的问题。此外,文言小说中的词作,因作者自身所具备的填词水平,以及词作抒情本色的运用功能,其中原创词作所达到的艺术水平,则又是白话小说难以企及的。

---

① 《刘生觅莲记》,第345—346页。
② 《刘生觅莲记》,第348页。
③ 《怀春雅集》,第309页。

二、原创词对明代词坛的丰富

小说中的词作,较之词坛创作,虽然有更功能化的一面,文学性往往有所不及,但小说中的词,与小说的叙事在同一层面反映了社会生活的丰富画卷,它们不仅有各色的创作主体,还有各样被创作的动机以及各种各样的表现客体,因此,小说中的词,对明代词坛创作又有丰富与贡献之处。

（一）艺术价值上的贡献

对明代词坛艺术价值上有贡献的词作,主要出现在短篇文言传奇中,如曾引瞿佑《木兰花慢》(记前朝旧事)之例,杂之明词,亦是难得的佳作。也正因为如此,明代词选多有选录。除此之外,瞿佑与李祯在小说中还有另外两首长调,如:

> 月老难凭,星期易阻,御沟红叶堪烧。辛勤种玉,拟弄凤凰箫。可惜国香无主,零落尽露蕊烟条。寻春晚,绿阴青子,鹈鴂已无聊。
> 蓝桥虽不远,世无磨勒,谁盗红绡。怅欢踪永隔,离恨难消。回首秋香亭上,双桂老,落叶飘摇。相思债,还他未了,肠断可怜宵。(《满庭芳》,《秋香亭记》)①

> 乾坤如昨,叹往事凄凉,长才萧索。景物都非,人民俱换,非是旧时城郭。世事恰如棋子,当局方知难著。胜与败,似一场春梦,何须惊愕。　　寥落。相见处,萍水异乡,烂熳清宵酌。说到英雄身同梦,涩尽剑锋莲锷。看破浮云变态,体问谁强谁弱。堪叹息,这一番归去,似辽东鹤。(《喜迁莺》,《青城舞剑录》)②

瞿词温柔婉转,李词则不乏刚强之处。在明代词坛均可视为当行本色的入流之作。另如《广艳异编》所录《玄妙洞天记》中,收录18首人物所制词作附于文尾,其中多为小令,以女性视角展现内心情思,如其中两首:

> 韶阳欲暮莺声碎。望远凭栏伤妾意。杂花满地绣成茵,人在绣茵

---

① 《剪灯新话》附录,第 111 页。
② 《剪灯馀话》卷二,第 181 页。

深处醉。　　　妾非飞鸟无双翅。空想郎边芳草媚。愿为柳絮倩东风，吹向郎身撩乱坠。(《玉楼春》)

兰闺日永花慵绣。纱窗独倚垂罗袖。燕子做巢忙。诗成难寄郎。

新篁窥绿水。荷叶青无比。风暖不知吹。游丝自在飞。(《菩萨蛮》)①

词作语意浅显，却又不失婉转多情的韵味。如第一首《玉楼春》上片末句："杂花满地绣成茵，人在绣茵深处醉"，意境优美、情辞俱佳。第二首《菩萨蛮》上片末句，写燕子因筑爱巢，而无暇为词人传情；下片末句则写暖风不吹，致使情丝不断。其中比拟新巧，将词人的相思情状展现得生动活泼。另如《王秋英传》中一首《满江红》中的"江山风雨百年心，家国存亡千里月""高唐梦里情如海，望帝山中泪成血"等句，对仗工整，感情充沛，很有感染力。与明代词坛中充斥着的众多有辞无情的应酬之作以及率意而为的打油之作相比，这样的词作虽存在于小说中，却更具审美价值。

(二)审美范畴上的拓展

词体作为一种抒情的文学体裁，无论词人是直抒胸臆，还是借景抒情、咏物述志，总之，展现在词人笔下的作品，大凡以"美"作为审美的对象。小说中的原创词则不然，小说作者在将"美"作为审美对象的同时，也将"丑"纳入了审美的对象。丑普遍存在于自然、社会和艺术领域，是一种特殊的审美对象，但由于儒家"不语怪力乱神"的中和美学的长期影响，中国古代文论并没有给予"丑"充分的关注。在《先锋文学创作中的审丑现象》一文中，作者列举了先锋小说的种种"审丑的范式"，其中包括"对人物活动的肮脏环境的展览""对人物身体与精神的病态的描绘""对暴力、流血场面情有独钟的展示""对性的观赏式裸呈"等等②，实则这些审丑的范式，在明代小说中的词作中，时有体现。如以下数首词作：

寂寞房廊倒榻，荒凉蔓草深埋。雨淋神像面生苔。供桌香炉朽坏。侍从倚墙靠壁，神灵臂折头歪。燕泥雀粪积成堆。伏腊无人祭

---

① 《广艳异编》卷十二，第 487—488 页。

② 董小玉：《先锋文学创作中的审丑现象》，《文艺研究》，2000 第 6 期。

赛。(《西江月》)①

　　面阔腰圆身体长。精神突兀气扬扬。笑生满脸堆春色,邪点双睛露晓光。心巨测,意难量。一团奸诈少刚方。吮痈舐痔真无耻,好色贪财大不良。(《鹧鸪天》)②

　　战将刀枪卷雪,斗兵旗矗遮天。马驰尘动滚云烟。一片喊声不断。　　踏破函州地界,震翻燕北山川。人人奋勇兢争先。杀得尸横血溅。(《西江月》)③

上引词作,无论是描人、写景,还是展现动态场面,均带有审丑的特征。如第一首《西江月》中对肮脏破败景象的刻画。第二首《鹧鸪天》则表现了人物"吮痈舐痔""好色贪财"等在世俗欲望中被扭曲的病态人格。另如"轻躁骨头无四两,文才颇没三分。长衫大袖浅鞋跟。赌行真老酒,妓馆假斯文"④(《临江仙》上片),也是着眼于人物人性中的丑恶;而"蓬松两鬓似灰鸦,露嘴龇牙额角叉。后面高拳强蟹螯。前胸凸出胜虾蟆。"⑤(《鹧鸪天》上片)则是着力展现人物形象上的丑态。第三首《西江月》则着意展现出暴力血腥的场面,这是白话小说中词作较多展现的内容之一,另如"混天宝剑出龙泉,到处人头血染"⑥(《西江月》下片末二句)、"禅杖打开脑袋,钢刀截断人腰"⑦(《西江月》下片首二句)、"赢得一时身首断,颈血模糊"⑧(《浪淘沙》下片末二句)等词句,均展现出一幅暴力血腥的画面。至于小说中大量描写男女交合之态的词作,如《绣榻野史》与《素娥篇》中的大量词作,正是"对性的观赏式裸呈"。

　　另如《宜春香质》中一首《忆旧游》上片:"忆昔游广陵,骨肉炎凉,恁般刻薄,骂口蜂针,蟒线不顾。羞杀人,数数落落,道我堕落销磨。潦倒无成果,恁肉眼

①　《梼杌闲评》卷六,第 56 页。
②　《梼杌闲评》卷十一,第 100 页。
③　《三国志后传》卷七,第 1370－1371 页。
④　《醋葫芦》第三回,第 91 页。
⑤　《西湖二集》卷十六,第 660 页。
⑥　《七曜平妖传》第十八回,《古本小说集成》本,第 126 页。
⑦　《水浒传》第七十七回,第 1129 页。
⑧　《醉醒石》第九回,《古本小说集成》本,第 311 页。

无珠,重财轻我,真堪泪沱。"①与传统忆旧之作所展现的词人记忆中的美好画面不同,这里词人所回忆的,却是落魄之时亲人反目,倍受羞辱的一幕。这些以人性或环境中的丑作为审美的词作,在文人笔下恐是不多见的。

(三)题材内容上的丰富

就词坛的创作而言,词人往往对词作所要表现的对象有所选择与取舍。与小说中词作所显示出的"无事不可入词""无人不可入词"的特征不同。翻检《全明词》,依然以传统的抒情写怀或现实的歌功颂德之作为多,与社会生活的现实层面有一定的隔膜。小说中的词作,尤其是白话小说中具有民间性的原创词,其创作主体不再是文人精英俯视社会的姿态,而是以身在其中的姿态,对社会现实作了全面的展现,提升了词体反映社会生活的深广度。

其一是对世风的针砭与揭露。如以下两首词作:

　　世事从来无定,天公任意安排。寒酸忽地上金阶。立看许多渗濑。　　熟识还须再认,至亲也要疑猜。夫妻行事别开怀。另似一张卵袋。(《西江月》)②

　　枭薄恶异,反脸便无情义。哄得人儿上楼,便掇梯儿去。有钱有酒相随,财尽掉臂矣。百般相契。献臀请捣,都为狂钱生活计。心不悔,乖戾到头有报。陡的冤家至。狭路难避。抽肠活剥,大快人心,机括太熟逢人。便施刀计。闪杀多少,情痴破产警当世。(《六么令》)③

这些词作不再具备文人对人生世相所带有的审美性观照,而是以其直接、直白、直露,完全撕裂现实与文学作品之间的温情面纱,对世态炎凉的展现,带有浸染其中的刻骨冷峻。如第一首《西江月》末二句,讽刺社会上趋炎附势之风,可谓既形象又入木三分。第二首《六么令》,是明末小说《宜春香质》中的一首开场词,词作运用长调适合铺叙的特点,通过一系列细节的展现,揭露了风月场中人际关系的扭曲以及人性的丑恶。另如《龙阳逸史》中一首开场《谒金门》:"随时度,断却利名两路。他是他们我是我,浮生徒碌碌。世上善良几个,眼底

① 《宜春香质》"雪集"第五回,《思无邪汇宝》第七册,第285页。
② 《二刻拍案惊奇》卷十一,第553页。
③ 《宜春香质》"花集"第一回,《思无邪汇宝》第七册,第161页。

奸顽无数。到底浮云转眼过，一番都识破。"①亦反映出明代社会世风日下之后，人与人之间的冷漠与势利。

其二是各色人物进入词作展现的领域。虽然以人物作为描写对象，是词体产生之初既有的传统，但与文人于词作中往往展现女性的柔美不同，小说中的词作有不少描写女性的词作，表现出女性刚强英勇的一面，如：

> 玉雪肌肤，芙蓉模样，有天然标格。金铠辉煌鳞甲动，银渗红罗抹额。玉手纤纤，双持宝刃，恁英雄煊赫。眼溜秋波，万种妖娆堪摘。
>
> 谩驰宝马当前，霜刃如风，要把官兵斩截。粉面尘飞，征袍汗湿，杀气腾胸腋。战士消魂，敌人丧胆，女将中间奇特。得胜归来，隐隐笑生双颊。(《念奴娇》)②
>
> 宝嵌金丝小凤冠。柳眉星眼别团圆。护项云间飞白蝶，妆花锦绣暗龙盘。金锁甲，玉钩腕。金莲三寸小靴穿。红罗战裙双扣结，一似织女披肩下斗垣。(《鹧鸪天》)③

词人笔下的女性，不再是温柔多情、我见犹怜式的传统美人，乃是"柳眉星眼""妆花锦绣"的巾帼女将，或"战士消魂""敌人丧胆"的女中豪杰。另如对市井人物的刻画：

> 本分营生不做，花拳绣腿专工。棍枪呼喝骋英雄。说着些儿拈弄。　　鬻贩私盐活计，贝戎不耻微踪，骰盆六五叫声凶。破落行中真种。④

这些难入文人青眼的社会底层的无业游民，如今也堂而皇之地成了词作所刻画的对象。另如描写牢中刑具的《西江月》："犊子悬车可畏，驴儿拔橛堪哀。凤凰晒翅命难捱。童子参禅魂捽。　　玉女登梯最惨，仙人献果伤哉。猕猴钻火不

---

① 《龙阳逸史》第二十回，第 395 页。
② 《水浒传》第六十三回，第 839 页。
③ 《七曜平妖传》第三十回，第 237 页。
④ 《西湖二集》卷一，第 11 页。

招来。换个夜叉望海。"①这些内容都很难在文人笔下成为词体描摹的对象。

　　总体而言,小说中的原创词作,除了具有审美价值的一部分作品外,将审丑也纳入其中,而且展现对象也大大扩充,这些不失为对明代词坛的一种补充。词体经两宋文人雅化的努力之后,虽然不乏俗词填制,但主流的创作却逐渐走上了一条精品化的道路。词体创作沿这条道路走到明代,最为明显的结果就是,词人在词作中深厚情感注入的缺失,与外在精致形式的固守之间的矛盾,所导致的词作的空泛、虚浮与做作。从这个意义上讲,明词的俗化,并不失为一条出路。小说中的词作,在某种程度上,可以视为词体民间生命力的一种恢复。

---

① 《醒世恒言》卷三十,第 1813 页。

第六章　小说中原创词与明代词坛

明代小说中的原创词,是明代词体创作的有机组成部分,应纳入明词的研究范围。本章即立足于小说中的原创词,从文本研究的角度,考察这部分词体创作,与明代词坛创作、词学风向之间的关系;以及小说对词体的运用,对明代词选的影响。

第一节　小说中原创词与明词创作

明词创作无法与两宋词坛的高峰相提并论,这也是长期以来学界对明词研究较为轻忽的重要原因。近二十年来,随着对明词研究的深入,以及明词文献整理的日臻完善,我们对明代词坛创作的整体风貌有了更为全面深入的了解。虽然对明词中衰的定论有所翻案,但无论是与两宋词坛的纵向比较,还是与明代通俗文学的横向比较,明词相对式微,也是不争的事实。对其背后的原因,学界也有较深入的研究,其中重要的一点,就是受明人的词学观影响。词坛的创作风貌与词学主张息息相关。近年来,对明代词学的研究也取得了较多的成果,如《明代词学通论》《明代词学之建构》《明代词学研究》等等。在这一节中,笔者以明代词论为纲,分析在词论主张之下的明代词坛创作,与小说中的词体创作之间的关系。

借鉴已有研究成果,除上述三部词学论著之外,尚有《明词史》《明代中后期词坛研究》等专著,以及《论明词的复古追寻》《明代词学思想论略》等相关论文,可归纳出明代词学观念主要体现在"托体不尊""推崇婉约""着意复古"三个方面。词坛风气,对明代小说中的词体创作也颇有影响,或者说小说中的原创词由以上几方面衡之,与词学风气颇为一致,下文即从此三点展开论述。

一、托体不尊的词学观及其影响下的创作

词虽起于民间,但经两宋词人的努力,已可与诗比肩,成为一代文学之代表,但到了明代,词体的地位又有所下降,沦为诗之余。陈霆《渚山堂词话》谓:"词曲于道末矣。纤言丽语,大雅是病。"①俞彦《爰园词话》:"词于不朽之业,最为小乘。"②从这些明代重要的词论文献中可以看出,明人普遍视词为小道、末技的词学观。这种托体不尊的词学观,势必影响到文人的填词创作,如李蓘在《花草粹编·叙》中所言:"北曲起,而诗馀渐不逮前。其在于今,则益泯泯也。盖士大夫既不素娴弦索,又不概谙腔谱,谩焉随便人后,而造次涂抹,浅易生硬,读之不可解,笔之冗于简册,不知迥视。古法犹有毫末存焉?否也。无怪乎其词湮,而书之存者稀也。"③即剖析了词坛创作"不景气"的现状。

小说作者虽然不可能在小说中提出词为小道的主张,但从其对待词作运用的态度上,亦可见出明人普遍持有的托体不尊的词体观于小说作者的浸染。如小说作者在创作中引入词作时的交代,就时有消解词体的现象。最为常见的几种对词体的称谓,有"说话""口号""曲儿""歌""律",或者统称为"诗"。另一方面,"词"已不再是词体的专称,与词体相关的特定称谓,如"阕"等,也不再是词体的专属代称。总之,从小说中对词体的指称可以发现,"诗""词""曲""歌",均可以指代词,而称"词"、称"阕"者却不一定是词。

托体不尊的观念在词坛创作中的表现,则可以从三个方面衡之,一是主观上的率意,一是风格上的媚俗,一是形式上的曲化。

(一)主观上的率意

关于明人填词率意而为的现象,后人亦多有批评,如《蕙风词话》称:"明词专家少,粗浅,芜率之失多,诚不足当宋元之续。"④这种率意而为的主观态度,势必对具体的创作产生影响。

其一,不择声情不择调。词体产生之初,乃是倚声而填,因此,不仅有文情

---

① 陈霆:《渚山堂词话·序》,《词话丛编》第一册,第347页。
② 俞彦:《爰园词话》,《词话丛编》第一册,第399页。
③ 陈耀文编:《花草粹编·叙》,保定:河北大学出版社2007年版。
④ 况周颐:《蕙风词话》卷五,《词话丛编》第五册,第4510页。

而且有声情。词体在音韵声情上的特点,是词体有别于诗体的重要特征。《词迳》云:"作词须择调,如《满江红》《沁园春》《水调歌头》《西江月》等调,必不可染指,以其音调粗率板滞,必不细腻活脱也。"①《词源》卷下"制曲条"也说:"作慢词,看是甚题目,先择曲名,然后命意。"②可见,选择词调,乃是作词的第一步。即使在词乐失传的情况下,词调对词作在声情上依然有一定的规范性和限定性。受其率意之风的影响,明人填词不择声情不择调的现象,亦十分普遍。《明词史》中曾指出此一现象,所举之例为叶盛的《天仙子·与家人夜话》:

> 青灯拨尽消长夜。家常语笑何曾罢。偶然提起十年前,儿已娅。
> 女已嫁。痛忆先人九泉下。　　我有慈亲问亲舍。白云南望无冬夏。
> 今皇孝治定推恩,先乞假。后入谢。同挽鹿车归去也。

《明词史》指出此词"痛忆已故父亲,只宜用凝重深长的笔调,不宜用如此流宕轻快的韵律。填词而不知根据题意择调,说明作者没有词的调性意识。"③明人填词虽无乐谱可依,主要依格律谱或前人作品而填制,但具体调式之下的代表作品,往往是唐宋词人在音韵基础上,声情并茂的佳作,因此在内容风格以及情感诉求上均对词调的声情有所规范。如苏轼《念奴娇》(大江东去)的豪迈、柳永《雨霖铃》(寒蝉凄切)的凄婉等等,对词调的声情起到了一定的范示作用。但明代词坛之创作,往往于此较为忽略,失于率意。纵观小说中的词作,尤其是白话小说,在具体词调的填制上,亦常打破唐宋词在该调式上所展现给我们的审美传统,时有出人意料之处,显示出不择声情的一面。如《东度记》中的三首《如梦令》:

> 盗贼原无行止,单想金银去使。劝他尽是忠言,反觉揭他廉耻。
> 活死。活死。几乎跌出狗屎。(第五回)
> 世上财当取义,谁叫贩卖妇女。一旦本利双亡,反把行囊贴与。
> 怎处。怎处。将何填还债主。(第七十回)
> 资生尽多卖买,何苦坏心拐带。可怜人家孩童,一旦分离在外。

---

①　孙麟趾:《词迳》,《词话丛编》第三册,第2553页。
②　张炎:《词源》卷下《词话丛编》第一册,第258页。
③　张仲谋:《明词史》,北京:人民文学出版社2020年版,第116—117页。

木怪。石怪。耍的他遭刑受害。（第七十回）①

《明代中后期词坛研究》中曾引"词风比较雅洁入格的"李汛《如梦令·咏忍》一首："刘项雌雄何处。正在忍之一字。不忍苦秦苛,约法三章而已。无计。无计。却忍咸阳火炽。"认为"与唐宋以来《如梦令》一调所带来的审美期待不侔"。② 实则亦是填词不择声情的表现。而上文所引小说中的三首《如梦令》,与该调的审美期待就更显背离与乖违了。

这种不顾词调原有声情的现象,除了与词坛创作率意而为的风气相一致外,还有一个原因,亦是词体衰微在明代的反映,即词调名本身与明人之间的隔膜,尤其是在明代民间。明人对词调名的滥用,使很多词调名在最初填制时所具备的特有声情与体式,趋于消解。小说中的词作,其词调名的运用更为随意,不仅错误百出,而且又往往冠以新名,如"蜂情蝶意遂"等。这些现象,势必导致明人对于词调最初在声情上的规范已不再熟悉,也就更谈不上选择精当、声情并茂了。而在宋人小说中,艺人大凡以"某某词,寄某某调"的方式,来引入词作,对于词体声与情两个方面均予以强调。

其二,文本上的失律现象严重。明人填词的率意与词律不精,在创作层面上的反映,则是失律现象十分严重。甚至有词论家批评明人:"自明以来,词学道微,不独倚声无专家,即能分句读者亦少。"③这一评价于明代词坛而言,或许稍嫌苛刻,不过明人于词律的轻忽也是不争的事实。如明代词坛以步韵《草堂诗馀》而显名的词人陈铎,《明词史》称他"所长尤在词曲"④,可算是当行词家了,《蕙风词话》对其词作评价甚高,认为"陈大声词、全明不能有二。"⑤但从他所和前人词而言,虽为步韵之作,但词律亦多有不合原词者。试举一二如下:

《侧犯》和周美成:

挈欢扶醉,温泉浴罢新妆靓。明月上,一片瑶天弄飞镜。寻凉依露草,设宴临香径。炉烟凝客袂,池风乱荷影。　　　冰壶玉碗,相对全

---

① 《东度记》,第 84、1285 页。

② 《明代中后期词坛研究》,第 243 页。

③ 《赌棋山庄词话》卷六,第 3403 页。

④ 《明词史》,第 165 页。

⑤ 况周颐:《蕙风词话》卷五,《词话丛编》第五册,第 4510 页。

清莹。应自省。白头人、还是旧苟令。报道更深，天街久静。素手重携，绕吟桐井。①

宋本《草堂诗馀》所录周邦彦《侧犯》②原词如下：

> 暮霞霁雨，小莲出水红妆靓。风定。看步袜江妃、照明镜。飞萤度暗草，秉烛游花境。人静。携艳质，追凉就槐影。　　金环皓腕，雪藕清泉莹。谁念省。满身香、犹是旧苟令。见说胡姬，酒垆寂静。烟锁漠漠，藻池苔井。

《钦定词谱》以周词为正一体，前段九句六仄韵，后段九句五仄韵。周词上片第三、四句为："风定。看步袜江妃、照明镜。"为"二。五、四。"结构，两句两韵；陈词作"明月上、一片瑶天弄飞镜。"为"三七"结构，少一字一韵。周词上片末三句为："人静。携艳质，追凉就槐影。"为"二。三，五。"结构，三句两韵；陈词则是"五，五。"结构，两句一韵。此两处，《词谱》诸体均与周词同，陈词则存在少字、失韵及句式有异等现象。另如一首《金明池》（细草熏衣），是和秦观词。《草堂诗馀》所录秦词下片第二、三句为："把绿鬓朱颜，一时留住。"陈和词为："着意相看，紫骝暂住。"秦词下片末三句为："纵宝马嘶风，红尘拂面，也则寻芳归去。"③陈词为："最怕春来，却怜春好，此际更忧春去。"陈铎和词两处均少一字，与《词谱》所载《金明池》调下诸体异。此类少字、失韵、句读有异的现象在陈铎所和之词中，不胜枚举。即是着意追和前人之作，失律现象尚且如此，可见整个明代词坛填词于格律上的率意粗疏。

不唯词人填词因率意而至失律，就是词律研究的专家，也常常疏于词律的省查。如《明代词学通论》就指出《诗馀图谱》中谱式错误的现象。《啸馀谱》中同样存在类似的错误，如所录《千年调》，以辛弃疾（厄酒向人时）为例，将词作上片中的"滑稽坐上，更对鸱夷笑。寒与热，总随人，甘国老。"④句读断为："滑稽坐

---

① 饶宗颐、张璋：《全明词》第二册，北京：中华书局2004年版，第465页。
② 洪武本《草堂诗馀》，吴昌绶、陶湘：《景刊宋金元明本词》，北京：中国书店2011年版，第455页。
③ 洪武本《草堂诗馀》，第440页。
④ 《全宋词》第三册，第1957页。

上，更对鸱夷，笑寒与热，总随人甘国老。"①使辛词此处"四，六。三，三，三。"五句、两韵的调式，变成"四，四，四，六。"四句、一韵的调式。不仅词律有变，句意读来也令人费解。作为填词轨范的"词谱"尚且如此，也难怪清人要批评明人"能分句读者亦少"了。

相较词坛创作的失律现象，小说的表现就更为"丰富多彩"了。句式上不合律、用韵错误的现象，比比皆是。除此"微观"层面的失律现象之外，小说中的词作还常常有"宏观"上的错位。如《七十二朝人物》中引入《霜天晓角》词一阕：

> 仙翁笑倒。同调人真少。有甚香风吹到。日月摧、乾坤小。利名扰扰。还是清虚好。采药茹芝足老。劳攘的、没昏晓。　　洞门深香。樵牧何曾搅。一片野云缥缈。白者猿、青者鸟。山围水绕。图画天然巧。寸寸异花香草。地无尘、松枝扫。②

此处小说作为一首词作引入，且分片。按《词谱》，《霜天晓角》体例较多，从小说中词作的句式和用韵来看，应为赵师侠词体，双调四十三字，前后段各四句、四仄韵：

> 雨馀风劲。雾重千山暝。茅屋寒林相映。分明是、画图景。　　去程何日定。天远长安近。唤起新愁无尽。全没个、故园信。③

《霜天晓角》词谱所列各体，字数有四十三字与四十四字不等，而且上、下片之间，在句式上均有所改变。但上引小说中这首《霜天晓角》则有一百零四字，远远超出词谱诸体。而且可分为"四。五。六。三，三。"句式格律均相同的四段，正与词谱中赵词的上片句式相同。因此，此处或者为同韵的四首《霜天晓角》之上片，或者为两首完整的《霜天晓角》，但两首下片首句均脱一字。总之，小说所引不可能是一首《霜天晓角》。另如《金瓶梅词话》中的一首词作："内府衙花绫表，牙签锦带妆成。大青大绿细描金。镶嵌斗方干净。女赛巫山神女，男如宋玉郎君。双双帐内惯交锋。解名二十四，春意动关情。"④亦是《西江月》与《临江

---

① 陈明善：《啸馀谱》（诗馀一），明刊本，第 17 页。
② 《七十二朝人物演义》卷六，《古本小说集成》本，第 234—235 页。
③ 《钦定词谱考正》，第 125 页。
④ 《全本金瓶梅词话》第十三回，第 354 页。

仙》合体而成的"两不像"。

　　或者分片错误,如《皇明开运英武传》中一首《鹧鸪天》:"杀气纷纷万里长,旌旗戈戟迸寒光。雄师手仗三环剑,虎将鞍横丈八枪。军浩浩〇将锵锵。锣鸣鼓响振遐方。安丰对敌三千阵,彭蠡交兵第一场。"①将分片的符号放在了下片的两个三字句之间。

　　而且对《鹧鸪天》调小说作者又常常径直处理成诗,如《金瓶梅词话》中的一首:"原来这女色坑陷得几时,必有败。有《鹧鸪天》为证:色胆如天不自由。情深意密两绸胶。贪欢不管生和死,溺爱谁将身体修。只为恩深情爵爵。多因爱阔恨悠悠。要将吴越冤仇解,地老天荒难歇休。"②《鹧鸪天》一调,与诗体最大的区别就是下片首句为两个三字句,但上引之例在体式上与律诗无异。因此,小说中此调在文本上的错讹,很大程度上并非刊误所致,乃是时人对该调在体式上的随意或模糊。至于小说中词在填制中字句平仄是否合律的问题,则根本无法较真了。

　　(二)风格上的媚俗

　　这里所指的"媚俗",有两个方面的含义,一是指明人以游戏之笔,填制俗体或打油体的创作中所显示出的偕俗趣味;一是指明人词中因歌功颂德的功利性所显示出的谄媚之态。

　　先来看明词中俗体的创制。词中俗体包括回文、集句、牌名、独木桥体等。这些俗体明代词坛名家亦时有染指,一则出于游戏心态,一则不乏呈才之意。如杨慎的回文《菩萨蛮》:

　　　　远林平望明霞晓(编者按:"晓"疑当作"晚")。晴野渡云轻。夜凉
新月挂。星点数流萤。③

　　《菩萨蛮》由于体式上的独特性,即"七。七。五。五。　　五。五。五。五。"的五七言句式,以及平仄韵交错互押的用韵特征,适宜填制回文之作,尤其是逐句回文。所谓逐句回文是指每一句之后,以这一句的回文为下一句,与整篇回文有所不同。整篇回文的现象在诗作中较为常见,词体由于句式参差,整篇回文的填制难度较大。如丘濬《菩萨蛮·秋思回文》:"纱窗碧透横斜影。月

---

　　①　《皇明开运英武传》卷五,第205页。
　　②　《全本金瓶梅词话》第六回,第175页。
　　③　《全明词》第二册,第781页。

光寒处空帏冷。香炷细烧檀。沉沉正夜阑。　　更深方困睡。倦极生愁思。含情感寂寥。何处别魂销。"①便属于整篇回文的形式，文字功夫要求更高了。另有其他俗体创作，集句如：

> 洞里仙人碧玉箫。一渠春水赤栏桥。绿窗虚度可怜宵。　　沈麝不烧金鸭冷，障泥未解玉骢骄。长亭回首短亭遥。（杨慎《浣溪沙》）②

独木桥体如：

> 看看老大见新年。怕见新年。要见新年。梅花梦里接新年。鸡唤新年。鼓打新年。　　安排何事报新年。易得新年。难得新年。不如善事报新年。佛写新年。经写新年。（陈洪绶《一剪梅》）③

《明代词学思想论略》一文中，作者指出："置酒高会，欢歌佳丽，纵情声色成了官僚文人生活中不可缺少的内容，这就刺激了娱乐业的繁荣。在这种背景下，曾被宋人赋予'娱宾遣兴'色彩的词体观被明人进一步强化，明人对词体所持的'小道''俗体'等观念都与此相联系。"④的确，词坛的俗体创作，大凡带有娱乐的趣味。

不过，需要强调的是，词坛中的游戏之笔，与文言小说中的同类创作在风格上较为相近。虽然在本质上都具有游戏的性质，但文言小说中的游戏之词与词坛一致，在形式上依然显示出文人化的精致追求；而白话小说中的游戏之词，则在形式与内容上，均是民间俗趣的反映。

明人视词为小道末技，托体不尊，打油体的创作也是这种观念的反映，如丘濬一首《清平乐》云：

> 穿衣又重。穿少又寒冻。叠叠层层难举动。觉得浑身疼痛。　　两肩压得低垂。一身拥作虚肥。除是无官方好，有官须要穿衣。⑤

---

① 《全明词》第一册，第 274 页。
② 《全明词》第二册，第 792 页。
③ 《全明词》，第三册，第 1818 页。
④ 孙克强：《明代词学思想论略》，《河南大学学报》（社会科学版），2004 年第 1 期。
⑤ 《全明词》第一册，第 274 页。

这样的词作，即无新意，也无美感。就词人主观而言，并非追求词体之审美价值，而不过是以词体表现一种世俗的旨趣。类似打油体的创作，在小说中也较为常见，如《东度记》中一首《鹧鸪天》和一首《西江月》：

> 乱发蓬松顶上光，破衣蔽体下无裳。手执一根长竹竿。肩挑两个小箩筐。　　形龌龊，貌肮脏。两眼乜斜池内张。不是渔夫来网罟。青蛙苦恼被他伤。①
>
> 一个青脸红发，一个查耳獠牙。一个铁棒手中拿。一个钢刀腰挂。　　一个睁着圆眼，五个凶恶无差。跳的长老眼睛花。倒有几分害怕。②

这类词作均无多少词味可言，对俗趣的追求凌驾于词体的审美内核之上，就本质而言，依然是托体不尊、率意而为的词学观与创作态度的反映。

再来看歌功颂德之作的谄媚之态。词体经由两宋的发展，逐渐将"诗言志"的传统注入词体创作，而南宋词人于雅化的追求，使词体的创制更趋精致。明人词体不尊，更易将词作为世俗表意的工具。除了寿词等世俗化层面的交际应酬之作外，更催生出大量纯粹歌功颂德的媚俗之作。《明代中后期词坛研究》曾指出夏言与官僚词友唱和赠答之作，"其词即便有迹近豪放者，也无郁勃之气，而徒以拾掇阔大字面为豪，其豪不在骨而在皮，且氤氲着一种谀气媚态。"③夏言在世宗朝尊为首辅，其词在当时流布颇广，钱谦益《列朝诗集小传》云"诗馀小令，草稿未削，已流布都下，互相传唱"④。但夏言词中却不乏谄媚之作，如《感皇恩·中秋日恭述》：

> 今夕是中秋，朝来中使。宫醪玉馔传宣至。白煠羔羊，玉雪如双，月饼黄金似。更五尊秋露、连觞赐。　　小臣何幸，蒙恩非次。佳辰况复逢熙事。皇女挺週，宝玉带中三试。有一函御札、亲批示。⑤

---

① 《东度记》第八十三回，第 1533 页。
② 《东度记》第八十五回，第 1570 页。
③ 《明代中后期词坛研究》，第 86 页。
④ 钱谦益：《列朝诗集小传》，上海：上海古籍出版社 2008 年版，第 536 页。
⑤ 《全明词》第二册，第 669 页。

此类词作"中人俗呕,不忍卒读"①,夏言词作的此股诣媚之风,对明代词坛的影响不容小视。文言小说《天缘奇遇》中亦引入一首夏言的应酬之作。《天缘奇遇》在明代文言中篇传奇中较为独特,所写祁生行迹,不像其他中篇传奇小说围于闺阁花园,而时涉驰骋疆场、建功立业之举,因此,对官场之迎来送往稍有涉笔,其中一首《沁园春》即改写自夏言词:

> 千里故人,一尊席上,笑口同开。念五六年前,三千士内,随君骥尾,得占名魁。君受王恩,妙龄归娶,一棹笙歌碧水隈。青霄立,见中天奎璧,光动三台。　　如君海内奇才。七步风流气似雷。况韬略兼全,两番灭贼,他年麟阁,预卜仙阶。沙燕留人,潭花送客,把手高歌一快哉。苍生望,愿早携鸳侣,共驾同来。②

夏词为:"千里故人,一尊席上,笑口同开。念毛坞新巢,梦魂空到,麓堂旧约,舟楫仍回。骢马南行,彤扉北望,恋阙心悬碧水隈。清宵立,见中天奎璧,光动三台。　　如公海内名魁。有七步风流八斗才。况此日词林,真堪妙选,他年麟阁,预卜先阶。沙燕留人,潭花送客,把手高歌一快哉。苍生望,好大施霖雨,遍沃菁莱。"③不过,与上一首媚上之作相比,这首词作虽然不乏对友人的称颂,倒还能见出词人的一丝情味。

　　总体而言,小说中词作的阿谀媚态较少,在这一点上与词坛创作略有不同。词作呈现阿谀的媚态,本是现实生活中,人与人之间基于现实的利害关系,而催生出的一种人性的虚伪与扭曲。这是词作现实化的功能运用中所不可避免的。但小说毕竟是作者所虚构的环境,而且作者似乎也刻意避免此一用词环境。小说中"有辞无情"的词作,一方面是纯粹功能性的运用,如大量的描人词,虽然展现了人物的特色,但于词体却缺乏美感;另一方面与词坛的媚俗不同,更多的是一种恶俗的表现。如大量揣摩床笫的淫词,以及以春宫图、淫器等为描写对象的低级趣味之作。《明词史》曾批评明代词坛创作中的打油之风:"两宋时期也有俗词,有俳谐词,但或者是特点而不足为病,同时也只是偶尔一见,不足以构成对主流词风的冲击。但是在明代前期,这种打油体在瞿佑等人词中已初露端

---

① 《明代中后期词坛研究》,第 87 页。
② 《天缘奇遇》,第 198 页。
③ 《全明词》第二册,北京:中华书局 2004 年版,第 676 页。

倪,到了宣德、成化年间更几乎是泛滥成灾,遂把词这种最精致、最优美的诗体,糟蹋得再也不可爱,甚至是到了让人恶心的地步了。"①如果算上小说中的原创词,则真正将词体"糟蹋得再也不可爱"的,"甚至是到了让人恶心"地步的,恐怕应该是这类恶俗之词了。

（三）形式上的曲化

明词的曲化,一度被视为明词中衰的重要原因之一。不过,对明词的曲化,以及如何看待曲化词的问题,近年来学界已有重新的审视。《明词史》就辟专节谈到"关于明词曲化的认识"并认为:"明词的曲化现象在词的演进史上是一种客观存在,既不可回避,也不可像前人那样总体否定,而应当根据具体情况作具体分析。"②明词的曲化现象,既是不争的现实,也是不必回避或一味鞭挞的现象。究其曲化背后的原因,归根结蒂依然可视为"托体不尊"词学观的影响。明词曲化的具体现象多种多样,《明代中后期词坛研究》中将明代中后期词曲化的现象与表征归纳为:曲风化、曲韵化与曲体化。③所谓曲风化是指词作显示出曲体的风格,曲韵化是指词体创作中的混韵现象,曲体化则主要是指明人异调组词的填制行为。这三个方面对于明词的曲化现象概括得较为全面。就明代小说中词作而言,曲风化与曲韵化的现象均不乏其例,只是曲体化的现象,因小说中组词的羼入相对有限,笔者尚未发现。因此,下文仅从曲风化与曲韵化两个方面,考察明代小说中词的曲化现象与词坛的一致性。

首先是曲风化。关于明词的曲风化倾向,学界的论述较多,如《明代曲化词探析》一文亦主要论及明词的曲体风格。而曲风化在形式上最为明显的特征就是口语、衬字等的运用。如林章一首《爪茉莉》:

> 但到春来,不知是甚么。凭般的,把人来奈。花前月下,酒里头,没处躲。便教那、病魔愁魔,自家也,猜不破。　　潘郎两鬓,沈郎腰、都到我。则只是,为伊轻薄。撩云拔雨,搅将来、风流祸。这人呵,偏在我心头落。却知我,为那个。④

① 《明词史》,第114页。
② 《明词史》,第19页。
③ 参见《明代中后期词坛研究》,第260—267页。
④ 《全明词》第三册,第1161—1162页。

全词几乎全为口语,带有明显的曲体特征。在明代小说中这类现象也较常见,如《刘生觅莲记》中一首《凤凰阁》:

> 记当初花下,分明传约。思量就把芳心托。岂料书生福薄,竟成空诺。能勾向、他行着脚。　　你也不合,常把眼来睃着。怎知书幌添萧索。奈何我这病根,几时荛却。直若到、空梁月落。①

白话小说中表现出曲风化的语体风格,则不仅仅是口语化的运用,而是大量衬字的直接羼入,如《西游记》中一首《临江仙》:

> 头戴金盔光烁烁,身披铠甲龙鳞。护心宝镜幌祥云,狮蛮收紧扣,绣带彩霞新。这一个凤眼朝天星斗怕,那一个环睛映电月光浮。他本是英雄豪杰旧勋臣,只落得千年称户尉,万古作门神。②

"这一个""那一个""他本是""只落得"等衬字的羼入,使这首词的体式几乎消解,带有明显的曲体痕迹。

其次是曲韵化。《明代中后期词坛研究》中主要例举了词韵中第三部与第四部混用的部分词作,如陈霆《蝶恋花·题觉海寺壁》中的"起""世""意""偈"属词韵第三部,其余韵字"住""处""去"则属词韵第四部,两部完全混用。第三部与第四部的混用,在明代中后期词坛的创作中较为普遍,究其原因,则与闽浙方言与明代传奇的影响有关。传奇创作中即有"支思、齐微、鱼模也视同一类,全无分辨"的传统,"这些特点被明代一些传奇作家如梁辰鱼、张凤翼、汤显祖、高濂等人所在,作为他们填词时的韵律与根据。"③

这一混韵现象,在明代小说中也时有见之。如《梼杌闲评》第五回中一首《踏莎行》:

> 憔悴形容,凄凉情绪。驱车人上长亭路。柔肠如线系多情,不言不语恹恹的。眉上闲愁,暗中心事。音书难倩鳞鸿寄。残阳疏柳带寒

---

① 《刘生觅莲记》,第 345 页。
② 《西游记》第十回,第 122 页。
③ 周维培:《曲谱研究》,南京:江苏古籍出版社 1997 年版,第 334 页。

鸦,看来总是伤心处。①

词中的韵字"绪""路""处",在《词林正韵》中属第四部(仄),而"事""寄"则是第三部(仄)。唯"的"属于十七部(入)。《皇明开运英武传》中将宋赵令畤《蝶恋花》(欲减罗衣寒未去),末句"飞燕又将归信误。小屏风上西江路。"改为:"江水潺潺清可喜。紫燕黄莺来往语。"改作中的"喜"与"语",亦分属第三、四韵部。另如文言小说《双双传》中一首《桃源忆故人》:隔窗鸟语花声碎,报道秦娥夜至。忙整凤帏鸳被,和着人儿睡。　　无端月下敲声沸,惊散阳台云雨。点点泪珠偷坠,幽恨凭谁寄。② 同样是将第四部(仄)的"雨",与第三部(仄)的"至""寄"等同押。这一现象在明代小说原创词中并不少见。

二、推崇婉约的词学主张及其影响下的创作

"明人在区分婉约为正、豪放为变的基础上,进一步提出重正轻变、崇正抑变的主张。"③如王世贞在《艺苑卮言》中云:"故词须宛转绵丽,浅至儇俏,挟春月烟花于闺幨内奏之,一语之艳,令人魂绝,一字之工,令人色飞,乃为贵耳。至于慷慨磊落,纵横豪爽,抑亦其次,不可作耳。作则宁为大雅罪人,勿儒冠而胡服也。"④明确推崇婉约之风,是明代词论中的重要内容。而且,在婉约之中又推崇唐五代、北宋词。虽然同属婉约词,唐五代、北宋令词所具有的晓畅风格,与南宋慢词长于铺叙以及对雅致风格的追求有所不同。从明代重要词人的代表作品中,可窥一斑。如明代填词数量较多的词人之一——陈霆,四库馆臣评其词:"诗馀一体较工,其豪迈激越,犹有苏、辛遗范。"⑤即使是追慕苏、辛风格的词人,其作品也有不少低徊婉转之作,如这首《浣溪沙·春日郊行》:

> 花气薰人似酒浓。野桥东畔草茸茸。睡馀无事踏芳丛。　　弱柳撺成长短绿,小桃添注浅深红。最多情思是东风。⑥

---

① 《梼杌闲评》第五回,第 41 页。
② 《双双传》,《风流十传》本,第 399 页。
③ 《明代词学思想论略》。
④ 《艺苑卮言》,第 385 页。
⑤ 《水南稿提要》,参见永瑢等撰《四库全书总目》卷一七六,第 1558 页。
⑥ 《全明词》第二册,第 537 页。

另如《蝶恋花·春归》：

> 池上落花红作阵。池外浓阴，总道垂杨闷。春意自怜芳意尽。风风雨雨归期近。　　泪眼惜春还可恨。来不多时，去又无回信。芳草征衫何处认。杨花只乱人方寸。①

"犹有苏、辛遗范"的陈霆之作中尚且不乏此类情致委婉的词作，着意追求婉约风格的词人作品，自不必多言了。

小说中的词作，除却大量有辞无情的纯粹功能性的创作之外，稍具词味的本色当行之作，亦呈现出婉约之风偏胜的局面。这一点在第五章第三节已有所论述，在此不妨再举几例，与词坛创作略作比较：

> 文窗绣户无罗幕。江南绿水通朱阁。花鬓玉珑璁。单衫杏子红。彩云歌处断。柳拂旌门暗。鹦鹉伴人愁。春归十二楼。（《菩萨蛮》)②

> 烟雨妒春声不歇。无故把繁华摧折。看歛网留春，斜兜花瓣，不放东君别。　　隔槛丁香和恨结。泪滴处罗衣凝血。正冷落佳人，柴门深闭，刚是愁时节。（《雨中花》)③

这两首词作，写情不直露，也不隐幽；用语不深涩，也不浅陋。虽然在填制水平上未必能与上引两首词人之作相抗衡，但就风格而言，则可视为同类之作。

除此之外，从进入明代小说作者视野的唐宋词及明人词，亦可看出明代小说作者对婉约之风的喜好。在第五章第二节中，考察了明代小说作者引用唐宋金元词的现象，其中便是以婉约为主。这里不妨将引用明人词的现象稍作论述，既可管见明人填词风格所宗，也可佐证小说作者对词风的取向。表6-1、6-2所列，即为明代小说引用明人词简表。

---

① 《全明词》第二册，第538页。
② 《龙阳逸史》第四回，第139页。
③ 《刘生觅莲记》，第342页。

表 6-1 明代白话小说引明人词简表

小说	词人	引用词作
《警世通言》	瞿佑	《南乡子》(帘卷水西楼)
《拍案惊奇》	文徵明	《酹江月》(桂花浮玉)(上片)
	唐寅	阙调名"风花雪月"四阕(风袅袅)(花艳艳)(雪飘飘)(月娟娟)
《弁而钗》	赵今燕	《长相思》(去悠悠)(愁无言)
崇祯本《金瓶梅》	汤显祖	《好事近》(红曙卷窗纱)
	唐寅	《踏莎行》(八月中秋)
	杨慎	《好女儿》(锦帐鸳鸯)
	秦士奇	《临江仙》(倦睡恹恹生怕起)
	林鸿	《念奴娇》(钟情太甚)
	祝允明	《长相思》(唤多情)
	冯琦	《望江南》(梅共雪)
	丘濬	《翠楼吟》(佳人命薄)
	刘基	《苏幕遮》(白云山)
	王慎中	《浪淘沙》(美酒斗十千)
	陆采	《菩萨蛮》(绿杨袅袅垂丝碧)
《东周列国志》	杨慎	《西江月》(道德三皇五帝)
《西湖二集》	马洪	《画堂春》(萧条书剑困埃尘)(越罗衣薄轻寒透)

表 6-2 明代文言小说引用明人词一览表

小说	词人	引用词作
《龙会兰池录》①	唐寅	阙调名"风花雪月"四阕(风袅袅)(花艳艳)(雪飘飘)(月娟娟)
《红桥唱和》	林鸿	《念奴娇》(钟情太甚)
	林鸿	《摸鱼儿》(记红桥)
《钟情丽集》	唐寅	《满庭芳》(月下歌声)、《一剪梅》(红满苔阶绿满枝)(雨打梨花深闭门)
《天缘奇遇》	夏言	《沁园春》(千里故人)(改写)
《刘生觅莲记》	文徵明	《雨中花》(烟雨妒春声不歇)

① 此四首附于文尾,似为刊刻时所增。

从小说作者主观选用的明人词来看,偏重婉约的格局非常明显。其中被引入上片的文徵明《酹江月》:

> 桂花浮玉,正月满天街,夜凉如洗。风泛须眉病骨寒,人在水晶宫里。蛟龙偃蹇,观阙嵯峨,缥缈笙歌沸。霜华满地,欲跨彩云飞起。
>
> 记得去年今夕,酾酒溪亭,淡月云来去。千里江山昨梦非,转眼秋光如许。青雀西来,嫦娥报我,道佳期近矣。寄言俦侣,莫负广寒沉醉。①

在被引词作中,算得上是略近苏轼宏阔词境的作品了。余则如被白话小说崇祯本《金瓶梅》与文言小说《晋安逸志》等同时引用的林鸿《念奴娇》:

> 钟情太甚,人笑我、到老也无休歇。月露烟云多是恨,况与玉人离别。软语叮咛,柔情婉娈,熔尽肝肠铁。歧亭把酒,水流花谢时节。
>
> 应念翠袖笼香,玉壶温酒,夜夜银屏月。蓄喜含嗔多少态,海岳誓盟都设。此去何之,碧云春树合。晚峰千叠。图将羁思,归来细与伊说。②

写情极为缠绵,属于长调中的婉约之作。至于所引用之令词,婉约的风格就更明显了,如马洪的《海棠春》:"越罗衫薄轻寒透。正画阁风帘飘绣。无语小莺慵,有恨垂杨瘦。 桃花人面应依旧。忆那日擎浆时候。添得暮愁牵,只为秋波溜。"③《西湖游览志馀》录马洪词犹多,其卷十二"才情雅致"中一次性录入26首,除上引之词外,余25首均为风情柔婉之作。因更倾向于词作的品赏,故未列入上表之中,不过,小说重婉约的倾向,于此亦可见一斑。

三、着意拟古之风及其影响下的创作

如上文所言,明代词坛创作的整体风格不仅以婉约之风为胜,而且在婉约之中有拟古的一面,即尊崇唐五代、北宋词风。在《明词的复古追寻》一文中,作

---

① 《全明词》第二册,第502—503页。
② 《全明词》第一册,第191页。
③ 《全明词》第一册,第250页。

者从两个方面考察了明词的复古现象，一是明人对唐五代、北宋词的追和现象；一是选择宋人未用或少用的唐五代词调填制词作，以示复古。① 在此笔者亦不妨从词调入手，考察小说作者在择调时的复古倾向。

　　1.《南乡子》②。唐教坊曲名。此词有单调、双调之分。单调者始自欧阳炯词，双调者始自冯延巳词。其中单调以欧阳炯词"二十七字，五句两平韵、三仄韵"为正体，而双调则以欧阳修词"双调五十四字，前后段各五句、四平韵"为正体，《词谱》指出此体乃是"欧阳炯'画舸停桡'词体再加一叠，惟第四、五句仍用平韵"。但此体上、下片第三句不再入韵，亦是单调与双调的差别所在。即双调在句式上虽然是单调的叠加，但在用韵上则较之单调要简单、稀疏。词谱录欧阳炯词二首：

　　　　画舸停桡。槿花篱外竹横桥。水上游人沙上女。回顾。笑指芭蕉林里住。
　　　　路入南中。桄榔叶暗蓼花红。两岸人家微雨后。收红豆。叶底纤纤抬素手。③

　　小说《七十二朝人物演义》卷五中一首《南乡子》：

　　　　二八花钿。胸前如雪脸如莲。耳坠金环穿瑟瑟。霞衣窄。笑倚朱楼相对怯。④

所用即欧阳炯词体，并非双调《南乡子》中的半首。另如卷三十三中同时引入的"这两阕《南乡子》诗馀"："晤叹言歌。积勤自是获功多。若使神驰情复漾。虽望。进谊修身却是谎。　　劝世休忘。务专心志莫芒芒。谤道年华过不迅。回瞬。才惜钟鸣旋漏尽。"⑤实为两首欧阳词体《南乡子》，被刊刻成了一首双调《南乡子》，《词谱》收双调诸体，均是叶平韵，且无换韵现象。而卷二十七中这一

　　① 张若兰：《论明词的复古追寻》，《文学遗产》，2009 年第 4 期。
　　② 关于词调的信息及作为体例的词作，均参照《钦定词谱考正》，简称"《词谱》"，下同。
　　③ 《钦定词谱考正》，第 25 页。
　　④ 《七十二朝人物演义》，第 178 页。
　　⑤ 《七十二朝人物演义》第 1393 页。

首:"贤执政,产方隅。气凌霄汉命征车。理直词宏名又顺。威风振。凛凛从教看折晋。"①则是《词谱》中所列李珣词一体,单调三十字,六句两平韵、三仄韵。李词为:"烟漠漠,雨凄凄。岸花零落鹧鸪啼。远客扁舟临野渡。思乡处。潮退水平春色暮。"②

2.《荷叶杯》。唐教坊曲名。此词有单调、双调。单调者有温庭筠、顾夐二体,双调者只韦庄一体,俱见《花间集》。其中正体为单调二十三字,六句四仄韵、两平韵。温庭筠词:"一点露珠凝冷。波影。满池塘。绿茎红艳两相乱。肠断。水风凉。"③

《七十二朝人物演义》中即为温词一体,词为:"主卧岂能惊醒。相等。立螭头。耐心屏气不移步。木塑。怎优游。"④

3.《南歌子》。唐教坊曲名。此词有单调、双调。单调者始自温庭筠词,因词有"恨春宵"句,名《春宵曲》。周邦彦词为《南柯子》。其中以温庭筠词为正体,单调二十三字,五句三平韵:"手里金鹦鹉,胸前绣凤凰。偷眼暗形相。不如从嫁与,作鸳鸯。"⑤

明代白话小说中共填制《南柯子》8首,其中既有唐人的单调体,也有宋人填制较多的双调体。《七十二朝人物演义》卷十二中的《南柯子》:"赤焰惊人魄,苍髯炫客睛。鳞甲灿如星。醉看疑蒸角,渡沧溟。"⑥正是温词一体。

4.《古调笑》。商调曲,一名《宫中调笑》。单调三十二字,八句四仄韵、两平韵、两叠韵。王建词例:"蝴蝶。蝴蝶。飞上金枝玉叶。君前对舞春风。百叶桃花树红。红树。红树。燕语莺啼日暮。"⑦

此一调式与宋词中的《调笑令》不同。宋词《调笑令》,《词谱》以毛滂词为例:"城月。冷罗袜。郎睡不知鸾帐揭。香凄翠被灯明灭。花困钗横时节。河桥杨柳催行色。愁黛有人描得。"⑧此词作为崔徽故事的一部分,也曾出现在明人小说中,不过小说作者自行填制之词,则以王词为体例。如《七十二朝人物演

① 《七十二朝人物演义》第 1142 页。
② 《钦定词谱考正》,第 25 页。
③ 《钦定词谱考正》,第 11 页。
④ 《七十二朝人物演义》卷二十七,第 1151 页。
⑤ 《钦定词谱考正》,第 8 页。
⑥ 《七十二朝人物演义》,第 471 页。
⑦ 《钦定词谱考正》,第 50 页。
⑧ 《钦定词谱考正》,第 1411 页。

义》中一首:"堪笑。堪笑。挽近人情颠倒。鉴花谷影狂追。志气精神尽颓。颓
尽。颓尽。底事常遭悔恪。"①此调与上引《荷叶杯》一样,每句用韵,且平仄互叶
的形式,并不易驾驭,显示出作者的有意追摹。

5.《思帝乡》。唐教坊曲名。创自温庭筠,单调三十六字,七句五平韵。温
庭筠词:"花花。满枝红似霞。罗袖画屏肠断,卓金车。回面共人闲语,战篦金
凤斜。惟有阮郎春尽、不还家。"②

小说《七十二朝人物演义》中一首:"浮生。几何偏易更。及此佳时休废,好
修成。不若为些局戏,聊为白昼营。莫道是个中小数、恣说评。"③格律与温词
同,唯下片末句羼入衬字"是",而多出一字。

6.《采莲子》。唐教坊曲名。单调二十八字,四句三平韵。皇甫松词例:"菡
萏香连十里陂举棹。小姑贪戏采莲迟年少。晚来弄水船头湿举棹。更脱红裙裹
鸭儿年少。"④此词在明代多有次韵之作,如张杞《采莲子·步皇甫松韵》二首、徐
士俊《采莲子·次皇甫松韵》二首等。

文言艳情小说《素娥篇》中一首(枝底寻花花底眠),即为此体。

7.《望江南》。即《忆江南》,温庭筠词有"梳洗罢,独倚望江楼"句,又名《望
江南》。单调二十七字,五句三平韵。双调始自宋人,乃单调之叠加,宋王灼《碧
鸡漫志》云:"予考此曲,自唐至今皆南吕宫,字句皆同。止是今曲两段,盖近世
曲子无单遍者。"⑤

明代小说中的《望江南》词,有一部分是引自宋人小说《海山记》,托名为隋
炀帝所作,却为双调。也有一部分单调《望江南》,如《别有香》(残本)中的 10 首
写艳之《望江南》,便为单调。《三教偶拈》所引瞿佑 4 首《望江南》描写西湖之
景,亦为单调。另如《关帝历史显圣记》中所录两首《望江南》亦为单调。

8.《长命女》。唐教坊曲名。和凝词名《薄命女》。双调三十九字,前段三句
三仄韵,后段四句三仄韵。《词谱》以冯延巳为体:"春日宴。绿酒一杯歌一
遍。再拜陈三愿。   一愿郎君千岁,二愿妾身长健。三愿如同梁上燕。岁岁
长相见。"⑥

---

① 《七十二朝人物演义》,第 437 页。
② 《钦定词谱考正》,第 71 页。
③ 《七十二朝人物演义》,第 1407 页。
④ 《钦定词谱考正》,第 33 页。
⑤ 王灼著,岳珍校正:《碧鸡漫志校正》,成都:巴蜀书社,2007 年版,第 121 页。
⑥ 《钦定词谱考正》,第 84 页。

此调于明代小说共填制两首,白话小说与文言小说各一首。前者出自《醉醒石》:"悲薄命。风花袅袅浑无定。愁杀成萍梗。妄拟萝缠薜附,难问云踪絮影。一寸热心灰不冷。重理当年恨。"①与律合。后者出自文言艳情小说《素娥篇》"新两足",唯末句按谱少一字。

9.《凤楼春》。唐教坊曲。双调七十七字,前段八句六平韵,后段九句五平韵。《词谱》以欧阳炯词为例,并指出:"此调见《花间集》,惟欧阳炯一词,无别首宋词可校。"欧阳炯词为:

> 凤髻绿云丛。深掩房栊。锦书通。梦中相见觉来慵。匀面泪,脸珠融。因想玉郎何处去,对淑景谁同。　　小楼中。春思无穷。倚阑凝望,暗牵愁绪,柳花飞起东风。斜日照、珠帘罗幌,香冷粉屏空。海棠零落,莺语残红。②

此调共十七句,用十一韵,韵脚较密,在中调中并不多见。《素娥篇》中有一首写艳之作"壁立万峰丛"格律与欧阳炯词同。

从以上数例可以看出,小说作者对唐人小令多有模仿,也有染指宋人罕有填制的词调的现象,或可视为民间填词活动的拟古现象。尤其是《七十二朝人物演义》中,显示出作者对唐五代单调令词的特别偏好。

综上所述,明代小说中的词作亦受明代词学风气之影响,词坛中托体不尊、推崇婉约、着意拟古等词学观,不仅影响了明代词坛创作,亦影响了小说中词作的创作风貌。所不同者在于,词坛创作多有谄媚之态,而小说中词则多有恶俗之作。

第二节　原创词择调与词坛的异同

据笔者对《全明词》及《全明词补编》的考察,《全明词》共收词一万九千余首,《全明词补编》收词五千余首,共计 786 调。又据继《补编》出版之后,陆续的

---

① 《醉醒石》第十三回,第 471 页。
② 《钦定词谱考正》,第 578 页。

辑补成果,如《〈全明词〉补 27 首》①《〈全明词〉补遗一》②《〈全明词〉补遗二》③《〈全明词〉〈全明词补编〉漏收词百首补目》④《〈全明词〉续补一》⑤,《〈全明词〉续补二》⑥《〈全明词〉新补 12 家 45 首》⑦《〈全明词〉新补 15 家 59 首》⑧《〈全明词〉辑补 62 首》⑨《〈全明词〉辑补 42 首》⑩等,共计词作近两万五千首,789 调。以此作为明代词坛创作量及词调用量的数据基础。

　　明代小说创作,去除其中可考为引用词作之外,从白话小说中辑得原创词 1071 首,词调 142 调;文言小说中原创词作 455 首,词调 126 调。本节将据以上统计数据,考察小说中所用词调与明代词作创作择调上的异同。

一、择调倾向上的一致性

　　为方便比对,现将词坛中排在前二十位的词调及数量,与白话小说、文言小说中排在前二十位的词调,分别列表如下:

表 6-3　明代词坛前二十位词调及数量统计

序号	词调	数量	体式	序号	词调	数量	体式
1	蝶恋花	909	中调	8	满庭芳	559	长调
2	浣溪沙	788	小令	9	鹧鸪天	511	小令
3	菩萨蛮	696	小令	10	如梦令	501	小令
4	念奴娇	664	长调	11	浪淘沙	500	小令
5	满江红	631	长调	12	踏莎行	455	小令
6	西江月	583	小令	13	沁园春	454	长调
7	临江仙	580	中调	14	清平乐	404	小令

---

① 陆勇强:《〈全明词〉补 27 首》,《古籍整理研究学刊》,2007 年第 1 期。
② 王兆鹏、[日]荻原正树:《〈全明词〉补遗》,《古籍整理研究学刊》,2007 年第 1 期。
③ 王兆鹏、[日]荻原正树:《〈全明词〉续补遗二》,《古籍整理研究学刊》,2007 年第 2 期。
④ 汪超:《〈全明词〉〈全明词补编〉漏收词百首补目》,《上饶师范学院学报》,2009 年第 1 期。
⑤ 周明初、叶晔:《〈全明词〉续补一》,《古籍整理研究学刊》,2009 年第 2 期。
⑥ 周明初、叶晔:《〈全明词〉续补二》,《古籍整理研究学刊》,2009 年第 3 期。
⑦ 周明初、叶晔:《〈全明词〉新补 12 家 45 首》,《厦门教育学院学报》,2009 年第 4 期。
⑧ 周明初、叶晔:《〈全明词〉新补 15 家 59 首》,《阅江学刊》,2010 年第 2 期。
⑨ 汪超:《〈全明词〉辑补 62 首》,《钦州学院学报》,2011 年第 3 期。
⑩ 汪超:《〈全明词〉辑补 42 首》,《五邑大学学报》,2011 年第 3 期。

续表

序号	词调	数量	体式	序号	词调	数量	体式
15	南乡子	389	小令	18	水调歌头	369	长调
16	减字木兰花	373	小令	19	点绛唇	362	小令
17	渔家傲	371	中调	20	长相思	359	小令

表 6-4　白话小说前二十位词调及数量统计

序号	词调	数量	体式	序号	词调	数量	体式
1	西江月	385	小令	11	点绛唇	15	小令
2	鹧鸪天	104	小令	12	浣溪沙	14	小令
3	临江仙	68	中调	13	菩萨蛮	14	小令
4	满江红	27	长调	14	天仙子	13	中调
5	蝶恋花	21	中调	15	望江南	12	小令
6	如梦令	18	小令	16	长相思	11	小令
7	满庭芳	17	长调	17	卜算子	11	小令
8	浪淘沙	17	小令	18	渔家傲	10	中调
9	踏莎行	16	小令	19	玉楼春	8	小令
10	南乡子	16	小令	20	生查子	8	小令

表 6-5　文言小说前二十位词调及数量统计

序号	词调	数量	体式	序号	词调	数量	体式
1	鹧鸪天	19	小令	8	蝶恋花	11	中调
2	满庭芳	18	长调	9	忆秦娥	11	小令
3	西江月	17	小令	10	如梦令	10	小令
4	临江仙	17	中调	11	踏莎行	9	小令
5	菩萨蛮	16	小令	12	减字木兰花	9	小令
6	长相思	14	小令	13	浣溪沙	8	小令
7	一剪梅	12	小令	14	念奴娇	8	长调

序号	词调	数量	体式	序号	词调	数量	体式
15	点绛唇	7	小令	18	好事近	7	小令
16	卜算子	7	小令	19	千秋岁	7	中调
17	玉楼春	7	小令	20	小重山	6	中调

说明：

异名词调均计入正体，不单独计算。如《大江东去》《酹江月》与《念奴娇》数调，以《念奴娇》为正名予以统计。

从以上三个表格的对比中，可以看出：

其一，《点绛唇》《蝶恋花》《浣溪沙》《临江仙》《满庭芳》《菩萨蛮》《如梦令》《踏莎行》《西江月》《长相思》《鹧鸪天》，这11调，在白话小说、文言小说，以及明代词坛均受欢迎。

这11调中，除《满庭芳》为长调、《蝶恋花》《临江仙》为中调外，余则全为小令。而《满庭芳》一调，不仅是词坛与小说作者群共同喜爱的长调，也是日用类书中难得出现的长调之一。可见此调在明代受欢迎的程度。

其二，《浪淘沙》《满江红》《南乡子》《渔家傲》4调，在白话小说出现的频率近似于词坛，均出现在前二十位的词调列表中，文言小说中此4调的填制却不多；而《减字木兰花》《念奴娇》二调，则是在文言小说中的受欢迎度与词坛相似，而白话小说中较少填制。

其三，《卜算子》《玉楼春》二调，白话小说与文言小说均排在前二十位，而词坛中却不在前二十位之列。不过这两调在词坛创作中也依然属于常见的词调，《卜算子》明人填制268首，《玉楼春》填制236首。

总体而言，无论白话小说还是文言小说，在小说中较受欢迎的词调，在明代词坛填制数量均较多，从中可以看出，小说作者在择调上的倾向，与词坛较为一致，反映出明人的普遍喜好。

此外，从体式上比较。词坛创作中排在前二十位的词调，长调5种，中调2种，小令13种。白话小说中用量最多的二十调中，长调2种，中调4种，小令14种。文言小说亦与此同。在体式的倾向性上，小说作者与词坛一致，即长调的比重均占少数。在词体之中，"长调最难工，芜累与癫重同忌，衬字不可少，又忌浅熟。"①正因为长调难于驾驭,明人又少着意为词者,于是一方面,绝大多数词人以小令见长,而长调往往差强人意,王昶在《明词综·序》中就指出:"永乐以后,南宋诸名家词,皆不显于世,惟《花间》《草堂》诸集盛行。至杨用修、王元美诸公,小令、中调颇有可取,而长调则均杂于俚俗矣。"②另一方面,则是对长调的回避。这从选调的倾向性上即可看出。在这一点上,小说作者与词坛无异。

以上比较了排在前二十位的词调,若总体考察,亦可看出小说作者在词调的选择上与词坛相一致的地方。我们扩大比较的范围,将词坛填制在百首以上的词调,与小说中的词调进行比较。词坛填制百首以上的词调,除上表所列排在前二十位的词调之外,还有 67 个词调,仅《苏武慢》《渔父词》《江南春》《归朝欢》4 调没有出现在小说中,即没有被小说作者所选用。而这 4 调,就明人的填制而言,均带有特殊性。

其中特征最为明显的是《江南春》词。此调不见于《词谱》,因元人倪瓒有配画《江南春》词,而在明代形成一种独特的追和现象。此类由一部分特殊身份的文人所营构的文学范例,自然无法渗透到市井的层面,故此调在文人圈中不失为一个常见词调,却不为民间所熟悉。

其次是《苏武慢》。此调以《选冠子》为正名,但明人普遍以《苏武慢》为名,这一现象当受元冯尊师《苏武慢》组词的影响较大。冯氏所填 12 首,在明代亦屡有追和者。《全明词》及《全明词补编》所录填制数量在 5 首以上的追和之人就有:凌云翰 12 首、姚绶 8 首、林俊 14 首、祝允明 12 首、李泛 6 首等。除了追和前人之外,《苏武慢》一调在明代填制数量较多的另一个原因可视为个人的喜好,如顾恂一人便填此调 61 首,可见,这是他最善长驾驭或者说最为喜爱的词调,所以生活中一有所感,多赋形于此调。

依赖个别词人喜好而填词数量众多的另一词调就是《渔父词》。《渔父词》在明代周履靖一人就填制 103 首,另有钟梁组词 12 首。可见此调之所以跻身于明人填制百首以上的调名,周氏个人的喜好,功莫大焉。因此,此调虽然在明代的填制数量不小,但更多地带有个人的偏好,而不能代表明人普遍的喜好。

最后一调《归朝欢》。与以上三个词调有所不同的是,它的特殊性在于它的社交性。这是明人幛词中运用较多的一个词调,从其调名即可看出它特殊的用

---

① 刘体仁:《七颂堂词绎》,《词话丛编》第一册,第 621 页。
② 王昶:《明词综·序》,长沙:商务印书馆 1938 年版。

武之地,即官员之间的迎来送往,尤其是回京奏绩之类的场合。吴中文人,如唐寅、文徵明、祝允明等小说作者曾征引过词作的明代词人,均未见填制此调。填此调者均有一定的庙堂经历。如《剪灯馀话》的作者李祯,身为上层文人,难免有此应酬之时,故有《归朝欢·题送陈知府考满》(灏气渐消三伏暑)之类,内容全为歌功颂德。不过类似词作,李氏在小说中却无羼入之由。

所以,此四调虽然在明代填制数量较大,但均因其特殊性,而无法代表明人普遍的喜好。尤其是《江南春》与《归朝欢》,因其有特定的指归,小说作者不仅没有原创此二调,也未曾引用此二调词作。倒是《苏武慢》因为冯尊师的词作中有修炼成仙的内容,于《西游记》中被引用过。而《渔父词》则因唐吕岩的缘故,出现在小说《飞剑记》中。

这4调虽然没有被小说作者填制,但也从反面证明了,明代在词坛中受到普遍欢迎的词调,小说作者或多或少均有涉猎。由此可见小说作者在择调的倾向性上与词坛具有一致性。

二、词调填制的异同

(一)对词坛与小说中均出现的孤调的考察

从附表中可以看出,词坛与小说中均选择的孤调有五种,即《落梅风》《千年调》《小梁州》《忆瑶姬》《于飞乐》。现分别考察此五调词坛填制与小说中填制的异同。

1.《落梅风》。调见《梅苑》。双调四十六字,前段四句四平韵,后段四句三平韵。与小说中此调相异。小说中的《落梅风》实为《词谱》所录《寿阳曲》。《太平乐府》注"双调",一名《落梅风》。《寿阳曲》单调二十七字,五句一平韵、三叶韵。《词谱》所录《落梅风》,单调二十七字之"调",乃是以词律衡之,即单调者不分片,双调者分为上、下片。而《太平乐府》所注双调之"调",是以音韵衡之,即宫调之一种,另如般涉调、商调、羽调等。故《太平乐府》中所注"双调",与词之格律无关,此调作词调,均为单调之令词。《全明词》据《七修类稿》所录一首解缙《落梅风》,格律与《词谱》所录"又一体"张可久词同。解词:

> 亘娥面。今夜圆。下云帘、不着臣见。拼今宵、倚栏不去眼。看

谁过、广寒宫殿。①

小说中所用则出现在《金瓶梅词话》第十二回中:

这祝日念见上面写词一首,名《落梅风》,对众朗诵了一遍:

黄昏想,白日思。盼杀人多情不至。因他为他憔悴死。可怜也绣
衾独自。　　灯将残,人睡也,空留得半窗明月。(按:此处似脱一字)
眠心硬浑似铁。这凄凉怎捱今夜。

下书:"爱妾潘六儿拜。"②

此处应为两首《落梅风》,均见明人郭勋辑《雍熙乐府》卷二十。而第二首又见元
卢挚《彩笔情辞》"双调"《寿阳曲》。《金瓶梅词话》将两首合为一首,且二者并不
同韵,恐是受此"双调"影响。

明代《诗馀图谱》与《啸馀谱》未载此调。另外,《天机馀锦》中录有瞿佑一首
"风光动",应为此调。瞿在《剪灯新话》中的《渭塘奇遇记》中有提到"女吹《落梅
风》数阕",似将《落梅风》作词体看,但未引内容。《全明词补编》据《天机馀锦》
补收瞿词时,也许将其视为曲而没有收录。

2.《千年调》。曹组词名《相思会》,因词有"刚作千年调"句,辛弃疾改名《千
年调》。《词谱》此调下录二体,一体为辛弃疾词:

卮酒向人时,和气先倾倒。最要然然可可,万事称好。滑稽坐上,
更对鸱夷笑。寒与热,总随人,甘国老。　　少年使酒,出口人嫌拗。
此个和合道理,近日方晓。学人言语,未会十分巧。看他们,得人怜,
秦吉了。

一体为曹组词:

人无百年人,刚作千年调。待把门关铁铸,鬼见失笑。多愁早老,

---

① 《全明词》第一册,第212页。

② 《全本金瓶梅词话》,第300页。

惹尽闲烦恼。我悝也,枉劳心、谩计较。　　粗衣淡饭,赢取暖和饱。
住个宅儿,只要不大不小。常教洁净,不种闲花草。据见在、乐平生,
便是神仙了。①

《词谱》注云:"此见《乐府雅词》,即辛词之所从出也。惟后段第三句四字,第四
句六字,与辛词异。结句五字,又多两衬字。"

词坛唯明末陈恭尹填制一首:"江上报新秋,日日芙蓉醉。遥望芙蓉古驿,
尺书非易。溪山虽隔,却有仁风至。亿万口,总同声,歌廉吏。　　春花发日,
握手城西寺。信道雄才卓识,近今无二。地分南北,共是重华裔。千年调,万寿
卮,聊相寄。"②词律与辛词同,题"寄祝陈毅庵韶州"。从内容看也是一首称颂的
应酬之词。小说《娇红记》中申纯填制一首,以述闷闷不乐之怀:

脉脉惜春心,无言耿思忆。夜永如年谁道,蓝桥咫尺。缘分浅何
似,旧日莫相识。试问取,柳千丝,愁怎织。　　菱花频照,两鬓为谁
雪积。几番会面见了,又无信息。空追前事,把两泪偷滴。且看下梢
如何是得。③

按体式而言,此词亦属辛体,句式略有出入。上片第五、六句"缘分浅何似,旧日
莫相识"中"何"字应为衍字;下片首二句"菱花频照,两鬓为谁雪积"按律亦多一
字;末句"且看下梢如何是得",应脱一字。

《啸馀谱》录《千年调》,以辛词为体,但断句有误,导致失韵,在前一节中已
有详述。另外《花草粹编》选《千年调》辛词一首,《相思会》无名氏一首,即《词
谱》中曹组词。《古今词统》选《千年调》辛词二首。明代词谱与词选对辛词的选
录,当是词坛与小说中此调均按辛词体填制的重要原因。

3.《小梁州》。《全明词补编》录赵云章一首。在词调下注云:"《词谱》《词
律》均未收此调,《曲谱》所载曲调,也与此调大异,姑存之俟考。"赵云章,字秀
虎,浙江诸暨人。诸生,崇祯年间在世,其词如下:

---

① 《钦定词谱考正》,第562—563页。
② 《全明词》第六册,第3202页。
③ 《娇红记》,《风流十传》本,第22页。

　　质纱长是忆纱愁。每日盼溪流。如今何况，趋君命也，深宫重锁，满目三秋。谩回头。　　殷勤分付持柯叟。忠义自当完。（编者按：此处当韵，疑"完"为误字。）却把因缘、待来生也，君其毋候。齐茂熏馘。炳千秋。①

《娇红记》有《小梁州》一首：

　　惜花长是替花愁。每日到西楼。如今何况，抛离去也，关山千里，目断三秋。谩回头。　　殷勤分付东园柳。好为管长条，只恐重来，绿成阴也，青梅如豆。辜负梁州。恨悠悠。②

赵词模仿此词的痕迹甚为明显，《全明词补编》"姑存之俟考"的疑惑，于此明矣。且若依小说中词作之意断句，赵词"完"字处，恐非为韵，似无误。

　　4.《忆瑶姬》。此调有仄韵、平韵两体。仄韵者始自曹组，一名《别素质》。平韵者始自万俟咏，一名《别瑶姬慢》。曹组词：

　　雨细云轻，花娇玉软，于中好个情性。争奈无缘相见，有分孤另。香笺细写频相问。我一句句儿都听。到如今、不得同欢，伏惟、与他耐静。　　此事凭谁执证。有楼前明月，窗外花影。扽了一生烦恼，为伊成病。只恐更把风流逞。便因循、误人无定。恁时节、若要眼儿厮觑，除非会圣。

《词谱》注云："此调押仄韵者，只此一词，无别首宋词可校。"

　　叶平韵者《词谱》录万俟永、蔡伸、史达祖三词各一体。其中史达祖词一体，双调一百九字，前段十句四平韵，后段十句五平韵：

　　娇月笼烟，下楚岭，香分两朵湘云。花房时渐密，弄杏笺初会，歌里殷勤。沉沉夜久西窗，屡隔兰灯慢影昏。自彩鸾、飞入芳巢，绣屏罗

---

① 周明初，叶晔：《全明词补编》，杭州：浙江大学出版社 2007 年版，第 1085 页。
② 《娇红记》，第 8 页。

荐粉光新。　　十年未始轻分。念此飞花,可怜柔脆销春。空馀双泪眼,到旧家时节,漫染愁巾。神仙说道凌虚,一夜相思玉样人。但起来、梅发窗前,哽咽疑是君。①

明末人曹元方填制一首:“三百六十,日日日,离群奇字子云。小窗无事时,南华手自注,弄笔清新。那惜沈腰潘鬓,任东风吹到黄昏。漫追论、天生如此,玉璜岂终老谁论。　　门外车马纷纷。半榻桐阴,簟铺蓤叶冬春。床头数卷书,但和晴和雨,细与温存。阶前芝玉森森,论文不问阮家贫。看人来往大槐宫,一枕辟乾坤。”②即用史达祖词一体,且韵字多有相同。

《娇红记》中申纯填制一首,以吊娇娘:

堂下相逢,千金丽质,怜才便肯分付。自念潘安容貌,无此奇遇。梨花掷处还惊起。因共我拥炉低语。拼今生,两两同心,不怕旁人间阻。　　此事凭谁处。对明神为誓,死也相许。徒思行云信断,听箫归去。月明谁伴孤鸾舞。细思之、泪流如雨。使因丧命甘从地下,和伊一处。③

与曹元方词仿史达祖词一体不同,这首《忆瑶姬》则是按“无别首宋词可校”的曹组叶仄韵体。句式稍异,下片首句“此事凭谁处”,按律脱一字;下片末句“使因丧命甘从地下,和伊一处”按律亦脱一字。此调《诗馀图谱》《啸馀谱》不载。《花草粹编》选曹组、史达祖二人词。

5.《于飞乐》。双调七十二字,前段八句四平韵,后段八句三平韵。词坛释大汕填制一首:“侠骨稜稜,往来吴市吹箫。悲凉曲上枫桥。向秋江,倾痛泪,落日归潮。野花斜插,笑一场、乱发萧萧。　　岁月将淹,乡关何处,那堪风雨飘飘。仰长空,还自问,雁过翛翛。青春不再,几曾见、世上松乔。”④格律与词谱所列正体晏几道“晓日当帘”词同。文言小说《娇红记》中填制一首:

① 《钦定词谱考正》,第 1104-1105、1106 页。
② 《全明词》第六册,第 2983 页。
③ 《娇红记》,第 36 页。
④ 《全明词》第六册,第 3196 页。

　　天赋多娇。惠兰心性风标。怜才不减文萧。怕芸窗花馆,虚度良宵。密相扣就,长待烛暗香消。　　向人前载迹,休把言语轻挑。问谁知证,惟有明月相邀。从今管取云雨,暮暮朝朝。①

但与词谱所列诸体差别较大,似有误。

　　(二)以《一剪梅》为例,管见具体词调填制的异同

　　《词谱》于"一剪梅"调下共录七体,即周邦彦词(一剪梅花万样娇)体、吴文英词(远目伤心楼上山)体、卢炳词(灯火楼台万斛莲)体、张炎词(剩蕊惊寒减艳痕)体、蒋捷词(一片春愁带酒浇)体、曹勋词(不占前村占瑶阶)体、赵长卿词(霁霭迷空晓未收)体。除《词谱》指出无别首宋词可校的卢词、曹词之外,另五体实则可以分为三类。

　　一类是周词与赵词,上下片各三平韵;一类是吴词,上下片各四平韵,《词谱》注:"宋、元人俱如此填";一类是蒋词、张词,上下片各六平韵。除用韵多寡外,词中四字句的用法差异也较大,不妨排列如下:

　　周体:斜插疏枝,略点梅梢。　　何事尊前,拍手相招。
　　　　　袖里时闻,玉钏轻敲。　　银漏何如,且慢明朝。
　　赵体:羁馆残灯,永夜悲秋。　　别是人间一段愁。
　　　　　多愁多病,当甚风流。　　才下眉尖,恰上心头。
　　吴体:愁里长眉,别后蛾鬟。　　教问孤鸿,因甚先还。
　　　　　雪欲消时,泪不禁弹。　　春在西窗,灯火更阑。
　　蒋体:江上船摇。楼上帘招。　　风又飘飘。雨又萧萧。
　　　　　银字筝调。心字香烧。　　红了樱桃。绿了芭蕉。
　　张体:蜂也消魂。蝶也消魂。　　知是花村。不是花村。
　　　　　好似桃根。可似桃根。　　春到三分。秋到三分。

　　周、赵二体差别主要在上片末句,如李清照名作(红藕香残玉簟秋),末句为"雁字回时月满楼",则为赵体;如为"雁字回时,月满西楼",则为周体。而周、赵、吴三体中的四字句均为"四,四。"结构,不对偶,不入韵,且句意流畅,意义容量较大。张体中的四字句,不仅两两叠韵,而且仅一字之差,字词意象的重复使句意的容量大为缩减,也使词作带有一种文字游戏式的取巧性。蒋

_____

　　① 《娇红记》,第24页。

体则将张体中的叠句变成入韵的对偶句，句意容量又有所扩充，消除了叠句所引起的取巧性。然张、蒋二词均为句句入韵，实则都容易产生一种顺口溜式的打油意味。

《钦定词谱考正》指出，张体当始自辛弃疾，并渐成"本调中最为热门之体"，究其原因，也应是此体最俱适俗性的缘故。也正因为如此，在明人《一剪梅》调的填制中，张体已然"独步"词坛了。明代词坛填制《一剪梅》140 余首，其中按张体填制者 100 首，蒋体 22 首，吴体 14 首，赵体 8 首。而且，即使按吴体所填制的词作中，也带有明显的张体特征，如夏完淳一首：

> 无限伤心夕照中。故国凄凉，剩粉馀红。金沟御水自西东。昨岁东宫。今岁东宫。　往事思量一饷空。飞絮无情，依旧烟笼。长条短叶翠濛濛。才过西风。又过东风。①

词作上、下片前两个四字句，是吴体，即不对偶不入韵；而后两个四字句，则又与张体同，叠字且入韵。此种现象，在吴体中共有 4 首。由此可见，张体中叠词叠韵的现象，在明人此调填制中"势力"之强大。若算上同样是句句入韵的蒋体，则《一剪梅》"打油体"的意味可以说弥漫整个词坛了。

这种现象在明初大词人高启笔下已有倾向，如其《一剪梅·闲居》：

> 竹门茆屋槿篱芭。道似田家。又似山家。氅披鹤袖岸乌纱。看过黄花。待看梅花。　晚时饮酒早时茶。风也由他。雨也由他。从来不会治生涯。谁与些些。天与些些。②

《一剪梅》中四字句的字数占词体总字数的一半有余，四字句的简单重复，导致词作意境大为缩减。而以此体填词者，也似乎并不着意于词境的营构，而更多突显叠句所显示的谐俗性。在这一点上，小说作者与词坛创作相当的一致。明代小说中《一剪梅》词调，除去重复者，共 18 首，其中 5 首引用自前人词。无论原创，还是引用，这 18 首《一剪梅》，仅一首为赵体、两首为蒋体，其余均为张体。

---

① 《全明词》第六册，第 3121 页。
② 《全明词》第一册，第 160 页。

如《钟情丽集》中的一首：

> 金菊花开玉簟秋。莺下妆楼。凤下妆楼。新人原是旧交游。鱼
> 水相投。情意相投。　举案齐眉到白头。千岁绸缪。百岁绸缪。窃
> 香待月旧风流。从此休休。自此休休。[①]

其中四字句，不仅文字上相叠，表意上也是重复。另如"好个人龙，真个人龙""花领春风，蝶领春风"等，流于字面的对偶，而句意则是简单的重复。

从此一词调的运用中，可以窥见明人填词的趋俗性。究其原因，则又与明代词选的选择颇有渊源。明代词选，如《花草粹编》《天机馀锦》、沈际飞《草堂诗馀》四集、《古今词统》，所选《一剪梅》诸词中，张体均占多数。具体所录见下表：

表6-6　明代词选所录《一剪梅》词简表

词选	词人	首句	体式
宋《草堂诗馀》	李清照	红藕香残玉簟秋	赵体
《花草粹编》	蒋捷	一片春愁待酒浇	蒋体
	方岳	谁剪轻琼做物华	张体
	晏璧	客路轻寒笑敝貂	张体
	刘克庄	陌上行行怪府公	张体
	程垓	小会幽欢正及时	张体
	徐似道	道学从来不则声	张体
	醴陵士人	宰相巍巍坐庙堂	张体
	虞集	豆蔻梢头春色阑	张体
	李清照	红藕香残玉簟秋	周体
	易祓妻	染泪修书寄彦章	张体

[①] 《钟情丽集》，第89页。

续表

词选	词人	首句	体式
《天机馀锦》	李易安	红藕香残玉簟秋	赵体
	刘克庄	陌上行人怪府公	张体
	刘克庄	束蕴宵行十里强	张体
	张炎	闹蕊惊寒减艳痕	张体
	蒋捷	一片春愁待酒浇	蒋体
	冯子俊	珠履华簪照后车	吴体
	曾揆	木落千山水带沙	吴体
	欧良	漠漠春阴酒半酣	张体
	瞿佑	水边亭馆傍晴沙	张体
	瞿佑	一夜东风满凤城	蒋体
	晏璧	客路轻寒笑弊貂	张体
《草堂诗馀别集》	刘克庄	陌上行人怪府公	张体
	蒋捷	小巧楼台眼界宽	张体
	蒋捷	一片春愁待酒浇	蒋体
《草堂诗馀新集》	王世贞	小蓝爱踏道场山	张体
	沈际飞	水瘦山焦万树囷	蒋体
《古今词统》	李清照	红藕香残玉簟秋	赵体
	刘克庄	陌上行人怪府公	张体
	蒋捷	一片春愁待酒浇	蒋体
	王世贞	小篮爱踏道场山	张体

由上表可知,计重复,诸选本共录《一剪梅》31首,其中周体1首与赵体3首,均是因为选录李清照词所致。除此之外,实则只有2首吴体,未选择句句入韵的体式。余则19首张体,6首蒋体。词选所录范式如此,文人创作如此,小说中创作亦是如此,可见无论是文人创作还是小说所代表的民间环境,《一剪梅》词调均被俗化了。清人吴照衡在《莲子居词话》中曾言:"词有俗调,如《西江月》、《一剪梅》之类,最难得佳。"①《一剪梅》之沦为俗调,明人恐难辞其咎。

---

① 《莲子居词话》卷三,第2454页。

综上所述,明代小说中的词作,无论是对词调的选择,还是具体词调的填制,与词坛创作均有一致处。由此可见,小说中的词作虽然以小说叙事为生存环境,却并不脱离明词创作的整体风气。

第三节　小说用词现象对明代词选的影响

明代编刊的词选大体可以分为两类,一类是以词篇作为择取对象的选本,如杨慎编《词林万选》《百绯明珠》,陈耀文编《花草粹编》,沈际飞评点本《草堂诗馀》,卓人月、徐士俊编《古今词统》等;一类是以词集作为择取对象的选本,如毛晋刊《六十家词选》《词坛合璧》等,今人陶子珍《明代四大词选》所论,即为此类选本。后者以前人词集整体入选,虽然也有选本的意味,但其性质更倾向于汇刊,因此,本文所论明代词选,主要是指前者。纵观明代选坛,可以《花草粹编》《古香岑草堂诗馀》四集、《古今词统》等作为代表。今人论明代词选,如《明代词选研究》《群体的选择》等,此三种选本均为重点阐述之对象。对于明代词选的总体风貌,今人批评的重点,在于选本的适俗性。如"明代词选与其简称'明选',不如简称'民选'。对于绝大多数词选来说,它们既是属于民间大众的普及性词选,也是迎合民间大众消费需要的娱乐性词选。大权旁落,瓦釜雷鸣,书坊与市井的民意完全操控了这个时代的选坛。"①

为何明代词选会整体上呈现出如此的面目,笔者认为,小说夹杂大量词作流行于民间,对明人阅读习惯与欣赏口味的影响,不容忽视。随着商业与城市的发展,明代的市民阶层比宋代更为壮大。小说成为市民重要的娱乐消费对象,加之印刷业的发展,书籍的阅读对象更为广泛。而且小说本身即有口耳相传的传统,即使不识字的百姓也能加入小说的消费群体中。小说创作数量在增加的同时,书商的推广手段、交通的便利,以及小说广而告之的效应是传统诗文所无法比拟的。书商为刊印小说,不仅组织团队自行创作,而且还往往不惜重金四处搜购,大大增加了小说在不同区域间的流传。此外,明代书市、书摊等渐成规模的图书交易中心的形成,亦为小说获得更广的读者群提供了基础。市民对小说的欣赏口味培养起来之后,小说就有了相对固定、整体的读者群,而不再

---

① 肖鹏:《群体的选择》,南京:凤凰出版社 2009 年版,第 405 页。

是偶然的、零散的欣赏群体。因此，随着小说创作的发展，由小说而维系的作者——读者（包括听众）群的队伍更加庞大，成为左右民间喜好的力量。这股力量，势必对明代词选产生了影响。若了解明代这一特殊的背景，就会发现明代词选在文本与风格上的诸多不宜之处，也正是时代的烙印所在。那么小说的用词现象，又是如何具体而微地影响到词选的呢，下文将从两个方面考察上述三大词选受此现象的影响之处。

一、选本选源的影响

小说用词现象对词选产生影响的最直观的表现，就是小说作为选源进入选家的视野。《花草粹编》中就有不少词作在选入时明确注明出自小说，如卷五《鹧鸪天》调下一首无名氏的咏泪之作：

> 碎似真珠颗颗停。清如秋露脸边倾。洒时点尽湘江竹，感处曾摧数里城。　　思薄幸，忆多情。玉纤弹处暗销魂。有时看了鲛绡上，无限新痕压旧痕。①

陈氏注云："出小说'山亭儿'"，即宋代话本小说《山亭儿记》，冯梦龙编入《警世通言》中，名为《万秀娘仇报山亭儿》。说唱艺人将之引入话本，其功能是形容人物万秀娘的眼泪。《山亭儿》所讲的这个故事在民间流传较广，在明末被编入《警世通言》之前，它肯定在明代民间亦有流传，否则陈氏就不可能据以选入该词了。显然，这首无名氏的"咏泪"之作是借助了话本小说才得以由宋入明的。陈氏在选录该词时明确注明出自小说，可见他无意于忽略小说的影响。另如卷六《玉壶冰》调下收入一首无名氏之作：

> 西园摘处香和露。洗尽南轩暑。莫嫌坐上适来蝇。只恐怕寒难近，玉壶冰。　　井花浮翠金盆小，午梦初回后。诗翁自是不归来。不是青门无地，可移栽。②

---

① 《花草粹编》，第 408 页。
② 《花草粹编》，第 457 页。

陈氏注明出自《张老小说》，即宋人话本小说《种瓜张老》。但这首词实际上是词人周紫芝的作品。周紫芝为南宋文学家，其词有"清丽婉曲"之称。以陈氏涉猎之广，却未考证此词的出处，而宁愿相信它出自这篇流行的话本小说。所以于词题无名氏，于出处则注"张老小说"。

除了无名氏之作外，有名之作也有引自小说者，如卷十收完颜亮《百字令》（天丁震怒）一词，即注明出自"《水浒传》三卷"①。此词《全金元词》即据《花草粹编》录入。说明此词很有可能并非完颜亮作品，只是小说作者的托名之作，或者在民间流传时，误归入完颜亮名下。此词在小说中被作者用来描写当时雪景："昔金完颜亮有篇词，名《百字令》，单题着大雪，壮那胸中杀气。"②小说作者引用此词，本身只为写景，所以词作是否真为完颜亮所作，则不必深究。然而作为词选，似不应如此草率。

还有一些词作，陈耀文在选入时没有注明出处，但实出自小说。如郑意娘名下所录一首《浪淘沙》（尽日倚危栏）、一首《好事近》（往事与谁论）、一首《胜州令》（杏花正喷火），韩师厚名下所录《御街行》（合和朱粉千馀两），刘金坛名下所录《摊破浣溪沙》（标致清高不染尘），赵佶名下所录《小重山》（罗绮生香娇艳呈），这几首词作，未注出处，实出宋人话本《燕山逢故人郑意娘传》。就《夷坚志》所载，话本情节已较为完备，但无词作。词作当为宋代艺人所加，又经明人修改，冯梦龙《古今小说》有录，如开场一首《传言玉女》，宋本《草堂诗馀》有录，未注作者，列胡浩然词后，顾从敬重编《草堂诗馀》时即归入胡浩然名下，话本称为胡浩然作，显系明人所增。其中赵佶《小重山》（罗绮生香娇艳呈），这首词话本用在入话部分，表现南渡前元宵节景象，映衬小说所叙之环境的凄凉。《全宋词》据《花草粹编》录入赵佶名下，是否确为赵佶词，亦未可知。

沈际飞《草堂诗馀》四集虽然没有在选本中明确注明哪些词出自小说，但以小说作为选源的现象依然存在。如《别集》所录《菩萨蛮》（红绳画板柔荑指），出《剪灯馀话》之《秋千会记》，《拍案惊奇》《情史类略》有录；《望江南》（湖上花）（湖上酒）等，出宋人小说《海山记》，明人小说《隋炀帝艳史》《隋史遗文》《醒世通言》有录，共8首，《别集》录其中4首。《新集》选无名氏词20首，其中15首：《谒金门》（真堪惜）、《玉楼春》（韶阳欲暮莺声碎）、《踏莎行》（香罢宵薰）、《临江仙》（花

---

① 《花草粹编》，第821页。
② 《水浒传》第十一回，第149页。

影半帘初睡起）、《踏莎行》（佳约易乖）、《孤鸾》（暇须初揭）、《蝶恋花》（梳罢晓妆屏上倚）、《踏莎行》（玉臂宽镮）、《玉蝴蝶》（为甚夜来添病）、《眼儿媚》（石榴花发尚伤春）、《踏莎行》（红叶空传）、《玉楼春》（空闺日夜和尘闭）、《念奴娇》（鸳帏睡起）、《踏莎行》（花径争穿）、《临江仙》（昨夜惊眠梅雨大），均出自明代无名氏的文言小说《玄妙洞天记》，收录于《艳异编（续集）》卷七"梦游部"。小说共录词18首，《别集》选其15首。另一首无名氏之作《潇湘逢故人慢》（春光将暮），则出自明人小说《王秋英传》。

　　以小说作为选源的现象，在《古今词统》中更为明显，如所录紫竹词《生查子》（思郎无见期）、《踏莎行》（醉柳迷莺）、《卜算子》（绣阁锁重门）均出自文言短篇传奇《紫竹传》。紫竹词《花草粹编》不载，《词林万选》与《天机馀锦》，沈际飞《草堂诗馀》四集亦未录。卓人月显然倾心于此故事，不仅收录词作数首，而且将小说全文作为附注录入。紫竹故事出《琅嬛记》，但甚简，无诗词。《艳异编》《情史类略》中情节较为丰满，所录词作亦颇多。

　　《古今词统》对小说中词作的选录，特偏重女性人物词。不仅时时将故事中的男性人物之词易为女性人物词，如《紫竹小传》中《踏莎行》（醉柳迷莺）一首，在小说中为"乔答紫竹"词，而《古今词统》录为紫竹"投方乔誓书"；亦常常舍小说中的男性人物之词而只取女性人物之词。如卷二十所选翠薇《忆秦娥》（杨枝袅）一词，即出自《情史类略》。翠薇事在明代较为罕见，《情史类略》有录。但《情史类略》中的主人翁乃是"乾道初，清河邱任"，到《古今词统》这里，就成"嘉靖初"了。《情史类略》所载还有一首邱任作《忆秦娥》（香篆袅），崇祯本《金瓶梅》改写者引入第六十九回回前。《古今词统》未载邱词，仅记翠薇之作，即因其为女鬼故。受《古今词统》影响，清代《词苑萃编》《明词综》《词苑丛谈》《林下词选》等均只载翠薇词，且注明为"嘉靖间事"。

　　另如上文提到的《草堂诗馀·新集》中所收《潇湘逢故人慢》（春光将暮）一词，沈际飞虽据小说收入词作，尚处理成"无名氏"，卓人月则直接录于小说人物"王秋英"名下。卓人月亦从文言传奇《玄妙洞天记》中录词9首，与沈际飞所录稍异，但沈际飞题为"无名氏"，卓人月则均题为"无名氏女郎"。而同样是从小说《花楼吟咏》中辑入词作，沈际飞录入人物林鸿所作两首《念奴娇》（钟情太甚、《摸鱼儿》）（记红桥），而卓人月则舍林词，而录入小说中女主人翁张红桥所作一首《念奴娇》（凤凰山下），仅在附录的故事中载入林鸿所作一首《念奴娇》（钟情太甚）。正因为如此，《古今词统》中女性词人之词尤多，对清代特殊选本，如《林

247

下词选》等,影响亦尤重。

除直接将小说作为选源外,《古今词统》在选本内容上还有一个明显的特征,即附录有不少小说、逸事,这是它有别于其他词选的特色之一。沈际飞从小说中辑录词作时,有意抹去出自小说的痕迹,如上引诸例,只录入而不显示小说信息。陈耀文收录时虽然不回避小说,对小说故事的收录也偶有涉及,但所录均较为简洁。《古今词统》则往往从小说中直接抄录相关情节,作为附录。

如《古今词统》所引严蕊 3 首词作,《花草粹编》均有引录,但未详载其事。卓人月则直接从《奇女子传》抄录原文,仅舍原书作者长卿之评语,所录甚至远详于《艳异编》。猎艳涉奇乃《艳异编》之要务,于严蕊事所记尚不及此,可见《古今词统》的编者于小说的兴趣。

另如卷九录《木兰花慢》(记前朝旧事),乃瞿佑自制,又植入自创小说《滕穆醉游聚景园记》中人物卫芳华名下。《古今词统》以人物卫芳华的名义引录,附事亦较详。卷十三中所录郑婉娥《念奴娇·自述》(离离禾黍)一词,出文言小说集《剪灯馀话》,《古今词统》抽绎出小说的主要情节,附于词后。

二、选词标准的影响

对选词标准的影响,是小说用词现象对词选所产生的更为深广的影响,因此,也是本节论述的重点。就具体的影响途径而言,可以从两个方面考察。

(一)小说赋予词作以附加值

小说以其自身的吸引力与感染力,通过对词作的使用,赋予了词作更多的附加值。一方面,人们所关注的,不再仅仅是词人于字里行间所营造的意境,而更多的是词作背后是否有一个打动人心的故事。它们或者是一个催人泪下的爱情悲剧,或者有一个拍案称奇的创作因由,或者有一个令人捧腹的结局……词作和它们背后这些色彩斑斓的故事一起,成为人们谈论欣赏的对象,流行于市井百姓之间。不仅宏观上如此,就微观而言,小说或以其具体而鲜活的人物,或以其离奇而曲折的情节,亦时时赋予词作以生命力。人们往往在欣赏故事的同时品读着词作,或者在欣赏词作的同时领略着故事。而且,在这种双重审美体验中,叙事文学所带来的持续的、直观的审美感受,于人的耳目体验而言,其冲击力往往胜过词体的审美效应。因此,一方面就小说而言,即使其中的词作并不十分出色,具体的使用也并不十分恰当,但却不影响读者对小说的整体把握,因而也并不影响小说本身的感染力。另一方面,于词作而言,人们所记住的不是词作在遣词用字中的不足之处,也不是词作意境与情节的背离之处,而是小说所赋予词作的这一鲜活、生动的背景。

因此,小说中的词,借助于小说本身的魅力,于独立的审美价值之外,又具有了许多丰富而生动的背景。词作与故事的融合,比纯粹的词作,更具生命力,更易流播。这就可以解释,为什么众多并不出色的前人词,堂而皇之地出现在明代的选本中。

如上文所引,《花草粹编》从话本《山亭儿记》中选录的一首《鹧鸪天》(碎似真珠颗颗停),出自无名氏之手。这首词作何以让陈氏青眼有加,从其编选标准上很难看出。关于《花草粹编》的编选原则,有研究者指出:"全书以选唐宋词为主导,形成了一个常见之词以佳词入选、不常见之词以搜逸入选、元词则以备调入选这样一个三位一体的格局。"①但若细究具体词作的入选因由,则往往又难以归入此"三位一体"的标准。如这首无名氏的《鹧鸪天》的入选,即非存人,也非备调,更不是出于它是佳作。这首词之所以入选,与其说词作本身有多优秀,不若说词作背后有一篇多么流行的小说。这首词不再是孤立的一首咏泪之作,而是有丰富的背景,它形容的是一个有血有肉的人物形象——万秀娘,她本应平安幸福的人生因一个茶博士一时的报复心理,而发生了巨变,从此遁入人间地狱,成为无辜的牺牲品:她在出嫁的途中遇劫,哥哥与值当被苗忠杀害,自己也被侮辱后卖给了陌生人。想到这些,如何让她不落泪。因此,这首词所咏的泪不再是模糊的、苍白的泪,而是一个丰满的、生动的悲惨女人的泪。这是小说赋予词作的价值,而现在借由这种价值,这首词又得以进入明代的词选,重新获得了它作为词体的独立价值。可以说,没有小说《山亭儿》对它的引用,它很可能就随着大量的无名之作而湮没在词史的流变中,甚至可能根本就不会诞生。小说赋予词作的附加值和生命力,于此可见一斑。

另如卷二《浣溪沙》调下最后一首:

溪雾溪烟溪景新。溶溶春水净无尘。碧琉璃底浸春云。　风飐游丝垂蝶翅,雨飘飞絮湿莺唇。桃花片片送残春。②

---

① 《群体的选择》,第 431 页。

② 《花草粹编》,第 117 页。

仅从词作本身而言,此词杂之所选同调作品中,并无过人之处。但此词的作者"珍娘"同样是一位令人印象深刻的小说人物。事见明嘉靖年间的公案小说《包龙图判百家公案》第七回"行香请天诛妖妇"①,小说虽然插入包公断案的情节,但叙事的重心,却是一段人鬼恋。在小说中,人物珍娘令人印象颇深。小说虽然题为"诛妖妇",但却花费不少笔墨,来展现珍娘的美丽与贤德,如她初出场时,"坐中一青衣美人,颜色聪俊";嫁入张门之后,"恪尽倡随之道,主中馈,缝衣裳,和于亲族,睦于乡里,抑且性格温柔貌出类,遐迩争羡焉";随夫赴任之后,则是"处官衙,小心谨慎,同僚妻妾,咸得欢心。每戒其夫清廉恤民,无玩国法,内外称之。"可见,她是一位温柔美丽、知书达理、多才多艺的贤内助。

词选所录《浣溪沙》,乃珍娘所歌之词,"每歌一句,音韵清奇,听之可爱。"但人物最后的结局却是:"但见张大尹室内枯骨加交,骷髅震碎,中流鲜血,而美妇不知所在矣。""于是从龙拜辞,敬叹包公之德,神明莫及也。"作为公案小说,人物不妨屈于作者的安排,对包公诛妖的行为表示认同,但于读者而言,却有怅然若失之感,因为记忆中最深刻的并不是珍娘"枯骨加交"的一面,而是她温柔、美丽与贤德的一面。因此可以说,珍娘这一人物给读者留下的印象,较之这首词,要鲜活生动得多。也正因为如此,此词才得以与众多的名家名作一起,列于词选《浣溪沙》调下。

同样,上引《花草粹编》中录自小说《种瓜张老》的那首《玉冰壶》,就词作本身而言,并无多少可资欣赏的价值。与词选中众多的名篇佳作相比,甚至与词人周紫芝的其他作品相比,也没有出色之处。它唯一的不同就是被小说《种瓜张老》引用了,因此,它也不再是一首孤立的词,而是形容神仙张老年轻美貌的妻子当街买瓜的词。《种瓜张老》的故事,始见于唐人传奇小说《幽怪录》,后来被宋人编为话本在民间讲唱,后又被收入《古今小说》。与《山亭儿》话本一样,这个故事同样具有广泛的民间背景。作为唐宋词在明代传播的个案,周氏此词入选《花草粹编》,可见并非出于词学去取的考虑。

施蛰存认为《花草粹编》:"盖此书选录标准不一,或以词佳入选,唐宋诸大家名作是也。或以备题入选,如《缕缕金》之为仅见孤调是也。或以搜逸入选,如宋元诸小说所载艳词、情词是也。"②从上文所引之例来看,陈耀文从小说中辑

---

① 《包龙图判百家公案》,《明代小说辑刊》二辑之八,第64—66页。
② 施蛰存:《历代词选集叙录》,《词学》第三辑,上海:华东师范大学出版社1985年版,第277页。

录的词作,虽非全为艳词与情词,但其背后则大凡有一个或涉艳或及情的故事或人物。

小说赋予词作的附加值和生命力,为许多并不出色的词作,在明代的词选中争得了一席之地。如《花草粹编》卷二收《踏莎行》一词:

> 这个秃奴,修行忒然。云山顶上曾持戒。一从迷恋玉楼人,鹑衣百结浑无奈。　　毒手伤人,花容粉碎。空空色色今何在。臂间刺道苦相思,这回还了相思债。[①]

词后附:"灵隐寺僧明了然,恋妓李秀奴。往来日久,衣钵荡尽。秀奴绝之,僧迷恋不已。一夕,了然乘醉而往,秀奴弗纳。了然怒击之,随手而毙。事至郡。时苏子瞻治郡,送狱院推勘,于僧臂上见刺字云:'但愿生同极乐国,免教今世苦相思。'子瞻见招,判此词讫,押赴市曹处斩。"此故事又见于明代公案小说《廉明奇判公案传》,以及数种文言短篇小说集中,此词显然为民间传闻托名苏轼之作,却作为名家轶事得以流传。

姑且不论以陈氏之博闻,何以未能明辨,而将此托名之作归于苏轼名下——小说作者不妨如此附会,但作为词选似不应如此附和。即便这首词作真是苏轼所为,作为词选,苏词之名篇非止一二,似也不应舍苏词佳构而入选此首。此词得以入选,既非备调也非存人,最主要的原因恐怕就在于它是一首市井百姓所喜闻乐见的"名家词",而陈耀文自己恐怕也乐于接受这一则逸事的真实性,也乐于展示它的娱乐性,故不仅收录此词,亦附上逸事。词作背后的故事性,增加了词作流传的几率,使这首并不怎么样的词,除了出现在明代小说以及《国色天香》等通俗娱乐性类书中外,还堂而皇之地出现在了明代的词选中。另如《花草粹编》与《青泥莲花记》互见的 31 首词,纯粹从词作文本考察,并非俱佳,但这些词作背后却或有奇事,或有趣闻,或有佳话,或有鬼语。这些色彩斑斓的故事,既是它们得以入选的原因,也是该选本一道特殊的风景线。

另如沈际飞《草堂诗馀·正集》卷一所录司马槱《蝶恋花》:

> 妾本钱塘江上住,花开花落,不管流年度。燕子衔将春色去,纱窗

几阵黄梅雨。斜插犀梳云半吐，檀板轻敲，唱彻《黄金缕》。梦断彩云无觅处，夜凉明月生春浦。①

宋人话本《俞仲举题诗遇上皇》开场词中即有此首，明代冯梦龙辑入《警世恒言》。此词或谓前阕为司马槱夜梦美人而作，醒后续其下阕。此事在明代流传甚广，《艳异编》《情史类略》等均有记载，且叙事情节更趋丰满与凄婉。但宋本《草堂诗馀》仅于欧阳修《玉楼春》(妖冶风情天与措)末句"江水不能流恨去"后附录此词。顾从敬《类编草堂诗馀》、钱允治《笺释》沿袭。唯沈际飞重编时直接辑入，而未作为附录。这种变化，正说明沈际飞对于词作生命力的重新审视。

《古今词统》因小说而选入词作的现象，不仅表现在它从小说中直接辑录，也表现在受小说影响而辑录。如《阿那曲》姚月华名下收词两首——"梧桐叶下黄金井"与"银烛清尊久延伫"，并有附文：

> 姚氏月华梦月轮坠妆台，觉而大悟，未尝读书，自此搦管便妙绝。随父寓扬子江，端午出看龙舟，与近舟书生杨达相遇。一日见达《昭君怨》诗，爱其"匣中纵有菱花镜，羞向单于照旧颜"之句，私命侍儿乞其旧稿，遂各以尺牍往来。月华得达书，伏读数过，烧灰入醇酎饮之，谓之"款中散"。一日，达饮于姚氏，酒酣假寐。月华私命侍儿送合欢竹钿枕、温凉草文席。次日，又以石华遗达云："出丹洞玉池，异于他处，色如水晶，清明而莹，久服延年。"又尝以洒海刺二尺赠达作履，凡履霜雪，则应履而解，乃西蕃物也。并贻诗云："金刀剪紫绒，与郎作轻履。愿化双仙鸟，飞来入闺里。"然达与华终未一接。至是，乃赂婢而得会矣。一日，偶爽约，女怒甚。杨调之曰："女姚虽好，只如半朵桃花。"女即对曰："人信为高，莫费一番言说。"自后久会，谓之"大会"，又谓之"鹈鹕会"；暂会谓之"小会"，又谓之"白鸥会"。忽女父有江右之迁，怏怏而别，月华效徐淑体以寄怨焉。②

这两首词其中第一首实唐人张籍诗，见《张司业诗集》卷六；第二首《全唐诗》卷

---

① 沈际飞编：《古香岑草堂诗馀》，明刊本。
② 《古今词统》，第17—18页。

八收入姚月华名下。词选所录附文出自文言小说《姚月华小传》，其中诗文未录。文中所言"梦月轮坠妆台，觉而大悟"，不习而能的荒诞，以及烧灰入醇酊饮之，谓之"款中散"的虚构，显然出于小说作者的杜撰。但卓人月却不以此为意，反而津津乐道，将该篇小说作为词人本传予以附录。而小说中并没有出现这两首诗作，《古今词统》之所以录入姚月华二诗，最根本的原因，恐怕正是因为有这篇以姚月华作主人翁的小说。

至于《古今词统》中众多的女性人物词，以及鬼词等，均是小说中的人物，编者将它们揽入词选，与上文所述《花草粹编》的入选原因相同。而且，《古今词统》本身也将《花草粹编》作为选源。如《古今词统》"浣溪沙"调下所录两首题为"鬼吟"的词作，其一为慕容岩卿妻"满目江山忆旧游"，其二为珍娘"溪雾溪烟溪景新"。这两首词作在《花草粹编》中也是连录于《浣溪沙》调下，《古今词统》当是从《花草粹编》中摘录。但卓人月却未从《花草粹编》中辑录此调之下的张延词，《古今词统》编者的偏好所在，于此可见一斑。

（二）小说对欣赏口味的影响

小说的兴盛，对明人阅读习惯与欣赏口味的影响巨大，词选家作为社会中的一员，亦受风气所趋，对"有故事"的词作，表现出特别的偏好。

在上文中我们从小说赋予词作文本以附加值和生命力的角度，考察小说用词现象对选词标准的影响，这里则主要立足于选者的主观动机，考察小说用词现象对选词标准的影响。这一影响在受小说流行之风的浸染更深的《古今词统》的编者身上，表现得格外明显。

对《古今词统》在词学史上的价值，学界关注较多，亦颇为肯定。如《统序观与明清词学的递嬗》一文指出"《古今词统》选稼轩词独多，已经从一个特定角度，隐隐将典雅格律纳入讨论的范围，而其中大张旗鼓地表彰周邦彦、姜夔、史达祖、高观国、吴文英诸家，更是明确表示了对典雅格律一派的提倡。这一点，在词史上也有着特别重要的意义。"[1]《论〈古今词统〉与明末词风的嬗变》一文亦指出："总之，《古今词统》对苏轼、辛弃疾在词坛地位的重新认定，对辛弃疾词的异代追慕，为涤荡明代的纤艳词风找到了一个强有力的典范。这对于清代词人推尊词体、振兴词体，无疑有振聋发聩的作用。"[2]

①　张宏生：《统序观与明清词学的递嬗》，《文学遗产》，2010 年第 1 期。
②　胡小林：《论〈古今词统〉与明末词风的嬗变》，《名作欣赏》，2012 年第 5 期。

这类评语是从词学的角度对《古今词统》予以了肯定。诚然，《古今词统》在选词的取径上的确有其自身的特色，如大量选录辛弃疾词，这种明显的倾向必然对清代词风有所影响，这是它作为明清嬗变之际的词选的开创之功。但与此同时，我们也应看到，它作为明代词选的最后一环，适俗的趣味性更为明显。这一点，从徐士俊的序文中即可见：

> 其按词之法，则如杨诚斋所撰《词家五要》，一曰择腔，二曰应律，三曰按谱，四曰详韵，五曰立新意。而且曰幽曰奇，曰淡曰艳，曰敛曰放，曰浓曰纤，种种毕具，不使子瞻受"词诗"之号，稼轩居"词论"之名。又必详其逸事，识其遗文，远征天上之仙音，下暨荒城之鬼语，类载而并赏之。虽非古今之盟主，亦不愧词苑之功臣矣。①

"详其逸事""识其遗文"成为词选必备内容，这在某种程度上必然导致词选本身性质的模糊，词选的功能与任务从萃取菁华、品赏得失转向"逸事遗文"的涉猎与"仙音鬼语"的并赏。究其原因，实在不是这些"逸事遗文"或"仙言鬼语"本身有多少价值可言，而是因为编者自身的喜好。如卷六周邦彦《少年游》（并刀如水）后附：

> 周邦彦在李师师家，闻道君至，遂匿于床下。道君自携新橙一颗，云江南初进来。遂与师师谑语，邦彦悉闻之，隐括成《少年游》云云。师师因歌此词，道君问谁作，师师以直对。道君大怒，廷问蔡京云："开封府监课周邦彦，课税不登，如何？"蔡罔知所以，退朝呼京尹问之，尹云："惟周邦彦课增美。"蔡云："上意如此，只得迁就。"将上得旨：周邦彦职事废弛，可日下押出国门。越一二日，道君复幸李师师家，不遇，坐至更初，师师归，愁眉泪睫，憔悴可掬。道君问："那里去？"师师奏："臣妾万死，知周邦彦得罪，押出国门，略致一杯相别，不知得官家来。"道君问："曾有词否？"李云："有《兰陵王》词。"道君云："唱一遍看。"李奉酒，歌"柳阴直"云云。道君大喜，复召为大晟乐正，后官至大晟乐府

---

① 徐士俊：《古今词统·序》。

待制。美成《汴都赋》及笺奏杂著,皆是杰作,惜以词掩。①

这是周氏的名作,历来为诸家选本所青睐。宋本《草堂诗馀》有引录,小说崇祯本《金瓶梅》有引用。明代词选如《词的》《花草粹编》等亦有选入,但仅录词作,唯《古今词统》多此附会。事又见《奇女子传》《情史类略》等。《古今词统》未注出处,卓人月或即从《情史类略》引入,字句稍异。

但有趣的是,《古今词统》所引此词题注为"冬景",但由故事所述此词之作,乃是床下偷咏"纤手新橙"之句,那题注理应为"咏手"或"咏橙",又何来冬景呢?冬景的题注当袭自宋本《草堂诗馀》。是编即为说唱艺人使用的工具书,由于艺人对于写景之词的使用量最多,因之《草堂诗馀》编者往往将流行词作取其字面之意,归入四季景色之中。《清真集笺注》指出:"此词毛本题作'感旧',而《草堂》及《词统》则题作'冬景',按文情,两标题亦俱不相应。"②可见,《古今词统》一方面袭自宋本《草堂诗馀》,标其俗题;一方面又衷合流行之故事。所以才出现自相矛盾之处。但是二位编者显然不以此抵牾为意,而是热衷于偷咏的故事。

另如卷十《天仙子》调下"第二体"引刘过"别妾"(别酒醺醺浑易醉)词,有评云:"游戏三昧"。并引《词品》语:"小说载曹西士赴试,步行,戏作《红窗迥》慰其足云:春闱期近也……"《词品》认为刘词尚词俗意佳,小说所载此词远不及刘词。但作为词选,卓人月却无意其意佳与否,而只在其游戏三昧的俗趣。于是又引《艳异编》"琴精"之事,如文末所言:"顿悟昔日蔡邕之语,携至麻姑访之,是赵知军所瘗坏琴也。焚之。"③如果说所附录之事,乃士妓之情,尚有词话本事的性质,而此处则是纯粹虚构的人鬼恋,《艳异编》录之是其题中之意,《古今词统》却也将它纳入分内之事。在卷七《忆馀杭》调下收潘阆"长忆西湖湖水上"一词,后附有一段近八百字人物传记,并评曰:"墙中作诗、钟楼题诗,俱趣事。""太祖留剃刀、度牒与建文君正此意。"④《古今词统》编者对趣事奇闻的兴趣,毫不亚于小说作者。

沈际飞虽然没有将"仙言鬼语"纳入《草堂诗馀》四集的编撰目的之中,但沈氏不可能脱离那个时代,丝毫不沾染适俗的气息。如沈氏在《别集》序言中称:

---

① 《古今词统》,第227页。
② 周邦彦著,罗忼烈笺注:《清真集笺注》,上海:上海古籍出版社2008年版,第1页。
③ 《古今词统》,第387页。
④ 《古今词统》,第234页。

"夫雕章缛采,味腴撑芳,词家本色。"①诚然,《别集》选姜夔词 7 首、吴文英词 6 首,对宋本《草堂诗馀》不选二人之作是一个突破。作为一部词选而言,这样的突破是很有意义的。因若纯以词体之审美价值来考虑,作为粹取菁华、品赏得失的词选,没有理由排斥二人之词。可以说沈际飞在《别集》中对宋本《草堂诗馀》的性质作了修正,这是他在词学领域的努力处。但他也不讳言:"《别集》则余僭为排缵……博综'花间''樽前''花庵选''宋元名家词'以及'稗官逸史',卷凡四,词凡若干首。"②作为选本,"博综'花间''樽前''花庵选''宋元名家词'"乃是其应有之义,但沈氏却不忘"以及'稗官逸史'",这正是小说发展所培养起来的对故事的审美口味。

如《新集》中选林鸿词二首,一首《百字令》(钟情太甚)、一首《摸鱼儿》(记红桥)。林鸿字子羽,是明初闽间文学的代表人物,存词多首。孤立地看,我们无从判断沈氏于林鸿诸作中去取的原则。但如果我们换一个角度,放眼明代小说,就会发现,林鸿不仅是闽中诗人的代表,他更是文言小说《红桥唱和》的主角。《红桥唱和》所载即"张红桥"故事,此故事在明代广为流传,被多种小说集所选载。《红桥唱和》出《晋安逸志》,陈鸣鹤撰,是书似佚,徐熥编《榕阴新检》辑入 32 篇,此为其中一篇。明末冯梦龙编《情史类略》又录自《榕阴新检》。《红桥唱和》载林鸿与红桥事甚详,长达两千余字,其中所载林鸿与红桥往来诗作较多,共计 26 首,但词仅 3 首。其中两首为林鸿所作,即《百字令》(钟情太甚)与《摸鱼儿》(记红桥);一首为张红桥作《百字令》(凤凰山下);另有《蝶恋花》半阕。沈氏于《新集》中选入林鸿两首词的原因由此明矣。

《花草粹编》、沈际飞《草堂诗馀》四集,以及《古今词统》中大量与明代小说中词作的互现之作,正说明词选家与小说作者有着同样的偏好,故事性、娱乐性等大众的喜好,不仅影响了小说中的词作面目,也影响了词选的面目。

随着小说传播范围的进一步扩大,及读者群体的进一步壮大,小说中的词作也于自身的审美价值之外,获得了广泛的受众基础。这些融合了故事的词作,带着源于民间的强大生机,进入选家的视野,影响词选的微观择词标准;另一方面,选者本身或就是小说的读者群中的一员,或带有浓烈的欣赏故事的口味,因而对这些词作亦青眼有加。在双向的互动影响之下,这些词作终于为自

---

① 沈际飞:《古香岑草堂诗馀·别集序》,明刊本。
② 《古香岑草堂诗馀四集·发凡》。

身在词选中谋得了一席之地。这种现象势必影响到词选所呈现出的整体风格。陶子珍于《明代词选研究》中论晚明词选，亦提到通俗文学的影响："通俗文学以锐不可当之势，盛行于晚明文坛，至词学于明代难有突出之表现，且选词之风，亦趋于浅近卑俗。"①"浅近卑俗"的具体表现之一，就是这些随着小说传播而影响日著的"明星词"，甚至它们背后的"明星故事"，堂而皇之地入选了明代的词选。

　　但也不得不承认，这种附加值的增加在另一方面，的确导致了对词体审美价值的忽视与削弱。也正因为如此，明代词选虽然在词学领域有所影响，但就选本自身的价值与意义而言，未有出色之作。这些词作一旦进入词选的范围，它们反过来又以词体的身份成为习词的对象与范式。可以说，不唯《草堂诗馀》，明代词选几乎都无法胜任经典范本的角色。因为它们自身在萃取菁华、品赏得失方面就多有忽略和缺失。有明一代未曾出现一部堪称典范的经典词选，而这些带着适俗趣味的词选，恰恰又是从词学一途对明代词坛现状产生影响。明词之俗化，于此亦可见出乃为必然之势。

---

① 陶子珍：《明代词选研究》，台北：秀威资讯科技股份有限公司 2003 年版，第 30 页。

附录一 明代小说引用词统计

　　笔者将明代小说中有出处可考的词作,均作为引用词列于此,包括引用、改写自前人的词作,及从其他小说、戏曲作品中抄录的词作,详见附表 1-1、1-2。

　　有几点需要说明的是:

　　1.表中所列为明代小说,不计明人刊刻的宋元旧话本。后者据胡士莹《话本小说概论》所辑录,予以甄别。

　　2.引用词包括直接引用及改写前人词的情况,集句与化用的情况视为原创词,在附录二"明代小说原创词统计"中列出。

　　3.引用词出自前人小说、戏曲的情况,在词作首句后注明所出之小说或戏曲。

　　4.同源小说之间引用词重复的现象,只列成书最早的那一部。如果小说作者在叙事上有新变者,如将文言小说改为话本小说,或改变原小说之叙事结构或模式者,则作为引用现象,注明词作所出之原小说。

　　5.《青泥莲花记》《艳异编》《广艳异编》《情史类略》等具有汇辑性质的文言短篇小说集,其中所录之明人小说,均析出计入文言小说原创词统计中,在此不作为引用词现象辑录。

　　6.引用词依《全唐五代词》《全宋词》《全金元词》《全明词》与《全明词补编》录首句。小说引自其他小说、戏曲等作品者,依后者所载录首句。小说中首句与原词不符者,录原词,不再注明。小说对原词改动较大的情况,在引录时注明"改"。如果只是有异文,或稍有改写,则不标注。

　　7.词调名统一标正名,如《百字令》《酹江月》等,统一标《念奴娇》,不再注明。小说中注明词调有误者,在引入时注明小说中原词调。

　　8.此处统计难免有错漏之处,还请专家学者批评指正。

附表 1-1　明代白话小说引用词一览表

小说	作者	引用情况（原作）
《包龙图判百家公案》	安时遇编	罗惜惜《卜算子》（幸得那人归）
		辛弃疾《千秋岁》（塞垣秋草）
		张幼谦《一剪梅》（同年同日又同窗）
		张幼谦《长相思》（天有情）
		珍娘《浣溪纱》（溪雾溪烟溪景新）
《弁而钗》	醉西湖心月主人	赵今燕《长相思》（去悠悠）
		赵彩姬《长相思》（愁无言）
《禅真后史》	方汝浩	李道纯《西江月》（真土真铅真汞）
		王安石《渔家傲》（平岸小桥千嶂抱）
		李道纯《沁园春》（不识不知）
《禅真逸史》	方汝浩	李邴《女冠子》（帝城三五）
		宋祁《绵缠道》（燕子呢喃）
		苏轼《念奴娇》（凭高眺远）
		王诜《蝶恋花》（钟送黄昏鸡报晓）
		僧仲殊《金菊对芙蓉》（花则一名）
		周邦彦《瑞鹤仙》（悄郊原带郭）（改）
崇祯本《金瓶梅》	改写者不详	《临江仙》（万里彤云密布）（《水浒传》）
		《菩萨蛮》（绿杨袅袅垂丝碧）（陆采《明珠记》）（按：原文阙上片末二句。）
		《好事近》（红曙卷窗纱）（汤显祖《紫钗记》）
		唐寅《踏莎行》（八月中秋）
		《落梅风》（黄昏想）（郭勋辑《雍熙乐府》）
		卢挚《落梅风》（灯将残）
		李清照《浣溪沙》（绣面芙蓉一笑开）
		周邦彦《少年游》（并刀如水）
		无名氏《柳梢青》（有个人人）
		李清照《点降唇》（蹴罢秋千）
		秦观《菩萨蛮》（虫声泣露惊秋枕）

续表

小说	作者	引用情况（原作）
崇祯本《金瓶梅》	改写者不详	杨慎《好女儿》（锦帐鸳鸯）
		周邦彦《意难忘》上片（衣染莺黄）
		贺铸《薄倖》上片（淡妆多态）
		胡浩然《满庭芳》上片（潇洒佳人）
		秦观《满庭芳》下片（碧水惊秋）
		周邦彦《满江红》上片（昼日移阴）
		柳永《玉蝴蝶》下片（渐觉芳郊明媚）
		苏轼《蝶恋花》（花事阑珊芳草歇）
		苏轼《西江月》（闻道双衔凤带）
		无名氏《青玉案》（人生南北如歧路）
		张泌《浣溪沙》（小市东门欲雪天）（按：原文作《浪淘沙》。）
		柳永《菊花新》（欲掩香帏论缱绻）
		王慎中《浪淘沙》（美酒斗十千）
		康与之《喜迁莺》下片（腊残春早）
		李甲《帝台春》下片（芳草碧色）
		秦公庸《临江仙》（倦睡恹恹生怕起）
		秦观《菩萨蛮》（虫声泣露惊秋枕）
		徐俯《卜算子》（胸中千种愁）
		范仲淹《苏幕遮》（朔风天）
		林鸿《念奴娇》上片（钟情太甚）
		祝允明《长相思》（唤多情）
		冯琦《望江南》（梅共雪）
		欧阳修《南柯子》（凤髻金泥带）
		丘濬《翠楼吟》（佳人命薄）
		吴激《青衫湿》（南朝千古伤心事）
		柳永《凤衔杯》（追悔当初辜深愿）
		刘基《苏幕遮》（白云山）
		《渔家傲》（情若连环终不解）（《娇红记》）
		《忆秦娥》（香篆袅）（冯梦龙编《情史》）

续表

小说	作者	引用情况（原作）
《醋葫芦》	西湖伏雌教主	陆游《钗头凤》（红酥手）
		苏轼《水龙吟》（似花还似非花）
		《沁园春》（吏部夫人）（吴炳《疗妒羹》）
		《菩萨蛮》（乾坤偌大难容也）（吴炳《疗妒羹》）
《大宋中兴通俗演义》	熊大木	无名氏《女冠子》（彤云密布）
		岳飞《小重山》（昨夜寒蛩不住鸣）
		岳飞《满江红》（怒发冲冠）
		赵桓《眼儿媚》（宸传三百旧京华）
		赵佶《眼儿媚》（玉京曾忆旧繁华）
		周邦彦《西平乐》（稚柳苏晴）（改）
《大唐秦王词话》	詹圕主人	僧晦庵《满江红》（胶扰劳生）
		朱敦儒《西江月》（世事短如春梦）
		苏轼《蝶恋花》（春事阑珊芳草歇）
《东周列国志》	冯梦龙编	杨慎《西江月》（道德三皇五帝）
《二刻拍案惊奇》	凌濛初	康伯可《瑞鹤仙》（瑞烟浮禁苑）
		柳永《倾杯乐》（禁漏花深）
		秦观《桃源忆故人》（玉楼深锁薄情种）
		苏轼《西江月》（闻道双衔凤带）
		汪藻《点绛唇》（高柳蝉嘶）
		《满江红》半阕（木落庭皋）（《素梅玉蟾》杂剧）
		严蕊《如梦令》（道是梨花不是）
		严蕊《鹊桥仙》（碧梧初坠）
		严蕊《卜算子》（不是爱风尘）
		李邴《女冠子》（帝城三五）
		僧晦庵《满江红》上片（胶扰劳生）
		宇文虚中《念奴娇》（疏眉秀盼）
		辛弃疾（托名）《贺新郎》（瑞气笼清晓）

续表

小说	作者	引用情况（原作）
《飞剑记》	邓志谟	吕岩(托名)《渔歌子》(卯酉门中作用时)(子午常餐日月精)(会合都从戊己家)(闭目寻真真自归)
		吕岩(托名)《望江南》(瑶池上)
		吕岩(托名)《减字木兰花》(暂游大庾)
		无名氏《渔家傲》半阕(二月江南山水路)
		吕岩(托名)《浪淘沙》(我有屋三间)
《封神演义》	陆西星	张伯端《西江月》(善恶一时妄念)(改)
《古今小说》	冯梦龙编	康与之《瑞鹤仙》(瑞烟浮禁苑)
		无名氏《忆秦娥》(香馥馥)
		无名氏《沁园春》(道过江南)
		柳永《西江月》(师师生得冶艳)
		柳永《西江月》(凤额绣帘高卷)
		柳永《玉女摇仙佩》(飞琼伴侣)
		柳永《击梧桐》(香靥深深)
		陆叡《八声甘州》(满清平世界庆秋成)
		无名氏《唐多令》(天上谪星班)
		萧某《沁园春》(士籍令行)
		僧晦庵《满江红》(胶扰劳生)
		叶李《金错刀》(君来路)
《鼓掌绝尘》	古吴金木散人	周邦彦《烛影摇红》(芳脸匀红)
		僧仲殊《金菊对芙蓉》(花则一名)
《关帝历代显圣记》	穆氏编	欧阳修《望江南》(江南柳)改
		无名氏《望江南》(江南竹)
《韩湘子全传》	杨尔曾	无名氏《青玉案》(人生南北如歧路)
		张伯端《西江月》(德行修逾八百)
		吕岩(托名)《步蟾宫》(坎离坤兑分子午)

续表

小说	作者	引用情况（原作）
《欢喜冤家》	西湖渔隐	无名氏《菩萨蛮》（绿杨深锁谁家院）
		僧晦庵《满江红》（胶扰劳生）
		俞国宝《风入松》（一春长费买花钱）
		欧阳修《浪淘沙》（今日北池游）
		李煜《长相思》上片（云一緺）
		《苏幕遮》（洞房幽）（漏声沉）（无名氏《怀春雅集》）
《皇明开运英武传》	佚名	赵令畤《蝶恋花》（欲减罗衣寒未去）
		《鹧鸪天》（杀气纷纷万里长）（《封神演义》）
		周邦彦《西河》（佳丽地）
《皇明大儒王阳明先生出身靖难录》	冯梦龙	瞿佑《望江南》（西湖景）四首
《剿闯小说》	懒道人口授	张孝祥《水调歌头》（猩鬼啸篁竹）改
《金瓶梅词话》	兰陵笑笑生	无名氏《行香子》（阆苑瀛洲）
		明本《行香子》（短短横墙）
		明本《行香子》（水竹居处）
		张天师《行香子》（净扫尘埃）
		无名氏《人月圆》（帝里元宵风光好）
		卓田《眼儿媚》（丈夫只手把吴钩）
		《临江仙》（万里彤云密布）（《水浒传》）
		《西江月》上片（柔软立身之本）（《水浒传》）
		朱敦儒《西江月》下片（日日深杯酒满）
		《鹧鸪天》（色胆如天不自由）两次（《水浒传》）
		《菩萨蛮》（绿杨袅袅垂丝碧）（陆采《明珠记》）（按：原文阙上片末二句）
		《行香子》（花面金刚）《张于湖误宿女贞观记》
		《落梅风》（黄昏想）（郭勋辑《雍熙乐府》）
		卢挚《落梅风》（灯将残）
		无名氏《鹧鸪天》（淡画眉儿斜插梳）
		《南乡子》（情兴两和谐）（《张于湖宿女贞观记》）

续表

小说	作者	引用情况（原作）
《京本通俗小说》	佚名	瞿佑《南乡子》（帘卷水西楼）（按：出卷五《冯玉梅团圆》，为宋人旧话本，但此开场词为明人新增。）
《警世恒言》	冯梦龙编	鲜于枢《鹊桥仙》（青天无数）
		瞿佑《南乡子》（帘卷水西楼）
		苏轼《江神子》（凤凰山下雨初晴）
		《鹧鸪天》（春到人间景色新）（邓志谟《铁树记》）
		《水龙吟》（红云紫盖葳蕤）（邓志谟《铁树记》）
		《西江月》（爪似铜钉快利）（邓志谟《铁树记》）
《女翰林》（话本）	佚名	李清照《声声慢》（寻寻觅觅）
《廉明奇判公案传》	余象斗辑	苏轼（托名）《踏莎行》（这个秃奴）
《南北宋志传》	熊大木	黄庭坚《西江月》（断送一生唯有）
		苏轼《念奴娇》（凭高眺远）
		李煜《浪淘沙》（帘外雨潺潺）
		苏轼《水调歌头（明月几时有）
		俞克成《蝶恋花》（梦断池塘惊乍晓）
		赵鼎《满江红》（惨结秋阴）
		周邦彦《浣溪沙》（翠葆参差竹径成）
《拍案惊奇》	凌濛初	朱敦儒《西江月》（日日深杯酒满）
		苏轼《满庭芳》摘句（蜗角虚名）
		王观《天香》上片（霜瓦鸳鸯）
		文徵明《念怒娇》上片（桂花浮玉）
		《菩萨蛮》（红绳画板柔荑指）（《剪灯馀话》）
		《满江红》（嫩日舒晴）（《剪灯馀话》）
		《临江仙》（少日风流张敞笔）《剪灯馀话》
		无名氏《青玉案》摘句（人生南北如歧路）
		僧晦庵《满江红》摘句（胶扰劳生）
		罗惜惜《卜算子》（幸得那人归）
		张幼谦《一剪梅》（同年同日又同窗）

续表

小说	作者	引用情况（原作）
《拍案惊奇》	凌濛初	张幼谦《卜算子》(去时不由人)
		张幼谦《长相思》(天有神)
		唐寅《失调明》(风裊裊)(花艳艳)(雪飘飘)(月娟娟)
		卓田《眼儿媚》(丈夫只手把吴钩)
《清平山堂话本》	洪楩编	苏轼《满庭芳》(香叆雕盘)
《七曜平妖传》	沈会极	柳永《过涧歇近》(淮楚)
《三宝太监西洋记》	罗懋登	朱熹《水调歌头》(富贵有馀乐)
		僧晦庵《满江红》(胶扰劳生)
		柳永《望海潮》(东南形胜)
《三国志通俗演义》	罗贯中	曾觌《浣溪沙》(原是昭阳宫里人)
		陆游《水调歌头》(江左占形胜)
《山鬼谈》	丁耀亢	冯尊师《苏武慢》(试问禅关)
《水浒传》	施耐庵、罗贯中	欧阳修《浣溪沙》(湖上朱桥响画轮)
		苏轼《念奴娇》(大江东去)
		完颜亮《念奴娇》(天丁震怒)
		丁仙现《绛都春》(融和初报)
		苏轼《水调歌头(明月几时有)
		无名氏《鹧鸪天》(凛冽严凝雾气昏)
		宋江《念奴娇》(天南地北)
《隋史遗文》	袁于令	《望江南》(湖上月)(湖上柳)(湖上雪)(湖上草)(湖上花)(湖上女)(湖上酒)(湖上水)(宋人小说《海山记》)
《隋炀帝艳史》	齐东野人	《临江仙》(试问水归何处)(话本《钱塘梦》)
		苏轼《洞仙歌》(冰肌玉骨)
		《望江南》(湖上月)(湖上柳)(湖上雪)(湖上草)(湖上花)(湖上女)(湖上酒)(湖上水)(宋人小说《海山记》)
		韦庄《小重山》(一闭昭阳春又春)

续表

小说	作者	引用情况（原作）
《贪欣误》	罗浮散客	黄裳《喜迁莺》（梅霖初歇）
		柳永《醉蓬莱》（渐亭皋叶下）
		秦观《满庭芳》（山抹微云）
		秦观《江城子》（西城杨柳弄春柔）
		张孝祥《满江红》（斗帐高眠）
		无名氏《苏幕遮》（陇云沉）（改）
《唐三藏出身全传》	杨致和	《满庭芳》（观棋柯烂）（《西游记》）
《唐三藏西游释厄传》（按：其中词作均出《西游记》）	朱鼎臣编	《满庭芳》（观棋柯烂）
		《蝶恋花》（烟波万里扁舟小）
		《蝶恋花》（云林一段松花满）
		《鹧鸪天》（仙乡云水足生涯）
		《鹧鸪天》（崔巍峻岭接天涯）
		《西江月》（红蓼花繁映月）
		《西江月》（败叶枯藤满路）
		《西江月》（熟绢青巾抹额）
		《西江月》（日落烟迷草树）
		《西江月》（焰焰斜辉返照）
《梼杌闲评》	佚名	胡浩然《东风齐着力》（残腊收寒）
		黄澄《绮罗香》（绡帕藏春）
		李清照《声声慢》（寻寻觅觅）
		吴激《春从天上来》（海角飘零）
		周邦彦《解语花》（风销焰烛）
		《满江红》（这回因果）（《西游记》）
		张伯端《西江月》（妄想不复强灭）
《铁树记》	邓志谟	苏轼《水调歌头》（明月几时有）

小说	作者	引用情况（原作）
《西湖二集》	周清源	马洪《画堂春》（萧条书剑困埃尘）
		赵佶《燕山亭》摘句（裁剪冰绡）
		俞国宝《风入松》（一春长费买花钱）
		吴琚《念奴娇》（玉虹遥挂）
		曾觌《阮郎归》（柳荫庭院占风光）
		曾觌《壶中天慢》（素飙漾碧）
		张任国《柳梢青》（挂起招牌）
		袁介《如梦令》（今夜盛排筵宴）
		吴琚《水龙吟》（紫皇高宴仙台）
		无名氏《柳梢青》（有个人人）
		陈以庄《水龙吟》（晚来江阔潮平）
		王清惠《满江红》（太液芙蓉）
		文天祥《满江红》（试问琵琶）
		文天祥《满江红》（燕子楼中）
		徐君宝妻《满庭芳》（汉上繁华）
		《减字木兰花》（雪梅妒色）（《西阁寄梅记》）
		《浣溪沙》（梅正开时雪正狂）（《西阁寄梅记》）
		苏轼《水龙吟》（楚山修竹如云）
		张昇《离亭燕》（一带江山如画）
		寿涯禅师《渔家傲》（深愿弘慈无缝罅）
		柳永《木兰花慢》（拆桐花烂熳）
		僧仲殊《念奴娇》（水枫叶下）
		张翥《多丽》（晚山青）
		朱淑真《蝶恋花》（楼外垂杨千万缕）
		向滈《如梦令》（谁伴明窗独坐）
		欧阳修《生查子》（去年元夜时）
		沈宣《蝶恋花》（接得灶神天未晓）

续表

小说	作者	引用情况（原作）
《西湖二集》	周清源	僧仲殊《金菊对芙蓉》(花则一名)
		锁懋坚《谒金门》(人舣画船)
		滕宾《瑞鹧鸪》(分桃断袖绝嫌猜)
		马洪《海棠春》(越罗衣薄轻寒透)
		《天仙子》(金屋银屏畴昔景)(《游会稽山记》)
		潘阆《酒泉子》(长忆西湖)
		僧惠洪《西江月》(十指嫩抽春笋)
		葛长庚《念奴娇》(汉江北泻)
		吕渭老《望海潮》(侧寒斜雨)
		文天祥《沁园春》(为子死孝)
		《永遇乐》(倾国名姝)(按：以下八首，均出文言中篇传奇《贾云华还魂记》)
		《满庭芳》(天下雄藩)
		《风入松》(碧城十二瞰湖边)
		《风入松》(玉人家在汉江边)
		《如梦令》(明月好风良夜)
		《唐多令》(深院锁幽芳)
		《唐多令》(少小惜红芳)
		《桂枝香》(溶溶皓月)
《西游记》	吴承恩	冯尊师《苏武慢》(试问禅关)
		张伯端《西江月》(妄想不复强灭)
		张伯端《西江月》(法法法原无色)(改)
《醒世恒言》	冯梦龙编	僧了元(依托)《蝶恋花》(执扳娇娘留客住)
		僧了元(依托)《浪淘沙》(昨夜遇神仙)
		僧了元(依托)《西江月》(窄地重重帘幕)
		僧了元(依托)《品字令》(觑着脚)
		李清照《声声慢》(寻寻觅觅)
		苏轼《满庭芳》(蜗角虚名)
		《望江南》(湖上月)(湖上柳)(湖上雪)(湖上草)(湖上花)(湖上女)(湖上酒)(湖上水)(《海山记》)

续表

小说	作者	引用情况（原作）
《绣榻野史》	吕天成	秦湛《卜算子》（春透水波明）
		秦观《如梦令》（楼外残阳红满）
		张元幹《谒金门》（鸳鸯渚）
		谢逸《千秋岁》（楝花飘砌）
		李清照《醉花阴》（薄雾浓云愁永昼）
		黄昇《菩萨蛮》（南山未解松梢雪）
		李煜《阮郎归》（东风吹水日衔山）
《杨家府演义》	秦淮墨客	赵鼎《满江红》（惨结秋阴）（改）
		周邦彦《浣溪沙》（翠葆参差竹径成）
《昭阳趣史》	古杭艳艳生	韦庄《小重山》（一闭昭阳春又春）
《张于湖误宿女贞观记》		《南乡子》（情兴两和谐）（《戒指儿记》）
		《菩萨蛮》（绿窗深贮倾城色）（《娇红记》）
		《菩萨蛮》（夜色偷展纱窗绿）（《娇红记》）
《征播奏捷》	栖真斋名衢逸狂撰	《行香子》（花面金刚）（《张于湖误宿女贞观记》）
		《鹧鸪天》（杀气纷纷万里长）（《皇明开运英武传》）
		《临江仙》（闷似蛟龙离海）（《水浒传》）
		《高阳台》半阕（富贵贫穷）（《西游记》）
《醉醒石》	东鲁古狂生编	王安石《桂枝香》（登临送目）

附表 1-2 明代文言小说引用词一览表

小说	作者	引用情况（原词）
《才鬼记》	梅鼎祚编	吴城小龙女《清平乐令》(帘卷曲栏独倚)
		司马槱《蝶恋花》(家本钱塘江上住)
		珍娘《浣溪沙》(溪露溪烟溪景新)（《山亭儿记》）
		紫姑《白苎词》(绣帘垂)
		紫姑《瑞鹤仙》(睹娇红细捻)
		玉英《浪淘沙》(塞上早春时)
		乩仙《忆少年》(凄凉天气)
		乩仙《鹊桥仙》(鸾舆初驾)
		无名氏《望江南》(才举意)
		无名氏《西江月》(九九乾坤已定)
《传奇雅集》	佚名	《如梦令》(明月好风良夜)（《剪灯馀话》）
		《西江月》(试问兰煤灯烬)（《娇红记》）
		《卜算子》(秋日映寒塘)（《怀春雅集》）
		《菩萨蛮》(夜深偷展纱窗绿)（《娇红记》）
		《菩萨蛮》其二(绿窗深贮倾城色)（《娇红记》）
		《唐多令》(深院锁幽芳)（《剪灯馀话》）
		《唐多令》(少年惜红芳)（《剪灯馀话》）
《龙会兰池录》	佚名	唐寅(失调名)(风花雪月四阕)(风袅袅)(花艳艳)(雪飘飘)(月娟娟)
《广艳异编》	吴大振增补	无名氏《菩萨蛮》(妾身本是琅琊种)（《扶离佳会录》）
		唐寅(失调名)(风花雪月四阕)(风袅袅)(花艳艳)(雪飘飘)(月娟娟)
《晋安逸志》	陈鸣鹤	林鸿《念奴娇》(钟情太甚)
		林鸿《摸鱼儿》(记红桥)
《刘生觅莲记》	佚名	谢逸《花心动》(风里杨花)
		文徵明《雨中花》(烟雨妒春声不歇)
		僧如晦《卜算子》(有意送春归)

小说	作者	引用情况（原词）
《奇女子传》	吴震元编	严蕊《如梦令》（道是梨花不是）
		严蕊《卜算子》（不是爱风尘）
		严蕊《鹊桥仙》（碧梧初出）
		苏轼《西江月》（玉骨那愁瘴雾）
		周邦彦《少年游》（并刀如水）
		周邦彦《兰陵王》（柳阴直）
《青泥莲花记》	梅鼎祚编	陶谷《风光好》（好姻缘）
		苏轼《西江月》（玉骨那愁瘴雾）
		秦观《南歌子》（霭霭迷春态）
		秦观《青门饮》（风起云间）
		蔡真人《望江南》（栏干曲）
		蔡伸《小重山》（流水桃花小洞天）
		史达祖《汉宫春》（花隔东垣）
		苏轼《永遇乐》（明月如霜）
		秦观《调笑令》（恋恋）
		毛滂《调笑令》（无力）
		秦观《调笑令》（翡翠）
		毛滂《调笑令》（城月）
		僧惠洪《千秋岁》（半身屏外）
		秦观《浣溪沙》（脚上鞋四儿寸罗）
		盼盼《惜花容》（少年看花双鬓绿）
		苏轼《江神子》（玉人家在凤凰山）
		柳永《击梧桐》（香靥深深）
		柳富《最高楼》（人间最苦）
		刘盼春《长相思》（阻佳期）
		苏轼《减字木兰花》（郑庄好客）
		陈师道《南乡子》（风絮落东邻）
		苏小小《减字木兰花》（别离情绪）

续表

小说	作者	引用情况（原词）
《青泥莲花记》	梅鼎祚编	陈诜《眼儿媚》（鬓边一点似飞鸦）
		聂胜琼《鹧鸪天》（玉惨花愁出凤城）
		司马樵《蝶恋花》（家在钱塘江上住）
		欧阳修《长相思》上阕（深花枝）
		张先《望江南》（青楼宴）
		尹词客《西江月》（韩愈文章盖世）
		尹词客《玉楼春》（浣花溪上风光主）（按：原文作《木兰花慢》）
		陈凤仪《一落索》（蜀江春色浓如雾）
		洪惠英《减字木兰花》（梅花似雪）
		吴淑姬《长相思》（烟霏霏）
		吴淑姬《惜分飞》（岸柳依依拖金缕）
		吴淑姬《小重山》（谢了荼蘼春事休）
		吴淑姬《祝英台近》（粉痕销）
		施酒监《卜算子》（相逢情便深）
		乐婉《卜算子》（相思似海深）
		卢祖皋《贺新郎》（春色元无主）
		都下伎《朝中措》（屏山栏槛倚晴空）
		僧儿《满庭芳》（团菊包金）
		蜀妓《踏莎行》（说盟说誓）
		赵才卿《燕梁归》（细柳营中有亚夫）
		蜀中妓《市桥柳》（欲寄意浑无所有）
		李秀兰《减字木兰花》（自从君去）
		冯子振《鹧鸪天》（凭倚东风远映楼）
		刘燕歌《太常引》（故人别我出阳关）
		柳永《望海潮》（东南形胜）
		贾奕《南乡子》（闲步小楼前）
		张才翁《雨中花慢》（万缕青青）
		宋江《念奴娇》（天南地北）

小说	作者	引用情况（原词）
《情史类略》	冯梦龙编	徐君宝妻《满庭芳》（汉上繁华）
		卓田《眼儿媚》（丈夫只手把吴钩）
		苏轼《永遇乐》摘句（明月如霜）
		张幼谦《一剪梅》（同年同日又同窗）
		罗惜惜《长相思》（天有神）
		罗惜惜《卜算子》（幸得那人归）
		张幼谦《卜算子》（去时不由人）
		宋祁《鹧鸪天》（画毂彫鞍狭路逢）
		詹玉《浣溪沙》（淡淡青山两点春）
		陆凝之《夜游宫》（春风捏就腰儿细）
		韩翃《章台柳》（章台柳）
		柳氏《章台柳》（杨柳枝）
		谢希孟《卜算子》（双桨浪花平）
		苏轼《卜算子》（缺月挂疏桐）
		周邦彦《少年游》（并刀如水）
		周邦彦《兰陵王》（柳阴直）
		贾奕《南乡子》（闲步小楼前）
		王衍《醉妆词》（这边走）
		司马槱《蝶恋花》（家在钱塘江上住）
		崔怀宝《忆江南》（生平愿）
		柳富《最高楼》（人间最苦）
		李治《摸鱼儿》（为多情）
		陈诜《眼儿媚》（鬓边一点似飞鸦）
		马光祖《减字木兰花》（多情多爱）
		聂胜琼《鹧鸪天》（玉惨花愁出凤城）
		赵令畤《清平乐》（春风依旧）
		欧阳修《望江南》（江南柳）上片
		欧阳修《望江南》（江南柳）下片

续表

小说	作者	引用情况（原词）
《情史类略》	冯梦龙编	无名氏《望江南》单调（江南竹）
		欧阳修《生查子》（去年元夜时）
		苏轼《西江月》（玉骨那愁瘴雾）
		陈袭善《渔家傲》（鹫岭峰前栏独倚）
		李清照《声声慢》（寻寻觅觅）
		陆游《钗头凤》（红酥手）
		陆游妾《生查子》（只知愁上眉）
		舒氏女《点绛唇》（独自临流）
		小青《天仙子》（文姬远嫁昭君塞）
		戴复古妻《祝英台近》（惜多才）
		韦庄《谒金门》（空相忆）
		周邦彦《点绛唇》（辽鹤归来）
		林逋《长相思》（吴山青）
		范仲淹《御街行》（纷纷坠叶飘香砌）
		司马光《西江月》（宝髻松松挽就）
		欧阳修《临江仙》（柳外轻雷池上雨）
		欧阳修《望江南》（江南柳）
		苏轼《贺新凉》（乳燕飞华屋）
		何文缜《虞美人》（分香帕子揉蓝腻）
		秦观《浣溪沙》（脚上鞋儿四寸罗）
		盼盼《玉楼春》（少年看花双鬓绿）
		吴淑姬《长相思》（烟霏霏）
		陶谷《风光好》（好姻缘）
		苏轼(托名)《踏莎行》（这个秃奴）
		慕容嵒卿妻《浣溪沙》（满目江山忆旧游）
		懒堂女子《烛影摇红》（绿净湖光）
		刘过《天仙子》（别酒醺醺容易醉）
		随车娘子《天仙子》（别酒未斟心先醉）

续表

小说	作者	引用情况（原词）
《情史类略》	冯梦龙编	元好问《摸鱼儿》（问世间）
		李治《摸鱼儿》（雁双双）
		李煜《浪淘沙》（帘外雨潺潺）
		程垓《酷相思》（月挂霜林寒欲坠）
		秦观《水龙吟》（小楼连远横空）
		秦观《南歌子》（玉漏迢迢尽）
		秦观《满庭芳》（山抹微云）
		毛滂《惜分飞》（泪湿阑干花着露）
		卢疏斋《踏莎行》（雪暗山明）
		孙夫人《忆秦娥》（花深深）
		魏夫人《江神子》（别郎容易见郎难）
		刘鼎臣妻《鹧鸪天》（金屋无人夜剪缯）
		易彦章妻《一剪梅》（染泪修书寄彦章）
		苏庠《鹧鸪天》（梅妒晨妆雪妒轻）
		周邦彦《满路花》（帘烘泪雨干）
		朱敦儒《念奴娇》（别离情绪）
		翁客妓《踏莎行》（说盟说誓）
		蜀妓《市桥柳》（欲寄意浑无所有）
		刘燕歌《太常引》（故人别我出阳关）
《陈眉公先生批评融春集》	佚名	《烛影摇红》半阕（谁驾香车）（《怀春雅集》之《烛影摇红》（一夜东风）下片。）
		《浣溪沙》（寂寂寥寥度此春）（《刘生觅莲记》）
		《一斛珠》（碧云寥廓）（按：《草堂诗馀别集》卷二作秦观词，《全宋词》案"疑非秦观作"，暂录于此）
		《花心动》（风里杨花轻薄性）（《刘生觅莲记》）
		《南乡子》（夜阑梦难收）（《刘生觅莲记》）
		《念奴娇》（耽忆贪思）（《刘生觅莲记》之《念奴娇》（脂唇粉面），多有遗漏。）
		《蝶恋花》（飘荡寒风天色惫）（《刘生觅莲记》）
		《苏幕遮》（漏声沉）（《怀春雅集》）

续表

小说	作者	引用情况（原词）
《说听》	陆延枝	陆锡明《点绛唇》（三尺冰弦）
《天缘奇遇》	佚名	夏言《沁园春》（千里故人）（改）
《五金鱼传》	佚名	李清照《一剪梅》（下片）（红藕香残玉簟秋）
《西湖游览志馀》	田汝成	赵构《渔父词》（薄晚烟林淡翠微）
		赵构《渔父词》（青草开时已过船）
		俞国宝《风入松》（一春常费买花钱）
		曾觌《阮郎归》（柳阴庭院占风光）
		张抡《柳梢青》（柳色初浓）
		曾觌《柳梢青》（梅粉轻匀）
		张抡《临江仙》（闻道彤廷森宝仗）
		张抡《壶中天慢》（洞天深处赏娇红）
		吴琚《水龙吟》（紫皇高宴仙台）
		曾觌《壶中天慢》（素飙漾碧）
		吴琚《念奴娇》（玉虹遥挂）
		史浩《喜迁莺》（谯门残月）
		吴文英《玉楼春》（茸茸狸帽遮梅额）
		康与之《瑞鹤仙》（瑞烟浮禁苑）
		黄裳《喜迁莺》（梅霖初歇）
		杨缵《一枝春》（竹爆惊春）
		蔡京《西江月》（八十一年往世）
		无名氏《唐多令》（天上谪星班）
		无名氏《沁园春》（道过江南）
		陈郁《沁园春》（没巴没鼻）
		无名氏《沁园春》（国步多艰）
		萧某《沁园春》（士籍令行）
		陈合《宝鼎现》（神鳌谁断）
		廖莹中《木兰花慢》（请诸君着眼）
		陆叡《八声甘州》（满清平世界庆秋成）

小说	作者	引用情况（原作）
《西湖游览志馀》	田汝成	赵从橐《陂塘柳》(指庭前)
		郭居安《声声慢》(捷书连昼)
		褚生《念奴娇》(半堤花雨)
		褚生《祝英台近》(倚危栏)
		文天祥《满江红》(试问琵琶)
		文天祥《满江红》(燕子楼中)
		王清惠《满江红》(太液芙蓉)
		徐君宝妻《满庭芳》(汉上繁华)
		傅按察《绿头鸭》(静中看)
		韩世忠《临江仙》(冬看山林萧疏净)
		韩世忠《南乡子》(人有几何般)
		苏轼《行香子》(携手江村)
		白居易《忆江南》(江南忆)
		柳永《望江潮》(东南形胜)
		刘过《沁园春》(斗酒彘肩)
		辛弃疾《念奴娇》(晚风吹雨)
		刘过《贺新郎》(睡觉莺啼晓)
		辛弃疾《摸鱼儿》(更能消)
		康与之《喜迁莺》(腊残春早)
		康与之《长相思》(南高峰)
		林逋《长相思》(吴山青)
		梁曾《木兰花慢》(问花花不语)
		瞿佑《沁园春》(一掬娇春)
		凌云翰《蝶恋花》(一色杏林三百树)
		凌云翰《无俗念》(等闲屈指)
		凌云翰《渔家傲》(采芝步入南山道)
		瞿佑《渔家傲》(喜来不涉邯郸道)
		瞿佑《望江南》(西湖景)四首

续表

小说	作者	引用情况（原作）
《西湖游览志馀》	田汝成	瞿佑《满庭芳》（露苇催黄）
		瞿佑《望江南》（元宵景）五首
		马洪《画堂春》（萧条书剑困埃尘）
		马洪《多丽》（剪蒿莱）
		马洪《江城子》（雪晴闲览瘦筇扶）
		马洪《昭君怨》（路远危峰斜照）
		马洪《南乡子》（翠浪涌层层）（高塔耸层层）（金磬罢泠泠）（曲院水风凉）（潭水碧涵天）（万仞碧峻嶒）（小港傍湖漘）（雪覆画阑桥）（烟树带莺啼）（月似白莲浮）
		马洪《虞美人》（草芽柔软花娇婉）
		马洪《小重山》（新水溶溶拍画桥）
		马洪《金菊对芙蓉》（过雁行低）
		马洪《满庭芳》（春老园林）
		马洪《青玉案》（平川渺渺花无数）
		马洪《鹊桥仙》（不寒不暑）
		马洪《少年游》（弄粉调脂）
		马洪《生查子》（烧罢夜香时）
		马洪《行香子》（红遍樱桃）
		马洪《凤凰台上忆吹箫》（淡淡秋容）
		马洪《东风第一枝》（饵玉餐香）
		马洪《海棠春》（越罗衣薄轻寒透）
		僧仲殊《念奴娇》（故园避暑）
		僧仲殊《诉衷情》（涌金门外小瀛洲）
		僧仲殊《念奴娇》（水枫叶下）
		苏轼《南歌子》（师唱谁家曲）
		僧如晦《卜算子》（有意送春归）
		司马槱《蝶恋花》（家本钱塘江上住）
		元好问《虞美人》（桐阴别院宜清昼）

小说	作者	引用情况（原作）
《西湖游览志馀》	田汝成	毛滂《惜分飞》（泪湿阑干花着露）
		苏轼《菩萨蛮》（娟娟缺月西南落）
		苏轼《菩萨蛮》（玉童西迓浮丘伯）
		苏轼《江神子》（玉人家在凤凰山）
		陈袭善《渔家傲》（鹭岭峰前栏独倚）
		谢希孟《卜算子》（双桨浪花平）
		郑文妻《忆秦娥》（花深深）
		刘鼎臣妻《鹧鸪天》（金屋无人夜剪缯）
		易彦章妻《一剪梅》（染泪修书寄彦章）
		张任国《柳梢青》（挂起招牌）
		朱淑真《蝶恋花》（楼外垂杨千万缕）
		瞿佑《念奴娇》（海山何处）
		瞿佑《西江月》（倾国倾城美貌）
		黄澄《绮罗香》（绡帕藏春）
		黄澄《卖花声》（人过天街晓色）
		乔吉《卖花声》（侵晓园丁叫道）
		苏轼（托名）《踏莎行》（这个秃奴）
		锁懋坚《谒金门》（人舣画船）
		瞿佑《南乡子》（帘卷水西楼）
		张阁《声声慢》（长天散霞）
		张炎《高阳台》（古木迷鸦）
		无名氏《长相思》（去年秋）
		无名氏《长相思》（高文虎）
		文及翁《贺新郎》（一勺西湖水）
		锁懋坚《沉醉东风》（风过处）
		马光祖《减字木兰花》（多情多爱）
		乩仙《鹊桥仙》（鸾舆初驾）

续表

小说	作者	引用情况（原作）
《艳异编》	王世贞编	《望江南》（湖上月）（湖上柳）（湖上雪）（湖上草）（湖上花）（湖上女）（湖上酒）（湖上水）《海山记》
		曾觌《阮郎归》（柳阴庭院占风光）
		张抡《柳梢青》（柳色初浓）
		曾觌《柳梢青》（梅粉轻匀）
		杨立斋《鹧鸪天》（烟柳风花锦作园）
		滕宾《念奴娇》（柳鬇花困）
		詹玉《浣溪沙》（淡淡青山两点春）
		詹玉《庆清朝慢》（红雨争妍）
《鸳渚志馀雪窗谈异》	周绍濂	琴精《千金意》（音音音）
		唐寅（失调名）（风袅袅）（花艳艳）、（雪飘飘）（月娟娟）
《钟情丽集》	玉峰主人	唐寅《满庭芳》（月下歌声）
		唐寅《一剪梅》（红满苔阶绿满枝）
		唐寅《一剪梅》（雨打梨花深闭门）
《郑吴情诗》	按：所本为元郑禧《春梦录》，但明人小说集所录，有改变叙事方式者，故录于此。	郑禧《木兰花慢》（恃平生豪气）
		吴氏女《木兰花慢》（爱风流儒雅）
		郑禧《木兰花慢》（望垂杨袅翠）
		吴氏女《木兰花慢》（看红笺写恨）
		郑禧《木兰花慢》（任东风老去）
		吴氏女《失调名》（缘惨双鸾）
		吴氏女《西江月》（今日瑶池大会）

附录二　明代小说原创词统计

笔者将暂无出处可考的词作,一律视为原创词在此统计。亦有几点需要说明:

1.同一部小说中重复使用的词作,只列入一首,标明使用次数。

2.词调名统一标正名,小说未注明词调者,依词律可确定词调的,直接标明词调,不做说明。小说中注明词调有误者,在引入时注明小说中原词调。笔者判断为词,但词调尚无法确定的词作,以"词调待考"为名,列入附表中。

3.文言小说丛抄中的原创词,很大程度未必出自编者,其归属更可能是小说本身,故在收录时,标明具体的篇目。"附录一"中引用词因已有词人信息,故未标明具体篇目。

4.此处统计难免有错漏之处,还请专家学者批评指正。

附表 2-1　明代白话小说原创词一览表

小说	作者	词调(首句)
《八仙出处东游记》	吴元泰	《点绛唇》(流水行云)
		《千秋岁》(昆仑日早)
		《西江月》(楼阁工程将毕)
		《鹧鸪天》(回首瀛洲驾铁船)
		《杨柳枝》(峰头若就蓬莱岛)
		《杨柳枝》(蓬莱路上屈曲奇)
		《天仙子》(与公泄尽烧丹诀)

续表

小说	作者	词调（首句）
《八仙出处东游记》	吴元泰	《天仙子》（诸君既爱谈玄理）
		《西江月》（此道至简至易）
		《杨柳枝》（子语晨昏只养心）
		《杨柳枝》（大道无私亦无妬）
		《天仙子》（承君询及蓬莱景）
		《天仙子》（与君识破娘生面）
《包龙图判百家公案》	安遇时	《一剪梅》（偶尔中间两相浓）
		《卜算子》（去是不由人）
		《词调待考》（光阴撚指）
《弁儿钗》	醉西湖心月主人	《东风齐著力》（既可雄飞）
		《如梦令》（游艺中原误人）
		《忆王孙》（无端一见便关心）
		《诉衷情》（临风几度忆王孙）
		《满庭芳》（桂花争馥）
		《西江月》（酒是迷心鸩毒）
		《生查子》（弟当悲独夜）
		《生查子》（床空夜复夜）
		《西江月》（鹄面鸡形少色）
		《浣溪沙》（今夜玉人何处也）
		《桃源忆故人》（归来相见已三更）
		《一斛珠》（晓雾轻笼）
		《渔家傲》（世事嚣凌成恶习）
		《西江月》（星星含情美盼）
		《捣练子》（春将半）
《别有香》（残本）	桃源醉花主人	《如梦令》（只为那人铁棒）
		《玉漏迟》（春意占时先）
		《锦缠道》（树里烟轻）
		《长相思》（倚朱栏）

续表

小说	作者	词调（首句）
《别有香》（残本）	桃源醉花主人	《昼锦堂》（饱极豪奢）
		《望江南》单调十首（女子牝）
		《眼儿媚》（耐冷凝寒独占先）
《残唐五代史演义传》	罗贯中	《词调待考》（风飒飒）
		《木兰花慢》（望昭君渐远）
		《西江月》（如意冠玉簪翠笔）
《禅真后史》	方汝浩	《西江月》（数簇尖峰削翠）
		《西江月》（下水能擒鱼蟹）
		《生查子》（金盔耀日明）
《禅真逸史》	方汝浩	《西江月》（头顶五山绣帽）
		《蝶恋花》（炯炯双眸欺闪电）
		《菩萨蛮》（昨宵见你炎炎热）
		《临江仙》（宝髻斜飞珠凤）
		《西江月》（守净色中饿鬼）
		《长相思》（坐如痴）
		《浪淘沙》（和尚是钟僧）
		《西江月》（头撮低眉尖帽）
		《西江月》（试看精神抖擞）
		《丑奴儿令》（脸如锅底眉如剑）
		《西江月》（凤翅金盔耀日）
		《清平乐》（郊原春透）
		《西江月》（疙瘩脸浑如泼靛）
		《武林桃》（碧霞宫殿）
		《西江月》（昏惨惨阴霾蔽日）
		《西江月》（束发金冠耀日）
		《词调待考》（头戴儒冠）
		《南柯子》（白发如彭祖）
		《西江月》（背断梅花雷氏）

续表

小说	作者	词调（首句）
《禅真逸史》	方汝浩	《西江月》（赤黄眉横攒一字）
		《卜算子》（碧月照幽窗）
		《卜算子》（闺怨写幽窗）
		《长相思》（喜相逢）
		《南乡子》（何事久参商）
		《鹧鸪天》（韬略深明志气高）
		《乐春风》（龙烛摇红）
		《卜算子》（炀帝即差徭）
		《满江红》（碌碌浮生）
崇祯本《金瓶梅》	改写者不详	《孝顺歌》（芙蓉面）
		《懒画眉》（别后谁知）
		《西江月》（纱帐香飘兰麝）
		《归洞仙》（步花径）
		《点绛唇》（新凉睡起）
		《浣溪沙》（十千日日索花奴）
		《摊破浣溪沙》（种就蓝田玉一株）
		《西江月》（小院闲阶玉砌）（按：原文作《应天长》）
		《西江月》（掉臂叠肩情态）（按：原文作《胜长天》）
《醋葫芦》	西湖伏雌教主	《满江红》（须发男儿）
		《临江仙》（杏脸全凭脂共粉）
		《临江仙》（年齿虽然当耳顺）
		《临江仙》（淡扫蛾眉排远岫）
		《临江仙》（布袜青袍多俭朴）
		《玉楼春》（六桥岁岁花如锦）
		《满庭芳》（日色融和）
		《临江仙》（脚踏西湖船二只）
		《西江月》（脸似荔枝生就）

续表

小说	作者	词调（首句）
《醋葫芦》	西湖伏雌教主	《临江仙》（轻躁骨头无四两）
		《西江月》（长短无过一寸）
		《临江仙》（小巧腰肢刚半捏）
		《满庭芳》（龙则一名）
		《蝶恋花》（细眼长眉只是笑）
		《南乡子》（小径隔红尘）
		《南乡子》（顾盼可倾城）
		《南乡子》（俊秀自天成）
《达摩出身前传》	朱开泰	《鹧鸪天》（王母瑶池驾鹤飞）（原文作《西江月》）
《大宋中兴通俗演义》	熊大木	《满江红》（万里尤荒）
		《鹧鸪天》（几年独占禁宫春）
《大唐秦王词话》	詹圃主人	《玉楼春》（花开禁苑春光早）（紫薇正放红葵吐）（梧桐叶落秋风剪）（长空四野彤云堵）
		《临江仙》（五虎丛中无对手）
		《西江月》（玉嵌明盔耀日）
		《鹧鸪天》（陇右罗喉迈等伦）
		《西江月》（李密怀奸造反）
		《词调待考》（我爱春）（我爱夏）（我爱秋）（我爱冬）
		《词调待考》（细推今古不须愁）
		《鹧鸪天》（韬略深明壮志豪）
		《临江仙》（霜鬓雄心似铁）
		《临江仙》（三叉金冠巧制）
		《西江月》（总管丛中拔萃）
		《鹧鸪天》（盔攒凤翅簇青缨）
		《西江月》（银叶甲披灿烂）
		《鹧鸪天》（彪躯八尺果魁梧）

续表

小说	作者	词调（首句）
《大唐秦王词话》	詹圃主人	《鹧鸪天》（山后英雄性气刚）
		《鹧鸪天》（猛兽吞头嵌宝珍）
		《鹧鸪天》（一块龟文玉碾成）
		《鹧鸪天》（缕缕冰丝出茧蚕）
		《鹧鸪天》（五色明珠缀锦边）
		《鹧鸪天》（颗颗明珠细叶丛）
		《鹧鸪天》（四缝穿云软底帮）
		《鹧鸪天》（形势弯环似怪蛟）
		《鹧鸪天》（挺挺匀匀上下齐）
		《鹧鸪天》（斩将降魔利刃坚）
		《鹧鸪天》（鈜铁磨成利更坚）
		《鹧鸪天》（久炼成钢火气融）
		《鹧鸪天》（玉勒金鞍控紫丝）
		《鹧鸪天》（巧制凌云足伟观）
		《鹧鸪天》（半幅香罗巧用工）
		《鹧鸪天》（谁把冰绡墨染乌）
		《鹧鸪天》（密密排联一簇新）
		《鹧鸪天》（巧剪金花戏水蛟）
		《鹧鸪天》（海兽犀皮软更坚）
		《鹧鸪天》（玉靶金梢不等闲）
		《鹧鸪天》（劲杆苗条紫竹青）
		《鹧鸪天》（造就千将心力劳）
		《鹧鸪天》（竹节匀排虎胫圆）
		《鹧鸪天》（刃铁枪横丈八长）
		《鹧鸪天》（生向天池本异常）
		《西江月》（巴豆将军发怒）
		《鹧鸪天》（善武能文压俊英）
		《鹧鸪天》（银甲金盔跨紫麟）

小说	作者	词调（首句）
《大唐秦王词话》	詹圃主人	《西江月》（头戴金盔耀日）
		《临江仙》（开国勋臣曾列土）
		《西江月》（护体甲铺银叶）
		《鹧鸪天》（鸦翎嵌顶凤盔明）
		《西江月》（银制兜鍪护顶）
		《鹧鸪天》（西府王亲号长孙）
		《临江仙》（膂力过人虎豹体）
		《西江月》（二将阵前发怒）
		《鹧鸪天》（雉尾兜鍪金银鼠袍）
《二刻拍案惊奇》	凌蒙初	《眼儿媚》（百年伉俪是前缘）
		《西江月》（丽质本来无偶）
		《桃源忆故人》（世间奇物缘多巧）
		《行香子》（风月襟怀）
		《西江月》（世事从来无定）
		《西江月》（旅馆羁身孤客）
		《忆秦娥》（堪奇绝）
		《西江月》（床上添铺异锦）
《飞剑记》	邓志谟	《词调待考》（落魄且落魄）
《封神演义》	陆西星	《西江月》（鱼尾金冠鹤氅）
		《西江月》（顶上抓髻灿烂）
		《西江月》（二将阵前心逞）
		《西江月》（鱼尾金冠鹤氅）
		《西江月》（门依双轮日月）
		《鹧鸪天》（杀气腾腾万里长）
		《鹧鸪天》（御林军卒出朝歌）
《古今小说》	冯梦龙	《西江月》（仕至千锺非贵）
		《西江月》（孝幕翻成红幕）
		《如梦令》（可惜名花一朵）

续表

小说	作者	词调（首句）
《古今小说》	冯梦龙	《西江月》（一个想着吹箫风韵）
		《西江月》（习习悲风割面）
		《西江月》（玉树庭前诸谢）
		《西江月》（一个乌纱白发）
		《西江月》（鬼帅空施伎俩）
		《西江月》（腹内胎生异锦）
		《千秋岁》（泰阶平了）
		《如梦令》（郊外绿阴千里）
		《踏莎行》（千里途遥）
		《西江月》（暇日攀今吊古）
		《满江红》（齐景雄风）
		《鹧鸪天》（闲向书斋阅古今）
《鼓掌绝尘》	古吴金木散人	《西江月》（煮茗堪消清昼）
		《西江月》（人有弄巧成拙）
		《鹧鸪天》（谁是聪明谁薄劣）
		《满庭芳》上片（绿树垂阴）
		《花落寒窗》（徘徊无语倚南楼）
		《忆王孙》（玄霜捣尽见云英）
		《如梦令》（衰柳蝉声哽咽）
		《鹧鸪天》（临安太守高方便）
		《高阳台》上片（烟水千层）
		《鹧鸪天》（转眼繁华旧复新）
		《西江月》（簇簇瑶花飞絮）
		《鹧鸪天》（眼大眉粗身矮小）
		《鹧鸪天》（脸似桃花眉似柳）
		《满庭芳》上片（世事纷纭）
《关帝历代显圣记》	穆氏编	《临江仙》（石火电光权与势）

小说	作者	词调（首句）
《海陵佚史》	无遮道人	《鹧鸪天》（春城无处不飞花）
		《菩萨蛮》（小院闲窗春色深）
		《西江月》（迪古钻研性急）
		《鹧鸪天》（世上谁人不爱色）
《韩湘子全传》	杨尔曾	《西江月》（混沌初分世界）
		《词调待考》（叹尘世忙忙）
		《卜算子》（富贵枝头露）
		《西江月》（牟尼西来佛子）
		《浪淘沙》单调（贫道下山来）
		《浪淘沙》单调（酒醉眼难开）
		《浪淘沙》单调（贫道乍离乡）
		《浪淘沙》单调（身穿破衣裳）
		《浪淘沙》单调（曹溪水茫茫）
		《浪淘沙》单调（白发鬓边催）
		《浪淘沙》单调（得病卧牙床）
		《浪淘沙》单调（人死好孤恓）
		《浪淘沙》单调（生我离娘胎）
		《浪淘沙》单调（死去见阎王）
		《浪淘沙》单调（瓜子土中埋）
		《西江月》（本是深山顽石）
		《浪淘沙》（小小一花篮）
		《西江月》（黑魆魆的面孔）
		《词调待考》（趱步前行）
		《词调待考》（茫茫苦海）
		《西江月》（矮矮三间殿屋）
		《浪淘沙》单调（那日下天门）
		《浪淘沙》单调（两度庆生辰）
		《浪淘沙》单调（佛骨献明君）
		《浪淘沙》单调（茅屋暂安身）

续表

小说	作者	词调（首句）
《壶中天》	佚名	《西江月》（一气刮分天地）
《欢喜冤家》	西湖渔隐	《西江月》（秋水盈盈两眼）
		《西江月》（白日过街老鼠）
		《西江月》（苦恋多娇美貌）
		《虞美人》（一时恩爱知多少）
		《东欧令》（真娇艳）
		《西江月》（娃馆西施绝艳）
		《西江月》（自古奸难下手）
		《西江月》（艳女风流第一）
		《西江月》（至宝砂中炼出）
		《鹧鸪天》（着忽寻春路径迷）
		《西江月》（相交酒食兄弟）
		《西江月》（和尚偷花元帅）
		《西江月》（漫说僧家快乐）
		《西江月》（媚若吴宫西子）
		《西江月》（说价千金可贵）
《皇明开运英武传》	佚名	《渔家傲》（红日光辉万物秀）
《混唐后传》	佚名	《蝶恋花》（春水禄光如闪电）
		《西江月》（紫燕轻盈弱质）
		《霜天晓角》（痴儿肥蠢）
		《月中行》（声音入妙感仙家）
《金瓶梅词话》	兰陵笑笑生	《鹧鸪天》（酒损精神破丧家）
		《鹧鸪天》（休爱绿鬓美朱颜）
		《鹧鸪天》（钱帛金珠笼内收）
		《鹧鸪天》（莫使强梁逞技能）
		《西江月》（纱帐轻飘兰麝）两次
		《西江月》（堪笑西门暴富）

续表

小说	作者	词调（首句）
《金瓶梅词话》	兰陵笑笑生	《西江月》（内府衢花绫裱）
		《鹧鸪天》（记得书斋乍会时）三次
		《临江仙》（原是番兵出产）
		《西江月》（自幼乖滑伶俐）
		《踏莎行》（我爱他身体轻盈）
		《西江月》（行动不思天理）
		《西江月》（家富自然身贵）
		《满江红》（试裂齐纨）
		《满江红》（昼出耕图）
		《满江红》（写就丹青）
		《满江红》（四野云垂）
		《词调待考》（恨杜鹃声透珠帘）
		《鹧鸪天》（定国安邦美丈夫）
《警世通言》	冯梦龙编	《西江月》（富贵五更春梦）
		《瑞鹤仙》（春闱期近也）
		《鹊桥仙》（杏花红雨）
		《浪淘沙》（冒险过秦关）
		《西江月》（酒是烧身硝焰）
		《西江月》（三杯能和万事）
		《西江月》（善助英雄壮胆）
		《西江月》（每羡鸳鸯交颈）
		《西江月》（收尽三才权柄）
		《西江月》（一自混元开辟）
		《西江月》（蒙正窑中怨气）
		《西江月》（天上乌飞兔走）
《孔圣宗师出身全传》	佚名	《西江月》（茂龄嬉戏颖异）
		《西江月》（古来人重元首）
		《西江月》（一生履历仁义）
		《西江月》（七日方挞朝政）

续表

小说	作者	词调（首句）
《李亚仙》（话本）	佚名	《西江月》（五百年前冤孽）
《列国志传》	余邵鱼	《念奴娇》（吴山万叠）
《辽海丹忠录》	陆人龙	《满江红》（上策伐谋）
		《西江月》半阕（瓦耀千鳞浅碧）
		《金人捧露盘》（野风惊）
		《锦帐春》（兵甲胸蟠）
		《西江月》半阕（遍地飞来铁骑）
		《朝中措》（巍然雄镇峙东溟）
		《落灯风》（泉飞疏勒甘如浏）
		《青杏儿》（兵事贵权奇）
		《塞垣春》（塞北胡尘起）
		《西江月》（宛转玄云百丈）
		《踏莎行》（不械何攻）
		《踏莎行》（鳞甲蟠胸）
		《惜红衣》（巧术笼人）
《龙阳逸史》	醉竹居士	《满庭芳》半阕（白眼看他）
		《捣练子》（香作骨）
		《蝶恋花》（钟送黄昏鸡报晓）
		《菩萨蛮》（文窗绣户无罗幕）
		《如梦令》（瞬息年华驰骤）
		《捣练子》（垂半幕）
		《西江月》（日日欢容笑口）
		《一剪梅》半阕（茫茫世局尽如棋）
		《踏莎行》（弱不胜烟）
		《鹧鸪天》（梦断罗浮绰约蕖）
		《生查子》（错矣君错矣）
		《浣溪纱》（四顾无人夜色幽）
		《鹧鸪天》（转盼韶华春复秋）
		《高阳台》半阕（世道难回）

续表

小说	作者	词调（首句）
《龙阳逸史》	醉竹居士	《减字木兰花》（朱颜白首）
		《浪淘沙》（恩爱莫相忘）
		《谒金门》（随时度）
《南北宋志传》	熊大木	《西江月》（画栋鲜明俊伟）
		《西江月》（城郭东南形胜）
《拍案惊奇》	凌蒙初	《西江月》（旅馆羁身孤客）
		《西江月》（脸际芙蓉掩映）
		《浪淘沙》（稽首大罗天）
《盘古至唐虞传》		《长相思》（天悠悠）
《七十二朝人物演义》	佚名	《西江月》（侠烈才称男子）
		《船入荷花莲》（螃蟹横行知邪否）
		《鹧鸪天》（积得阴功似海深）
		《南乡子》（二八花钿）
		《霜天晓角》（仙翁笑倒）
		《调笑令》（堪笑）
		《南柯子》（赤焰惊人魄）
		《西江月》半阕（虎兕金盔覆额）
		《西江月》半阕（铁簇兜鍪灌顶）
		《西江月》（面白浑如傅粉）
		《蝶恋花》（山清水秀堪游衍）
		《渔家傲》（佞幸戈矛真满腹）
		《撷芳词》（抛羽扇）
		《酒泉子》（伐木风哀）
		《西溪子》（客勿乱喧须听）
		《酒泉子》（寒叶坠风）

续表

小说	作者	词调（首句）
《七十二朝人物演义》	佚名	《西江月》（举世茫茫秽行）
		《西江月》（遍埜飞砂蔽日）
		《鹧鸪天》（忽讶盈堂溢笑歌）
		《汉宫春》（仰企英豪）
		《沁园春》（忽起旋风）
		《南乡子》单调（贤执政）
		《荷叶杯》（主卧岂能惊醒）
		《天仙子》（唐虞揖让今难再）
		《南乡子》单调（晤叹言歌）
		《南乡子》单调（劝世休忘）
		《思帝乡》（浮生）
		《蝶恋花》（人杰緜钟天地秀）
		《红林檎近》（棋局如时事）
		《西江月》（未遂隐情为己）
《钱塘渔隐济颠禅师语录》	沈孟柈	《满江红》（卜筑溪山）
		《临江仙》（凛冽同云生远浦）
		《临江仙》（蝶恋花枝应已倦）
		《临江仙》（粥去饮来何日了）
《清平山堂话本》	洪楩编	《念奴娇》（小舟横截）（《羹关姚卞吊诸葛》）
		《西江月》（习习悲风割面）（《羊角哀死战荆轲》）
《七曜平妖传》	沈会极	《天仙子》（眉儿远映青山黛）
		《西江月》（头顶兜鍪似雪）
		《西江月》（四缝皮盔头顶）
		《鹧鸪天》（凤翅金盔明日月）
		《鹧鸪天》（头带星冠按北斗）
		《鹧鸪天》（手挥玉尘役风云）
		《点绛唇》（凤翅金盔）
		《满江红》（火云流焰）

小说	作者	词调（首句）
《七曜平妖传》	沈会极	《满江红》（炎热蒸人）
		《望海潮》（魁梧状貌）
		《锦缠道》（大将平妖）
		《渔家傲》（潇洒风流机连妙）
		《鹧鸪天》（金盔烨烨火珠明）
		《鹧鸪天》（神巾泄泄白云飘）
		《鹧鸪天》（宝嵌金丝小凤冠）
		《锦缠道》（赤日行天）
		《鹧鸪天》（七道分兵列兖城）
		《鹧鸪天》（星官列曜下邹滕）
《清夜钟》	佚名	《满江红》（烽火京畿）
		《昭君怨》（家似花残雨底）
		《昭君怨》（上马绣鸳儿褪）
		《昭君怨》（娇贮翠帏金屋）
		《昭君怨》（云外关山日远）
		《巫山一片云》（纤月看眉画）
		《意难忘》（变起阋墙）
《三宝太监西洋记通俗演义》	罗懋登	《鹧鸪天》（春到人间景异常）
		《西江月》（凤翅盔缨一撒）
		《菩萨蛮》（胡帽连檐带日看）
		《西江月》（生长将门有种）
		《西江月》（响咚咚陈皮鼓打）
		《西江月》（自小精通武略）
		《西江月》（左五五右六六）
		《西江月》（山花子野露蔷薇）

续表

小说	作者	词调（首句）
《三宝太监西洋记通俗演义》	罗懋登	《西江月》（一丈葱晒红日）
		《西江月》（大将军芭蕉叶）
		《西江月》（滴滴金摇不落）
		《西江月》（如意冠玉簪翡翠）
		《西江月》（铧锹儿出队子）
		《西江月》（番卜算的蛮令）
		《西江月》（黑萋萋下山虎）
		《西江月》（吹的是齐天乐）
		《西江月》（直恁的蛮姑儿）
		《西江月》（斗马郎先一着）
		《西江月》（一枝花儿的脸）
		《西江月》（脸玄明粉的白）
		《西江月》（脸不搽钟乳粉）
		《西江月》（地下的大腹子）
		《西江月》（飞阁下临陆海）
		《西江月》（味集鼎珍佳美）
		《西江月》（宝瑟银筝细奏）
		《西江月》（傀儡千般巧制）
《三国志后传》	酉阳野史	《西江月》（两将冲锋夺铳）
		《西江月》半阕（头上金盔辉日）
		《西江月》半阕（人似中山黑煞）
		《西江月》（人似玄坛魔帝）
		《西江月》（战将刀枪捲雪）
		《鹧鸪天》（汉思图晋寇长安）
		《词调待考》（人如双虎斗）
《三教开迷归正演义》	潘镜若	《西江月》（世事一场戏剧）
		《如梦令》（生长深闺窈窕）
		《西江月》半阕（苏绸巾包眼上）
		《西江月》（小人真无忌惮）
		《临江仙》半阕（四面窗开云锁）

小说	作者	词调（首句）
《三教开迷归正演义》	潘镜若	《蝶恋花》半阕（女貌郎才今古少）
		《西江月》半阕（祸害皆由恶积）
		《西江月》（歪着马尾椶帽）
		《词调待考》（红日已沉）
		《临江仙》（放鹰走犬雄驱骋）
		《西江月》（兄弟世间难得）
		《西江月》（大乐先天一炁）
		《西江月》（二八佳人芳洁）
		《词调待考》（江洋势渺茫）
		《满庭芳》（剃了须发）
《三遂平妖传》四十回本	罗贯中/冯梦龙补	《行香子》（国泰时平）
		《西江月》（作赋平欺时彦）
		《西江月》（七政枢机有准）
		《临江仙》（世人切脉皆三指）
		《西江月》（大剑插天空翠）
		《西江月》（峭壁插天如削）
		《西江月》（鲜眼浓眉隆准）
		《西江月》（眼似铜铃般大）
		《临江仙》（眉似卧蚕丹凤眼）
		《西江月》（奕奕风神出众）
		《西江月》（眼大头高背稳）
		《西江月》（项短身圆耳小）
		《西江月》（凤眼浓眉如画）
《扫魅敦伦东度记》	方浩汝	《西江月》（传记编成觉世）
		《西江月》（为善申明旌奖）
		《西江月》（叹世悲哀忧戚）
		《西江月》（满屋哄堂大噱）
		《沁园春》半阕（世道堪嗟）

续表

小说	作者	词调(首句)
《扫魅敦伦东度记》	方浩汝	《鹧鸪天》(幽冥问答假和真)
		《西江月》半阕(堪叹世情诈伪)
		《昼锦堂》半阕(雨濯红芳)
		《如梦令》(盗贼原无行止)
		《西江月》半阕(百万资财不少)
		《西江月》半阕(一品当朝极贵)
		《西江月》(可叹人生在世)
		《念奴娇》半阕(今夕何夕)
		《念奴娇》半阕(烟村静息)
		《西江月》半阕(赤发金冠顶束)
		《西江月》(石室幽深净洁)
		《西江月》(石砌堞高百雉)
		《西江月》(簿籍陈陈已久)
		《西江月》半阕(曲蘖从来乱性)
		《西江月》(圣舜遭逢傲象)
		《西江月》半阕(两目愁眉双锁)
		《西江月》半阕(原为相亲解闷)
		《西江月》半阕(偶向朱门寄迹)
		《西江月》半阕(适量而止为上)
		《西江月》半阕(自叹生来遭际)
		《西江月》半阕(棠棣开花作怪)
		《西江月》半阕(本是顺亲孝子)
		《西江月》半阕(本是妇人不孝)
		《西江月》(言语一身章美)
		《西江月》(心邪实也是假)
		《西江月》(皎洁如同白日)
		《西江月》(饥饿贫寒能忍)
		《如梦令》(世上财当取义)

续表

小说	作者	词调（首句）
《扫魅敦伦东度记》	方浩汝	《如梦令》(资生尽多买卖)
		《西江月》(不忍一时之气)
		《西江月》(博弈倾财败产)
		《西江月》半阕(莫道交情不重)
		《西江月》半阕(欺心切莫咒誓)
		《西江月》半阕(骄傲多生骄子)
		《西江月》半阕(人本性灵非物)
		《西江月》半阕(信乃人间美德)
		《菩萨蛮》(只为生男方娶汝)
		《菩萨蛮》(当初不幸胎成女)
		《西江月》(那里钻来酒鬼)
		《西江月》(多大鼋精作怪)
		《西江月》半阕(瘦骨尫羸若槁)
		《西江月》(赤发蓬头蓝面)
		《鹧鸪天》(乱发蓬松顶上光)
		《西江月》(一个青脸红发)
		《西江月》半阕(头上布巾束发)
		《西江月》(东倒西歪殿宇)
		《西江月》半阕(乱石砌成门户)
《山水情》		《西江月》(上巳踏青佳节)
		《满江红》(金屋娇娃)(按:原文作《青玉案》,依律似《满江红》,但亦有脱讹不合律处。)
		《西江月》(独坐悄灯前)(按:非《西江月》调,词调待考。)
		《西江月》(两乳嫩如软玉)
		《忆秦娥》(春寂寞)
		《鹧鸪天》(特遣长庚下九天)
		《西江月》(头戴东坡巾样)
		《西江月》(削发为除烦恼)
		《南乡子》(僦寓梵王宫)

续表

小说	作者	词调（首句）
《山水情》		《西江月》（婢窈扇头佳画）
		《临江仙》（发掉苔溪开锦缆）
		《鹧鸪天》（为想佳人梦寐长）
		《巫山一段云》（巫女相思远）
		《蝶恋花》（闲坐山亭心事绕）
		《鹊桥仙》（禅关重到）
		《西江月》（误入云林宫阙）
		《西江月》（亲亲情谊浓）（按：非《西江月》调，词调待考。）
		《鹧鸪天》（绮牖双双刺绣忙）
		《西江月》（仆念主人漂泊）
		《南柯子》（石室思归土）
		《虞美人》（绛唇已作三缄口）
		《西江月》（隐迹三年远境）
		《鹊桥仙》（华堂开选）
		《满庭芳》（红粉佳人）
		《踏莎行》（姻就名成）
《十二笑》	冯梦龙	《西江月》（处处香风馥郁）
		《词调待考》（颜如玉琢）
		《词调待考》（娇同乳燕）
		《浪淘沙》（凡事总由天）
		《西江月》（彩凤今朝飞去）
《石点头》	天然痴叟	《西江月》（本分须教本分）
		《长相思》（花色妍）
		《如梦令》（门外山青水绿）
		《西江月》（百行先尊孝道）
		《临江仙》（凛冽严风起四帷）

小说	作者	词调（首句）
《水浒传》	施耐庵、罗贯中	《临江仙》（试看书林隐处）
		《词调待考》（见成名无数）
		《鹧鸪天》（千古高风聚义亭）
		《临江仙》（作阵成团空里下）
		《词调待考》（冬深正清冷）
		《临江仙》（闷似蛟龙离海岛）
		《临江仙》（义胆忠肝豪杰）
		《临江仙》（天上罡星临世上）
		《临江仙》（万卷经书曾读过）
		《鹧鸪天》（罡星起义在山东）
		《临江仙》（起自花村刀笔吏）
		《临江仙》（万里彤云密布）
		《鹧鸪天》（色胆如天不自由）
		《浣溪沙》（握手临期话别难）
		《临江仙》（齿白唇红双眼俊）
		《西江月》（列列旌旗似火）
		《临江仙》（盏上红缨飘烈焰）
		《临江仙》（家住浔阳江浦上）
		《临江仙》（七尺身躯三角眼）
		《临江仙》（面阔唇方神眼突）
		《西江月》（黑熊般一身粗肉）
		《西江月》（自幼曾攻经史）
		《西江月》（仿佛浑如驾雾）
		《临江仙》（万里长江东到海）
		《临江仙》（两臂雕青镌嫩玉）
		《浣溪沙》（杀却凶人毁却房）
		《西江月》（身似山中猛虎）
		《临江仙》（破戒沙门情最恶）

续表

小说	作者	词调（首句）
《水浒传》	施耐庵、罗贯中	《临江仙》（鹘眼鹰睛头似虎）
		《西江月》（雾鬓云鬟娇女将）（按：用韵与《西江月》同，暂录于此。）
		《西江月》（嵌宝头盔稳戴）
		《西江月》（忠义立身之本）
		《西江月》（累代金枝玉叶）
		《临江仙》（虽是登州搜猎户）
		《西江月》（性格忘生拚命）
		《鹧鸪天》（飞步神行说戴宗）
		《西江月》（开国功臣后裔）
		《西江月》（臂健开弓有准）
		《西江月》（曾向京师为制使）
		《鹧鸪天》（自从落发闹禅林）
		《西江月》（直裰冷披黑雾）
		《西江月》（鞭舞两条龙尾）
		《临江仙》（久在华州城外住）
		《满庭芳》（通天彻地）
		《满庭芳》（目炯双瞳）
		《沁园春》（唇若涂朱）
		《鹧鸪天》（烟水茫茫云数重）
		《念奴娇》（玉雪肌肤）
		《西江月》（汉国功臣苗裔）
		《西江月》（头上朱红漆笠）
		《西江月》（耀日兜鍪晃晃）
		《西江月》（卷缩短黄须发）
		《西江月》（千丈凌云豪气）
		《西江月》（嘹唳冻云孤雁）
		《水调歌头》（头巾掩映茜红缨）（按：非《水调歌头》调，词调待考）

小说	作者	词调（首句）
《水浒传》	施耐庵、罗贯中	《满江红》（喜遇重阳）
		《满庭芳》（一自梁王）
		《西江月》（一个皮主腰干红簇就）
		《鹧鸪天》（虎皮磕脑豹皮裈）
		《西江月》（头巾侧一根雉尾）
		《西江月》（褐衲袄满身锦簇）
		《西江月》（如意冠玉簪翠笔）
		《西江月》（白道服皂罗沿襈）
		《西江月》（凤翅盔高攒金宝）
		《西江月》（鲁智深一条禅杖）
		《西江月》（人人勇欺子路）
		《临江仙》（盔上长缨飘火焰）
		《西江月》（黑旋风将两把大斧）
		《西江月》（软弱安身之本）
		《解连环》（楚天空阔）
		《蝶恋花》（一别家乡音信杳）（按：原文作《渔家傲》）
		《减字木兰花》（听哀告）（按：非《减字木兰花》调，词调待考。）
		《西江月》（山后辽兵侵境）
		《水调歌头》（三吴都会地）
		《临江仙》（自古钱塘风景）（按：非《临江仙》调，词调待考）
		《满庭芳》（罡星起河北）
		《西江月》（一个宣花大斧）
		《临江仙》（马步军中推第一）
		《西江月》（凤眼浓眉如画）
		《西江月》（黑旋风双持板斧）
		《西江月》（舞动一条玉蟒）
		《临江仙》（淫戒破时招杀报）

续表

小说	作者	词调（首句）
《水浒后传》	天然痴叟	《西江月》（心上莫栽荆棘）
		《西江月》（万事由来天定）
		《西江月》（回首风尘自远）
《隋史遗文》	袁于令	《西江月》（轩轩云霞气色）
		《千秋岁引》（天地无心）
		《西江月》（单举处一行白鹭）
		《点绛唇》（牝牡骊黄）
		《西江月》（窘士获金千两）
		《减字木兰花》（云翻雨覆）
		《卜算子》（壶浆漂水边）
		《踏莎行》（赋重生愁）
		《西江月》（傀儡千般故事）
		《卜算子》（香径蘼芜满）
		《满江红》（涂膏衃血）
		《望江南》（湖上月）（湖上柳）（湖上雪）（湖上草）（湖上女）（湖上花）（湖上水）（湖上酒）八首
		《相见欢》（相逢笑解征鞍）
		《长相思》（红已稀）
		《千秋岁》（秋光将老）
		《满江红》（天福英雄）
		《乌夜啼》（上治无如恤众）
		《如梦令》（人世飘飘泡影）
		《夜行船》（好还每见天心巧）
		《品令》（国步悲艰阻）
		《人月圆》（荣华自是贪夫饵）
		《朝中措》（时危豺虎势纵横）
		《蝶恋花》（亡隋失却中原鹿）
		《海棠春》（后仇转眼真堪异）
		《阮郎归》（磨牙两虎斗方酣）
		《千秋岁》（暗鸣叱咤）

小说	作者	词调（首句）
《隋唐两朝志传》	罗贯中编	《满庭芳》（金阙萧条）
《隋炀帝艳史》	齐东野人	《西江月》（紫气遥连双阙）
		《贺新郎》（九重天颎敷）
		《柳梢青》（不点铅华）
		《柳梢青》（倚顾而长）
		《长相思》（红已稀）
		《长相思》（雨不稀）
		《临江仙》（似弱柳还无力）
		《满江红》（走兔飞鸟）
		《满江红》（末世争强）
		《西江月》（白玉聊为石砌）
		《满庭芳》（卓莽神奸）
		《满庭芳》（日食三餐）
		《一剪梅》（人生得意小神仙）
		《清夜游》（洛阳城里清秋美）（按：原文似作曲引入，暂录于此。）
		《谒金门》（真无价）
		《如梦令》（莫道繁华如梦）
		《如梦令》（帝女天孙游戏）
		《梅花引》（红一团）
		《踏莎行》（白雪横铺）
		《风入松》（莺声未老燕初归）
		《意难忘》（世事浮沤）
		《意难忘》（人世堪怜）
		《何满子》（花酒迷魂犹浅）
		《何满子》（尽道小人奸狡）
		《天香》（雨殢云尤）
		《天香》（濯世清襟）

续表

小说	作者	词调（首句）
《隋炀帝艳史》	齐东野人	《水调歌头》（世事不可极）
		《水调歌头》（拭泪问造物）
		《西江月》（柳叶云巾荡漾）
		《西江月》（姑射紫芝作骨）
		《鹊桥仙》（香肌泼墨）
		《西江月》（玉瓮酿成醹醁）
		《词调待考》（琼瑶宫室）
		《风流子》（兴衰如九转）
		《风流子》（天子至尊也）
《孙庞斗志演义》	吴门啸客	《西江月》（簇簇弓刀密摆）
		《鹧鸪天》（凤翅金盔缴绛缨）
		《西江月》（误国权奸莫数）
		《临江仙》（鱼尾鸡冠束发）
		《西江月》（勇猛骁雄盖世）
		《喜迁莺》（阵云迷野）（按：原文作《望远行》，但格律更近于《喜迁莺》，偶有不合律处。）
		《临江仙》（克敌由来推秘术）
		《鹧鸪天》（绣甲飘飘挂镆铘）
		《鹧鸪天》（金冠凤翅坠红缨）
		《虞美人》（韩邦女主心庸莽）
		《清平乐》（消除障臀）
		《忆秦娥》（颜如玉）
		《喜迁莺》（金戈蜂拥）
		《点绛唇》（敢勇当先）
《贪欣误》	罗浮散客	《苏幕遮》（眉儿瘦）
		《鹧鸪天》（佳气盈盈透碧空）
		《词调待考》（羡青年）
		《虞美人》（芳姿凝白如月晓）

续表

小说	作者	词调（首句）
《唐书志传通俗演义》	熊钟谷	《词调待考》（琼瑶宫室）
《唐钟馗全传》	佚名	《鹧鸪天》（人生寓世浑如梦）
《梼杌闲评》	佚名	《满江红》（欲界茫茫）
		《满江红》（且复何言）
		《满江红》（古往今来）
		《西江月》（铁柱样两条黑腿）
		《西江月》（色即空兮自古）
		《南乡子》（世事等蜉蝣）
		《西江月》（个个手提淬筒）
		《踏莎行》（憔悴形容）
		《西江月》（淅淅金风渐爽）
		《西江月》（身弱手持藤杖）
		《南乡子》（霜降水痕收）
		《西江月》（寂寞房廊倒榻）
		《鹧鸪天》（面阔腰圆身体长）
		《一七令》（喜）（会）（佳）（姻）
		《满庭芳》（秋色平分）
		《踏莎行》（山抹微云）
		《临江仙》（碧眼蜂眉生杀气）
		《西江月》（金菊焰高一丈）
		《西江月》（束发冠真珠嵌就）
		《绮罗香》（罗袖香浓）
		《词调待考》（江海飘零）
		《鹧鸪天》（名利中间底事忙）
		《西江月》（赋就身长体壮）
		《西江月》（赤黄眉横排一字）
		《临江仙》（磊落襟怀称壮士）
		《西江月》（白袍四边沿皂）
		《西江月》（玉质梨花映月）

续表

小说	作者	词调（首句）
《梼杌闲评》	佚名	《西江月》（头裹花绒手帕）
		《西江月》（杂彩旗幡映日）
		《西江月》（玉叶冠满簪珠翠）
		《南乡子》（万事转头空）
		《西江月》（香径细攒文石）
		《西江月》（画栋巧缕人物）
		《西江月》（眉蹙巫山晓黛）
		《西江月》（囊里琴纹蛇腹）
		《西江月》（箪密金纹巧织）
		《西江月》（眉压宿醒含翠）
		《西江月》（南国猩唇烧豹）
		《西江月》（的的眸凝秋水）
		《词调待考》（目击时艰）
		《满江红》（攻假城孤）
		《西江月》（手拄香藤拐杖）
		《蝶恋花》（一年一度春光好）
		《蝶恋花》（富压江南堪敌国）
		《蝶恋花》（昏昏尘世皆蕉鹿）
《天凑巧》	西湖逸史	《秋波眉》（轻烟一缕入眉生）
		《塞翁吟》（对天频叹息）
		《点绛唇》（鬐绾乌云）
		《少年游》（长臂如猿）
《天妃济世出身传》	吴还初	《西江月》（静坐三更宝月）
		《西江月》（智勇三军为冠）
		《西江月》（朝侁去自西天）
		《西江月》（妖术原来无正）
		《西江月》（一身自从许国）
		《西江月》（小小妖蛮上犯）
		《西江月》（朗然飞过子江）

小说	作者	词调（首句）
《铁树记》	邓志谟	《鹧鸪天》（春到人间景色新）
		《水龙吟》（红云紫盖葳蕤）
		《西江月》（爪似铜钉快利）
《魏忠贤小说斥奸书》	陆云龙	《西江月》（事业全凭人力）
		《词调待考》（月锁金铺）
		《西江月》（几树奇葩错绣）
		《词调待考》（妇寺乘权）
		《词调待考》（为国披丹）
		《蝶恋花》（莫笑贫儒寒彻底）
		《踏莎行》（栖惬一枝）（按：原文作《水龙吟》）
		《庆清朝慢》（东鲁游麟）
《五鼠闹东京包公收妖传》	佚名	《鹧鸪天》（雨顺风调世界宁）
		《西江月》（相貌堂堂俊伟）
		《西江月》（山色连云采石鲜）
《西湖二集》	周清源	《西江月》（本分营生不做）
		《西江月》（两眼如星注射）
		《西江月》（终日寻经论史）
		《鹧鸪天》（盈盈秋水鬓堆鸦）
		《鹧鸪天》（蓬松两鬓似灰鸦）
		《西江月》（秋水妆成眼目）
		《西江月》（恶狠妖魔鬼怪）
《西游记》	吴承恩	《满庭芳》（观棋柯烂）
		《高阳台》半阕（富贵功名）
		《西江月》（缥缈天香满座）
		《蝶恋花》（烟波万里扁舟小）
		《蝶恋花》（云林一段松花满）
		《鹧鸪天》（仙乡云水足生涯）
		《鹧鸪天》（崔巍峻岭接天涯）

续表

小说	作者	词调（首句）
《西游记》	吴承恩	《天仙子》（一叶小舟随所寓）
		《天仙子》（茆舍数椽山下盖）
		《西江月》（红蓼花繁映月）
		《西江月》（败叶枯藤满路）
		《临江仙》（潮落旋移孤艇去）
		《临江仙》（苍径秋高拽斧去）
		《天仙子》（烟凝山紫归鸦倦）
		《临江仙》（头戴金盔光烁烁）
		《西江月》（熟绢青巾抹额）
		《西江月》（日落烟迷草树）
		《天仙子》（数村木落芦花碎）
		《西江月》（焰焰斜辉返照）
		《天仙子》（霜凋红叶千林瘦）
		《西江月》半阕（花尽蝶无情叙）
		《西江月》（扰扰微形利喙）
		《西江月》（身健不扶拐杖）
		《西江月》（色乃伤身之剑）
		《西江月》（布种四时蔬菜）
		《西江月》（石打乌头粉碎）
		《眼儿媚》（轻风吹柳绿如丝）
		《西江月》半阕（翅薄舞风不用力）
		《临江仙》半阕（昆虫之类惟它小）（按：此首与上半阕混刻。）
		《西江月》（铁嘴尖尖红溜）
		《西江月》（闲时沿墙抛瓦）
		《西江月》（彩画雕栏狼犺）
		《西江月》（巧石山峰俱倒）
		《西江月》（善恶一时妄念）

小说	作者	词调（首句）
《西游记》	吴承恩	《西江月》（磕额金睛幌亮）
		《鹧鸪天》（人身难得果然难）
		《南柯子》（心地频频扫）
		《西江月》（嘴硬须长皮黑）
		《西江月》（德行要修八百）
		《鹧鸪天》（灵台无物谓之清）
		《风入松》（若干种性本来同）
		《菩萨蛮》（薄云断绝西风紧）
		《西江月》（头裹团花手帕）
		《西江月》（生自湖中为活）
		《临江仙》（十二时中忘不得）
		《满江红》（这回因果）
		《词调待考》（物华交泰）
		《南乡子》（善正万缘收）
		《鹧鸪天》（弓箭刀枪甲与衣）
		《西江月》（色即空兮自古）
		《西江月》（缭绕祥光道道）
		《鹧鸪天》（情欲原因总一般）
		《西江月》（玉爪金睛铁翮）
		《西江月》（依旧双轮日月）
		《西江月》（形细翼硗轻巧）
		《词调待考》（大道幽深）
		《西江月》（展翅星流光灿）
		《西江月》（起念断然有爱）
		《一七令》（喜）（会）（佳）（姻）四首
		《西江月》（翅黄口甜尾利）
《新列国志》	冯梦龙编	《乌夜啼》（风流全在阅人多）

续表

小说	作者	词调（首句）
《型世言》	陆人龙编	《西江月》（玄绡巾垂玉结）
		《西江月》（矮巾笼头八寸）
		《满江红》（长铗频弹）
		《西江月》（眼溜半江秋水）
		《虞美人》（鹿台黯黯烟初灭）
		《西江月》（两角孤峰独耸）
		《西江月》半阕（阔额突然如豹）
		《绮罗香》（香径留烟）
		《南柯子》（劲骨连山立）
		《西江月》（东壁铺张珠玉）
		《渔家傲》（天生豪杰无分地）
		《西江月》（介胄锈来少色）
		《何满子》（怪是裙钗见小）（按：原文作《菩萨蛮》）
		《桂枝香》（云流如解）
		《生查子》（蜂虿起须臾）
		《应天长》（交情浪欲盟生死）
		《西江月》（画阁巧镂蹙柏）
		《西江月》（香径细攒文石）
		《西江月》（裘集海南翠羽）
		《西江月》（珠摘骊龙颔下）
		《西江月》（囊里琴纹蛇腹）
		《西江月》（簟密金丝巧织）
		《西江月》（眉蹙巫山晚黛）
		《西江月》（南国猩唇烧豹）
		《南歌子》（莫笑迂为拙）
		《忆江南》（睿和尚）
		《柳稍青》（衽席藏戈）
		《西江月》（点点朱砂红晕）

续表

小说	作者	词调（首句）
《型世言》	陆人龙编	《西江月》（当殿珠帘隐隐）
		《阳关引》（破壁摇孤影）
		《秋波媚》（一段盈盈）
		《西江月》（隐隐光浮紫电）
《醒世恒言》	冯梦龙	《西江月》（年少争夸风月）
		《西江月》（面似桃花含露）
		《西江月》（出落唇红齿白）
		《玉楼春》（名花绰约东风里）
		《西江月》（面黑浑如锅底）
		《西江月》（自古姻缘天定）
		《西江月》（两眼乾坤旧恨）
		《西江月》（两道眉弯新月）
		《千秋岁》（琼台琪草）
		《沁园春》（暮宿苍梧）
		《临江仙》（借问白龙缘底事）
		《西江月》（筷子悬车可畏）
		《临江仙》（犬马犹然知恋主）
		《西江月》（酒可陶情适性）
		《西江月》（削发披缁修道）
《孔淑芳双鱼扇坠传》	佚名	《南歌子》（秋水横双眼）
《绣榻野史》	吕天成	《西江月》（嬾说旧闻常见）
		《摊破浣溪沙》（偶觑金莲意急煎）（按：原文题《浣溪沙》）
		《忆秦娥》（忒心狂）
		《长相思》（逗风月）
		《如梦令》（一时雨狂云哄）
		《眼儿媚》（云情雨意两绸缪）
		《朝中措》（一腔心事欲偷香）（按：原文题《平山堂》）
		《柳梢青》（一朵鲜花）

续表

小说	作者	词调（首句）
《绣榻野史》	吕天成	《石点头》（赏心灯下多乐事）
		《凤楼春》（春暖百花丛）
		《解连环》（狂郎太过）
		《望海潮》（春兴将阑）
		《扑蝴蝶》（锦屏春暖）
		《长相思》（喜风月）
		《生查子》（红粉俏佳人）
		《浣溪沙》（东主痴心爱阿娇）
		《菩萨蛮》（赵郎降敌心含耻）
		《菩萨蛮》（安排何事心狠毒）
		《生查子》（胡卑七尺躯）
		《摊破浣溪沙》（佳人犹自戏檀郎）（按：原文题《浣溪沙》）
		《诉衷情》（芙蓉帐里玉搔头）
		《卜算子》（有意弄春情）
		《忆秦娥》（春兴来）
		《阮郎归》（风流一色强支持）
		《画堂春》（自逞风流是惯家）
		《海棠春》（檀郎调语心何巧）
		《浪淘沙》（云雨正潺潺）
		《武陵春》（少妇贪春心愈热）
		《锦堂春》（妇女只躭春好）
		《眼儿媚》（无奈情郎兴不阑）
		《柳梢青》（佳人战怯）
		《梅花引》（嗳呀天）
		《小重山》（因贪爱自轻身）
		《长相思》（心悠悠）
		《后庭宴》（半榻清光）

小说	作者	词调（首句）
《绣榻野史》	吕天成	《丑奴儿令》（天生绝世风流种）
		《阮郎归》（狂童太毒弄佳人）
		《浣溪沙》（才郎望蜀欲无涯）
		《画堂春》（从来未解闲风月）
		《清平乐》（娘行毒手）
		《更漏子》（不知羞）
		《阮郎归》（佳人尽意效鸾凰）
		《浪淘沙》（云雨至天明）
		《如梦令》（云雨战酣方睡）
		《生查子》（偷香美少年）
		《点绛唇》（美女风骚）
		《菩萨蛮》（多情撩动春心溢）
		《卜算子》（怀春没了期）
		《谒金门》（人情毒）
		《西江月》（良人除毒奇妙）
		《探春令》（夫妻还是好夫妻）
		《蝶恋花》（佳人报怨心思巧）
		《临江仙》（巧画奇谋前借筯）
		《唐多令》（一计上心头）
		《苏幕遮》（故人情）
		《渔家傲》（年少未知情颠倒）
		《醉春风》（天生薄情种）
		《长相思》（一番心）
		《忆秦娥》（长吁气）
		《虞美人》（梦魂已绕湘江尾）
		《南乡子》（春兴不能收）
		《雨中花》（凭空透引人来宿）
		《踏莎行》（不信喽啰）

续表

小说	作者	词调（首句）
《绣榻野史》	吕天成	《小重山》（娇娥兴动诉情衷）
		《摊破浣溪沙》（撩起芳心忍莫禁）（按：原文题《浣溪沙》）
		《玉楼春》（甜言拨得真心乱）
		《桃源忆故人》（东风细细花枝袅）
		《西江月》（静院涤尘幽雅）
		《少年游》（这事婆婆计太疏）
		《南柯子》（一为亲人语）
		《小重山》（夜色阑珊漏暗催）
		《蝶恋花》（兰闺昼永如年度）
		《鹧鸪天》（情郎纵意拥云情）
		《木兰花令》（春心摇动收难住）
		《浣溪沙》（十载贞操一旦坠）
		《鹧鸪天》（昔日甘心苦节持）
		《木兰花令》（一夜欢娱无数好）
		《忆王孙》（久遏芳心此动情）
		《卜算子》（骚兴正初浓）
		《好事近》（舍旧欲迎新）
		《虞美人》（黄昏共把金樽试）
		《锦堂春》（静摄幽居自爽）
		《画堂春》（春心初动见吹箫）
		《风中柳》（言语温存）
		《西江月》（一云一雨方歇）
		《醉花阴》（丫头无耻争春）
		《南柯子》（妒妇心肠窄）
		《鹧鸪天》（行云带雨日无涯）
		《玉楼春》（千里归来不惮劳）
		《虞美人》（前面已扮西厢戏）
		《南乡子》（思也煞风流）
		《醉落魄》（心头兴泼）

小说	作者	词调（首句）
《绣榻野史》	吕天成	《声声令》（愁怀不展）
		《雨中花》（只因钟爱牵沃）
		《梅花引》（好姻缘）
		《点绛唇》（忏悔前因）
		《西江月》（姚赵一双痴□）
		《菩萨蛮》（死尸雪里难遮护）
		《减字木兰花》（风流自在）
		《如梦令》（红粉佳人引诱）
		《西江月》（姚赵二人不正）
《续英烈传》	佚名	《蝶恋花》（兴亡既已曰天数）
		《临江仙》（弱者败来强者胜）
《一片情》	佚名	《西江月》（家住北村山底）
		《如梦令》（小院娇红无数）
		《踏莎行》（两鬓黄丝）
		《西江月》（何处移来双犬）
		《西江月》（自幼聪明伶俐）
《宜春香质》	醉西湖 心月主人	《满江红》（荡情年少）（按：原文题《西江红》）
		《戚氏》（恨天涯）
		《六么令》（枭薄恶异）
		《天香》（世情薄恶）
		《潇湘逢故人慢》（燕子楼中）
		《忆旧游》（忆昔游广陵）
		《画锦堂》（月中折桂）
		《碧芙蓉》（美貌必招淫）
		《凤凰台上忆吹箫》（子建奇才）
		《临江仙》（情来情去何日止）
《鸳鸯针》/《一枕椅》 《双雪剑》	华阳散人	《渔家傲》（画断粥齑磨穿鼻）
		《风中柳》（一片秋光）
		《点绛唇》（今古茫茫）

续表

小说	作者	词调（首句）
《鸳鸯针》/《一枕椅》《双雪剑》	华阳散人	《清平乐》（真堪笑倒）
		《点绛唇》（大刀阔斧）
		《浪淘沙》（花月一时明）
		《临江仙》（捨点子生宜守分）
		《点绛唇》（蝶舞蜂狂）
《张于湖误宿女贞观记》	佚名	《西江月》（半旧鞋儿着稳）
		《临江仙》（误入蓬莱仙洞里）
		《杨柳枝》（襄王魂梦云雨期）
		《杨柳枝》（碧玉冠簪金缕衣）
		《杨柳枝》（清净堂前不卷帘）
		《杨柳枝》（傍观道观过茅屋）
		《西江月》（松院青灯闪闪）
		《西江月》（玉貌何须傅粉）
		《鹧鸪天》（卸下星冠睹玉容）
		《行香子》（花面金刚）
		《临江仙》（眉似云开初月）
《昭阳趣史》	古杭艳艳生	《西江月》（头挽乌云巧髻）
		《清平乐》（袅娜轻飚）
		《浣溪沙》（花样妖娆柳样柔）
		《点绛唇》（暗忆佳期）
		《误佳期》（一自那人去后）
		《巫山一段云》（巫女朝朝艳）
		《南乡子》（月色浸妆楼）
		《锦堂春》（锦帐罗帏影独）
		《鹊桥仙》（今宵欢会）
		《桃源忆故人》（风情妖冶天生就）
		《点降唇》（粉落轻妆）
		《清平乐》（萧郎别后）

续表

小说	作者	词调（首句）
《昭阳趣史》	古杭艳艳生	《谒金门》（瀛洲榭）
		《朝中措》（杨花铺径乱鸦啼）
《镇海春秋》	吴门啸客	《玉烛新》（雄才初展）
		《天仙子》（单骑飞腾超绝塞）
		《凤凰台上忆吹箫》（戈挽阳乌）
		《风入松》（节移东海志无馀）
		《临江仙》（虎旅威张沙漠暗）
		《三五七言》（干城雄）
		《千秋岁引》（泪洒冰天）
		《金人捧露盘》（肆雄心）
《征播奏捷》	栖真斋名衢逸狂撰	《西江月》（昨夜灯花芒绽）
		《醉春风》（半吐牡丹容）
		《西江月》（武艺般般惯熟）
		《西江月》（本是将门将种）
		《西江月》（塞外声名振地）
		《西江月》（难得为人在世）
《咒枣记》	邓志谟	《鹧鸪天》（秋光去也又逢春）
《醉醒石》	东鲁古狂生	《画堂春》（从来惟善感天知）
		《南柯子》（错嫁休生怨）
		《满江红》（造物无凭）
		《鹧鸪天》（石火光中暂欠伸）
		《西江月》（墨兜鍪乌云一片）
		《浪淘沙》（拍手笑狂夫）
		《系裙腰》（晓妆未整绿云松）
		《渔家傲》（稜层气运寒山劲）
		《乌夜啼》（夜月几番春夏）
		《薄命女》（悲薄命）
		《点绛唇》（杏子裁衫）
		《清平乐》（情胶连理）

附表 2-2　明代文言小说原创词一览表

小说	作者	词调（首句）
《才鬼记》	梅鼎祚	《踏莎行》(轻挥羽扇)(《吕洞宾 何仙姑》)
《广艳异编》	佚名	《菩萨蛮》(玉箫一曲无心度)(《宝环记》)
		《庆清朝慢》(翠幕香凝)(《并蒂莲花记》)
《传奇雅集》	佚名	《蝶恋花》(此身似入蓬莱岛)
《风月相思》	佚名	《望江南》(香闺内)
		《满庭芳》(蝉鬓拖云)
		《满庭芳》(短短金针)
		《菩萨蛮》(翠荷花里鸳鸯浴)(按：原词题"蜂情蝶意遂"，似无此词牌，疑为《菩萨蛮》，但中间脱两句。)
		《减字木兰花》(调云弄雨)
		《茶瓶儿》(忆昔当时相会)
		《临江仙》(明窗纸隙风如箭)
		《满庭芳》(皓月娟娟)
《花神三妙传》	佚名	《忆王孙》(姮娥神已属王孙)
		《蝶恋花》(谁家宝镜一轮小)
		《蝶恋花》(绿窗人静月明小)
		《浣溪沙》(晴天明水涨蓝桥)
		《千秋岁》(绿阴芳草)
		《千秋岁》(玉阶瑶草)
		《千秋岁》(瑶池绿草)
《花影集》	陶辅	《满庭芳》(幻体如沤)
		《满庭芳》(一带青山)
		《满庭芳》(萍梗相逢)
		《满庭芳》(客底心情)
		《满庭芳》(愁锁蛾眉)
《古杭红梅记》	佚名	《减字木兰花》(清香露吐)
		《减字木兰花》(素英初吐)

小说	作者	词调(首句)
《陈眉公先生批评融春集》	佚名	《春从天上来》(静悄春宵)
		《一剪梅》(灯渐黄昏夜渐阑)
		《玉连环》(花下片时相邂逅)
		《千秋岁》(沁园春晓)(原文作"千秋令"诗)
		《卜算子》(眼底好韶光)
		《踏莎行》(苦雨侵晨)
		《临江仙》(遥忆娇姿灯月里)
		《捣练子》(风阵细)
		《卜算子》(日色映莲塘)
		《好事近》(夜色映帘枨)
		《词调待考》(远迢迢)
		《苏幕遮》(海棠春)
		《词调待考》(孤灯夜雨)
《剪灯新话》	瞿佑	《贺新郎》(梦觉黄粱熟)
		《木兰花慢》(记前朝旧事)
		《齐天乐》(恩情不把功名误)
		《沁园春》(一别三年)
		《临江仙》(曾向书斋同笔砚)
		《临江仙》(记得书斋同讲习)
		《满庭芳》(月老难凭)
《剪灯馀话》	李祯	《喜迁莺》(乾坤如昨)
		《念奴娇》(离离禾黍)
		《满庭芳》(彩凤群分)
		《临江仙》(少日风流张敞笔)
		《菩萨蛮》(红绳画板柔荑指)
		《满江红》(嫩日舒情)
		《满庭芳》(天下雄藩)

续表

小说	作者	词调（首句）
《剪灯馀话》	李祯	《风入松》（碧城十二瞰湖边）
		《风入松》（玉人家在汉江边）
		《如梦令》（明月好风良夜）
		《忆秦娥》（春萧索）
		《唐多令》（深院锁幽房）
		《唐多令》（少小惜红芳）
		《声声慢》（太华峰头）
		《青玉案》（合欢花下曾相见）
		《踏莎行》（随水落花）
		《摸鱼儿》（记当年）
		《桂枝香》（西湖皓月）
		《永遇乐》（倾国名姝）
《娇红记》	佚名	《摸鱼儿》（锦城西）
		《点绛唇》（亭院深沉）
		《喜迁莺》（园林过雨）
		《减字木兰花》（春宵陪宴）
		《西江月》（试问兰煤灯烬）
		《石州引》（懊恨东君）
		《玉楼春》（晓窗寂寂惊相遇）
		《小梁州》（惜花长是替花愁）
		《卜算子》（君去有归期）
		《撷芳词》（日如年）
		《菩萨蛮》（夜深偷展纱窗绿）
		《菩萨蛮》（绿窗深贮倾城色）
		《满庭芳》（帘影饰金）
		《鹧鸪天》（甥馆睽违已隔年）
		《清平乐》（尖尖曲曲）（按：原文作《青玉案》）

小说	作者	词调（首句）
《娇红记》	佚名	《青玉案》（花低莺踏红英乱）
		《再团圆》（芳心一点）
		《逼牡丹》（一片芳心）
		《渔家傲》（情若连环终不解）
		《一剪梅》（豆蔻梢头春意阑）
		《念奴娇》（春风情性）
		《步蟾宫》（徐卿二子文章妙）
		《临江仙》（入手功名如拾芥）
		《相思会》（脉脉惜春心）
		《昼夜乐》（两川自古繁华地）
		《于飞乐》（天赋多娇）
		《望江南》（从前事）
		《内家娇》（灯花何太喜）
		《一丛花》（世间万事转头空）
		《好事近》（一自识伊来）
		《菩萨蛮》（郎今去也抛奴去）
		《忆瑶姬》（堂下相逢）
		《减字木兰花》（莲闺爱绝）
《金兰四友》	佚名	《寻芳词》（梧桐泣雨）
		《踏莎行》（春暖征鸿）
		《醉花阴》（孤馆沉沉愁永昼）
		《醉春风》（津渡难经历）（按：原文作《醉东风》）
		《阮郎归》（喜看行色又匆匆）
		《如梦令》（托迹重门深处）
		《一剪梅》（花有清香月有阴）
		《西江月》（记得当初会唔）
		《踏莎行》（子建雄才）
		《满庭芳》（杨柳堆烟）

续表

小说	作者	词调(首句)
《金兰四友》	佚名	《满庭芳》(风扫残红)
		《一剪梅》(神气标奇入眼中)
		《失调名》(深沉密约)
		《失调名》(海烟消)
		《凤凰台上忆吹箫》(雨浦花黄)
		《忆秦娥》(秋寂寞)
		《失调名》(枕畔才喜相投)
《晋安逸志》	陈鸣鹤	《念奴娇》(凤凰山下)(《红桥唱和》)
		《蝶恋花》残(记得红桥西畔路)(《红桥唱和》)
		《柳梢青》(莺语声吞)(《花楼吟咏》)
		《鹧鸪天》(八字娇蛾恨不开)(郎是闽南第一流)(《玉香清传》)
《丽史》	佚名	《浣溪沙》(幽思腾腾半空楼)
		《凤凰台上忆吹箫》(哺母鸟啼)
		《撷芳词》(别神仙)
		《薄命词》(何迫促)
《荔镜传》	佚名	《西江月》(渭城数声啼鸟)
		《长相思》(征鸿外)
		《念奴娇》上片(海天尚晓)
		《长相思》(千山树)
		《长相思》(星璀粲)
		《江城子》(落落江城掩晴空)
《刘生觅莲记》	佚名	《减字木兰花》(芳心荡漾)
		《撷芳词》(和光艳)(按:原文作《襭芳时》)
		《如梦令》(日暖风和时候)
		《临江仙》(一睹娇姿魂已散)
		《忆秦娥》(春堤曲)

小说	作者	词调（首句）
《刘生觅莲记》	佚名	《西江月》（三月韶光过半）
		《词调待考》（莺声清晓传春语）
		《行香子》（山石之旁）
		《临江仙》（爱杀芬芳春一点）
		《长相思》（花满枝）
		《爱花词》（一枝花外漾新晴）
		《惜春词》（春从天上来）
		《步蟾宫》（万斛新愁眉锁住）
		《昼夜乐》（春山愁压慵临镜）
		《虞美人》（残花无奈黄昏雨）
		《贺圣朝》（痴心偷步巫山下）
		《春光好》（春已矣）
		《青玉案》（春风几度）
		《凤凰阁》（记当初花下）
		《临江仙》（一睹仙郎肠几断）
		《浣溪沙》（寂寂寥寥度此春）
		《醉太平》（隔池美姬）
		《小重山》（万种相思未了债）
		《风入松》（二郎神去竟何之）
		《眼儿媚》（碧天夜色浸闲亭）
		《西江月》（向晚新亭共赏）
		《念奴娇》（脂唇粉面）
		《同心结》（懒上牙床）
		《西江月》（东舍多情才子）
		《秋风清》（花之前）
		《鹧鸪天》（圣世崇文网俊英）
		《喜团圆》（朱衣点额）

续表

小说	作者	词调（首句）
《刘生觅莲记》	佚名	《捣练子》（辞故里）
		《南乡子》（夜阑梦难收）
		《菩萨蛮》（噫思多处红珠滴）
		《蝶恋花》（飘荡寒风天色惫）
		《浪淘沙》（愁思锁眉峰）
		《忆王孙》（当时书语最堪悲）
		《丑儿令》（佳人报道梅花发）
		《玉连环》（几时慵整乌蝉鬓）（按：原文作《玉蝶环》）
		《鸣夜啼》（多时旅邸迟留）
		《桃源忆故人》（仰君德望山来重）
		《卜算子》（君有题柱才）
《李生六一天缘记》	佚名	《长相思》（盼云山）
		《两同心》（月桂多情）
		《两同心》（才子良缘）
		《重叠金》（闲情已感襄王梦）
		《重叠金》（昔日相逢浑是梦）
		《桃源忆故人》（可奈无情鸡唱晓）
		《点绛唇》（两度相逢）
		《一丛花》（似此娇娥世绝稀）
		《点绛唇》（银汉迢迢）
		《乐春风》（丽日融和）
		《意难忘》（懊恨多娇）
		《烛影摇红》（栏外东风软）
		《柳梢青》（悄出洞房）
		《海堂春》（室阶踏碎）
		《南歌子》（郎心愁百结）
		《南乡子》（昨日与君言）

续表

小说	作者	词调（首句）
《李生六一天缘记》	佚名	《洞仙歌》（方才比目）
		《满江红》（柳絮飞馀）
		《汉宫春》（世事难明）
		《一剪梅》（与君那夕贴心胸）
		《贺新郎》（人道贵三德）
		《桃源忆故人》（梅枝午夜霜华重）
		《促拍丑奴儿》（好事怨蹉跎）
		《步蟾宫》（京华万里逢元夕）
		《西江月》（喜听晨钟暮鼓）
		《千秋岁》（天介眉寿）
		《瑞鹧鸪》（慈帏今日喜筵开）
		《玉楼春》（等闲入得花丛内）
		《天仙子》（王母令朝开寿宴）
		《画堂春》（谁言七十古为稀）
		《仙翁词》（画锦堂开）
		《满庭芳》（月洗秋光）
《龙会兰池录》	佚名	《虞美人》（生平不识离乡曲）
		《忆江南》（弓鞋小）（按：原文作《虞美人》）
		《朝中措》（日色映流霞）（按：原文作《朝天惜》）
		《浪淘沙》（胡马渡银河）
		《水龙吟》（强胡百万长驱）
		《潇湘梦》（笳鼓喧天）
		《一剪梅》（潇湘店外鬼来呵）
		《忆江南》（堪愁处）（按：原文作《满江南》）
		《柳梢青》（楚歧云收）
		《昭君怨》（妹氏何如致我）

续表

小说	作者	词调（首句）
《轮回醒世传》	也闲居士	《闺怨情》（望皎月）
		《鹧鸪天》（一奠亡夫龚裁缝）
		《鹧鸪天》（二奠亡夫木匠陆）
		《鹧鸪天》（三奠亡夫皮匠洪）
		《鹧鸪天》（四奠亡夫虞西宾）
		《鹧鸪天》（五奠亡灵孙农夫）
		《鹧鸪天》（六奠亡夫皂隶陈）
		《鹧鸪天》（七奠亡夫铁匠方）
		《鹧鸪天》（八奠亡夫石匠强）
		《鹧鸪天》（九奠亡夫仵作汪）
		《鹧鸪天》（十奠亡夫屠户阎）
《情史类略》	冯梦龙编	《菩萨蛮》（玉箫一曲无心度）（《阮华》篇）
		《忆秦娥》（香篆袅）（《翠薇》篇）
		《忆秦娥》（杨枝袅）（《翠薇》篇）
		《千金意》（音音音）（《琴精》篇）
		《贺新郎》（花柳绕春城）（《蓬莱宫娥》篇）
《怀春雅集》	佚名	《鹧鸪天》（百岁人生草上霜）
		《烛影摇红》（一夜东风）
		《谒金门》（深深意）
		《海棠春》（迟迟已到花深处）
		《春从天上来》（淮海逍遥）
		《浣溪沙》（月转兰阶夜儿更）
		《点绛唇》（百宝阑干）
		《千秋岁》（祥云缥缈）
		《清夜词》（露冷兮恐悲）
		《临江仙》（忆昔望仙桥上遇）
		《卜算子》（秋日映寒塘）
		《忆秦娥》（箫声切）

小说	作者	词调(首句)
《怀春雅集》	佚名	《西江月》(暖入春风小院)
		《明月棹孤舟》(富丽谩夸金谷好)
		《好事近》(夜色映帘栊)
		《如梦令》(清露洒桃红透)
		《念奴娇》(绛桃倚笑)
		《春归词》(春暮愁万种)
		《凤凰阁》(仰看星河半落)
		《虞美人》(银蟾光漏栏杆曲)
		《念奴娇》(天涯寥落)
		《临江仙》(扇动笙箫声袅袅)
		《天仙子》(流水桥头舟一带)
		《长相思》(风一林)
		《画堂春》(银河一派鹊成桥)
		《思归谣》(望云忆归期)
		《苏幕遮》(洞房幽)
		《苏幕遮》(漏声沉)
		《惜分飞》(月半空分两两人)
		《一剪梅》(灯渐黄昏夜渐阑)
		《忆秦娥》(生悲咽)
		《蝶恋花》(身上飘蓬无处定)
		《鹧鸪天》(才子佳人天一方)
		《鹧鸪天》(半弹鸾钗积翠频)
		《西江月》(忆昔荥阳话别)
		《菩萨蛮》(寒灯落尽霜华东)
		《鹧鸪天》(寒暑相催春复秋)
		《东风第一枝》(莺柳眠金)
		《菩萨蛮》(窗前才扫伤心雪)

续表

小说	作者	词调（首句）
《双卿笔记》	佚名	《一剪梅》（菡蕊初开雨乍晴）
		《长相思》（坐相思）
		《失调名》（雕栏畔）
		《点绛唇》（楚畹谢庭）
		《西江月》（淑女情牵意绊）
		《西江月》（女是无瑕之璧）
		《长相思》（感芳卿）
《双双传》	梅鼎祚	《懊恨词》（淡黄细柳摇新绿）
		《蝶恋花》（绿窗艳冶谁家女）
		《踏莎行》（韦曲看花）
		《如梦令》（翠被春寒睡醒）
		《桃源忆故人》（隔窗鸟语花声碎）
《素娥篇》	邺华生	《望海潮》（架上金莲）
		《浪淘沙》（松扣解罗裳）
		《水浊漉》（水浊漉）
		《减字木兰花》（趣颠兴驶）
		《凤楼春》（壁立万峰丛）
		《浪淘沙》（轻解绛罗绡）
		《雨中花》（莺踏蜂翻花影灭）
		《一捧莲》（莺残花兴倦）
		《鹧鸪天》（水晶湿透麝兰香）
		《如梦令》（舞鹤自俦自侣）
		《金人捧露盘》（絮末风）
		《谒金门》（鸳鸯浦）
		《薄命女》（新两足）
		《醉花阴》（贪花正入无愁地）
		《眼儿媚》（团茵绣枕偎春娇）
		《巫山一段云》（迟迟三春日）

小说	作者	词调（首句）
《素娥篇》	邺华生	《醉花间》（不分阴）
		《长相思》（日东升）
		《扑蝴蝶》（柳骄花谄）
		《一剪梅》（不会嘲风不弄月）
		《点绛唇》（芳草萋萋）
		《浪淘沙》（衫色半秋山）
		《西江月》（平驾势随风力）
		《后庭宴》（棕鬣敲风）
		《如梦令》（这事钟离点破）
		《忆王孙》（梵王听我爱莲说）
		《清平乐》（浪浪宕宕）
		《恋绣衾》（贴红模悴艳阳天）（按：原文作《恋绣球》）
		《法驾导引》（玑转旋）
		《如梦令》（一霎风狂雨骤）
		《清平乐》（风流抖擞）
		《巫山一段云》（雨散阳台下）
		《鹧鸪天》（巫阳不断楚妃魂）
		《洞仙歌》（纱窗斗帐）
		《忆秦娥》（春如许）
		《探春令》（佳色醉人浓于酒）
		《解连环》（芳心不化）
		《赞成功》（三春未半）
		《如梦令》（槛外落红满径）
《天缘奇遇》	茅镶	《惜春飞》（蝶醉蜂迷莺不语）
		《苏幕遮》（素兰花）
		《阮郎归》（闻郎去后泪先垂）
		《诉衷情》（彻天长恨几时休）
		《桃源忆故人》（思思念念风流种）
		《如梦令》（何事无情贪睡）

续表

小说	作者	词调（首句）
《天缘奇遇》	茅镳	《蝶恋花》（风动花心春早起）
		《蝶恋花》（蝶醉花心飞不起）
		《画堂春》（孤身常托旧门墙）
		《玉楼春》（含春笑解香罗结）
		《小重山》（杨柳垂帘绿正浓）
		《卜算子》（惜别似伤春）
		《鱼游春水》（风流原无底）
		《浣溪纱》（独抱幽香不傲春）
		《忆秦娥》（空碌碌）
		《好事近》（好事谢文娥）
		《隔浦莲》（红兰相映翠葆）
		《江城梅花引》（佳期私许暗敲门）
		《阳关引》（初绾同心结）
		《减字木兰花》（玉堂风伯）
		《菩萨蛮》（少年一枕吴歌梦）
		《临江仙》（帘卷华堂名绣谷）
		《浣溪沙》（香锁篱黄金地棠）
		《天仙子》（春晓辘轳飞胜概）
《古今清谈万选》	周近泉编	《西江月》（杀气腾空若雾）
《王秋英传》	佚名	《念奴娇》（今夕何夕）
		《满江红》（偶度银河）
		《临江仙》（灯火满城鸣竹爆）
		《潇湘逢故人慢》（春光将暮）
		《满江红》（蓐暑谁收）
		《满江红》（话约银河）
		《喜迁莺》（凭栏极目）
		《碧芙蓉》（往事重回首）

续表

小说	作者	词调（首句）
《五金鱼传》	佚名	《临江仙》半阕（一派笙歌兰麝绕）
		《如梦令》（银烛洞房红动）
		《少年游》（匹马嘶风）
		《阮郎归》（东风摇曳柳条飞）
		《忆秦娥》（丽春天）
		《浣溪沙》（为忆天台遇仙姬）
		《风入松》（画堂开宴出红妆）
		《一剪梅》（几度凄凉忆远游）
		《长相思》（草含烟）
		《长相思》（山无情）
		《词调待考》（老病关忧）
		《长相思》（别容颜）
		《长相思》半阕（一首诗）
		《西江月》（燕尔新婚未久）
		《阮郎归》（几年间别两西东）
		《画堂春》（一从别后意难忘）
		《小重山》（为爱相如绿绮琴）
《西阁寄梅记》	佚名	《减字木兰花》（雪梅妒色）
		《浣溪沙》（梅正开时雪正狂）
《小青传》	戈戈居士	《天仙子》（文姬远嫁昭君塞）
		《南乡子》（数尽恹恹深夜雨）残
《效颦集》	赵弼	《满庭芳》（燕燕双飞）
		《好事近》（春色正融和）
		《醉蓬莱》（忆兔走乌飞）
《玄妙洞天记》	佚名	《谒金门》（真堪惜）
		《临江仙》（飞尽流萤无兴扑）
		《山花子》（剖得新橙掷绣筐）
		《玉楼春》（韶阳欲暮莺声碎）

续表

小说	作者	词调（首句）
《玄妙洞天记》	佚名	《踏莎行》（香罢宵薰）
		《临江仙》（花影半帘初睡起）
		《菩萨蛮》（兰闺日永花慵绣）
		《踏莎行》（佳约易乖）
		《孤鸾》（暇须初揭）
		《蝶恋花》（梳罢晓妆屏上倚）
		《踏莎行》（玉臂宽镯）
		《玉蝴蝶》（为甚夜来添病）
		《眼儿媚》（石榴花发尚伤春）
		《踏莎行》（红叶空传）
		《玉楼春》（空闺日夜和尘闭）
		《念奴娇》（鸳帏睡起）
		《踏莎行》（花径争穿）
		《临江仙》（昨夜惊眠梅雨大）
《寻芳雅集》	佚名	《如梦令》（正好欢娱彩幔）
		《忆秦娥》（相逢后）
		《好事近》（好梦久飘遥）
		《望江南》（春梦断）
		《蝶恋花》（访旧归来嗟不遇）
		《惜春飞》（蝶怨蜂愁迷不醒）
		《一丛花》（晓来密约小亭中）
		《清夜词》（兰房兮春晓）
		《点绛唇》（默步庭阑）
		《青玉案》（缘乖分薄）
		《南乡子》（病起试红尘）
		《乐春风》（锦褥香栖）

小说	作者	词调（首句）
《寻芳雅集》	佚名	《乐春风》（鸾镜才圆）
		《香柳娘》（对孤灯悄然）
		《西江月》（久待西厢明月）
		《临江仙》（心事今朝除悒快）
《游会稽山记》	佚名	《天仙子》（金屋银屏畴昔景）
《钟情丽集》	玉峰主人	《西江月》（蜡纸重重包裹）
		《忆秦娥》（忆秦娥）
		《花心动》（万绪千端）
		《喜迁莺》（娇痴倦极）
		《减字木兰花》（小亭宴罢）
		《浣溪沙》（云淡风轻午漏迟）
		《凤凰台上忆吹箫》（水月精神）
		《菩萨蛮》（不缘色胆如天大）
		《西江月》（借问云朝雨暮）
		《望江南》（堪叹处）
		《虞美人》（平生恩爱知多少）
		《菩萨蛮》（春风桃李花开夜）
		《柳梢青》（南陌花残）
		《木兰花慢》（念旧时行乐）
		《千秋岁》（菊迟梅早）
		《长相思》（大巫山）
		《鹊桥仙》（征鸿无信）
		《法驾导引》（归去也）（真个是）（须记得）（按：原文作一首引入）
		《瑞鹧鸪》（芭蕉叶上雨难留）
		《长相思》（春望归）
		《满庭芳》（愁锁春山）

续表

小说	作者	词调（首句）
《钟情丽集》	玉峰主人	《念奴娇》（牵情不了）
		《一剪梅》（金菊花开玉簟秋）
		《沁园春》（夫为妻亡）
		《醉春风》（玉貌减容色）
		《玉蝴蝶》（憔悴玉人去也）
		《玉楼春》（天教俊俏逢殊丽）
《紫竹小传》	佚名	《玉楼春》（绿阴扑地莺声近）《卜算子》（绣阁锁重门）
		《踏莎行》（醉柳迷莺）
		《菩萨蛮》（约郎共会西厢下）
		《菩萨蛮》（秋风只拟同衾枕）
		《踏莎行》（笔锐金针）
		《菩萨蛮》（与郎眷恋何时了）
		《生查子》（晨莺不住啼）
		《生查子》（思郎无见期）
《鸳渚志馀雪窗谈异》	周绍濂	《千金意》（音音音）

参考文献^①

B

［日］坂出祥伸、小川阳一编:《中国日用类书集成》,东京:汲古书院 2000 年版。

C

陈才训:《明清小说文本形态生成与演变研究》,上海:上海古籍出版社 2018 年版。

陈大康:《明代小说史》,北京:人民文学出版社 2007 年版。

陈庆浩、王秋桂主编:《思无邪汇宝》,台北:台湾大英百科股份公司 1997 年版。

陈文新、［韩］闵宽东:《韩国所见中国古代小说史料》,武汉:武汉大学出版社 2011 年版。

陈耀文编,龙建国等点校:《花草粹编》,保定:河北大学出版社 2007 年版。

陈益源:《〈贾云华还魂记〉考》,《北京图书馆馆刊》,1996 年第 2 期。

程国赋:《明代书坊与小说研究》,北京:中华书局 2008 年版。

程敏政编,王兆鹏等点校:《天机徐锦》,沈阳:辽宁教育出版社 2000 年版。

程毅中:《明代小说丛稿》,北京:人民文学出版社 2006 年版。

程毅中辑注:《宋元小说家话本集》,济南:齐鲁书社 2000 年版。

---

① 按作者姓名音序排列。

D

丁放、甘松:《〈草堂诗馀四集〉的编选评点及其词学意义》,《文学评论》,2009 年第 3 期。

丁放、甘松、曹秀兰:《宋元明词选研究》,北京:商务印书馆 2012 年版。

丁锡根编:《中国历代小说序跋集》,北京:人民文学出版社 1996 年版。

董小玉:《先锋文学创作中的审丑现象》,《文艺研究》,2000 第 6 期。

韩昌:《言情小说〈娇红记〉的开创性与示范性》,《文化学刊》,2007 年第 5 期。

F

方正耀:《中国古典小说理论史》,上海:华东师范大学出版社 2005 年版。

G

甘松:《明代词学演进研究》,合肥:安徽大学出版社 2018 年版。

戈载:《词林正韵》,上海:上海古籍出版社 2009 年版。

龚宗杰:《明代戏曲中的词作研究》,香港:中华书局(香港)有限公司 2019 年版。

辜美高、黄霖主编:《明代小说面面观》,上海:学林出版社 2002 年版。

《古本小说丛刊》编辑委员会编:《古本小说丛刊》,北京:中华书局 1991 年版。

《古本小说集成》编辑委员会编:《古本小说集成》,上海:上海古籍出版社 1990 年版。

顾丛敬重编,杨万里、海继恒整理:《新订类编草堂诗馀》,上海:上海古籍出版社 2021 年版。

广文编译所:《中国近代小说史料汇编》,台北:广文书局 1980 年版。

H

何春环:《唐宋俗词研究》,北京:中央民族大学出版社 2010 年版。

侯忠义主编:《明代小说辑刊》,成都:巴蜀书社 1999 年版。

胡士莹:《话本小说概论》,北京:商务印书馆 2017 年版。

胡小林:《论〈古今词统〉与明末词风的嬗变》,《名作欣赏》,2012 年第 5 期。

胡应麟:《少室山房笔丛》,上海:上海书店出版社 2009 年版。

胡元翎:《从准〈草堂诗馀〉初选本蠡测文人"曲化"词之文本标准》,《学术交流》,2010 年第 4 期。

[日]荒木猛:《关于崇祯本〈金瓶梅〉各回开头的诗词》,《金瓶梅研究》第四辑,南京:江苏古籍出版社 1993 年版。

黄霖:《新刻绣像批评〈金瓶梅〉评点初探》,《成都大学学报》,1983 年第 1 期。

黄霖等:《中国古代小说叙事三维论》,上海:上海世纪出版集团 2009 年版。

J

蒋伟:《宋元小说家话本中的词研究》,广西师范大学 2008 年硕士学位论文。

[韩]金源熙:《〈情史〉故事源流考述》,南京:凤凰出版社 2011 年版。

L

李冬红:《〈花间集〉接受史论稿》,济南:齐鲁书社 2006 年版。

李剑国、何长江:《〈龙会兰池录〉产生时代考》,《南开学报》,1995 年第 5 期。

李小菊:《明代历史演义中的诗词曲赋研究》,北京师范大学 2003 年博士学位论文。

林辰:《把砍断的小说史链条接上——论明初小说〈娇红记〉》,《文化学刊》,2006 年第 2 期。

刘军政:《明代〈草堂诗馀〉版本述略》,《南阳师范学院学报》,2004 年第 2 期。

刘天振:《明代类书体小说集研究》,北京:中国社会科学出版社 2014 年版。

刘一平主编:《北京图书馆藏珍本小说丛刊》,北京:书目文献出版社 1996 年版。

刘尊明、王兆鹏:《唐宋词的定量分析》,北京:北京大学出版社 2012 年版。

柳存仁:《伦敦所见中国小说书目提要》,北京:书目文献出版社 1982 年版。

陆勇强:《〈全明词〉补 27 首》,《古籍整理研究学刊》,2007 年第 1 期。

罗烨:《醉翁谈录》,上海:古典文学出版社 1957 年版。

M

毛晋著,潘景郑校订:《汲古阁书跋》,上海:古典文学出版社 1958 年版。

孟昭连:《崇祯本〈金瓶梅〉诗词来源新考》,《厦门教育学院学报》,2005 年第 2 期。

N

宁稼雨:《中国文言小说总目提要》,济南:齐鲁书社 1996 年版。

Q

钱谦益:《列朝诗集小传》,北京:古典文学出版社 1957 年版。

邱昌员:《诗与唐代文言小说研究》,北京:中国社会科学出版社 2008 年版。

曲向红:《两宋俗词研究》,北京:中国戏剧出版社 2008 年版。

R

饶宗颐等编:《全明词》,北京:中华书局 2004 年版。

S

沈际飞编:《古香岑草堂诗馀》四集,明刊本。

施蛰存:《历代词选集叙录》,《词学》第三辑,上海:华东师范大学出版社 1985 年版。

石昌渝等点校:《中国话本大系》,南京:江苏古籍出版社 1990 年版。

石昌渝主编:《中国古代小说总目》,太原:山西教育出版社 2004 年版。

[日]市成直子:《试论〈娇红记〉在中国小说史上的地位》,《复旦学报》,1995 年第 4 期。

隋树森编:《全元散曲》,北京:中华书局 1964 年版。

孙步忠:《古代白话小说中的诗词韵文研究》,上海:东方出版中心 2002 年版。

孙楷第:《日本东京所见小说书目》,北京:人民文学出版社 1959 年版。

孙楷第:《中国通俗小说书目》,北京:人民文学出版社 1982 年版。

孙克强:《明代词学思想论略》,《河南大学学报》,2004 年第 1 期。

T

唐圭璋编:《词话丛编》,北京:中华书局 1986 年版。

唐圭璋编:《全宋词》,北京:中华书局 1965 年版。

唐圭璋编:《全金元词》,北京:中华书局 1979 年版。

陶子珍:《明代词选研究》,台北:秀威资讯科技股份有限公司 2003 年版。

陶宗仪等编:《说郛三种》,上海:上海古籍出版社 1988 年版。

W

万伟成:《寄生词与明代章回小说的历史变迁》,《华南师范大学学报》,2009 年第 3 期。

汪超:《〈全明词〉〈全明词补编〉漏收词百首补目》,《上饶师范学院学报》,2009 年第 1 期。

汪超:《〈全明词〉辑补 42 首》,《五邑大学学报》,2011 年第 3 期。

汪超:《〈全明词〉辑补 62 首》,《钦州学院学报》,2011 年第 3 期。

汪超:《明词传播述论》,北京:中华书局 2017 年版。

王昶编:《明词综》,长沙:商务印书馆 1938 年版。

王国维:《人间词话》,北京:商务印书馆 2018 年版。

王季思主编:《全元戏曲》,北京:人民文学出版社 1990 年版。

王秋利:《宋代说话研究》,河南大学 2009 年硕士学位论文。

王先霈、周伟民:《明清小说批评史》,广州:花城出版社 1983 年版。

王小英:《〈二刻拍案惊奇〉引辛弃疾〈贺新郎〉一词考辨》,《西南民族大学学报》,2009 年第 6 期。

王晓骊:《宋词与宋人话本》,《齐齐哈尔大学学报》,2000 年第 2 期。

王奕清等纂,蔡国强考正:《钦定词谱》,北京:中国书店 2010 年版。

王兆鹏、[日]萩原正树:《〈全明词〉补遗——日本藏稀见明人别集所载词辑录之一》,《古籍整理研究学刊》,2007 年第 1 期。

王兆鹏、[日]萩原正树:《〈全明词〉续补遗——日本藏稀见明人别集所载词辑录之二》,《古籍整理研究学刊》,2007 年第 2 期。

王振镛、何圣庠:《邵武故县发现一批宋代银器》,《福建文博》,1982 年第 1 期。

吴昌绶、陶湘编:《景刊宋金元明本词》,中国书店 2011 年版。

吴自牧:《梦粱录》,杭州:浙江人民出版社 1980 年版。

吴世昌:《词林新话》,北京:北京出版社 1991 年版。

X

肖鹏:《群体的选择》,南京:凤凰出版社 2009 年版。

徐朔方:《小说考信编》,上海:上海古籍出版社 1997 年版。

徐朔方、孙秋克:《明代文学史》,杭州:浙江大学出版社 2006 年版。

薛洪勋、王汝梅编:《明清传奇小说集》,长春:吉林文史出版社 2007 年版。

Y

严迪昌:《元明清词》,成都:天地出版社 1997 年版。

杨万里:《论〈草堂诗馀〉成书的原因》,《文学遗产》,2001 年第 5 期。

杨绪容:《明清小说的生成与衍化》,上海:复旦大学出版社 2018 年版。

尤振中、尤以丁编:《明词纪事会评》,合肥:黄山书社 1995 年版。

余意:《明代词学之构建》,上海:上海古籍出版社 2009 年版。

岳淑珍:《明代词学研究》,河南大学 2005 年博士学位论文。

Z

张本义等主编:《大连图书馆藏孤稀本明清小说丛刊》,大连:大连出版社 2000 年版。

张兵主编:《五百种明清小说博览》,上海:上海辞书出版社 2005 年版。

张宏生:《统序观与明清词学的递嬗》,《文学遗产》,2010 年第 1 期。

张宏生:《杨慎词学与〈草堂诗馀〉》,《南京师大学报》,2008 年第 2 期。

张若兰:《论明词的复古追寻》,《文学遗产》,2009 年第 4 期。

张若兰:《明代中后期词坛研究》,北京:中国社会科学出版社 2010 年版。

张平仁:《徘徊于时事与世情之间——〈梼杌闲评〉论略》,《宝鸡文理学院学报》,2003 年第 3 期。

张友鹤选注:《唐宋传奇选》,北京:人民文学出版社 1997 年版。

张仲谋:《明词史》,北京:人民文学出版社 2002 年版。

张仲谋:《明代词学通论》,北京:中华书局 2013 年版。

张仲谋:《明代话本小说中的词作考论》,《明清小说研究》,2008 年第 1 期。

张璋编:《全唐五代词》,上海:上海古籍出版社 1986 年版。

赵芳:《慢镜头的功用和作用》,《科教导刊》,2011 年版 2 月(中)。

赵山林:《试论〈草堂诗馀〉在明代的流传及词曲沟通的趋势》,《文艺理论研究》,2010 年第 4 期。

赵义山等:《明代小说寄生词曲研究》,北京:商务印书馆 2013 年版。

郑海涛、赵义山:《寄生词在明代文言小说中的嬗变轨迹》,《晋阳学刊》,2011 年第 2 期。

郑海涛:《论词对明代章回小说叙事系统的构建》,《明清小说研究》,2008 年第 2 期。

台湾政治大学古典小说研究中心主编:《明清善本小说丛刊》,台北:天一出版社 1985 年版。

周明初、叶晔:《〈全明词〉新补 12 家 45 首》,《厦门教育学院学报》,2009 年第 4 期。

周明初、叶晔:《〈全明词〉续补一》,《古籍整理研究学刊》,2009 年第 2 期。

周明初、叶晔:《〈全明词〉续补二》,《古籍整理研究学刊》,2009 年第 3 期。

周明初、叶晔:《全明词补编》,杭州:浙江大学出版社 2007 年版。

周维培:《曲谱研究》,南京:江苏古籍出版社 1997 年版。

朱崇才:《词话史》,北京:中华书局 2006 年版。

朱一玄等编:《中国古代小说总目提要》,北京:人民文学出版社 2005 年版。

朱一玄编:《〈水浒传〉资料汇编》,天津:南开大学出版社 2012 年版。

朱彝尊、汪森编:《词综》,上海:上海古籍出版社 1978 年版。

祝东、王小英:《〈草堂诗馀〉清代不传成因新探》,《内蒙古大学学报》,2011 年第 1 期。

卓人月编,谷辉之校点:《古今词统》,沈阳:辽宁教育出版社 2000 年版。

后 记

书稿出版在际,有无限感激之情凝于笔端。学术研究之路,我依然蹒跚,每一步,都离不开师友的鼓励与支持。

念及初次踏入深圳大学的校园,初次坐在古典文学专业课的教室,匆匆已近二十年。在深大读研三年,不仅收获知识,更收获一份维系至今的师生情谊、同窗情谊。毕业十余年来,恩师沈金浩先生依然时时关心远在杭城的学生,无论工作和生活,每每遇到困难,恩师总能给我建议与安慰。而同学再见,亦无岁月之隔阂。念此种种,已是人生一笔财富。

至进入浙江大学攻读博士学位,更得到恩师周明初先生的诸多照顾。恩师顾念我进校时初为人母、家务缠身,为减轻我求学的压力,很早就将"明代小说中的词作研究"作为了我的博士论文题目,使我在读博期间少走了许多弯路。在资料收集以及论文撰写的过程中,亦一直给我鼓励和肯定,让我能坚持下去,最终顺利毕业。现在和恩师在同一座城市工作和生活,虽不能常见面,但想来便觉有一份安心。深感遗憾的是,书稿中还有诸多不成熟之处,尤其是词作文本的收集整理,仍有待完善,相信恩师能够体谅,也恳请专家、学者批评指正。

入职浙江商业职业技术学院以来,尽管职业院校授课任务重、科研难度大,也许是不争的事实,但是很感恩商职院的校领导,对教学与科研都非常重视。不仅给老师们搭建科研平台,也尽可能的提供各种资助。此次书稿的出版,除获得浙江省哲学社会科学规划后期资助之外,亦有商职院"学术专著出版资金"的资助。此外,在书稿的定稿期间,人文学院的领导和同事,减轻和分担了我许多的工作量,让我有足够的时间可以安心改稿。谨此向商职院的领导和同事深致谢忱!

　　最后,感谢浙江大学出版社的编辑吴庆老师的认真负责与辛苦付出,以及对我反复校改的包容。虽然只是书稿付梓一事,但思绪所及,却是诸多人间温情,萦绕心间。

2023 年 6 月于杭州